何奇 著

图书在版编目（CIP）数据

危险恋人 / 何奇著. -- 北京：西苑出版社, 2013.5

ISBN 978-7-5151-0335-8

Ⅰ. ①危… Ⅱ. ①何… Ⅲ. ①长篇小说－中国－当代
Ⅳ. ①I247.5

中国版本图书馆CIP数据核字（2013）第069070号

危险恋人

作　　者　何　奇
责任编辑　刘　荔
出版发行　西苑出版社
通讯地址　北京市朝阳区和平街11区37号楼
邮政编码　100013
电　　话　010-88637122
传　　真　010-88637120
网　　址　www.xiyuanpublishinghouse.com
印　　刷　北京中印联印务有限公司
经　　销　全国新华书店
开　　本　710mm × 1000mm　1/16
字　　数　230千字
印　　张　18
版　　次　2013年5月第1版
印　　次　2013年5月第1次印刷
书　　号　ISBN 978-7-5151-0335-8
定　　价　36.00 元

目录 | CONTENTS

第一章
荒野里出现一个姑娘

一阵急骤的电话铃声震荡撕裂了指挥部的沉静。

国军金泉城交通防护团团长兼情报处处长杨昌顺仿佛被惊雷轰击，猛地惊跳了一下。他还没有接听就感觉这个电话非同凡响，果然电话是总部赖春主任的，那略带沙哑而极为严厉的声音，从遥远的地方传过来，震得他的耳膜哗哗直响：“……有一辆牌号为××的重要车辆，凌晨两点钟左右进入兰新国际援华大通道金泉城路段。这辆车运载着国际上最先进的武器部件，是国家最高机密，关系到抗战能否胜利。命令你团加强警戒，严密防范，务必保证车辆安全通过。若有差池，军法惩处！”最后这句话，如同乱箭直扎他的心脏。

赖主任是什么人？——他是国军第八战区甘青宁新驻军情报部主任，是当局戴老板的亲信，第八战区司令长官们都怵他三分，何况他这个团职小官？他额上“唰”地惊出一层虚汗！

他是该防区交通防卫团团长兼情报处处长，肩负着“兰新”国际援华运输线上的情报和交通运输安全双重任务，能等闲视之？特别是上司特意指令的车辆，他得豁出身家性命保护它的安全行驶。他听完电话，马上命令身旁的工副官传令各路段加强巡逻，严密警戒，保证这辆车安全通过防区。

王副官是个近三十岁的年轻军人，仪表堂堂，聪颖精干，敏捷潇洒，他已从赖主任的电话里掂量出此车的分量，因此马上前去传令。

几分钟后，金泉城防区沿线各路段出现巡逻车辆和巡逻人员。昏黄的灯光在暗夜里晃动，气氛紧张而冷森慌乱！

地处三岔路口的护路队也出动了，这是东出金泉城防区的最后路段，占线近五十多公里，只要出了三岔路口，便是友邻团的防护区了。护路队长老万是个老兵，胡子拉碴的，带领几个巡逻兵爬上敞篷吉普车准备去巡逻，刚出低矮的营房大院门，突然一股狂风挟着沙尘扑来，抽打得四处啪啦啦地响，司机忙歪过脸躲避风沙，吉普随之“哧溜”停顿，车上的人赶忙拉起衣领。

老万见风沙太大，骂骂咧咧着：“妈的，这鬼天气！”对司机说，“退回去，等风沙小点再出发……”

“万队长，这，这能行吗？”司机迟疑着。

老万丧气地说：“风沙这么大，天黑得伸手不见五指，巡逻顶个屁用？再说，这样的鬼天气，谁敢夜晚行车？万一出现大沙暴，连人带车还不卷到沟里？我们这个小爬爬牛，跟火柴盒似的，一股大沙暴过来就会掀翻送了咱们的小命！”

“可，可土匪强盗经常在刮风下雨天出来抢劫公路上的车辆。再说团部通知这是重要车辆……”司机犹豫着。

“什么重要车辆？不就是穷咋呼？”老万有点火了，“团部就爱把屁大个事说得比天大！——回去！回去，等风沙小点再出发！”

“嗯，好吧……”司机只好将车倒回院子。

巡逻兵纷纷跳下车，缩回营房里。

事情往往就坏在瞬间的疏忽上。他们刚刚缩回营房，那辆满载货物的卡车便进入他们的防区，犁开飞扬的沙尘夜色向前行驶。后面是一辆小吉普，乘坐着四名全副武装的国军押运人员，前面的大卡车上罩着篷布，看不出装载着什么，但从那神秘莫测、小心翼翼的行动上可以看出它的非同凡响。

夜色很浓重，满天的风沙，呼啸着扑打着天地，戈壁旷野、城镇村庄等都在肆虐的风暴中飘摇。

前面就是三岔路口，路两旁是起伏连绵的山峦，虽然十来米高，但杂木丛生，错综复杂，是个打伏击的好地形。有八九个土匪模样的人，早就潜伏在这里准备劫持这辆车，然而，吉普车里的押运军人却脑袋缩在衣服领子里躲挡着风沙，对路旁的奇异情况全然不觉，这就给劫匪提供了可乘之机。

那伙劫匪的头目蓄着八字胡，是个四十多岁的人，见车辆进入伏击圈，便向趴伏在身旁的劫匪摆了下脸，两个劫匪抬根大木头下了公路，横挡在路面上，其余的劫匪随之投出炸弹。

“轰隆——轰隆——”

“轰隆——轰隆——”

炸弹在公路上的吉普车里爆炸，火光冲天，弹片纷飞。大卡车“哧——”地尖叫着停住，司机和助手震惊慌乱，惊叹叫喊。

那劫匪头目呼啸一声，从草丛里跳出来冲向公路，众劫匪跟着跳出荒草荆棘，恶狼般向公路冲扑上去。押运军人，已经人仰马翻，有两个还活着，举枪还击，被劫匪头目击倒；另一个跳下车，躲在车后顽抗，被劫匪乱枪击毙，劫匪们扑上前去，在每个押运军人脖颈上补一刀，接着围向大卡车……

劫车战瞬间结束，那几个劫匪爬上卡车，转眼消失在沙尘飞扬的夜幕中……

缩在营房里的护路队长老万听到隐隐的爆炸声，知道发生了情况，令巡逻队马上出发。巡逻兵拥出房门，吼喊着爬上吉普车，“轰”地冲出营房大门，向爆炸地点赶去，但已经迟了，来到三岔路口，只看到路上斜躺横卧的死尸，不见那辆卡车的踪影。

老万命令护路队员顺路追击，吉普车追过防区几公里，也不见踪影，只好回转，在三岔路口周围搜查寻找踪迹。但三岔路口向南进入南山，通达青海草原；向北进入北沙漠，可以直去蒙古高原；向东去兰州，西去哈密，加之夜色浓重，风沙狂暴，车痕已被风沙淹埋，不知那辆车向何方逃逸了。

老万的脑袋忽然胀大了，命令护路队员守护现场继续搜查，自己亲驾吉普车去金泉城，向杨昌顺报告卡车被劫情况。

1936年，抗日战争爆发后，沿海各省相继沦陷，日本帝国主义对中国的铁路、公路、码头等，实行全面军事封锁，内外交通运输中断。国际援助、进出口贸易均无法进行，特别是苏联的援华物资严重受阻。鉴于这种情况，从陆路打通国际通道，并以主干线连接国内各地的联系，是打破日本帝国主义经济封锁、支援抗日前线的重要途径。中国政府集中西北的大批仁人志士、爱国知识分子和工程技术人员以及大批民工，设计修筑了这条兰州至新疆的简易公路，打通了国内外交通运输线，国际抗日援华物资源源不断地从这条公路上运往内地抗日前线。这条通道成了当时中国重要的国际援华运输线。

然而，由于新疆猩猩峡至金泉城路段地处荒无人烟的戈壁大漠，地形复杂多变，外国特务间谍、地方土匪强盗时常出没，炸桥毁路，袭击车辆，劫掠财物，搞得鸡犬不宁，交通常常中断。

杨昌顺团原驻兰州地区，这条交通运输线开通后，奉上司之命驻防金泉城地区，担任运输线的防护任务。为了整合资源，总部又将沿线的情报网站合并到他的团里，又让他兼任情报处处长。当时他自感团长处长一肩挑权大势强，人多牛皮，没有想到这五六百公里长的运输线，是一条火线，一条倒霉线，一条要命线！拦路抢劫，爆炸枪杀，屡屡出现，防护团整天沿线东奔西忙，警戒防卫、追剿侦破，补窟窿，堵口子，救人命，简直成了救火队，搞得他防不胜防，时时感觉自己坐在火山口上，说不定哪天“轰隆”一声，一命呜呼！

他每天头昏脑涨，疲于应付。

杨昌顺向沿线下达了巡逻护卫命令后，刚坐在沙发里准备喘口气，屁股还没有坐稳，老万便踉踉跄跄闯了进来。杨昌顺听老万报告说那辆车被劫，起先不相信，怎么可能？各段护路队都全部出动，谁这么胆大，敢在老虎嘴里拔牙？但事实是残酷的，那辆车真是被打劫了！杨昌顺二话没说，顺手拿起桌上的手枪，向老万“啪啪啪”就是三枪。老万的军帽被打飞，好像大风刮起的纸片，旋转着飘落在几步开外的地上，人陡然木桩般立定。杨昌顺用冒着青烟的枪头点着老万的鼻子吼叫着：“还不赶快寻找，来这里干什么？找不回车我先要你的脑袋！”

老万慌神了，慌乱拾起地上的军帽，转身便逃，惊惶万状的样子好像狼撵。

老万溜了，杨昌顺震傻在那儿，他准备向兰州总部报告车辆丢失的情况，但拿起电话又放下，他不知该怎么报告，该怎么说？他清楚，那辆车装载的货物太重要太重要了，否则总部赖主任不会亲自打电话布置任务，更不会再三叮嘱护驾问题的，可……他在那儿犹豫了半天，终于还是拨了号码。他清楚，这等军事要事若不及时向上司报告，一旦出现什么后果，那是要掉脑袋的！

果然，总部赖春主任听到他的报告，半天没有回应，但他却明显感觉上司被震愣了，接下来该是雷霆万钧般的训斥和责骂，于是怯怯等待。果然几秒钟后，听筒里传来怒狮般的吼叫：“饭桶！饭桶！几次通令你加强警戒，务必保证那辆车安全通过，可偏偏就出了事，我命令你团马上追查寻找，马上！”

“啪！”电话挂断了。

杨昌顺手握听筒定在那儿了，半天软软跌坐在沙发里。

王副官见杨昌顺软在沙发里忙安慰说：“团座，不要着急，会有办法找到车辆物资的……”他边安慰边给杨昌顺倒杯热茶，端过来递到杨昌顺手里。

杨昌顺刚端起茶杯，还没有放到嘴边，那电话铃又突然急促叫起来，王副官顺手接起，还是总部赖春主任的。杨昌顺听是赖主任的，赶忙放下手里的茶杯，扶着沙发

背颤巍巍站起来接听，只听对方警告他："车辆被劫的消息，党国高层已有人知晓，重庆方面令你严密封锁消息，限期侦破，找不回货物，格杀勿论！"

"啪啦"杨昌顺手里的话筒滑落下去，响响地砸在桌子上。

他原以为那辆车是赖主任管辖调遣的，没想到是重庆政府的……要命，要命，真他妈的要命啊！他感到自己的脑袋已经落在地上，像西瓜般滚到了泥沟里。倒霉！倒霉！接二连三的倒霉事怎么都纠缠上他了？怎么就……

他感觉自己快要崩溃了。在那儿愣怔了半天，命令王副官马上通知林子华立刻前来现场侦破此案。

王副官却迟疑不动，说："这里不是他的防区。再说，林子华还在河西情报站，两百多公里路，让他赶到这里，有这个必要吗？……"

杨昌顺火了："怎么没必要？他是本部业务技术最强、最精干，在总部都是挂了号的特工。此案重大，非他莫属！"他见王副官还在迟疑，自己抓起电话，亲自给林子华挂电话……

杨昌顺给林子华打电话时，林子华刚刚上床入睡。他是金泉城河西情报站站长，又兼护路队队长，是个英俊魁梧，刚阳挺拔，干练潇洒的军人。1936年从西安电讯学校毕业后投笔从戎，五年来他以聪敏能干，机智勇敢，业务娴熟，赢得路防团和情报处的好评，并在总部挂了号。昨晚他分析研究近期有关情报，直到凌晨三点才上床，刚刚躺下便被一阵急促的电话铃声惊醒。他没有接听，就知道下属有重要情况汇报。但这次他错了，是他的顶头上司杨昌顺，他睡眼惺忪地接起电话问："团座，有何吩咐？"

杨昌顺没有半句客套，命令他："立即赶到三岔路口，有重大紧急任务！"

林子华因为是杨昌顺的左臂右膀，平时交往说话较为随便，所以打着哈哈说："什么重大任务啊？搞得这么紧张？把人从被窝里往出揪？"

杨昌顺听他打哈哈，大发雷霆："你就是睡在驸马爷的龙床上也给我滚起来，马上赶到三岔路口。具体任务来了就知道了——马上！刻不容缓！"

一听杨昌顺的口气，林子华不敢再说什么了，当即翻起来，穿衣出门，跳上停在院子里的吉普车，向三岔路口飞快赶去。

他驾着吉普车在高低不平的路面上颠簸飞驰。

随着车轮的飞快转动，东方天际渐渐出现瓦灰的亮色，晨曦微露了。

突然，前面风沙弥漫的旷野里出现一个拦车人，他本想冲过去，可那人站在路中间招着手，一副此车必拦的样子，他没好气地停车，吼了一声："找死啊！"

“咯咯咯！”对面传来银铃般的笑声：“长官，我不想死哦，想搭你的车！”

他定睛向前看去，原来是个学生模样的姑娘，二十二三岁的样子，朴实无华，却不失漂亮。他喊问她怎么回事，一个姑娘家家的，怎么在野外？姑娘说她要去金泉城，碰到个可恶的司机，把她扔在了这里。她苦苦央求：“请您发发善心，捎小女子一程吧！”

林子华见荒野无人，风沙弥漫，又见她可怜兮兮的，不及细问说：“上车吧。”

那姑娘脸上出现灿然的笑容，连声道谢：“谢谢！谢谢大哥啦！”提起身旁的小皮箱，上车坐在副驾驶座上。

林子华又启动车辆向前急赶。他沉默不语，脸色严肃，情绪还继续在姑娘影响他赶路的不快中。那姑娘见他面孔严肃焦急的样子，忽然“噗嗤”笑了：“干吗苦大仇深的样子？把脸绷得跟三九天的铁板？身旁有一位姑娘陪伴出行，不是一件愉快事吗？”

林子华见姑娘这样说，脸上僵硬的线条稍稍柔和了，问她：“怎么一个人在荒山野地里？”姑娘说她搭乘一辆车前去金泉城，谁知那倒霉的车一路上尽抛锚，司机说因为车里有女人才抛锚，所以把她赶了下来，扔在半路上，太可恶！林子华听是这样，心里涌出怜悯之情，问姑娘：“从哪里来？去哪里？”

姑娘说：“从玉山镇来，要去金泉城，偏偏碰到了倒霉的天气，可恶的司机。”

“看来多亏我这个好心人了，否则你会在这里美美地尝尝沙尘暴的味道，说不准还会碰到狼群——那可不是好玩的！”林子华玩笑说。

“哎呀！”一听狼群，姑娘惊叫起来，身子直往林子华肩上靠过去。

林子华的车速猛地减慢，对靠在她肩膀上的姑娘说：“这样会影响驾驶的。”

“对不起，对不起！”姑娘忙说，不好意思地移开身子，离开了他的肩膀。

转眼天大亮了，风沙停息了，太阳从东面的地平线上升了起来，好像巨大的橘子。林子华一口气赶到了三岔路口。

杨昌顺和王副官已经等候在三岔路口。林子华跳下吉普车，向杨昌顺报到。王副官见他慢腾腾的，埋怨他行动迟缓，说太阳都晒着屁股了。林子华反唇相讥：“我驾驶的是吉普车，又不是飞机，两百多公里简易公路，两小时就赶来了，慢吗？那你就派飞机来接我啊！”

王副官无话可说了，歪着脑袋看到坐在车里的姑娘，揶揄说：“原来车里还带着个小妞，难怪！”

林子华见他这样说话，忽然认真起来：“什么意思？”

王副官说：“在这关键时刻你带着个女人，你说什么意思？”

“她是我在半道上拣的。一个女孩子家，在荒无人烟的野地里拦车，是人都会这样做的。”林子华说。

“挺怜香惜玉的嘛！”王副官冷嘲道，“她是什么人？”

“日本特务间谍，你亲自去审问吧！”林子华揶揄道。

那姑娘见他俩争执起来，跳下车嘿嘿笑着对王副官说：“长官真有意思，难道看不出本姑娘是大大的良民，大大的良民？”她憨傻地笑着。

王副官见这姑娘有点傻乎乎的样子，皱了皱眉。

杨昌顺见林子华跟王副官发生争执，烦躁地打断说：“你俩见面就互相掐，好像两头叫驴。什么都不要说，马上进入现场。”

林子华便戴上手套，进入现场。

出事现场已经有四五个护路国军维护着。炸翻的吉普车歪在路旁的沟里，被击毙人员的死尸，斜躺横卧在路旁。林子华观察着炸翻的吉普车，翻捡着死尸，测量着弹坑，研究着弹片和子弹壳。王副官伴随在他身旁。林子华观察几圈，直起腰问护路队长老万：“有没有活着的人？”

老万说：“司机还有点呼吸，已送金泉城医院抢救！”

林子华突然来气了：“怎么不早说？——马上去医院！”他令官兵保护好现场，自己和老万跳上吉普车。

那姑娘见林子华要走叫喊着：“等等我，等等我！”

林子华没好气地吼着：“快。”姑娘上了吉普车，吉普车“轰”地驶了出去。

王副官见林子华去了医院，请示杨昌顺说：“团座，我们也去医院吧？”

杨昌顺点点头，两人钻进旁边停着的小轿车，向医院赶去。

金泉城地处甘肃河西走廊西端，是进出新疆的门户，又是古丝绸之路上的重镇，地理位置十分重要，历来为兵家争夺之重地。古时，西汉王朝为巩固西部边疆，在金泉设郡据关，自此遥遥两千多年，狼烟不息，征战不断，历史的脚步走到民国时期，这里仍兵连祸结，军阀盘踞。

医院在金泉城鼓楼东北的卫生街，没有高楼和宽敞的医疗室，一切都显得简陋而破败。此时医生们正在紧张抢救那个司机，气氛紧张而忙碌。那个司机奄奄一息，躺在病床上，嘴唇微微翕动似乎想说什么，可只见嘴唇动着，却发不出声音。林子华和老万忙凑在跟前倾听，因声音很微弱，还是听不清楚。

林子华见身旁围着很多人，嚷嚷闹闹的，便向大家说：“请大家回避一下，回避一下，让他静静，静静……”老万和医护人员都退了出去，林子华轻轻关上急救室门，返身回到病床跟前，把耳朵凑在司机嘴唇旁，仔细倾听司机说话。司机的声音还是很微弱。林子华叫喊着："大声点，大声点！"司机大概知道自己说不出话了，便用满是鲜血的手，在床单上颤巍巍地画起来。

林子华看出他试图要写什么字，但他只在床单上画出个"n"字形符号，手臂便软软地垂了下去。林子华又呼喊几声，见司机彻底不动了，惋惜地垂下脑袋。活口失去了，那辆车被什么人劫走，更是难以揭开的谜。他只好将那隐隐约约带字迹的床单撕下来，装进自己的包里。他的直觉告诉他，这个图形里似乎藏着什么秘密，也许是揭开劫车案的重要线索。

林子华装好那块床单布，上前打开了急救室门。

老万在门外倾听病房里的动静，却什么也听不到，见门打开了，急忙进来问："怎么样？怎么样？"

林子华难过地说："他，死了……"

"死了！"老万追问，"那他透露出什么情况没有？"

林子华摇了摇头。

杨昌顺和王副官赶来了，见司机死了，扼腕叹息。王副官问司机留下什么没有，林子华仍摇摇头。那块带血迹的床单，他丝毫没有透露，这是他的职业习惯，遇到这样的事，总是多个心眼，先藏着掖着兜着，自己独自琢磨，而后才公布于众。想想吧，哪块人群是真空？他们这些特工睡觉都得睁着眼睛！

王副官见林子华摇头，走到病床前仔细察看，忽然发现床单被撕去书本大的一块，顿然生疑："床单怎么少了一块？"旁边的医生掀起床单看了看，也觉得奇怪，嘟哝着"刚才还好好的啊？怎么就被撕去一块？"把目光转向林子华。

王副官也把带问号的目光转向林子华，又问："司机到底留下什么没有？"

林子华不高兴了，风凉地说："等我调查完毕，会专门向王副官报告的！"

"你……"王副官被这句风凉话呛住了，尴尬地说，"都是为了侦破案情，怎么说话连讽带刺的？"

杨昌顺看他一眼："少说两句吧，子华就这性格！"

王副官无趣地闭上了嘴巴。

杨昌顺、林子华、王副官和老万回到了路防团会议室，共同分析研究车辆被劫事件。杨昌顺落座就气恼地痛骂起来："三岔路口是我们跟友邻团交界的薄弱环节，再前行五六百米，就出了咱们团的防卫地界，可偏偏……哪路强贼？怎么就跟我过不去？害得我好苦哇！"

"看样子是土匪强盗干的。"王副官随口说，"这一带土匪强盗猖獗，气焰嚣

张，我提议马上派兵进山追剿。”

林子华却摇头说：“我看不像土匪强盗干的，从捡到的弹片和子弹壳看，他们的武器比较精良，从死尸身上的刀伤看，都在喉管上，一刀毙命，准确无误，显得训练有素。我观察过地上的弹壳，大都是7.6毫米、fnm1600勃朗宁手枪的，而土匪强盗惯用装弹多，且射程较远的盒子枪，匕首也是土匪强盗们所没有的，所以不像是土匪，当然也不能排除其他劫匪……”

“那他们就是共产党了？据情报讲，最近延安方面派来一个代号叫‘云雀’的共产党分子，潜入金泉城和黑河地区……”王副官说。

“共产党不会干这种偷鸡摸狗的事！”林子华断然否决。

王副官听林子华跟他扭着劲，嚷了起来：“林站长，你，你怎么说话总跟我拧着劲，口气像共产党？”

“大家不是在讨论劫车事件吗？不让说话，怎么分析？”林子华也嚷起来。

“可你说的话向着共产党……”

“不要说这些了，这是研究案子，大家都可以发表自己的见解，怎么扣大帽子？”杨昌顺见他俩又争执起来，指责王副官说：“把子华硬往共产党身上扯？这不是没事找事吗？”

王副官不吭声了。

王副官不吭声，林子华也不吭声了。杨昌顺见有点冷场，又拾起话头说：“当然了，王副官的提醒也不无道理，最近上峰来电说共产党真有个代号叫‘云雀’的地下人员潜入咱们地区，所以不能排除共产党分子的破坏！”

林子华一直默不吭声。

杨昌顺见他不说话，又道：“两个路防团的结合部，是防卫的薄弱坏点，这伙强盗偏偏在这里下手，说明他们蓄谋已久，狡猾狠毒，非同一般。子华认为呢？”他问林子华。

林子华听到杨昌顺问他，想了想回答说：“我在想，劫匪是怎么知道这辆车要从这里过往的？而且时间恰在有风沙的夜晚，又在两个护路团的结合部动手——我怀疑我们内部有人向他们通了风，报了信！”

这句话好像在会场上扔了一颗炸弹，会场的平静忽然被掀翻了。杨昌顺摇着头连连说：“不可能，不可能，这辆车经过金泉城的消息，只有我和王副官知道，况且我跟王副官得到消息不到三个小时三岔路口就出事了，从时间上推算，劫匪没有足够的时间赶到三岔路口，也没有足够的时间设伏——怎么可能呢？”

王副官迎合道：“正确，团座的分析正确！非常正确！”

老万也点头跟着迎合：“是啊，两三个小时内劫匪是没有足够时间赶到三岔路口的……”

林子华见杨昌顺和王副官对他的分析不以为然，郑重提醒：“我的提醒并非信口开河，信不信事实会说话，我再到现场看看！”说着起身准备离开，杨昌顺走过去拍了拍他的肩说：“放心，本团长相信你的分析，不过不要草木皆兵嘛！——拜托你了！”

林子华驾驶着吉普车和老万又赶到了现场。

已经中午了，忽然又起风了，呼呼作响，卷起的沙尘，满天飞舞。

林子华登上旁边的山梁，观看着周围的地形心里说，“劫匪狡猾啊！这里是三岔路口，向南进入南山，通往青海；向北进入北沙漠，直通黑河镇，还可以去蒙古草原；向东去兰州，西去哈密，劫匪劫了车，朝哪条道逃跑很难说清，再加上昨夜刮大风，车痕被风沙淹埋，一点痕迹都不留，劫匪太狡猾了！”

他正陷入沉思，老万从后面跟上来问：“子华，发现了什么？”

林子华所答非所问：“——看来这起劫车事件，绝非一般土匪强盗所为，大有来头，大有背景啊！”

“哦，那咱们怎么办？”老万问。

林子华轻蔑一笑：“俗话说，狐狸走过的地方总会留下腥臊——我们就循着这三条岔路寻找，总会找到蛛丝马迹的！——走！”

林子华迎着风沙走下山梁，去了路南的岔路口，老万随后跟上去。他俩仔细观察路面和周边环境，见没有什么情况，又去了路北的岔道。那是条很简易的沙土车道，蜿蜒向北，直去北沙漠。他俩仔细观察搜索着，林子华忽然在路面上发现了几点黑红色的污迹，好像几颗黑红的豌豆，他撮起来用手指捻了一下，是凝固的血滴，顿时来了精神，跟着血滴向前搜索。那血迹每隔两米出现一两滴，在二十多米远的地方断了，没有了。

老万分析说：“这血迹可能是刚刚滴落的，如果是昨晚滴落的，早就被风沙掩埋了。再说，早晨我们仔细搜寻过，并没有发现一滴血迹呀！”

林子华直起腰看了看风向，肯定地说：“这些血迹，肯定是昨晚滴落的。昨晚被风沙覆盖了，所以今早没有发现，现在起风了，把覆盖在上面的沙土吹走后，血滴自然浮现了出来。这些血滴可能是司助人员在与劫匪搏斗时留在车上的，边走边滴，直到凝固……”

“有道理！”老万思考半晌说。

老万见微风真把路面上的沙尘卷走了，原来的车辙也忽隐忽现，不得不承认林子华的分析有道理。于是，他俩跟踪观察到很远的地方。在一处低洼潮湿的路面上，他们终于发现了车轮印迹。林子华激动地叫喊："就是它，就是它！劫匪向黑河镇方向去了——马上向杨团长报告！"

老万服气了，夸赞他真神！

路防团召开紧急会议，由杨昌顺部署侦破任务。

林子华、王副官、老万和从情报处抽调的几个工作人员坐在会议桌前。会场气氛异常严肃紧张。杨昌顺说："……经过林子华和老万的侦察分析，现已确定劫匪把那辆车劫往黑河镇一带。鉴于此，总部命令我路防团和情报处马上组织特工队，由林子华任队长前往黑河镇侦破，追回车辆物资！"他讲到这里，把目光移到林子华身上："子华，你可是总部钦定的特工队长，怎么样？能完成任务吗？"

"保证完成任务！"林子华"嚓"地起立，吼狮般回答，"——但有个要求！"

"说。"杨昌顺说。

"这个车案无需兴师动众，无需派特工队，我独身前往就可以了！"林子华说。

"不，这是总部的决定！"杨昌顺耐心说，"子华啊，我刚才讲了，黑河镇可是个四不靠的边远大县镇，南来北往的人很多，除了本地人，商客、僧侣、艺人，乞丐等他来你往，非常杂乱。据情报讲还有外国间谍特务，政治背景非常复杂，交通又不便，而且没有外接的通讯线路，你独身一人前往，我不但为侦破车案劳心，还得为你的个人安全担忧！——我已经给你选好了队员——老万，还有从情报处抽调的三个年轻特工！"

杨昌顺指了指坐在林子华对面的三个年轻军人。

那三个军人站起来，异口同声，向林队长正式报到。林子华见木已成舟，不能扳回，只好缄口应承。杨昌顺见林子华认了，又说："还有一个人你必须接受！"

"谁？"林子华问。

杨昌顺说："重庆方面为了加强侦破力量，特派一位名叫蓝蝶的女特工前来助战——你应该高兴！"

"——我很不高兴！"林子华一听还有个女的，一股怨愤从心底油然而生，这不是欺负人吗？他大声回答。

"为什么？"杨昌顺一怔。

林子华露出不满神色，"嗵嗵嗵"放炮般嚷着说："什么督战？这叫小瞧人！分明是对我侦破能力的怀疑，对我林子华的不信任！老万和这三个队员，我可以考虑，这个女人，坚决不要！女人只能给特工队增加累赘、啰唆、麻烦！没有丁点好处！"

“——胡来！”杨昌顺发火了，“简直无法无天了！——这是重庆方面的侦破部署，你敢违抗？”

林子华见杨昌顺真火了，闭上了嘴巴。会场顿然鸦雀无声，更显严肃。

杨昌顺见林子华对上级派人督战有抵触情绪，严肃提醒道：“这个劫车案已经引起重庆方面的重视，它的分量有多重，你可以掂量得出来，因此绝不能有丝毫轻视怠慢！本团长命令你从现在开始做准备，等蓝蝶到来马上进入黑河镇，刻不容缓！——散会！”

王副官、老万和那几个队员悄悄起身离开了。

林子华却坐在桌前垂着脑袋一动不动。杨昌顺清楚他的心里有话，走过来对他说：“到我办公室去……”便兀自转身出门，林子华怔了半晌，起身跟随而去。

到了杨昌顺办公室，杨昌顺狠狠敲打了林子华两句，而后亲昵又神秘地告诉他说：“子华，你可不能小看这个蓝蝶，据总部赖主任透露，这个蓝蝶是蒋委员长亲命重庆保密局挑选的精兵。你是总部点的强将，她是重庆派来的精兵，你们强强联合，一定会马到成功的！”

林子华仍低垂着头不说话。纵使上司说得天花乱坠，他心里却很难接受这个女人，总觉得让一个女人督战很没面子，行动也不方便。他在那里怔了半晌，说：“团座，我是个很要面子的男人！我请求团座……”林子华的话没有说完，杨昌顺打断他说：“你给我什么都不要说了，两个字——执行！说实话，我刚听赖主任说重庆方面派来个女人，心里也不舒服，但这是上级的部署，是军令，不得不听，不得不服从，我都咽下了这口不舒服，你还有什么不舒服的？”

林子华听杨昌顺这么说，只有苦笑，无话可说了。

杨昌顺见林子华默认了，拍着他的肩神秘而暧昧地说：“金泉城路防团副团长的位子一直空缺着，我是看好你的，好好干吧，只要这次能限期破案，追回车货，我保你走马上任——做我的副手！”

林子华又是苦笑。

第二章 闯进旅馆的神秘客人

林子华从路防团情报处出来，低着头向住宿的金泉旅馆走去。

他来金泉城后下榻在这个旅馆里。本来杨昌顺让他住情报处的，但他没有点头，试想，住在那样森严闭塞的地方，能听到社会人群中的车案信息吗？旅馆其实就是个大社会，是信息传播地，侦破工作是需要搜集各种信息的。

旅馆是一座砖木结构两层小楼，是民国初年的建筑，式样老旧，设施简陋，但相比周围低矮的建筑群却显得鹤立鸡群，气派不凡。他住在二楼的一间套房里。外屋是客厅，有沙发、茶几、桌椅等，地上摆着一盆盛开的绣球花，看起来倒也有点豪华；里间是卧室。

他情绪低落地走进旅馆，登上二楼，打开房间，将挎包扔在桌上，倒杯水喝下去。他还沉浸在上峰给他派个女人督战的不快情绪中，于是坐在沙发里发起呆来。发了一阵呆，便拿过桌上的挎包，取出那块带血迹的布研究起来。他觉得上面那个“n”字形的血迹有秘密，却看不出秘密在哪里？它代表什么？意味着什么，他正研究着分析着猜测着，外面有人敲门，他忙把那块布收起来装进挎包放到桌子上，过去打开门。原来他们是老万和那三个特工队员。林子华见是他们，请他们进屋。

老万和那三个队员是来请求工作的，顺便安慰安慰他们的队长，还想发发牢骚。因为上面给特工队派个女人来督战，不但伤了队长的自尊，他们也很没面子。老万好打抱不平地说："……林队，还是你说得对，女人嘛，天生就是洗锅擦灶的，偏偏来督战，监督我们大老爷们干活，真叫人不好意思，哭笑不得！"这个话头一拉开，那三个队员愤愤不平，嚷嚷起来。

"女人嘛，啰啰唆唆，婆婆妈妈的，拖大家的后腿……"

"要是没有她，我们多利索，说走就走，说打就打！"

还有个队员用猥亵的口吻说："不过，特工队的男人这下有了开心活宝贝了，以后可以逗她玩，寻开心……"

"胡来！"林子华见这个队员的话出格了，脸色忽变，严厉道："我警告你们，她可是重庆方面派来的，以后说话行事要千万注意，少说傻话，少干傻事，少闯乱子，小心谨慎，否则让人家捅上去，你们吃不上兜上！"

那队员见林子华脸色严厉，不敢吭声了，其他两个也噤声屏息。

林子华说："……这是上级的决定，有意见可以提，也可以发发牢骚，但已经决定的侦破行动，必须执行。我们是军人，军人的天职就是执行！"

那三个队员起身应道："是是是！"

老万见林子华神色严厉，笑着解释："林队，他们是开玩笑，不要当真！"

林子华说："有些事是不能开玩笑当儿戏的。——好了，大家回去做准备，等蓝蝶到来就出发。今天算是咱们特工队的见面会，我布置大家两项任务，一是各自做好出发准备；二是走访调查，掌握新情况。每晚八点，准时来我这里碰头，报告情况！"

"是！"老万和三个队员起立，齐声应道。

太阳在紧张的工作中不知不觉沉入西面的地平线。徐徐降临的夜幕模糊了这座边塞小城，街道小巷、民房建筑顷刻变得萧索冷清了，有惨淡晕黄的灯光闪现，更显凄凉冷落……

夜已深沉，金泉城万籁俱静。金泉城旅馆二层小楼的那间客房里仍亮着晕黄的灯光。林子华已经上床了，但却躺在卧室床上翻来覆去，怎么也不能入眠，思考着劫车的到底是什么人？是土匪强盗？还是传说中游走在黑鹰山一带的侠客？但思来想去，最终不能确定。后来他索性起床，从外间桌上的皮包里拿出那块床单，研究起那带血迹的图案来，却仍没有搞清里面的奥妙。半夜时分，他倒在床上沉沉入睡。

凌晨三四点钟左右，外面的客厅里忽然有响动，他被惊醒了，从枕头下摸出手枪，轻轻起身向外间摸出去，但客厅里却什么也没有，只是窗户半开着，风吹着窗帘轻轻飘扬，沙沙作响。

他过去从窗缝隙向外观看，见楼房窗户下有一棵大榆树，树枝紧挨窗户，如果打开窗户进入房间是很容易的。这窗户怎么就开了呢？是旅馆服务员打开的？还是事先有人打开的？他一时说不清楚，思索了一阵，关上窗户，插上了插销。他准备回卧室，经过客厅，忽然发现有人动过他放在桌上的挎包，他忙拿起包看看，里面的车钥匙和笔记本都在。

——有人进来过？是小偷？还是什么人？他马上意识到有人企图在他身上得到什么！

第二天，林子华询问旅馆服务人员，服务员都摇头说没去过他的房间，也没听到什么声响。他听到隔壁房间有声音，遂上前敲门。当房客出现在他面前时，他愣了，她是前天拦车的姑娘："你怎么在这里？"他惊奇地问。

"这里是旅馆啊，旅馆就是住宿的，你不清楚啊？我就住在这里呀！"那姑娘却笑呵呵地说，又反问他："林长官怎么在这里？"

"我是来金泉城办事的，就住在隔壁！"林子华面对这个姑娘无话可说，半晌才应付道。

那姑娘听他在隔壁，就欢喜地叫起来："那我们是邻居，有缘有缘！"眼睛里闪烁着友好，请他进屋。林子华生怕她缠上他，忙后退，疑虑的目光却在她房屋里多扫了几圈。姑娘见他眼睛不安稳，到处搜索，问他："长官找什么呢？"

"女孩的房间，总有一股清香！——没什么，随便看看！"林子华抽抽鼻子答非所问，搪塞两句离开了。

他回到自己的房间，收拾了东西，锁了房门，马上前去情报处，将昨晚发生的情况报告了杨昌顺。杨昌顺听后大怔，在地上踱了几圈，问道："是不是小偷？"

"好像不是……"林子华摇摇头。

"那，那是啥来路？"

"这个可能与侦破车案有关……"林子华回答说。

杨昌顺沉吟着，默默点头，又在地上走了几步，道："金泉城和黑河地区虽然是抗战大后方，但社会状况复杂，共产党、苏联人、周边国家的所谓考察家、探险家，还有日本特务间谍都穿梭来往频繁活动。——这个入盗者极有可能是共产党的地下人员，他们无孔不入啊！"

"可他们盗窃什么？无所图谋呀？"林子华说。

杨昌顺说："有可能从你身上探究什么秘密。听说黑河镇共产党地下组织活动频繁，他们是不是害怕特工队前去黑河镇会发现他们的什么秘密？破获他们的组织？所以……”

林子华轻轻摇了摇头把脸转向旁边。这是他长期以来形成的习惯，听到不靠谱的话总是把脸别过去，或者低下头，表示不愿接受。

杨昌顺见他转过脸去，知道他不愿接受他的分析，便说：“这仅仅是我个人分析，你做个参考。不过，这个劫车事件，跑不出共产党、土匪强盗，必须把他们盯住，盯死！”

王副官在旁边倾听，默不作声，杨昌顺问他：“王副官，有何高见？”

王副官直率地回答：“团座的分析有道理，那入室者很可能是共产党，跟劫车者是一路人！”说完望着林子华，看林子华的态度，林子华脸仍转向旁边，无动于衷，好像没有听到。王副官无言了，杨昌顺也不再说什么。林子华在那儿怔了半晌，大概觉得没有什么实质性的结论，准备起身离开。

杨昌顺见他要离开，上前拍了拍他的肩关心地说：“子华，还是搬过来住路防团情报处吧，外面太危险！”

林子华摇摇头。

杨昌顺说：“那就多加小心，注意安全！”

林子华点了点头出门了。

他垂着头沉思着顺街道朝旅馆走。忽然神经质地转身朝后观看，这一看，忽然发现身后有人注意他，那人见他注意他便闪身躲了。林子华本想追逮那人，摸清他到底是哪路人，企图干什么？觉得这样干为时过早，会打草惊蛇，于是装作毫无觉察的样子，绕过热闹的街巷，回到了旅馆。

回到旅馆后，他又拿出那块床单研究起来，忽然幡然醒悟，昨晚那个入盗者很有可能是冲着这块床单来的，他们想知道这块床单上留下了什么秘密。他忽然觉得这块带血迹的床单很重要，是引诱对手现身的诱饵，便决定用它引诱狐狸出洞。他觉得这个“诱饵”带在身上不安全，见客厅地上有盆绣球花，花朵怒放，便找来油纸，将那块布包裹起来，挖开花盆里的泥土埋在下面。这样既安全，又可引蛇出洞。他刚忙完直起腰，忽然有人敲门，他忙摆好花盆，搓擦掉手上的泥土，回应道：“谁？进来。”

有人怯怯推开门，探进脑袋，原来是那个姑娘，林子华不觉一愣：“有事吗？”

“想跟‘邻居’说说话。”那姑娘呵呵笑着。

林子华欲说忙，还没等开口，她进屋了，边环视房间边连连说：“林长官到底是长官，住着高等级客房！”

"哪里，是我掏的钱多嘛……"林子华说。

那姑娘望着地上的花盆，夸赞起来："这盆绣球花开得多好看啊！"

林子华有点紧张，忙说："不，不好不好，人都说臭绣球，一般人家是不养这种花的！"

"我看这花开得好看嘛！"那姑娘说着走过去，弯腰观赏花朵。见此情景，林子华忽然警觉起来，心里自语着她是什么人？要干什么？他决定支走她，他说："一盆臭绣球花有啥好观赏的？东街公园各色花朵，争艳吐芳，还有左公柳！"

"那好，我改日去观赏。"那姑娘说，直起腰，离开花盆。

"姑娘有事吗？"林子华问。

"没事就不能跟你聊聊？"姑娘顽皮地反问。

林子华听她这样说，无言以对了，只好说："那好，聊吧。不过我是军人，整天除了跟执行和命令四个字打交道，情感单一，可能没有啥好聊的。"

"那不一定。我发现你这人感情丰富，挺招人喜欢！"那姑娘说。

"是吗？"姑娘的话引起林子华的注意，他调侃地说："你喜欢我？喜欢我什么？说说吧！"

那姑娘却所答非所问地说："林长官就让本姑娘这样站着跟你说话啊？这样多不礼貌？"

林子华便请她坐，又倒杯茶放在她面前的茶几上，跟她玩笑起来："本长官让座了，茶也上了，这下该说话了吧？"

姑娘嘿嘿笑着："你还当真了？"

"军人是说一不二的。"林子华铿锵有力地说。

"好，我说。"姑娘收起嘿嘿傻笑，一脸正色道："——本姑娘发现你正直、同情下民，有中国人的正义感……"

"哦？从何说起？从哪里看我有正义感？"林子华抬眼凝视着她。

姑娘说："能救小女子于荒野，足够也！前天要不是你，我不知会怎么样？"

"哦，是这样啊！"林子华说，"都过去了，还记着啊！"

姑娘说："本姑娘会铭记在心，永世不忘！"

林子华哈哈笑着："好好，铭记在心，永世不忘！"

他俩正说笑着，旅店服务员笃笃敲门，通知林子华说有电话。那姑娘起身出门。林子华拉上门，去前台接电话。是老万的，他发现了新情况，林子华说如果情况重要就马上赶过来，一般情况就等晚上"碰头"汇总。老万说一般情况。林子华便让他晚上跟那三个队员同来旅馆"碰头"。他准备挂电话，偶尔从窗户里发现旅馆旁的街道上有形迹可疑的人，便提醒老万："路上要小心点！"

老万在那头应了一声，挂了电话。

傍晚时分，金泉城上空飘起雨水，到处淅淅沥沥的，大街小巷，行人忽然稀少了，建筑房屋和街旁的树木花草罩在蒙蒙雨水中。

老万和两个队员冒雨向旅馆走来，参加"碰头"会。

林子华站在窗前望着满世界的雨水心里暗暗叫苦。前天是狂风沙尘，今天又是暴雨，这场雨来得真不是时候，把劫匪留下的痕迹全都冲洗了，给他出难题，找大麻烦了。他心里很着急，可这个蓝蝶却不见踪影，再拖下去，黄瓜菜该凉了。唉唉！他叹着。这时老万和那两个队员敲门进来，林子华见他们三个衣服都湿透了，赶快让进屋暖和暖和。

还有一个队员没到，老万说他已通知了他，可能马上就到。林子华让大家坐下边等那个队员边谈各自了解的情况。他们四个人各自都交流了情况，除了林子华昨晚客房里发生的事，其他人没有掌握到新情况。已经快十点了，那个队员还没到，林子华忽然感到有问题，准备让老万和那两个队员去看看，忽然楼下传来叫喊声："快快！有人受伤了，有人遇刺了，快快……"

听到喊声，林子华预感这个遇刺受伤的人与迟到的那个队员有关，于是"腾"地跳起来，冲出门。老万和那两个队员也跟着冲出去。

林子华冲下楼梯，来到前台大厅，一眼看到旅馆门前围着几个人。他跑出去拨开那几个人，看到雨地上躺着一个人，果真是那个队员。他满身是血，迷迷糊糊。林子华忙蹲下去抱住他喊着问："怎么啦？发生了什么事？发生了什么事？"

雨水纷扬扑打着，那个受伤的队员从昏迷中醒来，颤颤巍巍抬起手，指着前面，断断续续回答："刺，刺客……小巷，巷口……"话没说完，脑袋歪向旁边，手臂耷拉了下去。

林子华抹掉脸上的雨水，令老万把遇刺的队员送往医院，自己带着另一个队员向小巷口冲去。

那条小巷幽暗窄狭，巷口的路灯洒着晕黄的光；巷内阒无一人，雨水猛烈下着，地上到处是水，稀里哗啦的，令人冷森而恐怖。林子华冲进巷子，顺着巷道向前摸索，寻找着刺客。那个队员举着枪紧紧随后。他俩从小巷这头摸到那头，却没有发现人迹，林子华失望地放下了枪，与那个队员向医院跑去。

林子华和那个队员还没有跑到医院，那个遇刺队员已经死了。林子华愤怒而痛苦地垂下头。时间似乎凝固了。这时林子华忽然想起什么，大叫一声："老万，你们

留在这儿处理后事，我马上回旅馆……”话没有说完冲出了医院。因为他隐隐意识到这是对手使的“调虎离山”计，他离开旅馆后，有人会乘虚而入，盗取那块带血迹的布……

果不其然，在林子华和老万以及那两个队员离开旅馆后，有个蒙面黑人悄悄攀上旅馆楼下的那棵大榆树，打开他的住房窗扇，潜入他的房间……

林子华跑进旅馆，登上楼梯，快到自己的房间跟前时，放轻放缓脚步挪了过去，掏出钥匙悄悄打开了门。因为林子华及时赶回，那个蒙面人逃跑不及，惊慌失措，闪身躲到卧室里，藏在门后举起手枪，准备向林子华开枪。

林子华打开住房门，向客厅扫视一圈，发现地上有带泥水的脚印，知道蒙面人躲在卧室里，还没来得及逃跑。他在明处，蒙面人在暗处，贸然闯进卧室，会挨黑枪，于是他在那儿略作思考，便装作不知情的样子，走过去歪在沙发靠背上，佯装困顿，打起呼噜来。他计划把卧室里的入盗者引出来生擒活抓。

躲藏在卧室门后的蒙面人听见呼呼鼾声，不知是林子华使的计，大概心里又着急，果然端枪走出卧室，轻轻向客厅门口移动，试图从门里逃走。他刚打开门，林子华忽然从沙发里一跃而起，一脚将他手里的枪踢飞，将手枪对准了他，同时拉亮了电灯，蒙面人暴露在灯光下。

“放下枪！举起手，揭下面罩！”林子华喝令。

那家伙见难以逃脱，慢慢将手里的枪放在脚下的地上，接着抬手揭面罩，然而就在此时，那家伙突然身子往下一蹲，紧跟着飞来一脚，把林子华手里的枪踢飞了。身手之快，在眨眼间。林子华失去了枪，便赤手空拳与那家伙打斗起来。那家伙在打斗中，摸起掉在地上的手枪，对准了林子华。就在这关键时刻，不知哪里“嗖”地飞来一枚石子，打中那家伙的手腕，手里的枪“啪”掉在地上。那家伙发现有人暗中下手，夺门而逃……

林子华出门追赶了一段路，但那家伙忽然不见踪影了。街上小暗巷很多，他不知那家伙钻进哪条巷子？再追寻下去也不会有结果，便停住脚步，转身回了旅馆。

他的房间敞着门，他在追赶蒙面人时没及锁上。他走进房间，返身关好门，看看花盆，不曾有人动过，舒了一口气，放下手里的枪，仔细观察窗户和地上留下的脚印，思考琢磨着这个家伙是什么人？打飞石的又是谁？

雨渐渐停了，东方渐渐出现亮色。

天亮了，街道上已有行人走动，市声不断传来；旅馆的服务人员也已起床，开始清扫楼道室外卫生，清晨的宁静彻底被打碎了。林子华忽然想起什么，急急出门，向隔壁姑娘的住房走去。

那姑娘的住房门紧紧闭着，他准备抬手敲门，又犹豫不决。这时身后忽然有人说话：“要敲就敲，犹犹豫豫，哪像个军人？”他转身一看，是那姑娘，很是尴尬。那姑娘问：“林长官，有事吗？”

“哦，想说说话……”林子华搪塞说，但话一出口便懊悔了，大清早的说什么话？他更加尴尬，浑身很不自在。那姑娘却似乎无所觉察，打开门做了个请的姿势：“请进！”

林子华只好走进她的房间。

那姑娘上穿紧身衣，下着灯笼裤，一身短打扮，林子华为之惊奇：“你，这是……”

“晨练，跑跑步，踢踢腿，锻炼身体……”那姑娘说。

“哦……”林子华明白了。

“林长官请稍坐，我去换件衣服……”那姑娘去了卧室，林子华乘此机会环视房间和陈设，没有发现什么异常。

那姑娘麻利地换了衣服出来，给林子华沏杯茶端到他面前说：“请，喝早茶！”

林子华因为在这里没发现什么，准备离开，见姑娘端上茶，忙说：“不用麻烦，我这就走了。”

“林长官不是要跟我说说话吗？屁股还没落定，怎么又要走？怕是茶里有人下毒？”那姑娘半是玩笑半是真地说。

“哪里哪里？我是忙。”林子华忙说，端起茶杯，象征性地抿了一口，问她：“——不是金泉城人？”

那姑娘说：“家在黑河镇，住在旅馆等待去黑河镇的车辆或者驼队……”

听说她家在黑河镇，林子华忽然对她兴趣大增，屁股稳稳地坐了下来，决定探探黑河镇的情况。他问：“找到去黑河镇的车辆驼队没有？”

“没有。”姑娘说。

林子华又要问，还没及开口，那姑娘却问他：“——林长官，天快亮的时候，您是否遇到了什么麻烦？”

“哦？！你，你是怎么知道的？”林子华猛地抬眼盯住这个有点傻气的姑娘。

“深更半夜，您房间里有人打斗，跟打擂台似的，我还能听不到？”那姑娘说。

“哦……”林子华见她听到了，支吾道，“那可能是个小偷，奔着钱财偷偷进了我的房间，我跟他打斗了起来，后来他就逃跑了……”

“没那么简单吧！”姑娘摇了摇头说，“金泉城是古丝绸之路上的重镇，历来兵家竞相争夺，现在中国的外国的，各路人等都在这里出现，情况很复杂，要千万小

心！”

“是吗？”林子华忽然对眼前的傻姑娘刮目相看了，心里油然涌出一连串疑问：她是什么人？林子华正在猜想，旁边有人笃笃笃地敲他的房间门，林子华起身对姑娘说：“对不起，有人找我。”

“去吧，林长官是大忙人。”姑娘说。

林子华起身出门，看见敲他房门的是老万，身后跟着杨昌顺和王副官。他忙跑过去，打开房间门，请上司落座。

杨昌顺是从老万那儿听到队员遇刺的消息后赶过来的，他想听听详细情况。林子华和老万便把那个队员遭暗杀前后的情况报告给杨昌顺。杨昌顺听后怔在那儿半晌无语，特工队还没出征，就有人被刺杀，他感到问题严重。是哪路人？他左思右想，不得其然，便问王副官：“王副官，你看这是哪路神仙？”

“我分析是共产党的地下组织，共产党惯用这种手段……”王副官肯定地回答。

杨昌顺又问林子华：“子华你认为呢？”

林子华思考半晌说：“这种此地无银三百两的傻事，共产党是不会干的！”

“不是共产党干的，是谁干的？”王副官不高兴了。

林子华说：“这个队员身上的刀口位置和凶手作案的手段，都跟劫车的劫匪相似，可以肯定，他们跟劫车者是同路人。上次我说过，根据这些人使用的武器和我捡到的弹壳可以判定，这伙劫匪非同一般，是有大背景、大来头的！据情报‘九·一八’事变后，日本帝国主义派遣大批特务间谍潜入西部，是不是他们所为……”

“——荒唐了！”王副官打断林子华的结论：“这里是大后方，日军连兰州都没有到过，怎么会到这里？拉扯的上吗？”

林子华说：“大后方也并非风平浪静，日军的间谍特务像猎狗到处都有，咱们这里又是全国抗日援华国际交通线，他们能放过吗？前不久，我看到一份资料，日本人的所谓考察团、探险队、考古队，二十年前就在中国西部活动，蒙古高原、喀什、金泉、敦煌等地都留下他们的脚印，他们绘制的军用地图，不放过一个村庄、一个泉眼、一条小河沟，甚至河沟上的小桥、树木……相比国军的军用地图，精密几十倍，他们在二十多年前就做好这场战争的准备了，而我们呢？不可掉以轻心啊！”

“林队说的也是……”老万插言说。

“我也看过一份资料，说日军的地图上不但清楚地绘制着小河小沟，就连树上有几只果子也画得清清楚楚……”王副官讥笑说。

"——放肆！"杨昌顺见王副官嘲笑挖苦林子华忽然恼火了，"有你这么说话的吗？有你这么讨论问题的吗？你这个王副官啊，我知道你盯着路防团副团长的位子，可你得拿出真才实学往上攀，不要东一榔头，西一棒子乱来！对子华有看法你可以说，可以提出来，可这是讨论案子，是军事秘密，是跟对手真刀实枪你死我活地斗，能这么耍儿戏吗？已经有队员遭暗杀了，问题已经很严重了，再要这么儿戏下去，会误大事的！"

王副官被一顿训斥，不吱声了。

杨昌顺见王副官不吭声了，放缓了语气，对大家说："好了，以后我们都不要再纠缠什么共产党、日本人，还是土匪的问题，我们的目的是侦破车案，追回那批货，谁劫走我们的车和货，谁就是我们的敌人，我们就跟谁要，就跟谁交手，其他的人和事，一概不问！"说完，他对王副官和老万说："你和老万忙去吧，我跟子华谈谈，罢了，再跟你们谈……"

王副官和老万起身讪讪出去了。

王副官和老万离开后，杨昌顺对林子华说："子华，有什么想法，说吧！"

林子华说："团座，从这个队员被杀害和我遭遇袭击的情况分析，可能路防团情报处有人泄密，否则特工队刚刚成立不会有人袭击我们。再则，昨晚那个队员的刺杀，是敌人设的调虎离山计……"

"调虎离山计？怎么回事？快说说看！"杨昌顺听此兴趣大增。

林子华说："……他们把那个队员杀成重伤，其目的就是让他给我报信儿，把我引出旅馆，他们好乘虚而入，进入我的房间……"

"哦，是这样？"杨昌顺震惊地问，"那他们进入你的房间没有？"

"进入了。"林子华点头。

"盗走了啥？"杨昌顺关切地问。

"没有。"

杨昌顺舒口气，责怪道："子华啊，他们屡次偷袭你的房间，到底想要什么？告诉我？"

林子华有点为难地："团座，这个，您就不要问了……"

"——是那块床单吧？"杨昌顺说。

林子华见他猜到了，不置可否。

杨昌顺点着林子华的鼻子说："我就知道你把那块床单私藏起来了。——这可是犯规矩的事，要杀头的，你这个老毛病要改改了！"

"团座，您是清楚的，这些事知道的人越少，对侦破越有益，再说，咱们这个圈子也不是真空，我得留着一手啊！”林子华辩解道。

“这个我知道，可你对团座也不相信？”杨昌顺说。

“不不！”林子华忙说。

“子华，这可是最后一次，下不为例！”杨昌顺警告说，“以后不许在我跟前打埋伏，你可是我的左右手，我这个半路兼任的情报处长还得靠你啊！”

“遵命！”林子华应道。

杨昌顺拍了拍林子华的肩说：“子华啊，我一直劝你住在路防团，路防团安全，可你非要住旅馆，多危险，搬回来吧？”

林子华说：“搬回来，我是安全了，可谁敢来这里跟我们打交道？他们不出头露面，我上哪里抓线索？——他们这不是把线索送上门了吗？”

“你呀，点子就是多。”杨昌顺顿悟，“——那块布上有没有情况？”

“有！”林子华回答说，“但现在还没有分析出结果，不过……”下面的话，他在口腔里转了几个圈，咽回肚里，他是不见兔子不撒鹰，但杨昌顺却截住话头紧追不放：“不过什么？说下去，说下去！”

林子华见直逼他，便说出了自己的感觉：“那块布的事只有你我王副官和老万很少几个人知道，为什么……”

“这么说内部真有人……”杨昌顺盯住了林子华的眼睛。

林子华点了点头。

“有目标吗？”杨昌顺低声问。

“暂时没有，但最终我会抓住他们的狐狸尾巴的。”林子华摇了摇头。

杨昌顺背起手，在地上走了两圈，回头问：“那，下一步怎么办？”

林子华顿了顿，低声说：“他们不是千方百计想得到那块床单吗？……”

林子华刚吐出这几个字，杨昌顺心里便明白他的意思：“你的意思是……”

“对！”林子华诡谲地说，“咱就来它个将计就计……”

林子华对杨昌顺一阵耳语，杨昌顺点头表示同意。

第三章
谁是幕后黑手

杨昌顺与林子华秘密商议，设下“局”后，便离开旅馆回了情报处。

老万和那两个队员早就等在林子华的客房门前，见杨昌顺和王副官走了，便拥进房间。一个队员遭遇暗杀，林队长的客房接连遭遇偷袭，桩桩件件都预示着案情越来越重大，形势越来越严峻，知道特工队有特大行动，他们准备接受新的任务。他们问林子华：“团座有啥指示？”

林子华说：“团座让我回河西情报站。”

老万和那两个队员原本料想特工队有重大行动，听说杨昌顺让林队长在这关键时刻回情报站，有点突然，且不可思议。老万问林子华：“回情报站？回情报站干啥？”

林子华说：“急需几份资料，需要马上取回来。明天赶不回来，后天早晨一定赶回来，放心！……”

他给老万叮嘱安顿急需完成的几项任务，罢了，驾着吉普车走了。

这天晚上，金泉城的夜色很浓重，似乎陷入黑色的泥浆，沉沉夜幕下的街道小巷、民房建筑，萧索冷清，有几点惨淡晕黄的灯光闪现，更显凄凉冷落。天黑时间不长，靠近金泉旅馆楼旁的小树林里忽然出现个蒙面人，他蹑手蹑脚钻进树丛深处，轻轻拨开眼前的树枝，两眼窥视前方，顺着他的目光看去，是旅馆二楼林子华的房间。

那片树林距离旅馆大概六七十米远，幽暗而深沉，那蒙面人躲在树丛后，一直盯视着林子华住房的那扇窗户和周围，然而那里却没有什么动静，直到东方的天际出现亮光，那房间周围也没有什么异常动静，蒙面人见没有结果，悄悄退出树林……

——他是林子华，白天他说去情报站取什么资料，其实他走到半道便将吉普车驶入路旁的胡杨林，天黑后悄悄返回了金泉城，扮作蒙面人潜伏在这片小树林里“蹲坑”，计划逮住那个入盗者，但遗憾的是那个入盗者没有来，他扑空了。他退出树林后，看看周围无人，便在街旁的公用电话亭，给杨昌顺拨了电话。

杨昌顺从后半夜就独守在办公室的电话旁边，等候林子华“蹲坑”的消息，听到铃声马上接起电话，他问情况怎么样？林子华说“野猫”没有出现。杨昌顺有点失意，怀疑那个“野猫”闻到什么缩了回去。林子华说不会，因为他是天黑后才悄悄潜入金泉城的，绝对没有人发现。

杨昌顺听是这样，便决定今晚继续守着，“野猫”他们急需那块床单布，急需搞清上面的秘密，所以不会不露面的。

林子华隐退了回去。

天黑后，林子华又驾着吉普车来到金泉城，把车藏在城郊的破厂房里，悄悄潜入城内。今晚他没有去那片小树林，而是攀上旅馆对面的建筑物，躲在房顶监视他房间的动静，但天渐渐亮了，那只“野猫”还是没有出现，他又扑空了。他意识到那“野猫”闻到什么不敢露面了。他马上退出“坑”，把情况报告杨昌顺。

杨昌顺又在办公室守了一个通宵，听到林子华的报告，也意识到什么地方出了漏子。林子华“蹲坑”的事，只有他和林子华清楚，“野猫”他们是怎么知道的？出鬼了？他正百思不得其解，桌上的电话嘀铃铃响了，他抓起电话问：“哪位？”对方说：“我是河西情报站的，昨天有人打电话询问林子华在不在站里，我们说林站长去了路防团情报处。——怎么回事呀？林站长没事吧？”

杨昌顺一听什么都明白了，难怪“野猫”不露头，原来有人已经知道了消息。他问情报站，是谁打电话询问林子华的情况？情报站那面说：“那人不肯留姓名，电话是公用电话……”

“狡猾的东西！”杨昌顺慢慢挂上了电话。

林子华回到情报处。杨昌顺把情况告诉林子华，林子华顿然愣在那儿，半晌喃喃自语：“……难怪，难怪‘野猫’没有露面，原来是这样，我们的一切行动他们都了如掌指，看来我们的对手不简单，很不简单啊！——我轻看了他们啊！”他用拳头击着额角，痛悔自己太轻敌了，不但没有逮住对手，还让对手给耍了。

杨昌顺说：“——有人给敌人通风报信!看来你的分析是对的，我们路防团情报处真有问题，劫车事件是内外勾结干的！”

林子华点了点头。

杨昌顺思谋着在地上踱了几步，提议说：“子华，你回情报站的情况，知情人范围不大，我看顺这个线索摸下去，挖出这个内奸，你看怎么样？”

林子华说：“我外出的情况知道的人不少，王副官、老万、两个队员、旅馆里的人，还有隔壁住的那个姑娘……”

“旅馆的人也知道？”杨昌顺惊异道。

“如果有人时时盯着我，我晚上不见了人，不就把啥都说明了？”林子华说。

“哦，你说得对。”杨昌顺点点头，“这面就大了，不好摸了，那怎么办？”

“先稳住，不要打草惊蛇，我们瞪大眼睛盯住狐狸，让他进一步暴露尾巴！”林子华说。

“好，听你的。”杨昌顺说，忽然又询问，“哎，你隔壁住的那个姑娘怎么回事？是不是喜欢上你了？”

林子华笑了：“团座，她是个女学生，家在黑河镇，住在旅馆等待去黑河镇的车马驼队……”

“哦……”杨昌顺沉吟着，“不过，要警惕点，金泉城不太平啊！”

“是啊！”林子华接着说，“团座，这两天我还发现一个新情况！”

“什么新情况？”杨昌顺盯住他。

“这些天，除了有人盯着那块床单，我发现还有人试图转移我们的侦破视线，想拖住我们，把我们拖在金泉城，不让接近黑河镇。——这就说明黑河镇有更大的文章、更大的秘密。拿破仑将军曾经说过，我们不能干敌人希望的事情……”林子华分析说。

其实，杨昌顺也已意识到这个严重问题了，可重庆派的蓝蝶到现在还没到来，特工队只好耗在这里。案发已经三天了，而特工队迟迟不能出发，让劫匪逍遥在外，就是有踪迹，也消失了，谁不着急啊？杨昌顺想到这里，起身说：“好，我给总部赖主任直接打电话，问问蓝蝶的情况，看这个蓝蝶啥时候到？”他拿起电话，直接拨通了总部赖主任。

然而，令杨昌顺和林子华都没有想到的是，赖主任说蓝蝶早已到了金泉城，而他们却一点都不知道。赖主任在电话里告诉杨昌顺：蓝蝶是两天前从重庆乘飞机直赴兰州的，在兰州没有停留，也没有告诉他行程安排，下飞机就直接乘车去了金泉城。杨昌顺听此消息，大为惊异，对赖主任说：“情报处直到现在都未见她的人面啊！”赖主任说：“这个女人行动秘密，到兰州后给我都没有打声招呼，不过这样也好，省得前后忙活。我估计她昨天就到了金泉城，可能马上就去情报处。”

杨昌顺和林子华听到这个消息，愣在那儿半天说不出话来。

林子华说：“她昨天就到了，怎么不来情报处？怎么到现在还不露面？奇怪……”

“你们这些特工都是些怪人，越是高级别的，越有能耐的越怪，怪得叫人丈二高的和尚——摸不着头脑！……”杨昌顺哭笑不得且气恼地说。

然而，此时林子华忽然想起什么，调头出门朝旅馆跑去……

正在杨昌顺和林子华谈论那个行踪怪异的蓝蝶时，一辆黄包车出现在金泉城大街上。车座上是个二十三四岁的女人，戴大墨镜，穿蓝段旗袍，波浪似的披肩长发，漂亮优雅的脸蛋，但面部表情冷峻忧郁，冷冰冰的；身旁放着个小皮箱，一看她那装扮行头，便知道她并非一个平常女人。

黄包车来到金泉旅馆门前，女人下车付了车费，提起小皮箱走进旅馆大门。

那女人刚进旅馆时间不长，林子华也赶到了，他登上二楼，向自己的房间走去。

来到房前掏出钥匙轻轻打开了门。开门后，他没有急于进去，站在门口仔细观察房内，又拿鼻子闻闻。这是一个职业特工的习惯，只这一看二闻，室内的情况便掌握个八九不离十。他发现客厅的桌子抽屉有人开过，桌上的东西也有人动过，马上意识到有人进来了，再仔细观察，发现有人藏在卧室门后。见此情景，他略微思忖，轻轻走进房门，过去坐在沙发里，笑眯眯地跟藏在卧室门板后的人调笑起来：“出来吧，我知道你是谁？你是一个女人，个头差不多一米七，身段苗条，曲线优美，脸蛋很美，只是胸脯小了点，失去了女性美……”

“住口！”林子华的话还没有落点，突然卧室门后的人呵斥一声，接着从门板后闪出来，拿手枪逼住了林子华——她是先前坐黄包车过来的女人，漂亮美丽而又冷傲忧郁，冷着脸厉声说，“一派胡言，本姑娘毙了！”

林子华见果然出现个女人，猛然间惊怔发愣，却转瞬平静，因为他知道这女人是谁了，仍旧拿调笑的口吻说：“蓝蝶，蓝小姐终于出现了，我在这里已经苦苦等了你三天！啧啧，果然美丽漂亮，不过冷傲忧郁了点，标准的冷美人。”他打量着她，发出几句恭维。

事实上他的评价毫不过分，她真的很美丽，很漂亮，只是眼眉里凝结着冷傲和忧郁。

“不许胡说！”蓝蝶斥责道，但语气比先前稍稍缓和了点，并放下手里的枪。

林子华见她的言语缓和了，便开玩笑说：“没想到我们的相见是峰回路转，别开生面，带着浓厚的传奇色彩，很像传奇小说的情节啊！——这一路上辛苦了？”

蓝蝶见林子华知道她是谁了，便收起手里的枪回应：“辛苦倒没有，只是这条路不好走，交通很不方便……”

“是嘛？请坐吧！”林子华说。

蓝蝶坐在客厅的沙发里。林子华倒杯水端过来，坐在旁边的沙发里探问道：

“听说蓝小姐昨天就到了金泉城……”他对她昨天就到金泉城，现在才出现充满着迷惑。

“不，是今天早晨。”蓝蝶郑重说，“来金泉城的这条路太糟糕，坑坑洼洼，颠颠簸簸，我搭的便车又老出毛病，走走停停，从昨天早上六点钟出发，来到金泉城就到今天凌晨了，在车站洗了把脸，在街上的小饭馆吃了碗面，转悠到这里，登了间住房，就到现在了……”

“哦。”林子华说，“从兰州到金泉城，八百公里路，你的行程近二十四个小时，跟老牛车爬差不多啊！”

“是啊！差点来不了了！”蓝蝶苦笑着。

林子华跟蓝蝶就这么接上了头。林子华看看自己的房间，对蓝蝶私自打开他的房间门，乱翻他的东西，一直满腹狐疑，很不舒服。他觉得她的行动有点诡秘，偷偷摸摸的，跟日本特务间谍似的，他打算瞅机会让她回答这是为什么？然而，蓝蝶似乎看出他的心思，反问起他来：“林队长，知道我为什么偷偷打开你的房间门吗？知道我为啥翻你的东西吗？因为我——”

蓝蝶正要回答，林子华举手制止：“停！蓝小姐不要说，让我猜猜，看我回答的对吗？”

“好吧！”蓝蝶说。

林子华说：“您是钦差大臣，您是想试探我，考察我，看我能否发现，警惕性是否高，反应能力是否强，保密物件是否妥善保存，对吧？”

“嗯！林队长果然挺敏捷。”蓝蝶点头夸奖道。

“谢谢夸奖！”林子华说，“不过，有人总认为我们这些人都是吃干饭的，还派个钦差大臣督战。”

“嗯？”蓝蝶看看他，“看来林队长有情绪？”

“不敢！”林子华说，“不敢有情绪！”

“没有情绪就好！”蓝蝶说，“好了，不扯这些了，我想问林队长几个问题。”

“问吧。”林子华说。

蓝蝶说：“刚才林队长是怎么发现我在你客房里的？”

林子华回答说："这很简单啊！因为我一进门就闻到一股高级粉脂和淡淡的香水味儿，哪个男人有这爱好？"

蓝蝶一怔，接着问："那么，是怎么知道我的个头高矮的？怎么知道……"

林子华说："其实，我是看到你露在门板外的脚尖了，一看皮鞋尺码不就一清二楚？"

"那你怎么知道是我——蓝蝶？"

"这个问题更简单，因为除蓝小姐，哪个大胆的女人敢擅自闯入本特工队长的房间？而且还是偷偷打开门的……"林子华说。

蓝蝶觉得不无道理，但还不服气，又瞪着眼睛，盯着他冷冷问："那你刚才说，我，我那里，是怎么回事？……"她不好意思说出乳房小的话。

林子华笑了一下，巧妙地回答："我说蓝小姐那里小，是因为你藏身的门板快挨近后面的墙壁了，这就说明你小巧玲珑，如果像我这样的大块头汉子，藏在门板后，那门板跟墙壁的距离起码在两尺开外，所以……"

"狗嘴里吐不出象牙!"蓝蝶的脸颊"噗"地红了，"——不过，还有点小聪明！"

"过奖了过奖了。"林子华笑着说，"好了，不说了，总算把蓝小姐盼来了，我去给团座打电话或者带你去路防团情报处见他。"

"不忙！"蓝蝶忙说，"本小姐喜欢独来独往，大可不必惊动情报处！"

"打声招呼，一是礼貌，二是表明钦差大臣到任了。"林子华说。

蓝蝶见林子华执意要去，便说："那好，给他通知一声，就说我蓝蝶到了。"

"好！"林子华起身出门了。

大概十分钟后，杨昌顺和王副官来到了旅馆。林子华向杨昌顺介绍了蓝蝶，又向蓝蝶介绍了杨昌顺。杨昌顺和蓝蝶握手问候寒暄。蓝蝶显得冷傲矜持，微微点头，以示回礼。杨昌顺转身向蓝蝶介绍王副官："这是我的副官，王副官……"

王副官笑嘻嘻地上前欲握手，蓝蝶大概觉得王副官不够档次没有伸手，王副官尴尬地缩回了手，退回到杨昌顺身后。

杨昌顺见此情景也有点尴尬，忙把话拐到别处，他说："听说蓝小姐昨天到的金泉城？"

"不！"蓝蝶用重申的口吻说，"准确地说是今天早晨五点二十八分。——这条路太糟糕，颠颠簸簸，车又老出毛病，走走停停，到金泉城就很迟了。"

"哦……"杨昌顺点了点头，见蓝蝶表情冷漠，便不再问，心里想离开，但该进行的程序还没有结束，便坐下来问，"蓝小姐，上峰有何指令？"

“——不惜一切代价，采取非常手段，排除一切干扰，按期破获车案，追回那批货！”蓝蝶用命令的口气说，“——上峰对此案非常重视！它的分量想必团座也很清楚？”

杨昌顺忙说：“清楚清楚！只是，有一点不太清楚……”

“什么？——讲！”蓝蝶问。

杨昌顺左右看看，神秘地询问：“这批货到底是什么？竟然惊动了……”“重庆方面”四个字到了舌尖上却没有说出口。

“——先进武器部件，团座不知道？”蓝蝶回答说。

“可，我感觉……”杨昌顺正要说出自己的感觉，蓝蝶抬眼盯住了他，他慌忙改口，“哦，多言了多言了，我这个半路出家的情报处长总是忘规矩。好了，现在蓝特派员驾到，亲临督战，特工队定会旗开得胜，破获车案，追回那批货！”

“少不了团座鼎力相助！”蓝蝶难能可贵地笑了一下。

“那当然，为了共同的目标，大家竭尽全力！”杨昌顺忙说，又征求蓝蝶的意见，“蓝小姐到任，明早特工队就出发，直赴黑河镇，蓝小姐您看……”

蓝蝶说：“明晚吧，白天过于招摇，这是大忌！”

“好，听特派员的，就这么定了！”杨昌顺转向林子华，“做好一切准备，明晚八点特工队向黑河镇出发！”

林子华说没问题，他早已准备好了。

蓝蝶已经在旅馆登记了住房，一路颠簸有点累，她说她先去歇歇。杨昌顺、林子华、王副官便将蓝蝶送出门。送走蓝蝶，转回房间后，杨昌顺似乎轻松多了，落座在客厅的沙发里，对蓝蝶大发感慨，他说：“看来这个蓝蝶很傲慢啊，以后可怎么共事？”

林子华说：“除了傲慢，还挺有心计，情绪也挺郁闷，好像心存什么苦楚……”

“从哪里看出的？”杨昌顺问他。

“从她的眼睛里……”林子华说。

杨昌顺不乐意了，说：“子华啊，你又在玩深沉啊？瞎猜测什么？我可要提醒你，她可是重庆派来的，怀揣尚方宝剑，以后说话办事要小心谨慎，不要瞎胡咧咧，免得她在上面捅咱们的屁股！——她可是一匹不好驾驭的母马啊！”

“团座不要忘记，子华可是一个好驭手，专门调教调皮烈马，我一定会驯服她，征服她，最后骑上她！”林子华玩笑说。

“开国际玩笑！”杨昌顺忽然嚷道，“她把甘青宁新驻军情报总部赖主任都不放在眼里，经过兰州一声招呼不打，你算什么？能靠上她？能沾上她的边？啊！不过，能把这样的女人征服了，搞到手，算你的本事！——可你要牢牢记住，小心栽跟头！——去吧，你的队员少了一个，赶快去补充人员，做好准备，明天出发！”

林子华被杨昌顺一顿训责，似乎乖爽了，但没过三秒钟，又郑重向杨昌顺提出请求：“团座，这次我要挑选几个有战斗力的。刚开始我是有点轻敌了，现在我才发现眼前的对手不简单，很不简单，没有战斗力，恐怕不行……”

“对！现在的感觉就对头了，知道自己的软处就是进步！”杨昌顺见林子华承认自己轻敌，说，“这次的队员就由你挑选，要谁，本团长给谁，但有个君子协定，——必须保证完成任务！”

林子华见团座很痛快，也痛快答应：“好！团座的君子协定我认了！”

王副官陪杨昌顺回到了路防团情报处，殷勤地帮杨昌顺脱下外衣，挂在衣架上，又接住杨昌顺的军帽端在胸前，罢了，带着挑拨口吻，议论起林子华。他说：“团座，我发现林子华这个人胆儿越来越大了，敢顶撞您，敢跟团座唱对台戏，还想入非非，要征服人家蓝小姐，真是无法无天，不知天高地厚!”

杨昌顺听出了王副官的意思。这个王副官是三年前由总部一个副主任推荐而来的，刚来时还老老实实、尽职尽责做他的副官，可往后就不行了，盯住金泉城路防团副团长的位子不放，见林子华是他的最大竞争对手，捞着机会便损他，在杨昌顺面前捣弄林子华也不是三次两次，那是很放肆的，有时还对下属指手画脚、颐指气使的，对此杨昌顺很反感，但他是总部副主任推荐的，听说除了那个副主任，还有更硬的后台，所以杨昌顺不得不让他三分。官大一级压死人呐！他是个老军人了，他是有着深切体会的。此时见他又开始捣弄林子华，便旁敲侧击，指责王副官：“世上的事很怪，大凡有用的人都不听话，听话的却都是无用之人。”

王副官听出杨昌顺话里有话，便说：“团座又寒碜我？”

杨昌顺严肃提醒：“王副官，以后不要再对林子华说三道四了，现在危难当头，国家需要人才，路防团情报处也需要人才。车案已经惊动了委员长，如若不能限期破案，追回那批物资，团座怎么向上面交代？总部赖主任都火急火燎，我这个负责路防团长又是情报处长能等闲视之？——车案破不了，那批货物追不回来，他们要拿团座的脑袋，你也脱不了干系，懂吗？所以现在侦破车案的全部筹码都押在林子华身上，他的成功，就是路防团情报处和你我的成功，明白吗？”

其实，王副官岂不明白这些道理呢？他是明白的，可他就要捣弄林子华，就要让林子华遇到倒霉的事或者倒台，最好彻底消失，但这些话他不能明说，也不能明干，只能在暗处使劲。此时见杨昌顺拐着弯儿训斥他，心里尽管不服气，还是点头称道说：“明白明白！以后我会全力支持他的侦破工作，会全力支持的！”

杨昌顺见他这样说，心里顺畅了：“这就对了，应该竭尽全力支持他，至于你的事，本团长一直替你留着心，也在上面为你竭力争取！好好干吧，只要侦破了车案，追回那批货物，团座一定保你走马上任！当副团长，做我的副手！——去吧，让本处长清静一会儿！”

王副官心里顿然激动，脚跟一磕，给杨昌顺立正敬礼：“谢谢团座栽培！”接着转身屁颠屁颠去了。

杨昌顺望着他的背影“哼”了一声，自言自语道：“想得美！本团长先把你当猴耍两天再说！”

时间紧，任务重。林子华说干就干，杨昌顺和王副官离开旅馆后，他当即领旨去公路防护团挑选队员。去路防团要经过那个队员遭遇暗杀的小巷，来到巷口，他心里不由震动一下，这地方充满晦气，叫人毛骨悚然，又悲怆气怒！有些事大概都是老天冥冥中安排好的，他正这么想着，忽然旁边的墙角里闪出一个人，拳脚齐发袭击他。他猝不及防，被打翻在地，又一个鱼儿打挺翻了起来，与对手搏斗起来。那人戴着墨镜，是个很精干的人，他双拳齐出，直捣林子华的面门，林子华忙举臂抵挡，没料到那是虚招，正要收势，那人来了个扫地脚，他又猝不及防，被打翻在地。林子华欲爬起来，那人冲上来，将他按在地上，讥笑说：“呵呵呵，伟大的驭手，摔了个嘴啃泥吧！——还敢掉以轻心吗？”

林子华听着话音耳熟，问他：“你是谁？敢在这里尥蹶子？”

那人回答说：“我是谁并不重要，重要的是你得认输！”

“如果我不认输呢？”林子华说。

“不认输，我就让你这样躺着，看你还怎么去黑河镇？”那人朗声说。

林子华想翻起来，却动弹不了，英雄不吃眼前亏，他想了想，回答说：“好的，算你狠！——我输了。”

那人准备放开林子华，还没等松手，林子华一个鱼打挺跳起来，把对方掀到几步开外。他准备冲上去反击，那人摘下了墨镜，林子华一看那人，忽然惊叫起来：“啊——老同学刘双赢，原来是你啊！”

“你以为是谁？如果是日本小鬼子，你不就早玩完了？”刘双赢说。

林子华在刘双赢肩上擂了一拳，刘双赢在林子华肩上擂了一拳。

林子华问：“老同学阔别多年，现在在哪里高就？怎么没有一点消息？”

刘双赢说：“就在金泉城路防团教导队当队长，听说你的特工队还没有出征就光荣了一个，我特前来向林队长毛遂自荐，加入你的特工队行动组。——我怕你不愿收留就……”

“——就采取这种突然袭击先斩后奏的办法？你真能耐啊！”林子华说。

“俗话说，软的不行来硬的，说不服就用拳头打服！”刘双赢有点得意地说。

林子华说：“好了，我服了！同意你来特工队，本队长任命你做特工队行动组长。”

“说定了？”

“说定了！”林子华握了握拳头。

“好！”刘双赢在林子华肩上擂了一拳，林子华也在刘双赢肩上擂一拳。

刘双赢高兴地说：“还有高兴事！”

“什么事？快说！”林子华催促他。

“我那里还有几个擒拿格斗高手，都想投靠在你的麾下！”刘双赢说。

“——太好了！”林子华击掌称快：“我正在挑选队员哩！快带我去看看！”

林子华跟着刘双赢去了教导队。

教导队大院内传出阵阵铿锵有力的训练格斗声。刘双赢带着林子华走进大院，一眼看到训练场上几十名军人赤着臂膀，热火朝天地练格斗。有双人打斗的，单击沙袋的，练杠杆的，射击的。有几个军人正在练射活动靶，人形状的活动靶忽而出现忽而隐去。有一个军人举枪射击，却一发落空，刘双赢上前，接过他手里的枪，“啪啪啪”连射三发，刚露头的三个人形靶倒下……

“神枪手，真是神枪手……痛快痛快！真痛快痛快……”大家鼓掌喝彩。

那个军人不好意思地低下头，刘双赢拍拍他的肩说：“大陈，好好练！你虽然是汽车司机，但枪法也要过硬，否则就会流血，甚至丢小命！”他把枪还给那个叫大刘的军人，带着林子华继续观看。

林子华看到训练场上的军人个个生龙活虎，惊喜而激动。

刘双赢自豪地问他：“林队，怎么样？”

林子华称赞说：“个个都是顶呱呱的好手！”

“——看准哪个了？说话！”刘双赢问。

“强将手下无弱兵——全是好样的，全想要！”林子华想通吃。

“那不可能，教导队不是情报处的。”刘双赢说，“再说要多了，你不怕啰唆？——给你八个，加我九个，正好一个班！”

“好！就这样，八个！”林子华命令他，“做好准备，明晚出发！”

“是！”刘双赢脚跟一磕，向林子华敬了一个标准的军礼！

明天就要出发了，这个夜晚肯定不平静。这是林子华隐隐的预感，这不是宿命，是经验，是这些年跟各种各样对手较量过程中形成的经验之谈。于是林子华叮嘱老万和原来的那两个队员提高警惕，小心谨慎。刘双赢那面的八个队员，住在军营里，有刘双赢自然不会出什么事，他放心，便没去管。

林子华给老万和那两个队员安顿好注意事项回到旅馆就十二点多了，他感到乏困，便和衣躺在床上，可虽然躺在床上，却翻来覆去不能入眠，思绪总是在这两天突然发生的几件怪事上缠绕，他竭力想拨开那些萦绕在心头的谜团，却总是“抽刀断水”拨不开，直到天快亮时才悠悠忽忽进入梦乡，他感觉刚闭上眼睛，突然外面传来急骤的敲门声，他惊醒了，忙从枕头下摸出枪：

“谁？”

“我，老万！”门外老万慌乱地叫喊着，“林队，快，出事了！出大事了！”

林子华赶忙起身跳下床，跑出卧室打开门。老万慌慌张张进来报告：“快快快，一个队员又被暗杀了……”

“什么？在哪里？”

“小巷口……”老万说。

“又是小巷口？”林子华惊跳起来，持着手枪和老万冲出了房门。

小巷口已经围着好几个人，他们指指点点，纷纷议论。林子华和老万跑上前拨开人群，看到地上有死尸，真是特工队员。死尸刚从水沟里捞上来，浑身泥水斑斑。林子华蹲下去仔细观察，又问旁边的老头：“老人家，是您先发现的？”

“是是。”老头颤巍巍地道，“人老了，晚上睡不着觉，早晨起得早，在街头捡菜叶垃圾什么的，路过这里模模糊糊，看到一个当兵的漂在泥沟里，就叫喊救人，大家就过来了，后来这位长官也过来了，把死尸拉出水沟……”他指着老万说。

老万对林子华说：“我是准备去旅馆的，路过这里听到了叫喊……”他难过地垂下头。

这时又有人紧张地跑来报告说：“郊外的树林里也发现一具国军死尸……”

“啊？！”林子华大为吃惊，正好两个城防巡逻兵走过来，林子华令他俩负责处理这个队员的死尸，便与老万和那个报告消息的人向郊外跑去。

他们一口气跑到郊外的小树林，看到一具死尸横陈在荒草丛中。他是另外一个队员。林子华眼睛忽然发红，好像失去崽子的母狼，牙齿咬得咯咯响。还没有出发，三个队员就被对手暗杀了。他“哗啦”子弹上膛，欲冲出去跟凶手拼命，但看看四周，什么人也没有，便像激怒的吼狮般咆哮起来：“我×你八辈祖宗！”向天空“啪啪啪”开了几枪！

死尸上放着一张纸条，上面写着“地下游击队”。老万拿起纸条看看，惊叫道：

“原来是他们干的！”林子华看了看，却没有吭声。

杨昌顺、蓝蝶、王副官等听到出事了，赶了过来。杨昌顺看看死尸，神情严肃而沉重：“一连两天，接连三个队员被杀，看来情况严重，非同寻常啊！”

“这是哪路人干的？胆子也太大了！”蓝蝶愤愤道。

老万把纸条递给蓝蝶，蓝蝶看了一眼，把纸条递给杨昌顺。杨昌顺看着，同样震惊，把目光转向林子华。林子华冷笑着：“哼哼，什么地下游击队？还是老对手，听到特工队要出发，狗急跳墙跟老子玩这一手！”

“子华，冷静、息怒。”杨昌顺拍着林子华的肩安慰说，“既然他们跳出来跟咱们较量，咱们就从这两个暗杀事件入手，顺藤摸瓜……”林子华沉默不语。杨昌顺见林子华不语，转向蓝蝶征询意见。

“听团座的高见！”蓝蝶点了点头说。

杨昌顺对林子华说：“子华，就这样定了，特工队缓两天再前往黑河镇，现在全力以赴，抓住暗杀事件查下去……”

“对，抓住不放，查个水落石出！”王副官插言说。

“不！”沉默在愤怒中的林子华忽然吼了一声。这些天他已隐隐觉察到敌人害怕特工队进入黑河镇，此时面对两个被暗杀的队员，他的判断进一步清晰，现在已经证实黑河镇里有猫腻，有情况，有大文章！

他在几分钟前，想留在金泉城查清暗杀队员和入室盗窃案，但现在他断然放弃这个想法，决定按计划前去黑河镇，跟面前的恶魔们决一死战，揭开车案之谜。他说：“现在的情况已经很明了了！我们的老对手屡次暗杀特工队员，是企图把特工队拖在金泉城，不让我们进入黑河镇，这就进一步证实黑河镇大有文章，他们想利用这种卑劣的手段拖住我们！哼哼，我林子华偏偏不上他们的当，特工队今晚按时出发！”

杨昌顺望望蓝蝶，蓝蝶没有表态。

老万却插话说：“那，这两起暗杀事件？……”下面的话他没说出口，但意思却全到了。这是人命关天的大事，是敌人的挑衅。

“是啊，这些家伙公开挑衅，不教训教训他们，太便宜他们了！团座，该下决心了！”王副官附和着说。

杨昌顺没有回应王副官，又抬眼瞅了瞅蓝蝶，意思是听听她的分析和想法，蓝蝶却拿眼望着他，明显示意让他说话，可他说什么呢？是的，他对林子华的分析和判断有同感，问题是他一时难以做出决断。他虽然是个半路出家的情报处长，却清楚军事行动是来不得半点含糊的，稍含糊，稍不慎，便会贻误战机，其后果除了掉脑袋，再没有别的。于是他垂下脑袋，缜密思考。

这时，刘双赢和那个叫大刘的军人赶了过来，林子华见他俩来了，心里说来得正好，便命令道："双赢、大刘、老万，你们三个马上去准备车辆，按原定计划，晚上八点准时出发！"

刘双赢、大刘和老万领命去了。

杨昌顺见林子华主意已定，不得不说话了，问林子华："暗杀事件不追查了？"

林子华咬了咬牙根说："团座，我这三个队员的血不是白流的！我林子华也不是吃素的，我会盯着他们，一个也不会让他们逃出我的手心！"

第四章
他们是什么人

林子华回到旅馆做好出发准备后，关好房门从花盆里挖出油纸包，取出带血迹的床单布装进挎包。就在他挖取油纸包时，有人悄悄从门缝里塞进一张纸条。他当时没有发现，准备出门时才看到，忙拣起来一看，上面写着：

“小心！有人在黑鹰山口设伏。”

林子华惊愕，赶紧出门向左右看看，楼道走廊里空无一人，在旅馆里扫视几圈，也没有发现人影，便转身回屋，关起门盯着那个纸条陷入沉思。“这个纸条是谁传来的？什么人？消息可靠吗？这个人为什么要给他传送消息？在黑鹰山设伏的又是什么人？土匪？强盗？老对手？”

他沉思着，分析着，研究着，自语着，答案却渐渐清晰地浮现在大脑里：可以肯定这个传送消息的人，与前天晚上打飞石救他的是同一人，他或她似乎暗暗帮助他。可这个人在哪里？是什么人？一时不得而知。至于在黑鹰山口设伏的敌人，他毫不含糊想到了老对手——那晚劫车的劫匪。这伙劫匪是哪路人？他仍不得而知，但有一点是清楚的，劫匪害怕特工队进入黑河镇，害怕特工队发现他们的什么秘密，因此企图堵截消灭特工队。

黑鹰山口是进入黑河镇的必经之地，山势峻雄，沟壑纵横，地形复杂，公路从狭窄的沟谷里盘绕而过，有“一夫当关万夫莫开”之险。林子华清楚，如果敌人真在山口设伏，纵使他的特工队有三头六臂也难以穿过。他的心陡然间坠入万丈悬崖。然而他在那儿思谋一阵，给对手筹划好了一步棋，冷笑一声，自语道：“想在黑鹰山口袭击我的特工队——老母猪吃核桃——响（想）得脆！我林子华给你准备一壶，让你好好喝喝！……”

林子华烧了纸条，挎上背包出了门，驾驶停在大门口的吉普车向情报处驶去。

装着电台设备和武器弹药以及行装的大卡车停在情报处院子里，特工队员们等在车旁整装待发。林子华驾着吉普车一出现，大家都急不可耐地迎了上来。林子华跳下车问：“准备好没有？”

“准备好了！”大家异口同声，齐声应道。

“好！大家原地待命。刘双赢跟我来。”林子华说完转身向情报处办公室走去，看样子有要事要与刘双赢密商。刘双赢跟着去了办公室，几分钟后，出来跳上林子华的吉普车“轰”地向外驶去，显得有点神秘的样子。

刘双赢离开后，林子华命令特工队的卡车出发了。他坐在驾驶室的副驾驶座上，老万和队员们全挤在卡车厢里，蓝蝶坐在车厢前靠近驾驶室的弹药箱上。卡车悄无声息地驶出情报处，穿过几条街，出了城向黑河镇驶去……

就在特工队出发后的几分钟，一道无线电波穿过浩渺的沙漠和蓝色的天空，把特工队出发的消息传送到了遥远的黑河镇。十几分钟后，八九个土匪模样的汉子骑着快马出现在黑鹰山下的戈壁荒野上，向黑鹰山口赶去。他们便是几天前在三岔口劫持了那辆车的劫匪，领头的仍是那个八字胡，他们赶到黑鹰山下把乘马藏在红柳林里，便向黑鹰山顶赶去。

太阳刚落山，这几个劫匪便攀到了黑鹰山口的崖顶上，开始了设伏行动。

一条深深的峡谷，两面的山崖如同刀劈斧削，高高耸立，险恶而恐怖；一条简易车道从狭窄的谷底蜿蜒穿过，这便是去黑河镇的必经之地黑鹰山口。劫匪们很快就在山崖的杂草灌丛中垒起了掩体，摆好了礌石阵，将黑洞洞的枪口对准沟谷，等待特工队进入伏击圈。

黑鹰山口的地势远比他们事先想象的要险要数倍，因此劫匪们面对如此险要的地形扬言说，不要说特工队有十几个人，就是三十五十，也可以把他们彻底埋葬在沟底。只是担心林子华不会上钩，因为他们听说林子华足智多谋，是个狡猾的军人。果不其然，他们从太阳落山进入阵地，已经在这里守了近三个小时，却不见山下有车辆灯光。

趴伏在那个头目左边的叫孙三，右边的叫麻五，他俩都二十六七岁，留着寸头，精干而剽悍。这两个家伙都是头目的心腹，时刻紧随在头目左右，随时听从头目的召唤。他俩持着勃朗宁手枪，大瞪着眼睛监视着沟谷，眼睛都望疼了，见山下没动静，有点不耐烦了。麻五低声嘀咕着：“特工队到底来不来呀？我们在这里埋伏了大半夜！”

头目说：“会来的，大老板的情报不会有错！”

麻五说：“那他们到现在还不见踪影？听说林子华很狡猾，不会听到什么消息溜号了，让咱们在这里白等半夜吧？”

“就是，听说他足智多谋……”孙三也插话说。

“一派胡言！”头目听到两个心腹这样说，心里很不舒服，训斥道：“林子华有什么了不起？比别人多长半个脑袋？就让你们夸成了一朵花？——长别人的威风，灭自己的志气，小心封了你们的嘴！”

“封口”那是杀人，谁不害怕？麻五和孙三顿然哑口无声。

等待是难忍的，是很折磨人的。就在他们快要失去耐心，失去希望时，忽然有人叫了一声：“灯光，来了，来了！车来了！”劫匪们从草丛里探出脑袋定睛向山下的荒野里望去，果然看到山外遥远的地方出现隐约的车灯，晃晃悠悠，向前移动，渐渐近了，真是一辆汽车。

阵地上忽然躁动了起来，嗡嗡嚷嚷的。头目先前见特工队没有踪影，心里也打着鼓，担心扑空，此时见特工队如愿而来，嘿嘿冷笑说：“都夸林子华深谋远虑，足智诡谲，比狐狸还狡猾，看来他也是半瓶子醋嘛！让他今晚尝尝我的厉害，让他知道人上有人，天外有天！”

这句话一下把劫匪们的情绪挑逗起来，一个个激动地直叫喊，直蹦跳，嚷叫着今晚这场伏击战肯定要比那晚的劫车战痛快刺激，因为那晚是偷袭，是跟丝毫没有防备的国军交手，还没来得及痛痛快快放几枪，那几个押车的就倒毙了，太容易了，太轻而易举，太缺少那种痛快而淋漓尽致、刺激快感神经的冲杀场面，今晚就要出现激烈的枪声，震天动地的杀声，万马奔腾，刀光剑影，人头落地，血流成河的场面，太刺激人了！

头目见弟兄们大喊大叫，张张狂狂，低声喝令：“沉住气，注意隐蔽！”劫匪们的叫嚷戛然而止了。

山下的卡车越来越近，就要进入山口了，头目叮嘱：“注意！等车进入埋伏圈，听到我的枪声，立即向山下开枪，扔石头，让他们有来无回，全部葬身谷底！”

孙三和麻五们郑重地点头，把脑袋隐藏在乱草丛里，轻轻打开枪机，拿起手雷和石头。然而，这时出现一个异常情况：他们发现那辆车总是慢腾腾往前晃悠，半天也没有进入山口，没有进入埋伏圈，而且就在此时车灯倏忽灭了，不见了，消失了。怎么？难道他们发现这里有埋伏？中途逃跑了？——不可能，因为大家清楚地看到明亮的车灯在山下晃悠，渐渐向山口驶来，而且听到了喇叭声。

麻五和孙三见车灯灭了，消失了，伸长脖子观望山下，又回头望着主子，眼睛里全是问号。

头目这阵也大睁着眼睛监视着山下，分析猜测着这个异常情况。忽然他“噗嗤”笑了，对麻五和孙三悄悄说：“车就在山崖下。你们可能没有发现，山口外有段路在山崖下，车到山崖下就被沟崖遮挡了，在山上是看不见灯光的。”

经他这样一提醒，大家忽然茅塞顿开，豁然开朗。是啊，是啊！汽车被山崖遮挡了，怎能看见灯光？大家就又激动活跃起来。头目见大家嗡嗡嚷嚷，又低声而严厉呵斥道：“不要吵嚷，找死啊！穿过那段山崖，再往前走五六十米，就进入伏击圈了——大家准备战斗！”

一声令下，大家各就各位，悄然伏在草丛杂木中，有的拉动枪栓，有的拿出手雷，有的将石头摆在阵前，两眼盯着山下，等待车辆进入埋伏圈，但过了大概二十分钟，仍不见车辆出现，也听不到汽车引擎声。头目心里有点着急了。麻五提议派人悄悄下山看看，孙三也说派人下山侦查一下，头目却反对说：“说得轻巧！——中了特工队的埋伏咋办？那不是偷鸡不成反蚀一把米？要是再让他们抓个‘活口’，不就坏了大事？”因为他们的行动是绝密的，既要灭特工队，还要把赃栽到山里的土匪头子黑鹰身上，所以不能留有半点痕迹和尾巴，留了，就等于留下了祸根，因而只好守候等待。

大概又过了二十分钟，还是不见山下有车辆灯光。头目隐隐感觉出问题了，一种不祥之感寒风般袭击全身。弟兄们也开始躁动不安，叽叽咕咕，纷纷猜测议论起来。有的说特工队可能不敢来了，半道溜了；有的说可能在山口外夜宿，等天亮后才穿过黑鹰山口；有的建议主动出击，偷袭特工队，有人却持反对意见说：“千万不可贸然下山，特工队可能在山下设了口袋，下山就钻进了人家的口袋！”等等。

头目听着这些猜测和议论，心里乱如麻团。现在他也难以确定特工队的车辆是半道溜了，还是夜宿山外，抑或设了口袋等着他们去钻，但有一点他是很赞同的，这就是“不能贸然下山”。林子华是个狡猾的特工，山下的情况，他又不摸底，贸然下山，岂不是自投罗网？因此他决定死守山头，以静制动，等天亮再说。

他们就这样死守着等待着。

东方的天际出现了青白的亮色，天渐渐亮了。头目借着亮光，仔细观察崖下弯弯曲曲的道路，见没有车辆的踪影，也没发现一个人影，知道不能死守不下去了，对孙三和麻五说："下山！"孙三和麻五带着几个弟兄，悄悄向沟底摸去，头目和其他人跟在后面。他们上了路面后，还是不见车辆人影。

那头目和众劫匪们陡然震愣在那儿，似乎忽然陷入梦境！

"车呢？人呢？特工队在哪里？"

其实，特工队就在黑鹰山下的大沙漠上，他们骑着骆驼正秘密向黑河镇进发。

这是林子华使的"暗度陈仓"计。昨天林子华看到那个纸条后，便密派刘双赢准备了骆驼队。特工队乘坐的大卡车从金泉城出发后，便在半路上秘密换乘骆驼，驮着行装，横穿沙漠，抄捷径悄悄向黑河镇出发了。

那时天已经黑透，为了迷惑对手，林子华叮嘱驾驶员大陈开着空车继续向黑鹰山前行。大陈清楚林子华的意图，于是亮着车灯，按着车喇叭，张张扬扬前去了黑鹰山，到那段山崖下，马上灭灯、调头，又摸黑赶了回来……

这个计谋就这么简单，却把劫匪们"幌"在了黑鹰山口的沟崖上。

已是中午时分了，驼队已进入大沙漠百余公里。这是一条荒无人烟的荒漠古道，直距黑河镇近二百公里，特工队马不停蹄，人不下鞍，赶了一整夜又大半天，只要没有什么干扰，抓紧时间往前赶，天黑后就可以到达黑河镇。这条古道很少有人知道，林子华是从《黑河志》上看到的。作为情报人员，天上的地下的都得掌握，否则就好像蒙着眼睛，捂着耳朵，不灵！

此时，大家骑在骆驼上边赶路边连声赞叹林子华"暗度陈仓"的妙计。刘双赢说："'明修栈道，暗度陈仓'，林队真是诸葛再现啊！让劫匪们在黑鹰山口傻等着去吧！"

林子华忙谦虚地说："哪里哪里？要不是你刘双赢事先准备好骆驼队，大陈前去黑鹰山口迷惑敌人，我的这台戏也唱不下去啊！多亏你俩，你俩才是真正的诸葛再现！"

"这都是你林队事先安排的，你不派我们去，我哪敢擅自行动？"刘双赢不无钦佩地说。

大陈也附和说："是啊，这都是林队的神机妙算！"

蓝蝶与林子华合骑一峰骆驼，一路沉默无语，显得心事重重，此时也附和道："林队长还真有两下子，名不虚传啊！"这是她从昨晚到现在说的唯一的两句话。林子华又是一阵谦虚："不敢不敢！"又用充满讥刺意味的口吻说："比起蓝特派员来，本队长还差得远，差得远啊，呵呵呵！"嘴里这么说着，心里却对这个钦差大臣很是不服气，那种得意自豪之色溢于言表。

怎么不自豪呢？怎么不得意呢？他昨晚把对手狠狠地耍了，等那群蠢货明白过来，他的特工队就到黑河镇了，哈哈！哈哈！

特工队横穿沙漠的消息天黑后才传到黑鹰山口。劫匪头目气急败坏，准备杀个回马枪，在黑河东上堵截特工队，但算了算时间，已经来不及了，只好垂头丧气向黑河镇赶去。

太阳刚刚沉入西面的地平线，特工队的驼队便赶到了黑河西岸边。

黑河是一条古老的河流，又名弱水。徐松《西域水道记》曰：“弱水，今谓之黑河。”它发源于祁连山北麓，涛涛向北，穿越大漠戈壁，直至居延海。两岸曾是古战场，关城矗立，金戈铁马，刀枪铿锵，风烈马嘶；又是古丝绸路的交通重地，驼铃叮当，商贾来往，繁华热闹；这里曾是肥美的大草原，乌孙、月氏、匈奴、突厥、回鹘，西夏国的契丹、党项到元朝的蒙古人，在这片草原上繁衍生息，逐水草而居住游牧。这条大河同黄河一样，千百年来滋润着两岸的大片土地，养育着两岸的芸芸众生。

夕阳西下，晚霞如血，宽阔的河面上漂荡着五彩缤纷、姹紫嫣红的晚霞。林子华勒住驼缰，让骆驼卧倒后跳下驼背，好像顽皮的小孩子跑到河边。趟过黑河，再往前走就是黑河镇了，他望着宽阔的河面长长地舒了一口气。此时他除了为巧妙甩掉敌人而激动，同时非常感激那个为他传纸条的人，他是谁呢？一路上他反复猜想，却没有猜到，心里很清楚这个人跟那晚打飞石的都是好人，是帮助他的。他在河边眺望片刻，对身后的队员们下令道：“涉水过河！”

河面宽阔，河水没膝，队员们挽起裤脚，牵着骆驼下了河。蓝蝶也下了骆驼，坐在地上脱鞋袜，准备涉水过河。林子华知道女人下水不便，走过去对她说：“不要脱了，你骑着骆驼，我牵着过河。”

“不不不，我一个人骑骆驼害怕，害怕！”蓝蝶忙摇头。

“哈哈哈，一个军人还怕骆驼？”林子华发出嘲弄的讥笑。

蓝蝶见林子华讥笑她，便蹲下去边脱鞋边说：“用不着讥笑，我可以下河！”

林子华见蓝蝶动真了，阻止说：“别脱了，我背你过吧！”

“你背我过去？”蓝蝶惊异地望着他。

“是。背你过去！”林子华不容置疑地说。

“不不不！”蓝蝶忙摇头，“这算什么？多不好意思？”

时间紧迫，军情紧急，其他队员都过河了，林子华不容她说什么，用命令的口气说：“不要说了，时间紧急，耽误不得——快过来！”便蹲下身子。

蓝蝶在那儿怔了怔，见大家都过河了，只剩她和林子华，再延误下去会拖特工队的后腿，便不好意思地趴到林子华的背上。

林子华背起她下了河，到了河中间，林子华转回头板着脸说："给特派员说清楚，这可不是巴结重庆来的长官，完全为了尽快过河，进入黑河镇！"

"是又怎么了？"蓝蝶顺口说。

"那就有麻烦了。"林子华说。

"什么麻烦？"蓝蝶问。

"不要问了，没时间跟你啰唆！"林子华冷淡地回答。

虽然林子华的口气很冲，蓝蝶心里却忽然涌出一股热流，那股热流骤然涌向全身，她把脸轻轻地贴在了他背上！

特工队横穿沙漠，趟过黑水河，当晚十二点多进入了黑河镇。

黑河镇地处中国西部，是个汉蒙民族杂居的大集镇。东西两面是浩瀚无垠的沙漠，北有连绵的大山作天然屏障，南与祁连山遥遥相望，西北与新疆哈密、扎布哈朗特（今蒙古国扎布汉省会）成掎角之势。大军集结于此，东可援宁夏，南可应甘肃河西，西可略北疆重镇哈密，进而保卫南疆。因它地处甘、蒙、新交界之处，四面是戈壁大山，又远离友邻县镇，且公路交通和通讯网络不便，所以成为货真价实的"三不沾"地方。鉴于黑河镇战略地位特殊，1939年兰新国际援华交通线开通后，日本帝国主义便把特务间谍派往黑河镇，建立起特务间谍网络，秘密策划和组织政治力量，制定"北漠计划"方案，企图在偏远的黑河镇建立"甘蒙疆独立政府"，占据中国西部抗日大后方，打通日本和德国（希特勒德国）的联系，切断中国当时唯一的国际交通运输线和石油运输线，用釜底抽薪的办法，扑灭中国人的抗日烈火。

黑河镇若落入日军之手，整个甘肃河西便难以确保；若河西易手，中国军队便失去抗日大后方，腹背受敌！

黑河镇虽然远离周边县镇，但因地处古丝绸之路要道，东来西往的驼队客商络绎不绝，各类人等留居无常，大街小巷，人来车往，不失繁华热闹。俄国、英国、法国、美国、日本等国的考察团、探险队，也走马灯似的常来常往，进行所谓的考察挖掘，形成了复杂而较为混乱的社会环境。

据记载，1923年11月，美国华尔纳的考察队本来前赴敦煌，经过金泉城，听到黑河镇附近的黑城埋藏着无数西夏时期的珍贵文物和西夏王朝的历史往事，于是前去挖掘，因当时天寒地冻，遭遇狂风暴雪，华尔纳差点葬身雪原。1913年，俄国的科兹洛夫前赴黑城挖掘到大批精美文物……

黑河镇繁华地段坐落着一座俄式风格大楼，上层为办公场所和居室，底层为相对豪华的商业店铺，这便是黑河镇古玩珍宝商行——福瑞轩。店主江汉能，真名江田寿夫，是日本人，近五十岁，戴一副金丝边眼镜，显得儒雅而斯文。他表面上是珍宝行老板，又是县商会副会长，其实是隐藏在黑河镇的日本间谍秘密组织头目，多年来他以黑河镇古玩珍宝商行福瑞轩为掩护，大力发展秘密组织，酝酿组织领导实施“北漠计划”。经过几年的秘密活动，万事俱备，只缺武器弹药用以武装队伍，他请求总部提供装备，因路途遥远，难以实现，正规军又向南方推进，无暇顾及黑河镇。因此几天前他根据潜伏在金泉城的间谍提供的情报，派出名叫耶掌柜的头目，带着八九个秘密组织成员，乔装打扮成土匪拦截了公路上的那辆重要车辆，以获取武器弹药。

那晚，当耶掌柜离开黑河镇后，江田寿夫便守在工作室里等待劫车消息。这是重大而秘密的行动，可以说是划时代的，一旦成功，他们的秘密组织就有了武装，就可以跟阻碍实施“北漠计划”的一切敌对力量抗衡斗争，或者彻底摧毁，因此当时他被那种激动、兴奋而又焦灼不安的情绪折腾得不能自已。然而，就在他高兴、激动、兴奋而又想入非非的时候，劫车的耶掌柜鬼影子般溜回来了。

江田寿夫见他神态沮丧匆忙慌张的样子，心里“咯噔”地响了一下，拉过他低声问：“出意外了？”

这个耶掌柜就是那个劫匪头目，尖嘴猴腮，八字胡颤抖着，叹着：“唉！车里装载的不是枪支弹药……”

“什么？”江田寿夫惊异地问，“你说什么？什么？”

“车里装的不是枪支弹药，是是是……”耶掌柜又重复一遍。

“是什么？”江田寿夫吼叫起来，极度的失望，使他有点失态了。

“是……”耶掌柜怕隔墙有耳，不敢大声说，向左右看看，才对着江田寿夫耳朵悄声嘀咕起来。江田寿夫听了耶掌柜的报告陡然惊愣：“哦，是，是那东西啊！”他惊愣在那儿半天说不出话了。

他们秘密组织目前需要枪支弹药，可他们劫到的却是别的东西，计划落空了，几天来的兴奋激动之色，从江田寿夫的胖脸上闪电般滑了过去，接踵而来的是沮丧失意。耶掌柜埋怨金泉城的“内线”情报有误，骂骂咧咧着。江田寿夫没好气地说：“事已至此，埋怨已经晚矣！赶快把那辆车和货物埋藏起来，消除一切痕迹，千万不能让国军发现，特别是共产党，否则我们的秘密组织就会暴露！”

耶掌柜说：“老板放心，那批货我已经埋藏到北山沟外的小树林里，车藏到了沙漠深处的胡杨林里。车货分藏两地，现场也早已清扫。再说那场大风把什么都掩埋了，还能留下什么踪迹？保证平安无事！”

江田寿夫听此话放下了心。

然而，他们自以为这次劫车行动神不知鬼不觉，那车辆和货物埋了藏了便万事大吉，殊不知他们的劫车行动闯下了弥天大祸，——惊动了国民党高层，蒋介石亲令国军派特工队前来黑河镇侦破劫车案，并密令重庆情报局选派一名叫蓝蝶的女特工前往督战；共产党延安方面也派特工“云雀”前来黑河镇。

正当耶掌柜信誓旦旦给江田寿夫下保证时，秘书送来一份电文。那是金泉城秘密组织发来的，江田寿夫只看了一眼，陡然脸色大变。耶掌柜问：“怎么了？”江田寿夫“啪”地把电文拍到他面前的桌子上：“怎么了？自己看看，什么平安无事？万无一失？”耶掌柜拿起电文看了一眼，也大惊失色：“国军发现我们了？！还要派特工队跟踪前来黑河镇？”

江田寿夫预感问题已经严重了，丧气地叫嚷着：“一旦国共两党的特工前来黑河镇顺藤摸瓜，我们的秘密组织就会暴露，整个‘北漠计划’就会泡汤！”耶掌柜也感到问题严重，搓着手连连问着：“这可怎么办？怎么办？”

江田寿夫说：“马上调动人马，准备在黑鹰山口伏击，阻止他们进入黑河镇！”

“嗨！”耶掌柜不由分说，马上转身离去。

昨天下午，江田寿夫得到特工队秘密出发的消息后，即令耶掌柜带着秘密组织装扮成土匪，前去黑鹰山口狙击林子华的特工队。江田寿夫把全部筹码全都押在了黑鹰山伏击上，试图用伏击战扳回劫车行动造成的严重后果，然而事与愿违，他又中了林子华的“暗度陈仓”之计。当他听到特工队横穿沙漠，涉过黑水河已经进入黑河镇后仿佛傻了，两眼直瞪瞪地瘫坐在座椅上，一如浸泡在水里的泥人。

他们的行动计划又失败了，他不知怎么向上司交代，于是坐在那儿，彻夜未睡，等待耶掌柜回来。

天快亮时，耶掌柜带着孙三和麻五们灰溜溜地从黑鹰山口撤了回来。一回镇里，耶掌柜便从后门偷偷钻进江田寿夫的宅院，见到江田寿夫后愧疚地垂下脑袋：“老板，我无能，我们没有消灭特工队，让他们进了黑河镇……”他说完便等待老板大发雷霆，然而江田寿夫却没有发怒，只是长叹一声，摇了摇头道：“这次怨不得你，是林子华太狡猾了，谁能想到他不走黑鹰山口，横穿沙漠直入黑河镇呢？”

耶掌柜见老板这样说，抬起头沮丧地说：“是啊！这个林子华真狡猾，几次交手都让他得了便宜。老板，下一步怎么办？”

江田寿夫说：“特工队进了黑河镇，就会顺藤摸瓜向我们摸来，我们必须想出一个万全之策挽回失败，保住咱们的秘密组织，顺利实施‘北漠计划’，可我还没有想出什么高妙之法，等你回来一起商议。”

耶掌柜沉默半晌，怯怯地说：“我倒有个想法……”

“什么想法？”江田寿夫催促道，“快说！”

耶掌柜说：“特工队来黑河镇，地方党政定会举行盛大欢迎宴会……”说到这里停住，望着江田寿夫。

“你的意思是在宴会上……”江田寿夫明白了他的意图，食指勾了勾，示意暗杀的意思。

“对！”耶掌柜说，“趁宴会宾客混杂，我们混进去杀了林子华和那几个头目，让他们群龙无首，扳回败局，为帝国争光！”

江田寿夫听此计谋，沉思片刻说：“办法倒好，可一旦露出破绽，或者我们的人落到他们手里，那后果将会不堪设想……”他不敢往下说了。

“老板放心！”耶掌柜说，“我身边有两个杀手，他们是从外面来的，谁也不认识，绝对可靠，即使是不成功，被特工队抓了活的，他们也不会吐露半个字。”他说的杀手是孙三和麻五。

这两个秘密组织成员江田寿夫都没有见过，也没有领略过他们的手段，因此他心存顾虑，反复掂量着：“到底有把握吗？这可不是闹着玩的！”

“有把握！”耶掌柜言之凿凿，“那两个都是神枪手，又跟我是单线联系，就是出了麻烦，到我这里就止了……”

江田寿夫听是这样，斯文的脸上渐渐露出森森杀气，点了点头：“好！马上部署刺杀行动！”

耶掌柜“嗨”了一声，悄然出门。

第五章
暗伏杀机的宴会

这天是黑河镇最躁动不安的日子，首先大街上出现了带枪的国军，这些大兵平日里就耀武扬威没有给老百姓留下什么好印象，因此看见他们心里就怵就怕就惊慌不安，一如躲避瘟疫躲得远远的，还有大街上匆匆而来，匆匆而去，惶恐不安的保安团。

怎么了？发生了什么事？难道日本鬼子要打过来？这里不是大后方吗？人们在猜测。就在这种乱哄哄的情境中，先前住在金泉城旅馆的那个有点憨傻的姑娘，出现在黑河镇大街上。她乘坐一辆人力车，身旁放着行李箱，往前走着。看来她很长时间没到过黑河镇了，面对街市的变化她东张西望，好奇而新鲜，同时催促车夫加快行驶。

人力车来到一座小四合院门前停住，姑娘跳下车，放下行李箱，付给车钱后上前敲门。一个五十岁左右的妇女听到敲门声前来开门，当她打开门望一眼面前的姑娘时，忽然惊喜呼喊：“天啊！我的女儿回来了！女儿回来了！怎么不告诉妈妈一声就突然回来了啊？！”

母女亲热地拥抱在了一起。

这姑娘是黑河镇国民党县党部张书记长的大小姐，名字叫田梅。张书记长五十多岁，穿着中山装，腆着发福的肚皮，梳着大背头，头发梳理得平平顺顺，一丝不乱，很有点书记长的派头，听到女儿回来，从屋里跑出门，哈哈笑着，叫着我的宝贝女儿回来了，忽闪着老鹰翅膀般的臂膀迎了上去。女儿又扑到父亲的胸前。张大小姐在西安医药学校读书，几年不曾回家，现在突然回来，父亲张书记长和母亲张夫人高兴得都有点傻了。张书记长刚抱了抱女儿，张夫人便夺过去，搂在胸前左看右看，看不够亲不够。张书记长只好在旁边干望着，哈哈地笑着。母亲张夫人亲热了半天女儿，便亲自下厨为女儿张罗吃喝，为女儿接风洗尘，父亲张书记长也放下书记长的大驾亲自下厨。

小院里顿时洋溢起欢欣热闹和洋洋喜气。

田梅姑娘给舅舅打电话，告诉他，她回来了。她舅舅是县警察局长兼保安团长，名字叫马占贵，他正在团部给下属训话，听到外甥女回来了，放下手头的事儿，连颠带跑出门，向姐夫家赶过来，没有进院门，就大喊大叫着“天梅天梅”，田梅听到喊声，跑出去扑到舅舅的胸前，舅舅外甥女又是一番亲热寒暄。

张书记长和夫人在厨房里忙活，转眼一桌饭菜张罗了出来。一家三口还有舅舅入席进餐。张书记长拿出一瓶红葡萄酒说：“女儿回来了，今天大家喝两口，高兴高兴！”大小姐说同意，张夫人也说同意，马占贵更是赞成，还变本加厉提议应该来点白的。张夫人反对说：“就红的，你见白酒就管不住自己，往死里灌，醉了又该胡闹！”马占贵说：“姐，红的好像西瓜水，不过瘾！”张书记长不好酒，因此倾向于张夫人，对马占贵说：“听你姐的，就喝红的。”姐夫发了话，小舅子就不得不听，说：“好好好，听姐夫的，就红的。”

张夫人就给大家面前的酒杯里斟上了酒，吃喝起来。

大小姐的原名本来叫张天梅，却在西安读书时自作主张改为“田梅”，张书记长听着心里有点别扭，不痛快了。他只有这么一个宝贝女儿，指望她为张家顶门立户，以后为党国效力，光宗耀祖，她却把姓都改了，他心里能舒服吗？他问女儿：“怎么把名字改了？”

女儿田梅笑呵呵地回答说：“张天梅，天梅天梅，天上哪有梅花？多不好听，太俗气。梅花只有扎根实实在在的大地才能迎风寒，傲霜雪，怒放灿烂，多富有诗意。”但张书记长却不以为然，对女儿改名耿耿于怀，责怪她：“不该改名，更不该连姓都换了，马上改回来，还叫张天梅！”

女儿田梅嘻嘻笑着说：“爸，名字不过是一个人的符号，叫啥还不一样？叫小猫小狗，不也还是人？田梅，这个名字好听好记，叫起来顺口，我喜欢，就不改回去了，还叫田梅！”

张书记长见女儿不听他的，不高兴了，跟女儿争讲起来，结果谁也没有说服谁，本来喜庆热闹的气氛有点冷淡了。

特工队来到黑河镇，驻扎在一座旧营房里。

这里原是县保安团的营地，保安团年前修了新营房，这座院子就闲着，虽然破旧，但一应现成，仍可以居住。院子较大，大门前有破旧的岗楼，四面是不高的围墙和杂乱的树木，院内是几幢营房。特工队的侦破和行动组等忙碌着收拾工作室，清扫垃圾破砖块，搬桌椅板凳和设备等。

他们还没有落稳脚，张书记长的秘书便送来请柬，请林子华、蓝蝶、刘双赢和老万等前去赴宴。刘双赢隐约感觉这个宴会有问题，会不会是鸿门宴？林子华却无所谓地说："它就是鸿门宴，我们也要按时去。不下河，怎知水的深浅？不入虎穴，焉能逮到虎娃子？"他吩咐大家晚上按时赴宴。

下午六点，国民党黑河县党部张书记长欢迎特工队的宴会准时在镇上最大的昌盛酒楼举行。这是一座三层小楼，大厅里设着几张酒桌，张书记长和秘书已经到来，做着准备，又让秘书通知保安团增加岗哨，保证宴会安全。县警察局长兼保安团长马占贵接到电话拍着胸膛说："有我马局长马团长在宴会上，还会有啥马达？——放心！"他放下电话，派两个小队前去酒楼，自己和贴身于副官带着两个勤务兵，迈着八字步晃悠晃悠前来酒楼赴宴了。

张书记长给黑河镇各个行业的头面人物和富商名流都下了请帖，他们都陆续前来。耶掌柜是黑河客栈老板，也应邀乘着人力车前来赴宴。临来前，他已经给孙三和麻五部署好了刺杀行动。从哪里进酒楼、怎么靠近林子华、两人各自的位置口令等，严丝合缝，丝丝入扣。然而，当他乘坐人力车快到昌盛酒楼跟前，看到酒楼门口有团丁守卫，大厅里有岗哨游动警戒时心里大惊！欢迎宴会竟然有保安团站岗放哨，这是他所没料想到的。他的两大杀手已经准备行动，他们根本不清楚酒楼门口布置了岗哨，要是按原计划行动，岂不是白白送死？于是他谎称忘了带礼品，当即让车夫调头向客栈赶去。

那两个杀手正准备出发。耶掌柜回到客栈告诉他俩："情况有变，保安团加强了警戒，直接从酒楼大门混入宴会厅很难！"

孙三和麻五都是日本人，原在外地的联络站干事儿。虽然他俩很少来黑河镇，却是耶掌柜多年一手发展、一手培植起来的铁杆特务和杀手，可以说他俩是耶掌柜的心腹爪牙和左右手。他俩都是神枪手，大堆的子弹将他们喂得"肥胖"，那手枪指哪打哪。因此这次前去劫车，耶掌柜把他俩悄悄调过来，加入了劫匪队伍。但他俩除了那晚劫车时小试牛刀外，后来都没有机会显摆显摆神枪手的作用，因此窝着火，憋着气，准备在今晚的宴会上大显身手，听到情况有变，两人心里都发急，沉不住气了。孙三说："干脆直接闯进去，乘人多混乱，两枪干掉林子华和那个刘双赢……"

"对！"麻五也附和说，"凭我俩的枪法，没问题，一枪撂倒一个！"

“胡闹！”耶掌柜见他俩头脑发热，狠斥一句，“你以为林子华是吃素的？一点防备都没有？怕是没等你俩闯进宴会大厅，人家的枪先响了，你们先倒地了！保安团出动说明什么？说明他们是有防备的，你们得动点脑子，用脑子打倒敌人才是最高明的杀手！再说，我们的行动是秘密行动，既要杀了林子华他们，还不能暴露目标，留下一丝痕迹，懂吗？”

一顿训斥，麻五和孙三噤声屏息不吭声了。

半晌，麻五问：“那，我们怎么进去？”

耶掌柜说：“我发现酒楼后门防备比较松，想办法从后门进入，或者翻墙进入。”他把孙三和麻五带到房顶上专门修建的瞭望楼里，拿出酒店的草图，从瞭望孔指给麻五和孙三看：“那是后门，后门旁边的围墙低矮，你们先到后门附近，如果把守严密，就从这里翻墙进入。进入酒楼后，孙三装作侍者，躲在大厅旁边，一定要沉住气，等我向你发出‘上冰凉茶——’的暗语，就马上动手。开枪就必须让林子华倒地，否则后果是清楚的，他也是快枪手！”孙三重重地点了点头。

耶掌柜又叮嘱麻五：“你潜入酒店后，藏在二楼的走廊里，居高临下，监视楼上楼下的人群，发现什么情况，及时向我和孙三发信号，打招呼，配合孙三的行动！”

孙三有点担忧地问：“如果有人盘查怎么办？”

“这好应付。”耶掌柜说：“如果碰到团丁和酒楼的人盘查，你们就回答是特工队的便衣，在暗处保护林队长，如果特工队的人盘查，你们就说是跑堂的，这不就三头两面都应付过去了吗？宾客们都不认识你俩，只要混进去，一切就好办了！”

孙三和麻五点头说知道了。

耶掌柜部署安排好行动细节后，下了瞭望楼，走出客栈，乘坐人力车向酒楼赶去。

酒楼宴会大厅里已经坐满宾客，哄哄嚷嚷，好不热闹。

江田寿夫也前来赴宴。他是福瑞轩的老板，是县商会副会长，又是大生意人，自然在全镇头面人物的行列里，因此张书记长首先给他送去了请帖。起先他是不愿前来的，因为这个宴会有他亲自导演的暗杀“节目”，他来了，假若控制不住局面，暴露目标，势必功亏一篑。再则，子弹是不长眼睛的，乱飞乱窜，误伤自己人怎么办？但不前去赴宴，张书记长会怎么想？特工队知道了会怎么想？最后他再三斟酌，还是决定前来赴宴，一则暗杀事件实施后，特工队必定会追拿杀手，他在场就会避免怀疑；二则他可以全力保护宴会上的自己人；三则亲眼看着对手倒在自己的枪口下，那是一种难以欣赏到的精彩节目，他不到场，岂不是失去眼福？于是，他穿了一身质地高级的西服，脖子里扎了条淡黄色的丝质领带，摇身一变，那充满杀机的眼睛和阴森森的面孔隐去了，以斯斯文文、笑眯眯的面目出现在宴会大厅里。

耶掌柜因为给杀手布置任务来迟了，连连向张书记长道歉：“抱歉，抱歉！鄙人客栈琐事缠身来迟了，来迟了！”张书记长说迟到了罚酒，便请他入席。

江田寿夫知道他迟到的原因，所以用询问的目光望着他，耶掌柜会意地向他轻轻点了点头，示意准备就绪，而后坐在江田寿夫的对面。江田寿夫见耶掌柜点头，一直提悬的心渐渐放了下来，但兴奋的神经却颤动不止，心脏也加快了跳动，因为好戏就要开始了！

耶掌柜刚进宴会厅坐下，林子华、蓝蝶、刘双赢和老万等到来了。随着“林队长驾到”的传呼，张书记长和江田寿夫、耶掌柜等全部起身欢迎。张书记长和林子华相互寒暄，各自介绍来宾。张书记长介绍江田寿夫说：“江老板是福瑞轩的大老板，又是县商会副会长，琴棋书画，无不涉猎；古董古玩，颇有研究，字画艺术造诣很深，特别是赏玉识玉辨玉玩玉技艺登峰造极，在黑河镇商界很有名望！”接着又介绍耶掌柜等。

耶掌柜忙点头哈腰，显得非常卑微恭谦。他今天头戴一顶瓜皮帽，鼻梁上架着小圆镜，佝偻着腰，好像六七十岁的账房先生，一副老气横秋、谦卑猥琐的样子，与几天前带领劫匪抢劫车辆、伏击特工队的狡悍头目判若两人。此番表现足以说明，他是个阴险狡猾、不可小觑的特务间谍头目。

林子华也按习惯程序给宾客和张书记长介绍了刘双赢和老万，当介绍蓝蝶时，张书记长和江田寿夫等发出恭维讨好的赞叹。

宴会开始前，张书记长发表了大段的欢迎词。因为他是老牌国民党员，又是黑河镇县党部书记，与共产党思想对立，因此在作欢迎词和交谈中，对黑河地区中共地下组织很警惕，句句不离这个话题，提议特工队应该集中力量对付共产党和黑鹰山的土匪强盗。他说：“黑鹰山的土匪十分猖獗，他们杀人越货，抢劫财物，听说还有个侠女黑玫瑰十分了得……”他讲了很多，但对侦破特工队执行特殊任务，却轻描淡写。

尽管张书记长没有提到侦破的事，林子华仍面带微笑，注意倾听着，不发表任何意见。

江田寿夫一直暗中观察着林子华，他发现这个年轻军人沉稳不燥，城府很深，心里不由涌出敬佩。他自己也是个多年的老特工，面对如此沉稳的青年特工，有点自叹不如。然而，此时他还是按照事先谋划好的方案，开始在宴会上“表演”了。他首先代表县商会发表“抗日救国，匹夫有责”的演说，而后，为林子华等赠送礼品。他说：“鄙人代表黑河县商会和各商行，为林队长不辞鞍马之辛劳，横穿沙漠来到黑河镇为民剿匪除害表示一点心意！”他赠送林子华一对祁连夜光杯，赠送刘双赢玉雕龙，赠送老万的是几个铜钱，他要给蓝蝶赠送的是一对祁连玉手镯。他拿出手镯，在众贵宾面前夸耀地晃了晃，高声张扬着说：“这可是上好的祁连美玉啊！”

一直沉默不语、脸色淡漠的蓝蝶见江田寿夫拿出玉石手镯，目光和注意力“唰”地集中到他身上，而且屁股离开座椅，欠起身来，好像发现奇异神圣物件。

当江田寿夫将那玉镯在贵宾面前炫耀一番来到她面前介绍说“祁连美玉，玉质细腻柔和，高雅清亮，富丽堂皇，天下美玉啊！”时，她“啊！”地惊叫一声，而后似乎发现自己有点失态，赶忙收敛了自己外露的表情，淡淡地说：“这么贵重的东西，我可不敢收啊！”

“这可是专为你准备的。”江田寿夫笑哈哈地说。

“是吗？”蓝蝶盯着他问。

“是的！”江田寿夫说，“俗话说好马配宝鞍，好女戴美衫啊！”

蓝蝶仍淡淡地问：“那我是——”

江田寿夫接着话茬儿道：“——从天而降的美女子啊！”

“那本人就谢谢江老板的美意了。”蓝蝶说。

蓝蝶嘴里说谢谢江老板的美意，脸上却是冷淡的表情，而且在接收玉镯时显出很不情愿的样子。蓝蝶的这些表现使得林子华心里忽然产生了疑问——人家馈赠她礼物，她应该多少表现出感激和谢意啊？怎么冷若冰霜，好像面对仇敌？

夜幕渐渐降临。

天黑后，杀手孙三和麻五按照耶掌柜的部署，悄悄摸到昌盛酒楼后院附近，躲在对面的巷口观察酒楼后门周围，发现有人进出，不好混入，便转到那段低矮的后墙下，翻墙入了院，而后打开楼后门旁的卫生间窗户，潜入楼内。他俩怕有人认出，都贴着假胡须，戴着墨镜。

麻五进入楼内后，装作旅客的样子，慢腾腾地上了二楼，躲在楼柱后监视周围的动静，呼应楼下的孙三。

孙三直接混入了大厅，摘下墨镜，装作伙计，提着水壶，立在大厅旁边，盯着林子华等人。因为他立功心切，想急于出手，因此不时抬手摸索腰间的手枪。他的这些举动，被坐在不远处席桌上的于副官发现，又见他形迹可疑，起身向他走了过去。

旁边的耶掌柜见此情景，万分焦急，夹菜的筷子几乎掉在桌上，他向左右看看，见无人注意，急忙摘下头上的瓜皮小帽，挠了挠头，向楼上的麻五发出紧急提示。楼上的麻五看到耶掌柜向他发出紧急提示，马上掏出枪，躲在楼柱后瞄准了于副官，一旦败露，便马上开枪。

于副官走到孙三面前，先是无声地打量着孙三，而后忽然伸手摸索孙三的腰间，前后摸索了半天，却没有摸到什么。其实，孙三见于副官起身向他走过来，便知道于副官发现了他腰里有东西，于是趁眼前人来人往，赶紧把腰里的手枪拔出来，放在左手掌里，将肩上的毛巾蒙在上面，又将茶壶托在手上，将手枪掩盖了起来，这才躲过了于副官的眼睛。

于副官在孙三身上没有搜查到什么，便开口审问："干啥的？"

"打，打杂的。"孙三心里早已慌乱不堪，但竭力保持镇静，战战兢兢回答说。

"本副官经常来这里，怎么没见过你？"于副官两眼狠狠盯住他。

孙三也是个机灵人，听到于副官这样问，心里镇静了许多，既然他没有认出他，那他就可以蒙混过关，于是巧言回答说："本人是临时雇佣的。老板说今晚宾客多，场面大，都是贵客，怕跑堂服务的少，伺候不好贵客和各位爷，临时从外面雇来了几个帮忙的，小的就被雇来了。小的也是第一次来这里，大爷您是贵人，怎会见过我这小人儿？"

"你小子还挺会说话的。"于副官听孙三这样说，忽然笑了。

孙三见于副官这样说，心身渐渐放松了，忙弯腰施礼："哪里哪里，大爷高看小人了！高看小人了！"

于副官被孙三糊弄了，见孙三殷勤的样子，拍了拍他的肩："好小子，好好干！"转身离开了。

孙三见于副官离去了，长舒一口气，且浑身冷汗直流。楼上的麻五见于副官离开了孙三，也松了一口气，抹掉额头上冒出的虚汗，把盒子枪插在了衣服里。耶掌柜提悬的心也"嗵"地落地了，又开始夹菜吃起来。

江田寿夫知道大厅里有耶掌柜安顿的杀手，却不知是谁，他怕误伤了自己人，便想让耶掌柜想办法告诉杀手，但又没有机会，因此心里紧张而担忧。大概为了掩饰自己的惊慌，于是边吃喝，边向张书记长和林子华以及蓝蝶说起自己的身世来，他凄凄惨惨戚戚倾诉道："……鄙人命苦啊！妻子二十多年前去世了，唯一的亲人——女儿也失散了，现在不知下落，要是在人世的话，跟蓝特派员年龄差不多……"他凄凄悲悲倾诉着，言语神情催人泪下。

张书记长见江田寿夫凄凄惶惶的样子，又见他对蓝蝶特别喜欢，随口提议说："江老板，如果蓝特派员不见怪的话，您干脆就认蓝特派员作干女儿吧，也好聊补你心里的缺憾和思念……"

张书记长大概出于随口而言，没料到江田寿夫当即表示赞同，求之不得，而蓝蝶也大概被江田寿夫的倾诉打动了心，也表示愿意做他的干女儿。

天下的事，就这样无奇不有，张书记长无意的提议，却撮成了江田寿夫和蓝蝶的“干父女”关系。他们“干父女”当即在宴会上举行了简单的结拜仪式，为宴会又增添了一喜，宾客们为之举杯庆贺！

对于蓝蝶和江田寿夫结为“干父女”关系，林子华感到突然，作为特派员怎能这样轻率就跟一个第一次见面的阔老板结为“干父女”关系呢？不但轻率，而且也是特殊工作所不允许的。她作为重庆派来的特派员，难道不懂从事特工的规矩？他陷入茫然，准备瞅机会提醒她。

然而，蓝蝶似乎从他的表情上看出了他的心思，利用相互敬酒时，悄悄对他说：“我们的规矩我懂，但我们这次的工作性质很需要这种关系——这是接触黑河镇的纽带和桥梁，是侦破工作的需要！”

林子华听此话“哦”了一声，明白了蓝蝶的用意。是的，特工队深入黑河镇侦破车案，真的需要这样的关系，否则就摸不到深层情况，但他总觉得这种做法有点操之过急，这个江老板是什么人？毕竟还不摸底呀！但蓝蝶和江田寿夫已在众人面前结成“干父女”，事实既定，想改变也改变不了，只好任其自然。

坐在林子华斜对面桌上的是黑河镇陆记大药房陆老板。他外貌敦厚朴质，性格沉稳，举止干练。林子华发现这个陆老板言语很少，却敏锐机警，好像暗暗注意着旁边的耶掌柜，同时还发现这个陆老板好像在哪里见过面。在哪里见过呢？林子华却一下想不起来，于是在敬酒时低声问：“陆老板在西安工作过？”

“没有。”陆老板摇了摇头。

林子华说：“看着有点面熟。”

陆老板笑眯眯地说：“林队长大概认错人了。”

“哦！”林子华“哦”了一声说，“对不起！”

“没关系！”陆老板笑着说，“今天认识了，不就是朋友了？”

“那是那是。”林子华说，但陆老板的影子却在脑海里萦绕不去，怎么也扯不断了。他断定他跟他是见过面的，而且是非同一般的见面，他准备留待以后慢慢研究探问。

旁边的耶掌柜也开始敬酒了，他举着酒杯首先向林子华走过来，结结巴巴说着恭维话，竭尽全力为林子华劝酒。他已经给林子华劝进几杯，但仍不罢休，继续劝着。他的目的是要把林子华等人灌醉，而后行动。林子华已经发现了这个干瘦老头的良苦用心，心里笑着说：“量你那干瘦的身躯里盛不了多少酒！来吧！”举起酒杯与耶掌柜连连碰杯，喝下酒后，向耶掌柜亮着喝完的杯子。

耶掌柜在给林子华敬酒时，不小心碰倒桌上的酒瓶，酒瓶骨碌碌向桌下滚去，林子华忙伸手去接，但耶掌柜却抢先接在手里。林子华惊呆了，从耶掌柜敏捷的动作中发现，这个佝偻着腰身的老头是个身手不凡的人，他心里震动了一下，准备有机会跟他“切磋切磋”技艺。

耶掌柜连着给林子华劝了几杯酒，见林子华雷打不动的样子，知道拿酒是攻不下林子华的，于是告退了，转过去给江田寿夫敬酒，相互传送情况。他们使用暗语，自然旁观者是无法听得懂的。再说，此时宾客们都有了三分醉意，起身相互敬酒，相互交谈，宴会上闹闹嚷嚷，乱哄哄的，谁去关心耶掌柜和江田寿夫说什么呢?

警察局局长兼县保安团团长的马占贵近四十岁，性格直露粗悍，头脑简单，易于冲动，他已经有点醉酒了，手舞足蹈，张张狂狂，嘻嘻哈哈在宴会上穿来走去，给他的狐朋狗友们敬酒，最后到了林子华和刘双赢跟前，边说着粗俗话边劝酒：“两位兄弟，酒和女人，是咱男爷们的两条腿，离不了！喝喝喝，喝好了，我带两位弟兄去好好耍耍！……”

林子华和刘双赢面子上抹不过去，皱着眉头喝下了他敬的酒。

马占贵因老婆几年前去世，是个老光棍，看到蓝蝶是个美丽漂亮的女人，便对她起了意，想把她搞到手，于是借故敬酒，千方百计往蓝蝶身边凑，嘻嘻哈哈，恣意调笑。这时他举着酒杯摇摇晃晃来到蓝蝶面前拍着蓝蝶的肩膀说：“来，妹子，把哥的这杯酒喝了，喝了！”

蓝蝶对他极为反感，但不好发作，从肩上拿开他的手，应付道：“马团长，小女子不胜酒力，实在不能喝，再喝就醉了！”

马占贵却不依不饶，非要让她喝：“喝喝喝，必须喝，这是马哥的一片心意，心意，知道吗？不喝就是看不起马哥，马哥可是很喜欢你啊！”说着就往蓝蝶嘴里灌。

蓝蝶极力阻挡后退。马占贵见蓝蝶推来挡去灌不到嘴里，一扬手将酒倒在她的衣领里，哈哈狂笑着说：“你不喝，让那两只白鸽喝，啊哈哈哈……”

“你你……”蓝蝶突然暴怒，举起巴掌准备扇过去，但忽然想起什么，举起的手停在半空，怒目圆睁，甩出一句话：“野蛮！”站起来准备离席，老万拉拉她的衣角，示意她不要失态，她气呼呼地坐了下来。

林子华对马占贵的举止反感至极，但碍于面子，不便出面阻止。张书记长觉得有失脸面，呵斥一声：“放肆！”一拍桌子站起来，指着大门：“出去，给我滚出去！”

马占贵见张书记长动怒了，酒醒三分，怯怯地叫声：“姐夫……”

“谁是你的姐夫？什么团长局长，丢人现眼！”张书记长狠狠训斥道。

江田寿夫对这种两面讨好的事，是不会放过的，见张书记长斥责马占贵，便上前劝说调和："张书记长息怒息怒，俗话说酒场无大小，无规矩，玩玩闹闹，说说笑笑，难免有出格之举，不要计较，不要计较。再说，古人云'窈窕淑女，君子好逑'嘛！"又转向蓝蝶说："干女儿也不要计较哦！"

"是的，是的，酒场无大小，玩玩闹闹嘛……"大家也附和着。

张书记长怒气难消，仍嚷着："简直不像话，喝点猫尿，就不成体统了！"但在江田寿夫劝说调和下，才渐渐平静下来，宴会的气氛缓和了，恢复如常了。

张书记长向蓝蝶和林子华表示歉道："蓝特派员对不起，林队长对不起，不好意思，让大家见笑了，受惊了！"

林子华说："没事没事，马局长喝醉了嘛！"给了他台阶下。

蓝蝶脸上也出现了和颜，说："没事……"

江田寿夫见机行事的调停，打破了尴尬场面，结束了一场闹剧。马占贵很感激江田寿夫，但心里却暗自发誓："此女必得！"江田寿夫看出了他的企图，心里暗自窃笑："这头笨猪，以后有你小子的好戏看！"

欢迎宴会成了各色人物登台亮相的大舞台。大家喝酒、说话、闲聊，大厅里熙熙攘攘，有点混乱。江田寿夫见时机已到，端起酒杯过去，对蓝蝶低声说："这里太热太闹，到旁边的小客厅里透透气吧！"

蓝蝶知道"透气"是什么意思。宴会上酒气冲天，又闹哄哄的，她也正想去什么地方透透气，清静清静，于是端起酒杯随他向小客厅走去。江田寿夫在去小厅过程中，给耶掌柜递了个眼色，耶掌柜也端起酒杯跟过去。人们都在喝酒、聊天，没有人发现他们去了小客厅，只有林子华发现蓝蝶向小客厅走去，有点迷惑不解——她喝多了？不舒服？还是……

刘双赢虽然在宴会上，两眼却注意着四周的情况。他忽然发现了可疑的孙三和麻五，便给身旁的林子华使眼色。林子华却视而不见，其实他早已发现，但佯装不知，他是要等待毒蛇出洞露头，再给予狠狠的打击。敌人表现得越充分，越有利于打击。此时，他见刘双赢一个劲给他使眼色，便在桌下轻轻踢了踢他的脚，示意他已经看到了。刘双赢见林子华早已发现，安静了下来。

这时，林子华忽然发现楼上有个蒙面女子一闪即逝。刘双赢也发现了，他忙打开腰里的枪盒盖，准备随时应付突如其来的情况，林子华按住他的手低声说："她不像是敌人。"

旁边的陆老板忽然有所意味地提醒说："山雨欲来风满楼——黑河镇可是个不太平的地方呐！"林子华从他的话中觉察到什么，凑过去对刘双赢耳语几句，刘双赢马上起身去了楼窗前，打开窗户向外面招了招手，向外面的人发出了密令。

其实，特工队早有准备。在林子华、蓝蝶和刘双嬴前来赴宴时，便随后跟来，秘密埋伏在酒楼周围，一是保护林子华和蓝蝶，二是随时应付突然发生的情况。此时他们接到刘双嬴发出的行动命令后，马上向酒楼靠近。

这些情况酒楼里的江田寿夫和耶掌柜自然没有发现。然而，有人却发现了，并将这个紧急情况传递给了江田寿夫……

再说，躲在暗处的孙三见耶掌柜离开了酒桌，知道时机已到，悄悄掏出手枪，瞄准林子华和刘双嬴，只等耶掌柜下令。酒楼里即刻杀气腾腾，气氛危险而紧张，但大厅里闹闹嚷嚷，嘈杂混乱，没有人发现这些异常情况！

江田寿夫和蓝蝶刚进小客厅，耶掌柜也紧跟着进去，一进门他就问江田寿夫“需要上冰茶水吗？”这是他们的暗语，意为“可以动手吗？”江田寿夫见时机已到，准备发布行动命令，忽然大厅服务员进来，说有人给江田寿夫传来一封信。

是谁这时候给他信？江田寿夫感觉有新情况，接过信，赶忙打开，上面写着几件古玩的价格，数字是用阿拉伯写的（实际上是密码：“有危险，撤销行动”——太阳花），他忽然大惊，但转瞬镇静下来，向耶掌柜摆了摆手说：“不要冰茶水，太凉，喝了会闹肚子！”

“什么？”耶掌柜见江田寿夫发出停止行动的密令，不禁惊叹一声，他茫然不解，准备询问，但见蓝蝶在身旁，嘴巴张了张闭上了。他觉得自己有点失态，忙退出去传达停止行动命令。

外面大厅暗处的孙三看到耶掌柜从小客厅出来，又迟迟不下命令，收起枪转悠过来，上前低声问：“上冰茶水吗？”耶掌柜低声回答：“——不，不需要冰茶，太凉，喝了会闹肚子！”

孙三听到停止行动的密令，也惊异茫然，悄声问：“发生了什么情况？”

“不知道，马上撤！”耶掌柜低声说。

孙三便赶紧退了回去。

耶掌柜摘下头上的瓜皮小帽，向着二楼，在手掌里拍了三下。楼上的麻五看到耶掌柜发出停止行动的暗号，又见孙三退出了大厅，也收起枪退了出去。

一场暗杀大战就这样停息了。

第六章
“活口”不翼而飞

宴会结束了。江田寿夫刚回到府上，耶掌柜便悄悄跟进去，问江田寿夫发生了什么情况？怎么突然停止了行动？江田寿夫告诉他：“酒楼周围有特工队的埋伏！——林子华厉害啊！没想到他暗暗在酒楼周围设了埋伏，只要我们一动，他们就一锅端，厉害啊！”

耶掌柜听此情况震愣在那儿了，惊得半天说不出话，难怪林子华在宴会上镇定自若，无事一般，原来是这样。

江田寿夫说：“要不是上司在紧要关头通知我们停止行动，那就完了，彻底完了，可怕，太可怕了！上司的命令真是太及时了，太及时了！”他连连说，后怕的样子。

“上司？！”耶掌柜又是一惊：“哪个上司？——太阳花？”

“是太阳花。”

“太阳花不是在金泉城吗？他是怎么发现这里的情况的？难道他来黑河镇了？”耶掌柜疑惑地问。

“你问我，我问谁？”江田寿夫摇头叹道：“几次命令都是通过电台和信件传达的，搞得神神秘秘，到现在我也不知他在金泉城，还是在黑河镇，甚至是男是女，我都不知道没见过……”

“是这样？！……”

耶掌柜又呆若木鸡了。

林子华和刘双赢回到特工队后，也分析宴会上出现的异常情况。

刘双赢说：“那两个家伙行动可疑，看样子准备射杀我们的，可没有动手，又忽然退缩了回去？是害怕了？还是发现我们有埋伏？”

林子华分析说：“据分析，他们发现我们设了埋伏，有危险，才取消了行动，对手很狡猾啊！也可能发现了那个蒙面女侠，不过这个可能性很小……”

“这个蒙面女侠到底是什么人？真是人们传说的行侠仗义的‘黑玫瑰’？她来宴会上干什么？替我们解围，帮助我们？还是……”刘双赢疑惑不解地说。

林子华说：“我看她不像是仗义行侠的侠客，倒好像是暗中帮助我们的人，是不是……”他准备说是不是那个传纸条的人，但话到嘴边咽了下去，为了保护帮助了自己的人，有些事还是要保密的。

刘双赢见林子华欲说又罢，知道下面的话不便说，便把话题移到那两个可疑的人身上。他说：“那，今天准备暗杀我们的人，到底是什么人？不会是黑鹰山的土匪强盗吧？”

“不会。”林子华肯定地说，“据我看，他们是训练有素、深藏不露、有组织有领导的地下军事组织，他们跟劫车人、金泉城里暗杀我们队员的人，都是同路人，后面有深不可测的背景，很有来头，很不简单！雁过留声，人过留名。明天你与老万前去昌盛酒楼，追踪调查那两个杀手，逮住他们的狐狸尾巴！”

刘双赢点了点头。

第二天，刘双赢和老万前去昌盛酒楼调查，有个跑堂的伙计告诉刘双赢和老万说：“……昨晚是有个陌生人，他提着茶壶一直在宴会大厅旁边转悠着，我们以为是你们的人，装作便衣暗中保护长官哩，所以就没有过问，后面不知怎么的，突然就不见了……不过，这个人，我好像在哪里见过的，但一时想不起来，等我想想，告诉你们……”

那跑堂的伙计三十来岁，看起来老实憨厚，刘双赢看出他说的是真话，便对他说：“那你回忆回忆，我们明天再来。”

“好的。”那跑堂的说。

刘双赢和老万便离开昌盛酒楼，回了特工队驻地。

第二天，刘双赢和老万又去了，但前台的伙计说，那个跑堂的伙计今天没来上班，不知病了还是家里有事。刘双赢和老万只好回特工队，将情况报告林子华。林子华听后忽然叫了一声：“糟了，快去找他，快！否则就断线了！”

刘双赢忽然大悟，与老万转身冲出特工队。他俩来到那个跑堂的家里，家里人说他早晨天麻麻亮就去酒楼上班了，应该在酒楼啊！刘双赢和老万听此情况，赶紧沿着去昌盛酒楼的小巷往酒楼跑去，路过一个偏僻小巷，发现旁边的水沟里有具死尸。刘双赢跑过去一看，是那个跑堂的伙计，已经僵死了，看样子是早晨被人杀害的。

“我们迟了一步！”刘双赢和老万叹惋道。

他俩回到特工队将情况报告林子华，林子华叹道：“这个结果我已经想到了。那个跑堂的被‘灭口’，说明我们的侦破路子是对的，我们就顺这条线摸下去，逮住他们的狐狸尾巴！”

第二天，林子华带着刘双赢和老万亲自前去昌盛酒楼，决定顺这条线索摸下去……

昌盛酒楼那个跑堂的被暗杀，实际上起到了一个“此地无银三百两”的作用。

江田寿夫自感又走了一步臭棋，但悔之不及，见特工队抓住这个线索顺藤摸瓜深追不放，招来耶掌柜研究对策。耶掌柜说：“我有一计，可以把特工队的侦破目标引开……”

“什么计谋？说说。”江田寿夫焦急地问。

耶掌柜说：“林子华的特工队来黑河镇是侦破车案的，只要我们把那辆车抛出去，岂不是万事大吉？”

“哈哈哈……”江田寿夫听此话苦笑起来，“你又把林子华看简单了，咱们把那辆空车抛出去，如果他们跟着车迹，顺藤摸瓜摸下去，不但那辆车和货不能保全，我们的组织也会暴露，岂不是赔了夫人又折兵？”

“请放心！”耶掌柜说，“那辆车藏在山下的胡杨林里，远离埋藏那批财物的地方，那天的大雨又把什么都清洗了，还有什么车辙痕迹？到时候我们再……”他凑到江田寿夫的耳旁悄悄嘀咕了几句，接着说，“……把他们引过去，让林子华跟黑鹰山里的土匪头目黑鹰结怨，刀枪相见，互相纠缠，这样不但转移了他们的侦破目标，而且消耗了他们的力量，这就叫‘丢车保帅’……”

江田寿夫斟酌半晌，点了点头说：“这个办法倒可以试试，不过要请示上司后决定……”

第三天，有个牧民模样的人来到特工队大门口，向门岗报告说：“黑鹰山下的胡杨林里发现一辆卡车。”并描述了卡车的样子。门岗赶忙前去报告林子华，林子华根据那个牧人的报告，认定是那晚被劫去的那辆车，但觉得有点奇怪，这辆车他们到处寻找不见，现在却突然出来了，令人费解。

“怎么办？”他请示蓝蝶。

蓝蝶果决道：“马上派人前去调查搜索，搞清案情！”

刘双赢和老万正在昌盛酒楼“顺藤摸瓜”，林子华准备通知他们回来，但临了却迟疑不决：“这么大的案件，还没有正式侦破，就水落石出，岂不太容易了？有点不正常？”他的脑子忽然复杂起来，让门岗请那个牧民前来进一步证实。门岗报告说：“牧民走了。”听此情况，他犹豫不决了。

蓝蝶见林子华犹豫不决，说：“土匪劫去车和货，没有埋藏严实，被牧人发现后报告我们，这不是很正常吗？说不定这就是侦破车案的突破口，——马上出发前去黑鹰山，犹豫不决，会失去良机的！”

林子华觉得蓝蝶的话不无道理，便通知刘双赢和老万带领几个队员前去，他和蓝蝶也跟随前往。

前去黑鹰山的道路山峦连绵，杂木丛生，崎岖不平，他们几个人乘坐一辆汽车向前颠簸。车到黑鹰山下的旷野里，果然发现有一片很大的胡杨林，那辆车忽隐忽现在树木枝叶中。大家下车要过去，林子华感觉胡杨林幽深冷森，决定自己先进去看看，而后大家再跟进。他进入密密匝匝的树林，刘双赢怕出现什么意外，也跟了进去。

他俩以胡杨树作掩护，慢慢摸到那辆车跟前，看看车周围没有异常情况，便靠近车厢，然而车厢里却什么也没有，空空如也。林子华转到驾驶室跟前，忽然发现驾驶室门扇上有隐隐的血痕，虽然被雨水冲刷了，但仍隐约可以看出有个“n”字样的符号。又是那个符号！他正在惊诧，突然林外枪声大作，“——土匪！”他俩拔枪冲出树林。

原来几个土匪模样的家伙，突然袭击胡杨林外的队员。土匪们藏在远处的灌丛中，凭借着茂密的灌丛，向队员们射击，老万和蓝蝶等猝不及防，随地卧倒，向土匪射击。土匪人多势众，蓝蝶和老万被火力压在地上抬不起头。林子华和刘双赢从胡杨林里冲出来举枪连连射击，土匪头目见情况不妙，打声口哨，骑马向黑鹰山方向逃逸。林子华、刘双赢、老万和队员紧紧追赶。

林子华决定抓个“活口”，揭开他们的真面目。正好有个家伙的乘马受伤落在了后面，林子华接过队员手里的步枪，向他开了枪，那家伙中弹栽下马来。

那几个土匪见有个弟兄栽下马，准备折回头开枪击毙他灭口，但林子华和刘双赢及时追赶了上去，那几个家伙只好掉头逃跑，转眼消失在黑鹰山谷。那栽下马的家伙见难以逃脱，拔出匕首，准备自杀。

刘双赢几步冲上去将他按住，生擒活抓了。

车找到了，但没有那批货。特工队只好押着那个家伙，乘车回到黑河镇。那批货虽然没有找到，但抓到个“活口”，也是很大的收获。林子华和大家为之欣慰，只要有了这个“活口”，找到那批货，只是个时间问题。林子华决定从这个“活口”嘴里掏出情况，让那批货浮出水面！

天早已黑了，林子华让刘双赢和老万把那辆车停在特工队院子里，把那家伙关押起来，等吃过晚饭突击审讯。刘双赢和老万回营房了，林子华却打着手电筒，默默观察着那辆车，仔细研究着车门上的那个“n”形的符号。

蓝蝶看见了，过来问他：“发现了新情况？”

林子华摇摇头。

蓝蝶说：“车是找到了，但那批货却不知去向，还差点挨了土匪的黑枪，这些土匪强盗劫了车货，还不甘心，还想消灭我们！”

林子华看了看她，没有说什么。

那几个土匪模样的家伙，其实是耶掌柜派去引诱特工队的秘密组织成员。他们企图把特工队的视线转嫁到黑鹰山的土匪身上，但却弄巧成拙，丢了一个弟兄，这无疑是毁灭性的导火线。耶掌柜意识到危险马上就要降临，狠狠给带队的头目孙三两个耳光后问他：“知不知道那个弟兄被活抓的后果？”

“知道。”孙三怯怯地说，“一旦那个弟兄招供，咱们就会暴露了……”

“蠢猪！知道这个利害关系当时为什么不采取断然措施？眼看着让特工队把他活捉了？为什么不打死他，不打死他？难道不知道留下活口的危险？”耶掌柜暴跳如雷，指着孙三的鼻子吼叫着。

“老板，当时我准备给他两枪的，可是特工队已经追赶上来，来不及了，如果再耽误，连我们也走不了了！”孙三哭丧着脸说。

耶掌柜暴跳着，在地上走来走去，但已经失手了，再怎么追究孙三也无济于事，于是呵斥一声：“滚！——马上离开黑河镇，到外面躲两天，等风平浪静再回来。”

孙三便“嗨”了一声，退出了耶掌柜的密室。

耶掌柜清楚形势非常危险，孙三离开后，偷偷去福瑞轩见上司江田寿夫。

江田寿夫听此情况，更是恼怒至极，斥责耶掌柜放几枪就应该撤离，不该跟特工队纠缠，这次把篓子捅大了。耶掌柜无奈地说：“现在只有派人去劫狱，把人抢出来，或者想办法灭口！”

“愚蠢，太愚蠢！”江田寿夫讥笑他：“现在林子华就盼着你飞蛾扑火，自投罗网，自取灭亡。几次失败，都是因为你自以为是轻敌大意啊！”

“那现在怎么办？”耶掌柜焦急无着地问。

“事已至此，着急有什么用？等等看那个弟兄能否扛得住，如果扛不住，再想办法。”江田寿夫丧气地说。

林子华和队员们吃过晚饭就已经十二点多了，为了防备意外事情发生，刘双赢和蓝蝶便把那家伙提出来，在特工队审讯室开始审讯。刘双赢问他叫什么？

那家伙紧咬着牙不吭声。刘双赢说：“看来你不开口，那好吧，我们有办法让你开口的！”他对施刑队员说：“用烧红的铁钳子扒开他的嘴！”那队员去拿火红的铁钳。

那家伙忽然害怕了，紧张地号叫着说：“不不不，我说我说，我叫杨三，是，是黑鹰山上的土匪，是黑鹰的部下，是……”

那家伙供认自己是黑鹰山土匪头子“黑鹰”的部下，刘双赢见他撒谎，便用审讯“技术”巧妙引诱，那家伙的谎言被攻破了，见糊弄不过刘双赢，又闭口不言了。刘双赢见他顽固死硬，不说实话，令施刑的队员再次给他上大刑。那家伙扛不住大刑，准备开口说话，因大腿受伤，忽然昏迷过去了。

刘双赢让施刑特工在他身上喷凉水，激他醒过来，还采取了其他办法，但他仍没有清醒过来。

刘双赢见那家伙昏迷不醒，将情况汇报林子华。林子华怕他死了，马上让刘双赢和老万把他送到陆记大药房治伤，等他清醒后继续审问。

陆记大药房是全镇最好的医院，刘双赢和老万把那家伙送了过去，陆老板让医生全力抢救，而且自己亲自给那家伙打针治伤，但那家伙仍昏迷不醒，直到半夜还持续昏迷。

刘双赢只好派两个队员守在病房看守，等他清醒过来继续审问。已经半夜两点多了，刘双赢安顿好看守人员，回到了特工队。

第二天凌晨六点，特工队突然响起急促的电话。林子华接起电话，对方报告说：“那个治伤的家伙不见了。”林子华、刘双赢和老万几个马上赶到陆记大药房，见守护在病房的两个队员昏睡在门旁，病房里空空如也。

——那家伙被人劫走了！

陆记大药房陆老板愧疚地向林子华反复解释，一再道歉说他们失职，他们失职。林子华说：“事已至此，道歉有什么用？”他找来负责看守的护士询问情况，那女护士头上包裹着纱布，脸色惨白，她说：“晚上是我值班，我一直守在病房里，半夜时分，有人从后面把我打昏，再下面的事我就不知道了，直到刚才清醒……”

林子华见她不知道太多的情况，便察看病房的门窗玻璃。门窗玻璃均完好无损，这说明劫持者是从病房门里进出的。门口的岗哨还像喝醉了酒，昏昏沉沉躺着。林子华蹲下去，仔细观察一阵，发现这是敌人使用了迷昏气，这种药是美国情报局的专利，他心里渐渐有了“底”，起身命令身旁的刘双赢和老万：“这个家伙不会跑远，顺着去黑鹰山的小路追，会找到踪迹的！”

刘双赢和老万便带着特工队员，顺着通往黑鹰山的小路往前追赶。半道上，果然发现滴落在路上的血迹。刘双赢便派人报告了林子华和蓝蝶。

林子华和蓝蝶马上赶到现场，跟着那血迹向前搜索察看，那血迹一直向黑鹰山方向去了。刘双赢见血迹真向黑鹰山去了，忽然对林子华佩服至极，心里说：“他是怎么知道那家伙会从这条小路去黑鹰山的？简直神了，真是神机妙算啊！”

——又是黑鹰山？

大家分析那家伙可能真是黑鹰山的土匪强盗。老万也说：“如果不是黑鹰山的土匪，就是陆记大药房内外勾结放跑了那个家伙。”

林子华半晌没有点头，也没有摇头，就在老万再次重述自己的理由时，他忽然肯定地说这种监守自盗的傻事，陆记大药房是不会干的，他反问老万：“假如你是陆老板，你会放走这样一个病人吗？”

“这……”老万被问哑了。

蓝蝶一直不说话，林子华问她：“特派员怎么认为？”

蓝蝶深沉地说：“那晚准备在黑鹰山口伏击我们的，是黑鹰山的土匪，昨天在黑鹰山下袭击我们的仍是土匪，今天这家伙又被黑鹰山的人劫跑了，这不就把什么问题都说明了？”

“这么说，他真是黑鹰山的土匪了？”林子华背着手在地上踱了两步停住问。

“秃头上的虱子——明摆着的，还用绞尽脑汁？”蓝蝶说。

林子华听蓝蝶这样说，习惯性地垂下了脑袋，把脸转向旁边，心里说：“难道你没有发现那两个守病房的哨兵是怎么昏睡过去的吗？难道不清楚劫持者使用的是什么手段吗？——他们使用的是美国情报局特制的迷昏气，土匪强盗有这些东西吗？”

他心里这么想，嘴里却什么也没有说，因为问题非常不简单！

第七章
飞镖传来的秘信

金泉城情报处杨昌顺来电询问车案侦破情况。林子华回电说："那辆车已经找到，但车是空的，货物不知去向。"。

王副官把电文送到杨昌顺手里，杨昌顺阅后脸上露出欣慰："侦破工作总算有了新进展，马上向总部赖主任报告。"王副官要去，杨昌顺想了想说："还是让我亲自报告。"他要通了赖主任的电话，赖主任听了报告，语气稍见缓和："好，希望继续努力，按期追回货物！"

杨昌顺心里舒展了，让王副官发嘉奖电嘉奖林子华、蓝蝶和特工队，鼓励他们乘胜深入。

远在黑河镇的林子华收到嘉奖电后，没有半点喜悦，把自己关在工作室仔细分析眼前出现的情况，自问着："我们的对手真是黑鹰山的土匪吗？那批货物真被土匪头子黑鹰劫走了？"

然而，根据前些天金泉城发生的暗杀事件和昌盛酒楼出现杀手以及今天那个家伙逃跑的前后经过分析，他认为面前的敌人并非土匪，因为按常理土匪知道特工队前来侦破车案，是不会再跟特工队纠缠的，再说劫人者使用的迷昏气，土匪也不可能有……根据这些情况，他隐隐感觉对手采用这些迷惑人的手段，似乎要把特工队的侦破视线引向黑鹰山，跟土匪头子黑鹰纠缠，好让他们逍遥法外。他思考着，忽然叫了起来："不——我们的对手不在黑鹰山，也不是土匪强盗，而是一个秘密军事组织，他们想干扰我们的侦破视线，把侦破目标引向黑鹰山。我林子华不能上当，继续调查昌盛酒楼的暗杀案！"

除此而外，他还感觉特工队内有人向外通风报信，否则对手不可能在陆记大药房劫走活口。因为送那个家伙去陆记大药房治伤，只有特工队极少数人知道，其他人是不知道的，而且对手的劫人行动，在凌晨四点钟左右，再早，医生在治疗（事实上，半夜两点还在治疗），再迟，天便亮了，有机可乘的时间，只能是凌晨三至五点钟之间，而对手能在一个小时的空隙里成功劫人，说明他们对医院的情况非常了解。由此，他分析断定这个劫人事件是内外勾结进行的，这个内奸不在特工队，就在陆记大药房。

他是谁呢？他决定不露声色，静观默察，把这个内奸抓出来。他正在独自思考，刘双赢敲门进来了。他问："有事吗？"

"我发现一个问题。"刘双赢开门见山地说："——有人要把特工队的侦破目标引向黑鹰山。"

"他们的意图是什么？目的何在？"

"让特工队与土匪结怨纠缠，借土匪强盗黑鹰之手消灭我们。"刘双赢回答说。

"老同学分析得很对！"林子华在刘双赢胸前擂了一拳，痛快地说，"你跟我想到一起去了！"又问刘双赢，"那，这个使作俑者是谁？"

刘双赢说不上来了。

林子华说："根据最近从中共高层那里获得的情报，日本特务间谍在黑河镇和金水两地区秘密活动，这起劫车事件可能是他们所为。大后方并非风平浪静啊！"一提这个话头，刘双赢也说："有这个可能。据情报讲，日军某部特高课几年前派遣一个代号叫'太阳花'的头目潜入西部地区，负责黑河镇和金泉城的特务间谍活动，但他潜藏得很深，很长时间不曾露面，现在他是不是露头了？"

"这个情报来自何方？"林子华惊诧不已。

刘双赢笑而不答，却肯定地说："情报准确。"

"老同学，不简单啊！"林子华盯住了刘双赢，发现眼前的老同学非同寻常，又擂他一拳说，"一日不见，刮目相看啊！"他用研究的目光凝视着刘双赢，刘双赢也用研究的目光凝视着林子华，半晌，忽然问："林队，今天你是怎么想到那个家伙会顺小路去黑鹰山的？你是猜测，还是有什么根据？"

林子华说："这个很简单，因为那条小路是通往黑鹰山的戈壁小道，对手要把我

们的视线引向黑鹰山，肯定会走那条小路。一切都是事先安排好的，还有小路上的血迹，你想想，一个人身上有多少血，小路上到处都洒着血迹，哪来那么多？要是那样流血，不就早流完了，早死了？”

“对！是这个道理！”刘双赢击掌叫绝，“你这家伙，才是真正的一日不见，刮目相看啊！我算是彻底服你了！”

鉴于这种情况，林子华当晚召开会议，决定继续追查昌盛酒楼的暗杀事件，而蓝蝶却提出异议，她说：“特工队应该继续向黑鹰山深入，否则会延误战机，给黑鹰山土匪强盗喘气的机会！”由此林子华跟她发生了激烈争议。

蓝蝶见林子华不听她的，软软绵绵地质问：“难道你想对抗我这个特派员？”

她的话语虽然绵软，却绵中带刚，陡然间把矛盾推向高峰。

刘双赢见此情景，忙劝导林子华，又把他拉到旁边的办公室耐心劝说：“林队，你怎么跟她顶起牛来？不知道她是重庆特派员？她虽然是个女人，但毕竟是上面派来的监督官啊，关系搞僵了，以后还怎么进行工作？还有重大任务等着我们去完成哩！”

林子华被刘双赢提醒了，觉得这样硬顶不是办法，于是妥协了。他决定采取迂回作战办法，与蓝蝶周旋。回到办公室后，他向蓝蝶表示听从她的部署，明天继续进山，跟踪寻找那批货……

第二天，林子华和刘双赢带着行动组沿着那个“活口”留的踪迹前去黑鹰山了，蓝蝶也相随前往。他们一路翻山越岭，在山沟里搜索寻找，却没有发现什么异常迹象，也没有见到土匪的踪影。蓝蝶分析那批货可能埋藏在什么地方，命令大家仔细搜查。大家便在四处仔细搜查，不放过一条沟坎，一片灌丛，一道山梁，忙活到太阳快落山了，还是没发现异常踪迹，大家垂头丧气地收兵了。

晚上回到特工队，林子华准备回宿舍，忽然“嗖”的一声风响，一枚飞镖插在他的办公室门旁，飞镖上面带着一个纸条，他取下来展开，上面写着“小心上当，注意黑河客栈”几个字。他大感惊诧，什么人发的飞镖？他赶忙四处寻找发镖人，但天色早已黑了，四周漆黑，寂静无人。

他在那儿沉吟一阵，回到宿舍，在灯下仔细研究那纸条。刘双赢不知啥时偷偷进来，悄然走到他身旁，趁他不注意，抢过他手上的纸条。林子华有点紧张，要抢回纸条。刘双赢说：“老同学不要紧张，让我好好研究研究这个纸条是谁发的。”他看了半天，说：“这个纸条肯定是那个侠女传的，她一直在暗中帮助我们！”

“不许乱说！”林子华忙抬手堵住他的嘴，夺过他手里的纸条，低声警告道：

"纸条你已经看到了，出了这个门，就把它烂在肚子里，以后不许露出半个字！"

"林队放心！"刘双赢说。

第二天，特工队行动组又要出发前去黑鹰山，林子华对蓝蝶说："我有点感冒，让双赢和老万带人前去。"其实他是要留下来"研究"那个叫黑河客栈的地方。

刘双赢清楚林子华的意图，痛快地说："林队在家好好歇着，我带队员前去黑鹰山搜索。"

蓝蝶看出林子华不愿去黑鹰山，但也不好命令他前去，便点头让他留下。

刘双赢和老万带着队员离开黑河镇后，林子华悄悄去了黑河客栈。黑河客栈坐落在镇子边缘地带，临街是大院门，院内有十几幢客房，后院有仓房、货栈、车棚马圈等，占据着很大一片地方，而且南来北往的车马商队旅人很多，繁杂而纷乱热闹。这便是黑河镇日军秘密组织的一个联络点。耶掌柜是客栈老板，几年来他在上司江田寿夫的秘密领导下，以客栈为掩护，勾结发展秘密组织和汉奸，进行秘密活动。

林子华找到黑河客栈后，只是远远留意观察，没有靠近，怕靠近引起什么意外。他观察了半天，除了看到客栈里车马旅客来来往往，纷乱频繁外，没有发现什么异常情况，于是慢慢转悠到客栈旁边的小巷子。忽然，他发现小巷深处有个姑娘，好像寻找什么，他迎了上去。

一见那姑娘，他惊愣了。因为那姑娘不是别人，是在金泉城碰到过的那个有点傻气的姑娘。他惊叹道："啊，怎么在这里碰到了你？"姑娘说："我家就在黑河镇。那天我离开金泉旅馆，随着一个驼队回了家。今天出来转转，谁知误入这个偏僻小巷，转不出去了！"

"哦，是这样啊！"他说，"那我带你出去。"便带她走出了小巷。

那姑娘向他致谢，并邀请他这个恩人去她家做客，林子华说改天吧，便继续去巷子里观察，偶尔回头，发现那姑娘并没有离开，一直跟在他后面。这一反常情况引起他的注意，等她靠近了，他审问她："为啥跟着我？"姑娘却反问："我发现你在寻找什么，是不是在寻亲访友？说不上我能帮你的忙，所以就回来了。"

"我跟你一样，也是随便出来转转的，没想到……"他无所谓地说。

"你也误入了这个偏僻小巷？"没等他说出口，姑娘替他说了，接着"咯咯咯"笑起来，笑声很甜很脆，好像一路银铃。他忽然对她产生了好感，问她："叫什么名字？——一直没有顾上问。"

"林长官是大忙人，哪顾得上问我的名字。"姑娘告诉他说，"我叫田梅，田地的田，梅花的梅——记住了？"

"记住了。"林子华说。

田梅说："那好，既然不需要我帮忙，我就走了。有时间请到我家做客！"她又向他发出请字，说完转身向巷口走去。林子华目送她远去，发现这个姑娘虽然有点傻气，却很可爱。

小巷旁边就是黑河客栈，他从这条小巷里转出去，又进入客栈后面的巷子，谁料刚入巷口，那个田梅姑娘又出现在眼前。"她还是走迷了路吗？"他脑子忽然复杂了，出现问号，感觉她有点神秘。田梅却咯咯笑着："看来咱俩有缘分，总是不期而遇。"

然而，林子华却觉得她并非跟他不期邂逅，而是在秘密跟踪他，至少也是暗暗注意他，要不怎么这样巧？他问："田梅姑娘，你是干什么的？在这里干什么？"

她却所答非所问："林长官，听说这里是个是非之地，你要小心啊！老在这里转悠会出事的！"

"不怕，我是军人！"林子华说，"我奉命前来执行任务，想到处走走看看。"

"什么任务！"她不屑地说："不就是追查那辆被劫的车吗？"

"哦？！"林子华惊愕了，回头盯住她，"你是怎么知道的？"

"听说的呗。"她回答说。

林子华严肃地："那可不是一般东西，那是重要的抗日军用物资。"

"哼！"她鼻子里哼了一声，"什么抗日军用物资，多美妙，多动听啊！"

"什么意思？"林子华从她的话里听出轻蔑和讥讽，盯住她，"你诋毁抗日救国？"

"抗日救国，匹夫有责，这个大道理谁都懂，但有些人满嘴抗日，却口是心非，挂羊头卖狗肉！"姑娘忽然嚷了起来。

"你到底什么人？敢这样说话？"林子华听之，激动起来。

"中国人，中国人啊！"她回答说，又提醒说，"这里是个是非之地，不要闲转悠了，快回去吧！"说完，转身扬长而去，把林子华冷在那儿，他没想到这个傻姑娘竟然这么厉害，特别是"口是心非，挂羊头卖狗肉"的话引起他深思。同时发现这个姑娘非同一般，有点神秘！

再说刘双赢、老万和蓝蝶带着几个队员在黑鹰山下的荒野里搜索前进，突然远处的灌木林里响起了枪声，一排子弹射向特工队——又是土匪。刘双赢和老万慌忙躲在旁边的石头和灌木丛中向土匪射击。那些土匪见特工队还击，调头便逃。刘双赢命令队员跟踪追击，捕抓活口，蓝蝶和老万劝刘双赢不可轻举妄动，防止陷入土匪的伏击圈，刘双赢便下令停止追击。

晚上，刘双赢和老万带着队员回来了。林子华听说刘双赢他们遭遇土匪袭击，震惊而迷惘，问刘双赢：“难道那辆车真被黑鹰山的土匪劫了？原先我的分析错了？蓝蝶的侦破思路是对的？”

刘双赢说：“根据今天遭遇土匪的偷袭情况看，好像蓝蝶的侦破思路和目标是对的，但仔细琢磨，又觉得蹊跷，好像不是那么回事，因为那些家伙总是放几枪就跑，只是想把我们引过去，并不想跟我们纠缠……”

林子华说：“按理说土匪抢劫了车辆货物，应该远走他乡，或者隐藏起来，而这些土匪却频繁出没，放几枪就跑，生怕我们找不到他们的踪迹，生怕抓不住他们的狐狸尾巴，这是很反常的！”

“对！这里面有大文章！”刘双赢说。

林子华在那儿沉思半晌决定道：“那我们将计就计，来他个大行动，深入虎穴，面见土匪头目‘黑鹰’。如果那批货物真被他们劫去了，我们便通过面对面的谈判追回物资，如果不是他们所为，谜底不就揭开了？”

“我同意！”刘双赢赞同说，“这办法一举两得，一石两鸟太好了！”

林子华前去征求蓝蝶的意见，蓝蝶也同意林子华的行动方案。

第八章
蓝蝶身上的秘密

第二天，林子华、蓝蝶和刘双赢带着全体队员进山了。

黑鹰山的土匪盘踞在黑鹰洞，那是个很险要的地方，沟连着沟，山套着山，特别是黑鹰洞，悬挂在一条狭长而陡峭的山崖上，据说连老鹰都很难接近。因为洞口悬在半山崖上，老远看去好像老鹰窝，所以叫做“黑鹰洞”。来到黑鹰洞沟口，林子华命令停止前进，守在沟口，由他孤身深入虎穴黑鹰洞，面见土匪头子“黑鹰”。

刘双赢见林子华要亲赴黑鹰洞，嚷着说：“不行！你不能去，要去我去！”

“为什么？”林子华问他。

“我们面对的是土匪头目黑鹰，听说黑鹰杀人如麻，一旦翻脸，前去的人就会……”刘双赢不敢说下去了。

林子华安慰说：“不过听人说他只杀官府恶人，只抢富商大户，不抢穷苦百姓……再说全体队员摆在黑鹰沟口，会给他们造成压力，他们知道我们有准备，是不敢造次的，再说江湖上有不杀使者的规矩，土匪强盗还是讲究规矩的。”

“你是特工队的主心骨，如果有个好歹，不是闹着玩的，这是原则问题，决不能让步。再说，执行任务是我行动组的事！”刘双赢坚持着。老万也出来要求说：“林队不能去，双赢也身负重任不能去，由我前去！”说着就准备行动。

林子华断然拒绝：“都不要争，我已经决定了，不能改变！”刘双赢又要争抢，林子华拍了拍他的肩说：“放心，你们的林队长不会有事，更不会去送死！”

刘双赢和老万见林子华去意已决，知道无法改变，不再做无谓争抢。林子华命令道：“按既定方案，你们守在山口，做好战斗准备，一旦谈崩，听到我鸣枪发出信号，便用武力解决问题！”

刘双赢和老万郑重地点了点头。

特工队员们全副武装，准备打仗的样子。

林子华与大家握了握手，准备动身，忽然蓝蝶上前拉住了他。林子华看出她有什么话要说，便问：“有事？”她却摇了摇头。他又问：“到底有什么事？”她“吭哧”了半天，用商量的口吻说：“能不能换别人去？”

林子华读懂了她的心意，忽然心里热了一下，却坚决地说：“我已经准备好了，不能换别人！”蓝蝶见无法劝阻，从自己腰里拔出左轮手枪送到他面前：“带上，以防万一！”

林子华见她心事重重，表情复杂，但又很真诚，还带着女人的脉脉温情，心里又是一热。这是他跟她见面以来，第一次看到她脸上流露出女人的温情，他心里忽然冒出这样的感觉，这个先前令人讨厌的冷傲女人，其实挺温柔，还有点讨人喜欢。他接过她的左轮枪别到腰里准备动身，忽然又发现蓝蝶的眼睛有点发红，他心里忽然泛起惊异的涟漪，她怎么了？怎么了？他顿然陷入迷茫，感觉这个姑娘身上有很多秘密，但此时此刻他无暇猜测探究这些，果决转身向沟内走去。

蓝蝶向前送了几步，便定在那儿，眼睛渐渐涌出水雾。

唉，这世上谁能理解她呢？又有谁知道她的苦衷呢？

其实，关于蓝蝶的故事从那辆车被劫的第二天就开始了。那晚，当日军某参谋部特高课长听到黑河镇秘密组织闯下如此大祸后，便在密室里焦急地密谋策划补救办法和反侦破计划。当听到国民党重庆方面要派女特工蓝蝶前往黑河镇督战时，一个大胆的反侦破计划跳进他的脑海——“掉包”，于是当即决定派特高课情报部一个相貌跟蓝蝶相像的女特工冒名顶替蓝蝶打入林子华的特工队。

——这个女特工就是现在的蓝蝶。

她的名字叫贞子，是个日本姑娘，侵华日军某部情报人员。她家原住日本北海道。二十多年前，她的爸爸随同一个所谓的考察团前来中国西部考察探险。这个考察团实际上是情报组织，在考察探险的幌子下，搜集中国西部的政治、军事、地理等方

面的情报，为日后的侵华战争做准备。这个考察团只有四个成员，他们越过蒙古高原，经过敦煌地区，来到新疆东部的戈壁沙漠地带。忽然那些天这四个人不见踪影了。有人说被塔克拉玛干的黑沙暴卷走掩埋了，有人说是被野兽吞噬了，总之那四个成员音信全无。她妈妈为了寻找丈夫，带着幼小的她从日本来到中国东北，又辗转西北寻夫。然而，遥遥数年，毫无结果，后来落脚东北，渐渐长大成人的贞子姑娘，也进入关东情报学校，毕业后分配到某部情报机关，搞情报工作……

贞子跟苦命的妈妈相依为命生活着，原本从心底里就不愿干这种血腥危险，而又埋名换姓的职业，但却身不由己。现在偏偏上司又让她演“掉包”计，她简直十二分的不情愿。然而，要命的是她妈妈被特高课抓去当作人质，她不服从命令，妈妈的生命便不能保全，于是她撕心裂肺般离开了妈妈，挥泪前行。第二天便在日军西北秘密组织协助下，在兰州飞机场成功完成了“掉包”计划，第二天冒名顶替来到金泉城，又随特工队来到了黑河镇……

那晚，在昌盛酒楼与黑河镇秘密组织头目江田寿夫接上了头，那双祁连玉手镯便是接头之物。为了便于跟江田寿夫接触，又根据上司“太阳花”的事先安排，与江田寿夫结为“干父女”关系……

她桃代李僵，“掉包”顶替真蓝蝶打入特工队的任务很明确，就是在江田寿夫的直接领导下实施“美女计划”，用美色诱骗、征服、策反特工队长林子华。然而，数天来她跟林子华的接触过程中，发现这个中国军人不但智慧勇敢，而且英俊干练，浑身透着男子汉特有的气魄和热情，此时见他冒死独身前赴匪窟，不知怎么的，忽然心生惋惜之情……

事后，她忽然为自己的言行大为吃惊，但那种惋惜之情却难以割去。

沟内怪石嶙峋，杂木凌乱，地形复杂。

黑鹰洞悬在半山崖上，一条石头栈道临崖而上，弯来绕去通向洞窟。栈道上设有三道关卡，防备严密，只要不放行，连飞鸟也难以闯过去。林子华顺着栈道，小心翼翼向上攀行。来到第一道关卡前，发现关卡上没有土匪把守，他便顺利地闯了过去。来到第二道关卡前，仍没有发现土匪把守。难道他们没有发现他来闯黑鹰洞？他见土匪没有防备，加紧脚步向前攀行，到第三道关卡前，仍不见土匪把守。怎么回事？他忽然觉得奇怪，难道他们有埋伏？有意放他进入虎口，而后一举擒拿？他仔细观察周围，栈道右面是悬崖，左面是深谷，整个沟谷寂静无声，哪有什么埋伏，他纳闷了！

穿过第三道关卡后，黑鹰洞出现在眼前。那是个熊嘴般的洞口，丈余大小，阴森恐怖，但仍不见岗哨兵卒，这使他茫然不解而又震惊奇怪，他迅速靠近洞口，向里窥视一眼，忽然愣怔了，因为洞内空空如也，一个人也没有。正在惊疑，两只野鸽从洞窟内“扑愣愣”地飞出来，越过他的头顶冲向沟谷蓝天。

空空的居所，空空的土炕，空空的笼箱……

看样子洞里的人已离去很长时间了，地上残留的柴火灰烬上蒙着厚厚的沙尘。他在洞里观察呆望半天，慢慢回头，走出洞口，向沟谷鸣了两枪，以报平安。

守在山沟口的刘双赢和队员们听到平安无事的信号，提悬的心落地了，起身沿着栈道，向洞窟攀爬。蓝蝶那颗担忧的心，也落到了实处，见队员们攀爬而上，也跟随着上去。

大家迅速攀上洞窟，见匪窟里空空如也，不见土匪踪影，都目瞪口呆了。蓝蝶一直为林子华的安全担忧，见他安然无恙，忘情地叫喊一声“林队长——”跑上去，准备扑到他怀里，然而到了他跟前却突然止步，因为她忽然想起自己的身份——打入特工队的日军间谍，她绝对不可随意动情，流露出女儿情长，出现什么破绽，不但不能完成任务还会遭殃，她的妈妈也性命难保！

面对空空如也的匪窟，蓝蝶也没有料到，惊愕之际，心里狠狠骂着江田寿夫：“一群蠢货，关键时候露了馅！”因为这一切都是江田寿夫根据上司的行动计划设计的，目的是把特工队的侦破视线引到黑鹰山土匪身上，而现在黑鹰山匪窟空空如也，岂不是露馅了？秘密被揭穿了？

林子华也没有料到这个结果。为了弄个水落石出，他令队员们在附近搜索，然而大家搜索了一圈，还是没有发现土匪的踪影。有人拣到了几个弹壳，也是些陈旧的，看样子时间很长了。一切迹象都表明，那辆车被劫与黑鹰山的土匪无关。

蓝蝶有点紧张，因为她一直坚持黑鹰山土匪之说，但她转而镇定下来，分析掩饰说：“狡兔三窟，这些土匪可能转移到了什么地方。”老万和两个队员也跟着附和，林子华和刘双赢却不这样认为。

面对大家带问号的目光和责备，蓝蝶决定给江田寿夫发电报告这里出现的情况，让他想办法“补救”，但却没办法拿出发报机。她随身带着微型发报机，香烟盒那么大，安装在梳妆盒里，梳妆盒虽然装在手提包里随身带着，却不便拿出来，后来在搜索中灵机一动，有意将自己的头发弄得凌乱不堪，脸庞上还沾满灰土，大家见她如此尊容忍俊不禁，哈哈大笑。她便借机从手提袋里拿出小圆镜和梳妆盒去了旁边的树林里“梳妆”，向江田寿夫发出了电报。

傍晚，林子华带着队伍往回赶，临近黑河镇忽然遭到不明武装的袭击，林子华组织队员还击，但那些家伙只在草丛里放了几枪，便溜得无踪无影。林子华不甘心，借助灌木的掩映继续追赶，决定抓个活的，但一颗流弹击中他的左臂，血流不止。刘双赢怕他流血过多，便搀扶他撤出战斗，赶回黑河镇，送往陆记大药房治疗。

蓝蝶知道这个突然袭击是江田寿夫采取的“补救”措施，他稍稍松了一口气。但她非常清楚，尽管江田寿夫做了补救，造成的严重恶果却是无法彻底消除的，她发现大家开始对她不信任了。因此，她趁刘双赢和老万不注意，溜出去见江田寿夫，见到他后大发脾气：“你们怎么搞的？我好不容易把林子华和特工队带进套圈，却露了‘馅’，以后林子华肯定会把侦破目标转向黑河镇，我也免不了受怀疑，怎么办？让我怎么办？”

江田寿夫知道自己失误了，扼腕自责：“轻敌了，轻敌了！一直听说黑鹰盘踞在黑鹰洞，怎么就忽然不见了？事先应该想到土匪狡兔三窟，经常挪窝的。”然而再叹惋也不可挽回了，他心里筹划着怎么亡羊补牢。

蓝蝶提出自己暂且停止频繁活动，否则会暴露身份，功亏一篑。因为现在林子华已经开始注意她了。江田寿夫回答说：“现在正是关键时期，一点不能懈怠，等过了紧张时期，请示上司后决定。”他提醒她要注意隐蔽，尽可能避免与林子华正面交锋……

金泉城情报处杨昌顺听说林子华受了伤，发电表示慰问。

王副官却嚷叫着：“黑鹰山的土匪强盗太猖狂，抢劫了车辆，还打死打伤特工队！”他提议杨昌顺派特工队进山剿匪。杨昌顺说：“我们在金泉城，不太熟悉黑河镇和黑鹰山的情况，让林子华自己做决定吧。”王副官还要坚持，杨昌顺说：“现在特工队的主要任务是侦破车案，追回那批物资，不是追剿土匪。你是清楚的，总部赖主任又来电催促，如果这批货物追不回来，我俩都没有好果子吃……”王副官见无法说动杨昌顺，便去给特工队发电报。

林子华收到杨昌顺发来的慰问电，只看了一眼便随手扔在了桌子上。他关心的是车案线索和那批货，而不是这些冠冕堂皇的好听话。现在车案线索断了，他心里烦恼至极，又听说昨晚被黑枪打伤的两个队员死了，简直到了发疯的地步，带伤跑到墓前吼叫着：“还我的队员，还我的人。”他为死去的队员悲痛无比，为找不到对手的踪迹和那批货物而苦闷愤慨。

刘双赢、蓝蝶和老万等前去墓地，劝他回大药房继续治疗枪伤，他却守在那两个队员的墓前不愿离开，在大家的再三劝说下才回到大药房。

他回大药房后，要求看看从他臂膀上取出的那颗罪恶子弹，女护士用小铁盘把颗子弹端来了，他拿起子弹头观看着，咬着牙关说：“差点让这个可恶的小东西吃了我！”

“如果那样死了，就死得轻于鸿毛，一钱不值。”女护士接着他的话茬儿意味深长地说。林子华正一肚子恼火没地方撒，听到小护士这样说，便叫嚷起来：“什么轻于鸿毛？知道吗？我是为追查抗日军用物资才受伤的，是为了抗日，抗日！”

“抗日救国匹夫有责，可你知道你们流血牺牲追查的是什么东西吗？”女护士问他。

“什么东西？”林子华陡然被问愣住了。

女护士用讥讽的口吻说：“用自己的眼睛看，用自己的脑子想，连这个都搞不清楚，还谈什么抗日？死了比鸿毛还轻！”

女护士说完转身出门了。林子华怔在那儿，感觉女护士好像知道那批货物的秘密，他赶紧追出去想问问清楚，但不见女护士的踪影。再说，女护士戴着护士帽，戴着口罩，只露出两只眼睛，刚才根本没看清她是谁，他询问大药房的人，大家都说不知道。

转眼一个礼拜时间过去了，林子华的伤口渐渐痊愈，他急着要找那个女护士。陆老板却说：“女护士是临时雇佣帮忙的，手术完了，就走了。”陆老板问他：“找她有什么事？”林子华迟疑着说出那天女护士说的话。

陆老板笑着说：“她的话不无道理。医生做手术，先要诊断清病情；扛枪打仗，必须清楚为什么人，不清楚这些，就等于蒙上眼睛走路。”

林子华有所触动，并且发现这个陆老板和那个小护士都有点神秘，于是探问起黑鹰山土匪活动情况。陆老板告诉他：“黑鹰山的土匪去年就散伙了，那个头目‘黑鹰’是蒙古人，听说老母被日本人杀害，回蒙古草原为母报仇雪恨了！”

“什么？”林子华惊跳起来，“他早就回蒙古草原了？那我们几次遭遇袭击，还有我胳膊上的枪伤……”

老板哈哈笑起来：“黑鹰山的土匪早就散伙了，有谁袭击你们？这是有人在演戏。”他向左右看看，低声提醒说：“日本人占领了大半个中国，这里虽然是大后方，但日军特务间谍活动频繁。你们以后要睁大眼睛，否则会被他们牵住鼻子转——一旦误入歧途，栽到沟里还不知怎么栽的！”

林子华从陆老板的话中悟出什么，“呼”地站起来，出门向特工队大步走去，陆老板望着远去的他，脸上出现欣慰的笑容。

林子华回到特工队，围着停在院子里的那辆卡车转着观察着，晚上又拿出那块带血迹的床单仔细研究“n”字形符号，忽然茅塞顿开，那是“日本的‘日’——”他分析这是那辆车的司机发现日本人劫车，想在临死前用带血的手指写出“日本人”几个字，但刚写出“n”字，便遇到紧急情况。那天在病房里，司机仍没有写出完整的字就死了。

他幡然醒悟——黑河镇果然有组织严密、深藏不露的日军特务间谍组织。难怪有人千方百计要把特工队的目标引向别处。他认定那批物资是日军秘密组织劫走的。他当即召集蓝蝶、刘双赢和老万召开会议，谈了自己的发现和想法，决定把侦破目标锁定在黑河镇，揭开蒙在那批货物上的神秘面纱！

刘双赢表示同意。

蓝蝶见林子华发现了他们的秘密组织，试图用特派员的权力扭转他，但怕这样做弄巧成拙，暴露身份，便策略地提醒特工队的任务是侦破车案，追查那批先进武器部件，不能马上侦破，要受到军法惩处的。林子华说：“盯紧日军的秘密组织，就是为了追回抗战物资，跟执行侦破任务并不矛盾，说不定这是侦破车案的扣，解开了这个扣，一切矛盾迎刃而解！”

蓝蝶见自己再坚持会自我暴露，便默认了。第二天晚上，她去了江田寿夫那儿，江田寿夫责怪她不该放弃，提醒她：“在自己的组织内，你是大日本帝国的军人，是身负帝国圣战使命的特工，对上司要绝对服从，忠贞不贰；在特工队，你是重庆的特派员，要充分利用这张‘派司’来完成你的任务！”他命令她马上回去，用这张“派司”把特工队的侦破目标扭转过来，否则他们的组织便会暴露。

蓝蝶叹道：“这个命令很难执行。”

“为什么？”江田寿夫问。

蓝蝶说：“林子华是个智勇双全、很难对付的军人，现在他已发现了黑河镇的秘密组织，还能把他扭转过来吗？”

江田寿夫也有同感，同时心里嘀咕着：“是啊！这个林子华怎么突然改变了侦破目标？这一枪好像把他打醒了，是不是有‘高人’在后面点拨，是不是延安来的‘云雀’？——形势严重啊！”

第九章
蓝蝶的三角“恋爱”

自从特工队与日军秘密组织经过几场波云诡谲的暗战，揭开黑鹰山的谜底之后，秘密组织缩了回去，接连几天黑河镇风平浪静。然而，林子华却仍头脑清醒，他清楚暴风雨来临之前，大地天空总是超乎寻常的平静，这种平静便是风雨来临前的预兆。

这时候，他忽然发现一个反常情况：一贯对马占贵很厌恶的蓝蝶，最近却跟马占贵热络起来，这使得他大惑不解，如坠烟云。凡事总是多个心眼的林子华，开始暗暗注意起他俩的行踪来。他发现蓝蝶和马占贵的“热络”是几天前开始的。

那天，蓝蝶似乎有备而去了保安团，在保安团门前与马占贵相遇后，两人便黏糊到一起了……

自从那日马占贵在宴会上看到蓝蝶后，便暗下决心要把蓝蝶弄到手，但他几次去特工队勾引她，却都吃了闭门羹，还差点被蓝蝶搧了，那天见冷美人来见他，又一反常态对他热情有加，忽然受宠若惊，额上冒出了热汗，当时他要掏手绢擦汗，摸摸口袋，里面却没有，事实上他从来都不带这种东西的。就在尴尬之际，蓝蝶从口袋里摸出手绢递了过去，马占贵又是受宠若惊，咧着大嘴，拿着手绢，只顾望着蓝蝶嘻嘻笑，却忘了擦脸上的汗。

蓝蝶见他那大傻样子，“咯咯咯”地讥笑着离开了。马占贵见蓝蝶留下手绢走了，自以为她对他有意，欣喜若

狂，将手绢放在鼻子上闻了闻，揣到怀里，陶醉地闭上了眼睛。其实，明眼人一看，就可以看出那手绢是蓝蝶有意留给他的，是招引他进入某种“套圈”的诱饵，只是这头蠢猪没有觉察。

是的，这是日军黑河镇秘密组织自从黑鹰山之谜被揭穿后，设下的“美人离间”计，企图利用头脑简单的马占贵，挑起他和林子华的争斗，转移特工队的侦破视线！

然而，马占贵这头蠢猪没有觉察到这些，真以为蓝蝶对他有意。这天他穿戴一新来到特工队，名为前来给蓝蝶还手绢，实为勾引蓝蝶。蓝蝶虽然心怀厌恶，却笑脸相迎，因为这是江田寿夫交个她的任务，就是心里十二分不乐意，也必须执行。

马占贵见她笑脸相迎，没有像往常那样横眉冷对，便从怀里掏出洗得干干净净、叠得方方正正的手绢，双手捧送到蓝蝶面前，说：“蓝姑娘，那天你把手绢忘了，我替你洗干净了，专门送了过来！”

蓝蝶佯装羞涩的样子，摇了摇头说：“哦，一块手绢还什么？你就留着用吧！”

马占贵听此话呆住了，似乎不相信自己的耳朵，半天才回过神来，赶紧将手绢收起来，吻了吻，藏进自己的怀里，而后邀请蓝蝶晚上在咖啡馆喝咖啡。蓝蝶见这个草包上钩了，暗自窃笑，点头应约。

马占贵揣着那手绢连蹦带跳，连喊带叫回了家，而后上街理发，回家换衣，并指使于副官和勤务兵上街购买鲜花。等不到天黑，便怀抱鲜花，乐颠颠地来到咖啡馆门前，见蓝蝶如约前来，跑上去将鲜花送到她面前，又拿起她的手，学着西方人的样子亲吻一下。

说实话，蓝蝶对这头蠢猪已经非常厌恶了，见他就想搧两巴掌，但出于组织交给她的任务，只好抑制内心的厌恶，脸上挤出微笑，接收了他送的鲜花，在马占贵簇拥下步入咖啡厅。

入座后，马占贵张张扬扬，吆吆喝喝让服务生为蓝蝶上咖啡，上茶点，极尽恭维，极尽讨好，大献殷勤，而蓝蝶却含笑坐在那儿，极尽应付，逢场作戏。

已经很迟了，蓝蝶要回特工队，马占贵不让。蓝蝶说：“特工队是有纪律的，回去迟了，林队长要处罚我的……”

“有我，没嘛的！”马占贵已经忘乎所以了，响响地拍着胸膛说，“在黑河镇这块地方，我马局长马团长就是天，小小特工队队长算什么鸟？放心坐着！”

蓝蝶见他那张狂样子，用撺掇的口吻说：“你们男人总喜欢吹牛，真到了关键时候，又该要软蛋了！”

这句话戳痛了马占贵的虚荣，他又响响地拍着胸膛说：“我马占贵不是那样的男人，不信，今晚我送你回特工队，哪个敢在你面前放个屁，老子收拾他！”

正在马占贵吹牛显摆时，林子华带着两个队员来到咖啡馆。林子华是发现蓝蝶晚上十一点了还迟迟不见归队，怕她出什么事，因此带着两个队员来找她。蓝蝶见林子华来了，有点意外，忙站起来说："林队长，我，我正准备回队……"同时用求救的目光望着马占贵，示意他该出马了。

马占贵读懂了蓝蝶的意思，他也正好想教训一下这个什么鸟队长，在蓝蝶面前显摆显摆自己的威风，于是把蓝蝶拉到身后，上前横在中间，拿出大丈夫的架势，拍着胸膛对林子华说："蓝小姐是我马占贵带出来喝咖啡的，有什么事冲我来！"

林子华见马占贵牛气冲天，气焰嚣张，突然怒火冲上额头，准备教训教训他，但想了想，觉得没有必要跟这种莽汉计较，因为那天他在宴会上已经发现他是个头脑简单的匹夫，便用军人的口气道："军队是有纪律的，不是一伙乌合之众。随便进出军营，到处闲逛，晚上十一点还不归队，突然发生敌情，怎么打得赢？"

马占贵见林子华训斥他，觉得在蓝蝶面前有失面子，狠狠地说："小小特工队长，还管到我县警察局长、保安团长的头上了？你他妈什么玩意？"

林子华见马占贵满嘴脏话，出口伤人，说："请马局长言辞干净些，你是警察局长又是保安团长，不是山村泼妇！"他抑制着胸中直冒的火焰。

但马占贵不但不听劝，而且变本加厉："老子说话就这样，你能怎么样？老子不但要骂，今天还要给你点颜色看看！"说着抬手要掏腰间的枪。

林子华见马占贵张狂至极，不教训教训他镇不住嚣张气焰，于是迅捷出手，没等马占贵摸到枪把，便把他的枪下了。林子华身手之快，让马占贵大为震惊，他显然没料到林子华身手如此敏捷，愣了半天才惊叫起来："啊！你你你敢下我的枪……"忽然软了下去。

林子华拿着马占贵的手枪，在手里把玩了两下，讥笑道："这东西在你们这伙人手里，跟烧火棍一样，还敢拿出来吓唬人？给你吧！"顺手把枪扔到马占贵怀里，接着严肃警告道："但愿以后不要发生这样的不愉快，再要发生这种事，本队长决不轻饶！"又严肃警告蓝蝶："作为特派员发生这样的事，该怎么处置？"

蓝蝶忙解释说："只顾跟马局长说话，忘了时间，请林队长处罚……"

林子华本想好好训斥她两句，但考虑到她是重庆那个大庙里来的"和尚"，于是没有过分指责，说："好了，这次算是初犯，下不为例！——回去吧！"他放过了马占贵，也放过了蓝蝶。

然而，他对蓝蝶忽然对马占贵"友好"的疑虑却挥之不去——她不是很反感、很讨厌马占贵吗？怎么忽然好起来了？在回来的路上，他旁敲侧击问她："刚来几天就跟马占贵熟悉了？"

蓝蝶解释说：“马占贵这个人很讨厌，像只苍蝇跟着人，轰不走……”

“看来你对他很感兴趣嘛！”林子华试探道。

“错了！”她说，“我对他很讨厌，可他好心好意、死缠硬磨拉我出来喝咖啡，我能冷脸怒骂对待人家的一片盛情吗？这是人之常情嘛！”她辩解着。

林子华愣了半晌道：“这倒也是……”

他听了蓝蝶的一番解释，心里的疑虑似乎有所化解。然而，后来他发现蓝蝶跟马占贵频频约会，这使得他刚消失的疑虑又死灰复燃，同时感到里面大有奥妙。这天他把蓝蝶请到工作室，直截了当问她：“蓝特派员最近恋爱了？”

“什么意思？”蓝蝶似乎对林子华的问话方式不太乐意，反问道：“这也是队长的职权范围？”

“这是特工队，我们在执行一项特殊任务，所以每个队员的活动都必须置入特工队的管理。”林子华严肃道：“我是队长，有权过问。”

“我这个特派员也要受你管？”她问。

“当然。”林子华断然道，“除非你离开特工队。”

她歪着脑袋问：“如果我不服你的管呢？”

林子华狠狠地说：“国有国法，军有军规。违犯军规，军法处理！”

蓝蝶见林子华态度强硬，忽然呵呵笑起来：“好了好了，不说了，我是跟你开玩笑——蓝蝶受你管就是了。现在我可以回答你刚才的问题了吧？”她巧言说：“我早就告诉过你，马占贵这个人很讨厌，他像一团泥巴直往人身上黏，可他是县警察局长保安团长，打又打不得，骂又骂不得，甩又甩不掉，你说我该怎么办？你让我怎么办？怎么办？”

林子华被蓝蝶问住了，也觉得有点棘手，说：“我相信蓝特派员能够处理好这些事的。”又说：“蓝特派员是该恋爱了，但现在是特殊时期……”

“停停停！”蓝蝶见林子华误会了，赶紧叫停，并表明自己的心迹，“我不是在恋爱，不是！”她反复强调。

“那，我的感觉可能错了……”

尽管林子华说感觉错了，蓝蝶却是不依不饶嚷着：“我不会跟他恋爱，不会的，不会的，听清楚没有？听清楚没有？”

林子华见她发急变脸了，忙说：“听清了听清了，不是恋爱，也不会跟他恋爱，不会不会……”他退让了一步。

蓝蝶见林子华退让了，放缓语气，佯装生气，瞪着眼睛道：“以后不许胡说！”

林子华应道：“好好，不胡说，不胡说。”他是善于以柔克刚，以刚克柔的。

蓝蝶见他彻底服了，心里笑了一下，羞涩地说："其实，林队长不知道，我的心根本不在他身上……"

"哦？"林子华忽然愣怔一下，又插话玩笑地问，"那，在哪儿？"

"这个暂时保密。"蓝蝶神秘地笑了笑，转身走了。

马占贵又去特工队纠缠蓝蝶了，约她晚上去胡杨林。蓝蝶厌恶至极，但还是笑脸相迎，点头答应了。傍晚，蓝蝶如约前去胡杨林。明月高悬，清辉铺洒，胡杨林幽静妙曼，富有诗意。马占贵早就等在树林里，看样子他今晚是有预谋的，见蓝蝶如约前来，上前就要拥抱亲吻，蓝蝶断然拒绝："不能这样！"

马占贵愣了："这，这是为什么？"

本来蓝蝶要回答他"本小姐不是随便的女人"，忽然想起上司的计谋，改口说："等，等到那天……"

"哪天？那天是哪天？"马占贵问。

"那天，就是那天。"蓝蝶毋庸置疑而又口气坚决地说，"等着就是了！"

那天是哪天啊？

这是一个无尽无头而又折磨人的念想和诱饵，是江田寿夫的得意之作，他的目的是等套牢马占贵后，实施更大的计划行动。

本来马占贵要在这诗情画意的月夜拥抱亲吻蓝蝶，最后搞定她，但阴谋失败了。失意和沮丧更加激起他对她的追求和狂热的欲望。那些天里，他晚上给蓝蝶打电话，白天有事无事往蓝蝶那里跑，凑在她跟前，满嘴粗俗之言，央求蓝蝶嫁给他，嘻嘻哈哈，到了寸步不离的境地。蓝蝶忍无可忍，有心给马占贵几个耳光，让他死了这份心，但这是江田寿夫交给她的重要任务，不得不执行，不得不笑脸相迎。她左右为难，已经到了忍无可忍的地步。

这晚，她去了江田寿夫府邸，向他诉苦，要求退出这种"游戏"。江田寿夫却严厉地说："一个帝国军人，可以临阵脱逃吗？"

蓝蝶无话可说了。

江田寿夫问她："马占贵尝到'腥'没有？"

"什么？"蓝蝶没有听明白，反问，"什么，什么兴？"

"蓝小姐，不要装糊涂！"江田寿夫说，"——难道你连男女之间的那点事也不明白？"蓝蝶忽然明白他说的"腥"是什么了，一股愤慨和恼怒忽然涌出心头，回答说："没有！"

这是一个女人最宝贵的，怎么可以随便让别人"尝"？

“那不行！”江田寿夫冷酷地说，“必须让他尝到腥，尝不到甜头，怎能套牢他？俗话说舍不得娃娃套不住狼！”

蓝蝶已经气愤至极了，回答说：“我非常讨厌他，见他就恶心，这个任务我很难完成，也不可能完成！”

“混蛋！”江田寿夫拍案而起，严厉道，“为了我们的秘密组织不被发现，为了反侦破的胜利，你必须舍弃一切！”

“不——”蓝蝶吼道，她第一次对抗上司了。

“大胆！”江田寿夫愤怒了，暴跳起来，狠狠道，“为了大日本帝国的圣战，为了帝国大业，你必须这样做，必须为之献身！——若有违抗，军法惩处！”

军令是无法抗拒的，蓝蝶在军令面前没有反抗之力了，她垂下了脑袋。

这晚，蓝蝶决定去马占贵的豪宅。临行前，她掏出随身带的小圆镜，凝望着背面妈妈的相片，流出痛苦的泪水。这是临出发时妈妈送给她的小镜子，背面镶着妈妈的照片，妈妈是想永远陪着女儿，永远在女儿身旁的。这些日子，蓝蝶每每想念妈妈，每每感到孤独，每每遭遇痛苦难心的事，便拿出小镜子，面对妈妈流泪倾诉。此时，她又对妈妈倾诉起来：“妈妈，上司让女儿去干一件龌龊事，女儿该怎么办？该怎么办？女儿心里非常痛苦，非常难受，好像刀绞，可女儿没有办法抗拒，没有办法躲避啊！为了您，女儿只好去了，去了……”

她擦干泪水，去了马占贵的住宅。

马占贵见到她，便把她放倒在床上，狼狗般粗喘着剥她的衣服。她痛苦地闭着眼睛没有反抗，心酸的泪水却在心里涌流。但就在他将要“动”她的身体时，她果断起身制止了他的欲望。这是她事先思谋好的办法，既可勾住马占贵，又可应付江田寿夫。

马占贵见她阻止了他，发疯般地扑着，要搂她，要再次按倒她，但蓝蝶是训练有素的特工，她不想让他沾她的身体，他便连边边也沾不到。

马占贵欲火燃烧，要死要活，后来“扑腾”跪倒在地，求她开怀，但蓝蝶脸色冷硬，还是那句话：“等到那天……”

这是一个无边无沿的念头，既可以把马占贵勾住，还不会让他得到她。马占贵急得在地上蹦着跳着，叫着喊着，一点办法也没有，只好又进入焦渴难耐的等待之中！

第二天，蓝蝶向江田寿夫报告说马占贵尝到了“腥”。江田寿夫夸赞她干得好，接着命令她离开马占贵，“情”移林子华。蓝蝶明白了江田寿夫的意图，她觉得江田寿夫手段太阴狠，卑鄙而下作，但让她“情”移林子华，她却痛快接受了——因为她有点喜欢这个年轻英俊的中国军人！

蓝蝶开始跟林子华“恋爱”了，找由头去林子华那儿闲聊，见到他后那冷美的脸庞开始绽放灿然的笑容了。这天她拿着一份电文去林子华的工作室，让他签阅。林子华看了看电文，忽然笑起来。蓝蝶问：“笑什么？”林子华将电文递到蓝蝶面前让她仔细看看。蓝蝶仔细一看，原来是前一天他已签阅过的，她的脸“唰”地红了，好像贴了一块红纸，很尴尬。

林子华看出了她的心思，玩笑说：“想跟我聊天，就直接过来，不要找什么由头。”说实话，他也想跟她聊聊天，交交心，沟通沟通思想。因为她跟他常拧着劲，很不利于侦破工作，再则他想进入她的心灵深处，因为他发现她有点深奥，心灵深处埋藏着很多秘密。

林子华问她：“今天想聊什么话题？”

蓝蝶脸更红了，大胆地说：“只想看你一眼。”

“每天都见面，还打嘴仗，有时我还训你几句，不记仇就谢天谢地，有什么好看的？”林子华玩笑着说。

“就因为你训我，我才看你，记住你！”蓝蝶佯装生气，狠狠地说。

“哦，原来你为了记住仇恨才来看我啊？”林子华说。

“是的，为了刻骨铭心，永远不忘。”蓝蝶玩笑地说。

“哈哈哈……”林子华大笑起来，见她是玩笑，也玩笑说，“蓝特派员要把我的形象铭刻在你心里，大概是喜欢上我了吧？”

她的脸又“唰”地红了，嘴里却说：“想得美！”

“你不要装，你心里想什么，躲不过我的眼睛，我是侦察兵出身，眼睛就是探照灯！”林子华调侃道。

“你就吹吧！”蓝蝶说。

“哈哈哈……”林子华又是大笑。

傍晚，蓝蝶请林子华去喝咖啡。到咖啡馆后，林子华问她：“蓝特派员好像有事求我？”蓝蝶不高兴了：“有事才请你喝咖啡啊？我是我是……”她不好意思说出自己的心里话。

说实话，她跟马占贵的“恋爱”是逢场作戏，是为了完成任务，而跟林子华的“恋爱”却动真了，她是有点喜欢他，从什么时候开始喜欢他的？她自己也说不清。她明知道这是一种非常危险而又很难实现的恋情，是一踩就爆炸的“雷区”，但她却坚持要往前走。人的感情是复杂而古怪的，一见钟情是感情碰撞的火花，情人眼里出

西施，是一种感情碰撞的火花，那么，她跟林子华的这种感情算什么呢？她说不清，也许是豆蔻年华的青年女子，对英俊男人天生本能的渴望和追求吧？

马占贵发现蓝蝶跟林子华来往甚密，又见她和林子华出入咖啡馆，妒火燃烧，扬言要与林子华刀枪相见，一决雌雄，夺回属于他的女人。这天，他带着于副官和几个团丁准备跟林子华决斗，姐姐张夫人听到消息前去拦住他，劝他不要莽撞胡来。她说：“男子汉大丈夫，为了一个女人动枪动刀多丢人？天下好女人多的是，干吗这样？女人就像鸟儿，是你的，不会飞到别人家的笼子里，不是你的，就是关进你家的笼子她也会飞走的！”

姐姐硬是把马占贵拦住了，但马占贵心里的邪火却仍然熊熊燃烧，他咬牙切齿道：“老子迟早要清算这笔账！”

江田寿夫听到张夫人拦住了马占贵，虽然很遗憾，心里却不失欣喜，因为他已经把火扇起来了，只要把马占贵的火扇起来，这头蛮驴早晚会跟林子华拼斗起来，只要这两头叫驴互相踢起来，他们的秘密组织就可以消停些了。但这仅仅是阴谋计划的前奏曲，真正的好戏还没有开始。戏剧的高潮，是需要循序渐进、步步推进的。——他决定为蓝蝶举行一个盛大生日“帕提”，把这出戏推向高潮！

这天，江田寿夫让蓝蝶过来密商行动计划。自从蓝蝶与江田寿夫在大庭广众面前建立了“干父女”关系后，他俩的来往虽然不是很频繁，但电话却是经常不断的，来往也不算少。人们都知道他俩的关系，因此习以为常，多见不怪了。

蓝蝶过去后，江田寿夫便将自己的计谋计划告诉蓝蝶。蓝蝶见江田寿大要利用舞会挑起马占贵和林子华的决斗，心里沉重了。从古至今，她从书本和人们的言谈中听到过很多为情决斗的故事，那种决斗是险恶的，会流血，会死人。马占贵是一介草莽，倘若伤害了林子华怎么办？因此她想制止江田寿夫的这个行动计划，便说：“我的生日是4月2日，现在都6月了，还举行什么生日舞会啊？算了吧！”

江田寿夫嘿嘿奸笑说：“这你就不懂了，阿拉伯的‘4’字，跟‘6’字是差不多的，利用这两个差不多的数字，可以大做文章。你就看我的吧，你只需把请柬送到林子华手里，当好寿星就是了。”

蓝蝶知道江田寿夫只要决定的行动计划是难以改变的，只好点头同意，按照他的密示，把第一份庆典舞会《请柬》送到了林子华手里。

林子华接到请柬后感到有点突然，他看过蓝蝶的档案资料，记得蓝蝶的生日是4月2号，怎么成了6月2号？他询问蓝蝶，蓝蝶只好按照江田寿夫事先的部署回答说：“我的生日是6月2号，因为那个阿拉伯‘6’字稍稍写潦草点，便往往被人们误作

‘4’了。”

林子华听蓝蝶这样说，便不再问了，拿着《请柬》研究一番，问她喜欢什么礼物？蓝蝶半是认真半是玩笑说：“喜欢你这个人——你去了我就高兴！”

林子华答应了。

马占贵听到蓝蝶举行生日舞会，自认为他应该是第一个收到《请柬》、第一个前去祝贺的人，便穿戴一新，购置了生日礼品，准备前去祝贺，但等到天黑，却不见蓝蝶送来《请柬》，这使得他纳闷失落，问于副官和身边的勤务人员：“蓝小姐为啥不来送《请柬》？”于副官和勤务人员回答说：“自己人还用请？那不是见外了？”

他忽然茅塞顿开，让勤务兵带着花篮和贺礼喜滋滋前去舞会了。

舞会在昌盛酒楼，宾客很多，规模盛大，人头攒动，喜气洋洋。林子华、刘双赢以及老万等人均应邀前来。本镇那些商界名流也都来了，他们不单单是为蓝蝶的生日助兴，而是给江田寿夫县商会副会长撑面子。

马占贵在于副官和几个勤务兵的簇拥下，抬着花篮张张扬扬到来了，他将花篮摆放在舞场中央，大模大样坐在了上席座位。宾客们到齐了，江田寿夫出场为“干女儿”的生日舞会做开场白，向来宾朋友致谢，而后跟林子华寒暄几句便离开了。

寿星蓝蝶出场了，她打扮得光彩照人，非常漂亮，简直是仙女下凡。她款款走进舞场，频频向来宾朋友招手致意。马占贵大咧咧地凑上去问她：“蓝小姐，怎么没有给我送请柬呀？”

蓝蝶顿了顿，按照江田寿夫事先的安排回答说忘了。

马占贵听此话心里忽然凉了半截，感觉她并非把他当作自己人，便愣在那儿。

舞会开始了，服务人员将马占贵送来的花篮搬到了旁边，向演奏人员一扬手，悠扬的乐曲响了起来。马占贵想，这次不能落后，忙抢上前邀请蓝蝶登场跳舞。蓝蝶却推辞说要招呼客人，便转到了别处。马占贵被晾在了那儿，等待蓝蝶忙完后邀请她。蓝蝶向来宾朋友们问好致谢，打招呼，前前后后忙完了，马占贵赶紧站起来，迎上去邀请她，谁料她转身走向林子华，邀请林子华上了场。马占贵如闷棍打击，骤然妒火冲头，在那儿愣怔半晌，一屁股坐下去，顺手拿起桌上的酒瓶，扬起脑袋，咕嘟咕嘟往下灌。

林子华英俊威武，蓝蝶美丽漂亮，他俩配合默契，舞姿优美。这对俊男靓女，真可谓“天生的一对，地造的一双”，即刻把宾客的目光吸引了过去，大家为之赞美，啧啧惊叹，甚至羡慕！

马占贵已经灌下半瓶酒，眼睛红了，有点醉了，见此情景妒火顿然燃烧，一扬脑袋把瓶里最后那点酒灌下去后，扔下酒瓶，歪歪斜斜、跌跌跄跄闯进舞池，拨开跳舞

的人，上前从林子华怀里拉过了蓝蝶，吼问：“为什么不跟我跳舞？”

蓝蝶见他酒气冲天，知道要出事，忙解释说：“马局长，你喝多了，先休息休息，下曲就跟你跳……”

“不行！”马占贵吼了一声，便粗鲁地把她揽在了怀里。

本来江田寿夫策划这场舞会，就是要挑起马占贵和林子华刀枪相见，起初蓝蝶很不愿意，但拗不过江田寿夫，只好顺从了。此时见马占贵要闹事，深深为林子华担忧，于是好言劝导马占贵，然而马占贵却不吃她那一套。

蓝蝶不乐意了，质问马占贵：“你想干什么？”

“干什么？——跟你跳舞！”马占贵说。

蓝蝶说：“这么多朋友，干吗非让我跟你跳？我这不是跟别人跳吗？”

“我马局长今晚就非要跟你跳舞，跳一晚上，怎么着？哪个混蛋要是敢来骚情，老子崩了他！”马占贵彻底发疯了，吼叫起来。

舞厅里优美的舞曲戛然而停，舞会被搅乱了。

蓝蝶火了：“这是我的生日舞会，不许你撒野！”

“我就要撒野！咋着？”马占贵肆无忌惮地吼着，“我马占贵今晚就是要看看这黑河镇是谁的天？妈妈的……”他满口脏话，大吵大闹，大撒其野。

林子华见马占贵要闹事，上前温和劝说：“马局长，今晚是蓝小姐的生日舞会，这是喜事，大家都来为她庆贺，多喜庆的场面，你怎能这样闹呢？这会扫了寿星和宾客们的兴的！”

宾客们也纷纷攘攘前来劝解，马占贵却挥舞着胳膊嚷叫着：“去去去，都滚一边去，滚他妈一边去，老子不管她妈的什么东西……”

“啪——”

蓝蝶见他借酒无理，扬起巴掌朝他脸上搧过去，一击响亮的耳光，在大厅里回响。

“啊？”马占贵愣怔一下，接着暴跳起来，“你这个小婊子，还敢打老子？活得不耐烦了！”他“唰”地掏出枪对准了蓝蝶，并命令于副官通知保安团前来。

转眼保安团火速赶来，将舞场团团包围，枪栓拉的“哗哗”响。

马占贵和于副官将枪对准蓝蝶和林子华，骂骂咧咧着今晚非要教训教训这对狗男女。一场祸端就要生发，来宾慌乱无着，舞会顿时乱糟糟的，仿佛捣毁的蚂蚁窝，有的悄悄溜走，有的躲到了旁边。

林子华却镇定自若，冷峻严肃地警告马占贵：“放下枪吧！大敌当前，制造事端，你马占贵负不起责任！”

马占贵已经昏头了，哪里听林子华的劝说，吼叫命令卫兵："给老子把林子华和蓝蝶绑了！绑了！"保安团们端起枪，哗啦啦地冲扑上来。

林子华见形势不妙，突然抢上前，一把扭住了马占贵的手腕。马占贵猝不及防，手里的枪被林子华扭转过去，对准了他自己的额头。擒贼先擒王，林子华出其不意，乘其不备，控制了马占贵，然后让马占贵下命令保安团的人后退撤离。

马占贵见自己的枪对准自己，知道自己干不过林子华，要吃大亏，酒醒三分，不得不下令让于副官和保安团放下枪，后退撤离。

林子华见保安团撤出了舞场，将马占贵放开，用轻蔑的口气问他："这是第二次了吧？"

马占贵口腔里咕噜咕噜地说："是"。

林子华突然提高声音警告道："事不过三，再要胡来，我要了你的狗头！——滚！"把枪扔到马占贵面前的地上。

马占贵被震愣在那儿，知道自己干不过林子华，干气没办法，于是"喔喔"着，拾起地上的枪，夹着尾巴溜走了。大家平日里就看不惯马占贵耀武扬威、横行霸道、盛气凌人的样子，见林子华今晚灭了他的嚣张气焰，都对林子华投去敬佩的目光，连声赞扬："好好好！好身手！干得好！该教训教训他！"

蓝蝶见林子华出手制服了马占贵，心里佩服极了，向他投去敬佩倾慕的目光，心里发出由衷的感叹："一个真正的男人啊！有这样的男人做靠山，才有安全感！"

马占贵被林子华轰出去后，舞场渐渐平静下来。林子华向大家招了招手，安慰道："让大家受惊了，受惊了！现在好了，大家继续跳舞，继续！"

乐曲又在大厅上空悠扬飘荡。

江田寿夫和耶掌柜一直躲在舞场旁的房间，通过窗户缝隙观察舞厅里的动静，起初看到马占贵和林子华刀枪对立、保安团把舞厅团团包围时，脸上漾出阴险的笑，后来见马占贵被林子华制服，轰赶了出去，便愣在那儿，好像斗败的公鸡，又好像霜打的茅草了。

耶掌柜责骂马占贵是草包，大草包，一场好戏被他给坏了。

江田寿夫却叹道："我们又轻看了林子华，他是个很难对付的人啊，需要认真对付……"同时心里责怪蓝蝶怎么搞的，一场好戏怎么就这样谢幕了？此时，他并不清楚，蓝蝶内心深处怕林子华受伤害，因此不愿让马占贵和林子华决斗。

舞会结束了，林子华和蓝蝶向特工队走去。

夜色很浓，好像蓝色的湖水在天宇流动，塞外的黑河镇清爽而幽静。蓝蝶还沉浸

在激动欣喜的情绪中，她很感激林子华，也很钦佩他，要是有这样的男人做靠山，她以后的生活会很踏实，很幸福！她很想挽住林子华的胳膊，跟他并肩而行，但几次抬起手又放下，他是什么人？而她又是什么人？她心里痛苦、矛盾、复杂起来。

林子华一直沉默不语，低头默默向前走着。蓝蝶问他：“怎么了？”他摇摇头，其实他在分析今晚发生的事情，对蓝蝶的“移情”现象有所质疑，特别是舞会上马占贵与他的冲突，让他心里的疑团更加深重，心里自问着：“蓝蝶几天前不是跟马占贵处得很好吗？为什么突然冷若冰霜、刀枪相对了？马占贵与他的争斗，是不是有人点火？看来有文章啊！”

蓝蝶看出林子华对她“移情”有所觉察，想解释，但不知怎么解释，便叹道：“唉！马占贵这人真不知让人怎么办？推不行，打不行，骂不行，甩不行，迎合应付也不行，现在他得寸进尺，登着鼻子要上头，该让我怎么办？”

“你这个人不适合做特工。”林子华却答非所问地说。

“什么意思？为什么？”蓝蝶问。

“长得太漂亮，太招惹人，只会添乱。”林子华正色道。

“我添乱了吗？”蓝蝶站住了，正色问。

“你添的乱还少吗？”林子华忽然提高声音说：“因为你，现在特工队与保安团已经闹起了矛盾——我在想，是不是后面有人挑拨离间，搞离间计！”

一句话说到了蓝蝶的“痛处”，蓝蝶心里紧了一下：“这，这不可能……”

“完全有可能。”林子华肯定地说，又提醒道，“蓝特派员，重庆派您来督战，是帮助特工队侦破车案，请您以后注意自己的言行，少给我找麻烦！”说完独自向前走去，把蓝蝶扔在了那儿，一股酸楚倏然顶上鼻腔，她的眼睛里顷刻汪出了泪水。

她回到特工队宿舍，便趴在床上忧伤地哭泣起来。从心底里讲，她是喜欢林子华的，她不愿跟他刀枪相见，不愿让他受伤害，更不愿让他去死，但为了完成任务，为了妈妈的生命安全，她又不得不跟林子华刀枪相见，她真不知该怎么办！人与人为什么要刀枪相见？为什么要互相残杀呢？太残酷了，太残酷了！

她正痛哭流泪，忽然有人敲门，她赶忙擦掉脸颊上的泪水，拢了拢散乱的头发打开门，原来是刘双赢。他瞅了瞅她，玩笑说：“怎么？受委屈了？那我替你去好好收拾林队如何？”蓝蝶忙说：“不不不，这跟他没有关系，是我心里难受，有点想家，想妈妈！”她撒了个谎。

刘双赢“哦”了一声。

这时老万也进来了，凑过来安慰说：“特派员高兴点，以后我会帮你圆梦的！”

蓝蝶知道他俩都跟她开玩笑安慰她，心里宽慰了。

再说，马占贵垂头丧气回到团部，把枪扔在桌子上，暴跳吼叫着：“老子跟你林子华没完，老子跟你没完！”于副官愤愤说：“掐了林子华那小子！”掏出枪向外吼喊一声：“来人——”马占贵见副官真要去复仇，忙举手制止。于副官问他：“此仇不报了？要咽下这口气？”

马占贵狠狠地说：“在黑河镇收拾他林子华跟捻死只蚂蚁一样，但现在还不是时候，瞅火候再下手！”

于副官放下了枪。

第十章
她到底是什么人?

马占贵与林子华的“情火”点起来了，这一步棋江田寿夫算是赢了。他心里多少有点欣慰，为了让马占贵和林子华彻底反目为仇，刀枪相见，互相残杀，他又酝酿出一个更阴险的计谋，火上浇油……

这天，黑河客栈的管家从外面找来一个流窜的小偷，秘密请他在小饭馆吃饭喝酒。那个小偷三十来岁，时常偷鸡摸狗，没有他做不出来的坏事，也没有他不敢做的事。但他不知黑河客栈的管家请他吃饭喝酒何意，所以战战兢兢的。管家见此情景，说：“你不要害怕，我今天请你来此吃饭喝酒，是请你帮个忙，消消灾。”小偷听是这样，镇静下来了。管家将三块大洋送到小偷面前说：“事成之后，还有赏赐！”

那个家伙见钱眼开，吹吹擂擂说：“管家，有啥事尽管说，在这块地方，只要我想要的东西，没有我拿不到的！”表示愿为管家肝脑涂地。管家见他理解错了，便说：“我不是让你去偷，而是让你……”便给他说了要办的事，那个家伙听后，拍着胸膛道：“一点小事，手到轻拿！”

这晚，夜深人静时，黑河镇保安团附近的黑暗巷道里忽然闪出两个特工队员，这两个人悄悄摸到保安团大门前，突然向门岗开枪，“啪啪啪”几声枪响后，两个门岗毫不防备栽倒在地上。院子里的岗哨听到枪声冲出大门，那两个人边开枪边朝特工队方向逃跑……

保安团营房大门前顿然枪声大作，火花乱窜。于副官听到枪声，带着弟兄来到大门口，见特工队的人袭击保安团，两个门岗被打死，风风火火前去给马占贵报告情况。马占贵听了情况，恼羞成怒，暴跳如雷，提着手枪冲出门，带着队伍直奔特工队，要与特工队一决雌雄！

特工队的门岗见马占贵和于副官带领保安团半夜三更来闹事，电话报告刘双赢。刘双赢马上集合队伍，把保安团阻挡在大门前。即刻两队人马，刀枪相对，剑拔弩张。刘双赢出面解释说特工队根本没人外出执行任务，而马占贵和于副官掂着枪骂骂咧咧，不依不饶，要让刘双赢交出凶手，以命偿命，或者找出刺客大白真相。团丁们端着枪，枪栓拉得哗啦哗啦响，叫喊示威，形势十分紧张。

刘双赢上前质问马占贵：“是你亲眼看到特工队击毙了你们的门岗吗？”

“是我们的人看到的。”马占贵说。

刘双赢听是这样，冷笑着说：“耳听为虚，眼见为实。让亲眼目睹的人站出来说话，澄清事实！”保安团的人忽然悄无声息了，刘双赢又说：“看来你们是道听途说，胡猜乱想，瞎胡闹！”于副官跳出来了，吼叫道：“谁瞎胡闹？我们的人就是亲眼看见你们的两个队员袭击保安团，打死两个门岗后，向特工队逃跑了！”

刘双赢说：“既然你们的人看到了，那就站出来说话啊，为什么不站出来？”

马占贵见刘双赢非要拿出人证，转身向自己的人吼道：“是谁看到的？出来说话作证！”

团丁里有人畏畏缩缩走出来，怯怯地说：“是，是有两个特工队的人袭击保安团，开枪打死门岗后朝这里逃跑了……”

马占贵见有人出来证明，转向刘双赢：“还有什么话可说？有啥屁可放？——赶快把凶手交出来，不然老子今晚踏平你们的特工队！”

团丁端着枪吼叫着向特工队逼近。特工队员们见保安团紧逼上来，也针锋相对，端枪迎上去。形势严峻，一触即发。刘双赢心里有点紧张了，害怕马占贵这个莽汉真下令开枪，那特工队和保安团即刻会两败俱伤，血流成河！

在这危急关头，他令特工队后退，而后转向那个出来作证的团丁，问道：“兄弟，你真看清那两个人是特工队员了？他俩是啥样子？个头高低，你要说清楚，或者过来认认，这可是人头落地的大事，不敢马虎！！”

那团丁忽然支吾开了：“我，我也是老远看见的，天又黑……”

“那你凭啥说他俩是特工队的人？”刘双赢郑重道。

那团丁支吾说："他，他俩穿着特工队的衣服……"

"哈哈哈……"刘双赢忽然哈哈笑，"就凭衣服说他们是特工队的人太可笑了吧？那我现在穿上你们的衣服，是不是也成了保安团的人？"他又是哈哈大笑，那个团丁垂下了脑袋。

"事情已经真相大白，看来有人点鬼火！"

一直站在旁边静观默察的林子华终于说话了。他从马占贵和那个团丁的话语中渐渐清楚了这起事件是怎么回事了。其实，自从马占贵那天大闹舞场后，他就预感到对手在挑拨离间保安团和特工队的关系，他也生怕两家发生什么误会，相互纠缠，刀枪相见，让敌人逍遥自在，现在他害怕的事终于还是来了，为了避免双方火拼，他站出来说："马团长，难道你没有看出有人利用你我之间的矛盾，挑拨离间特工队与保安团的关系吗？"

"胡说！"马占贵火爆爆地嚷着，把手伸向林子华，"拿来证据，拿来！打死了我们的人，还想狡辩耍赖——没有的事！今晚老子非要踏平你的什么鸟工队，以命偿命！——子弹上膛！"

于副官见马占贵下了令，拉着公鸭嗓子吼叫着："子弹上膛！"二十多个团丁哗啦哗啦子弹上膛，准备开火。特工队员也拉动枪栓子弹上膛了。刚刚平静的紧张场面，突然又剑拔弩张，一触即发，一场冲突和火拼即将发生。

"证据在这里。"这时有人响亮喊道。

大家朝着喊声望去，只见一个蒙面女侠押着一个穿特工队衣服的人走过来。

"黑玫瑰——"团丁听说过黑玫瑰的厉害，见突然出现个蒙面女侠惊叫着，瑟缩后退，但那蒙面女侠并没有动火的意思，而是将那个人推到两队人马面前高声宣布说："这就是证据！"

那蒙面女侠说她今晚出来办事，路过保安团旁的巷子，忽然发现有两个家伙行动诡秘，便暗暗跟上去，谁料他俩突然向保安团的门岗开了枪，打死门岗后又边放枪边向特工队方向逃跑，要把"火"引向特工队。她清楚有人要搞挑拨离间计，便上前追赶捉拿，其中一个逃跑了，这个被她的飞镖打倒，见保安团与特工队发生争执，便把他押了过来……

马占贵听此情况，上前抓住那家伙的衣领，用枪头顶着他的脑门让他说实话。那家伙嗷嗷叫着，如实招供自己是小偷，逃跑的那个是领头的，他只知道领头的让他穿上特工队的衣服去保安团大门口放枪，替别人消灾，别的什么都不清楚。——真相大白了。马占贵气愤难忍，抬手要开枪。林子华见他开枪，急忙阻拦，要保活口，但没有来得及，马占贵"啪啪"两枪将那家伙击毙。

“你！”林子华见马占贵击毙了那家伙，惋惜而气愤，面对他的挑衅，又一次质问他，“马团长，这是第几次闹事了？”

马占贵梗着脖子不吭声。

“这是第三次！”林子华严厉警告道，“我林子华再饶你一次，下次，就不会这么便宜你了！长着个大脑袋，却不想事，屡次让别人利用，让坏人耍，你还要个脑袋干什么？灌醋啊？”

马占贵仍梗着脖子不服气的样子。

“还不快滚，愣在这里干什么？”林子华怒斥道。

马占贵带着人马灰溜溜地走了。

那个蒙面女侠在马占贵审问盗贼时悄悄离去了，马占贵没有注意她，林子华却格外注意了她，从露在面罩外的那双眼睛，发现这个人好像面熟，他正要上前跟她说话，她却转身离去了，可以看出她有她的难处。

马占贵带着队伍垂头丧气往回走，“黑玫瑰”的形象隐隐约约出现在他眼前，他感觉她的声音有点熟，好像在哪里听过，在哪里？是谁？又无法确定，他回头询问团丁们看清那个‘黑玫瑰’长什么模样了吗？团丁都摇头说没看清。有人说她红头发，蓝眼睛。他说：“放屁！”

马占贵低头想着，忽然想起什么，让于副官把队伍带回营房，自己向姐夫家跑去，敲开姐夫家的大门，直去外甥女田梅的闺房，侧耳倾听屋里的动静。屋里传出轻轻的酣睡声，他茫然了，摇了摇头离开了。张夫人披着衣服从卧室出来，见是马占贵惊异地问他发生了什么事？马占贵摇了摇头说没事，执行任务路过看看。张夫人埋怨他惊惊乍乍的，以为发生了什么大事。马占贵脸上挤出个笑说没事，便往回走，走了几步又回头，低声而疑疑惑惑地问：“姐，天梅昨夜晚没有出去吧？”

“神经病！”张夫人噗嗤笑了，“一个姑娘家家的，晚上跑出去干啥？——怎么了？发生了什么事？”她又问。

“没有事。”马占贵笑了笑说，“我就随便问问，外面乱，我是提醒家里人晚上不要出去。”转身走了。

张夫人望着他离去的身影，脸上一片茫然。

那两个扮作特工队的人，便是江田寿夫指使耶老板从街上找来的两个小偷。

再说江田寿夫见马占贵带着人马前去特工队闹事，便躲在府邸的窗后等待观看保安团和特工队火拼的好“戏”，心里那个激动亢奋，溢于言表，眼前也倏然出现相互厮杀，血肉横飞，两败俱伤的场面。然而，等到天亮也没听到保安团和特工队打起

来，便让耶掌柜前去探看情况，耶掌柜回来报告说，保安团和特工队根本没有打起来。他问："怎么回事？"耶掌柜说："听说忽然出现个蒙面女侠，抓住了我们找的那个小偷，计谋全揭穿了……"

"什么？那个人落到特工队手里了？"江田寿夫忽然跳起来。

"是！"耶掌柜说，"不过，他死了，被马占贵当场击毙了。"

"另一个呢？另一个呢？"江田寿夫惶恐不堪，"如果他落到特工队手里我们就全完了……"

"另一个逃了回来，现在藏在客栈……"耶掌柜低声说。

"赶快把他打发走，越远越好，最好让他永远消失，防止落入特工队之手，快——"江田寿夫叫喊着，有点失态了。

"是！"耶掌柜应了一声，马上回了黑河客栈。那个小偷溜回来后藏在客栈的密室里，耶掌柜让管家拿了大笔的钱，打发他走了。那家伙揣着钱刚溜出客栈，出了黑河镇，有人便从后面悄悄摸上去，一刀将他杀了……

江田寿夫让耶掌柜把那个小偷打发走后，稍稍松了一口气，与耶掌柜分析那个蒙面女侠黑玫瑰来。他们不知她是传说中行侠仗义的黑玫瑰？还是土匪强盗？姓匪姓蒋姓汪还是姓共？耶掌柜说："人们都说她是行侠仗义的女侠，我看不像，不像……"他摇头嘟囔着。

"我也感觉不像。"江田寿夫说，"如果是行侠仗义的黑玫瑰，为什么只帮特工队，不帮我们呢？"

"那就姓共了？是延安方面的……"耶掌柜说到这里打住，似乎感到一股可怕的潮水向他涌来。一提到延安方面，江田寿夫神情也紧张了："要是姓共，要是延安方面派来的'云雀'，那可了不得，了不得，一定要想办法除掉，更不能让她与林子华联络起来，否则我们的末日便到了。"他在地上走来走去。

"是不是那个'云雀'已经跟林子华有了联系，要不，最近我们设的几个局，都被林子华轻而易举识破了，打乱了，而且他的眼睛盯上了咱们的心脏——黑河客栈。"耶掌柜好像忽然发现了什么。

"对啊！"江田寿夫敲着自己的额头叹着，"我早就觉察这个林子华身后有高人点拨，果然如此，这个高人可能就是'云雀'！"

"那怎么办？"耶掌柜着急了。

江田寿夫说："林子华不会轻易罢手昨晚的事，为了防备特工队顺藤摸瓜，抓住我们的尾巴，现在我们暂且隐蔽起来，不要抛头露面，等过了这个风头，再秘密调查'云雀'。"

耶掌柜点点头。

张书记长的大小姐几年不回家，现在突然回来了，父亲张书记长却发现她除了言行举止傻乎乎的，心里好像埋藏着什么秘密，有时行踪诡秘，好像一团谜。

张书记长开始注意她了，私自在她的闺房里翻看查询，可除了看到医学方面的书籍，一无所获。这天他见女儿藏在屋里，突然推开房门，想搞个明白，没想到女儿正在读书。他见女儿正在读书，疑虑有所消减。但这天晚上，他却发现女儿神秘失踪，于是赶紧寻找，最后发现女儿出门后，向陆记大药房方向走去，便尾随跟踪。女儿大概发现父亲尾随跟踪，到了陆记大药房附近，忽然拐向镇郊的胡杨林，仰头对月，吟诗朗诵："明月几时有，把酒问青天……"

张书记长见此情景，摇头叹息，渐渐陷入不解的迷惘。

女儿很晚才回家，张书记长把女儿堵在门口，审问她半夜三更去了哪里？去干什么？田梅对父亲的跟踪和审问非常反感，缄口不答，问急了，傻乎乎地回答说："散心、游玩。女儿刚二十出头，还小哩！"

张书记长哭笑不得。他发现女儿经常去的地方有两个：一个是陆记医药房，一个是黑河客栈。女儿是学医的，去医药房可以理解，但去黑河客栈干什么？他迷惘不解，提醒夫人说："黑河镇有地下共产党活动，女儿傻乎乎的，不要跟这些人有沾染，惹出什么麻烦。"

夫人却说："你疑神疑鬼，抓共产党把头抓昏了，惦上自己的女儿了。"

张书记长见给夫人说这些等于对牛弹琴，便叫来小舅子马占贵，把自己的想法告诉他，让他多多留意，防止大小姐跟共产党和日本特务间谍有沾染。张书记长一提起这个话头，马占贵忽然联想起那晚出现的蒙面女侠来，他当时从女侠说话的声音感觉好像是自己的外甥女田梅，但他来到姐姐家，看到外甥女在家呼呼大睡，心里的疑团消散了，现在姐夫让他注意田梅的行动，他便对外甥女格外留起意来。然而几天时间过去了，一无所获。

这天，马占贵来到姐夫家，对姐夫张书记长说："这丫头傻乎乎的，哪还跟共产党有什么联系，共产党里都是高人，以后不要疑神疑鬼。"他放弃对外甥女的跟踪盯梢。

田梅的母亲是个善良的女人，她很喜欢女儿，见丈夫张书记长对女儿絮絮叨叨、疑神疑鬼很有意见。这天她又在饭桌上与丈夫争吵起来，责怪他不关心女儿，反倒疑神疑鬼防贼似的，警告他："以后不许干涉女儿的私事！"同时提醒女儿该到关心婚事的时候了。

田梅调皮地说："放心，我正在给妈妈寻找个好女婿哩！"

总部赖主任又督问侦破进展情况，杨昌顺有点焦头烂额了，赶紧发电询问林子华，林子华不好应付，只好回电答复："黑河镇情况复杂，现在发现日军秘密组织，初步调查他们是劫车者，那批物资可能在他们手里，正在追查。"

林子华花言巧语应付着杨昌顺的督问，但应付过后，面对上司屡次发电催促，感到压力很大。这天晚上，有人从外面打来一支飞镖，插在他宿舍门旁，他发现后拔下飞镖，打开上面捎带的短信，上面写着"继续盯住黑河客栈"几个字，字迹与前面那封信相同，他知道还是那个人，于是决定继续盯住黑河客栈。

第二天，林子华给刘双赢打声招呼，便身着便装独自前去了黑河客栈。他来到客栈后门，忽然发现田梅也正向后门走来，他几乎叫出声来，惊异和不解促使他上前问她："你怎么在这里？"田梅反问他："你怎么也在这里？"两人都不正面回答对方的问题，但林子华却隐隐感觉她和他都为了共同的目标——探寻黑河客栈的秘密。

林子华准备进入客栈，田梅低声说："这里没有什么好看的，它就是个平常的客栈。"林子华听出了意思，再次问她："你到底是什么人？"田梅大概见无法回避了，向左右看看，神秘地说："这里不是说话的地方，去镇旁的胡杨林。"说着就走，他好像听到了上司的命令，二话不说，跟着往前走去。当时他都搞不清自己因为什么缘由，就听话地跟着她去了？也许是为了探寻秘密。

那片胡杨林连接着镇子，苍绿蓊郁，茂密幽静。午后的阳光静静地洒在树林里，枝叶间透过金箭般的光束，更显宁静优美。他俩来到胡杨林，好像到了绿色迷宫。林子华准备接上刚才的话头，田梅却抬手堵住他的嘴说："不用问了，我是中国人，为了抗日救国，不愿做亡国奴。"林子华又提起那天的话头，问她"轻于鸿毛"什么意思？

一提这个话头，田梅脸上显出惋惜而愤恨的表情。她说："作为一个中国军人，作为一个情报人员，到现在不清楚自己流血牺牲为什么，死了不就轻于鸿毛？"

林子华强辩说："我们为了侦破劫车案，为了寻找那批抗日军用物资。"

田梅忽然激动起来："什么抗日军用物资，什么先进武器部件，一派谎言，你们还蒙在鼓里，那是……"她正要揭穿那批所谓抗日军用物资的谎言，忽然树林外传来轻微的窸窣声，好像有人来了，忙闭上嘴。

果然，有人真向胡杨林走来，她是蓝蝶，躲躲闪闪，突然就出现在他俩的面前。"是你？！"林子华和田梅都感到突然。林子华忽然感觉她像特务跟踪他，怎么这样呢？而田梅意识到那双眼睛已经盯上了她，心里叮嘱自己要格外小心。

蓝蝶见他俩在宁静优美的胡杨林幽会，用嫉妒而又很有意味的目光审视他俩半天，而后看看四周密实而清静的林子，说：“多优美的地方，多富有浪漫色彩，真是谈情说爱的好地方，你俩谈得很热闹啊！林队长你不是要求别人说，‘特殊时期’吗？你怎么……啊？”

“什么意思？”林子华打断她的话，要解释什么，田梅却接上话茬儿说：“年轻人谈情说爱有什么？谈了就谈了，有啥可怕的？”说完，转身哼着小曲儿，小孩般蹦跳着离去了。

就在她转身离去时，林子华忽然发现那双眼睛很熟悉，她不就是那个女护士吗？不就是那晚押来小偷的女侠吗？说不定那个飞镖传信的也是她，他叫了声“田梅”，欲上前追赶，蓝蝶跨前一步，挡在了他的面前，两眼顽皮地盯住了他：“怎么？喜欢上这个傻丫头了？”

“哦，哦……”林子华凝望着远去的田梅，听到蓝蝶问话“哦哦”了两声，

收回目光。他为认出田梅而惊喜，又为她说的“谈情说爱”而愕然，心里说“我没有跟她谈情说爱呀？”疑云又涌上心头——他发现这个傻乎乎的姑娘很深沉，大有来头，难道她就是共产党延安方面派来的“云雀”？

蓝蝶见林子华傻呆呆的样子，用厌恶的口气说：“这样的傻丫头，竟然有人感兴趣，不是怪物就是有毛病。”

“怎么这样说话？”

“我说得不对？”蓝蝶歪着脑袋问。

“取笑别人是不道德的。”他反感蓝蝶这样评价人。

“道德？这跟道德联系得上吗？”蓝蝶突然发笑。林子华准备反驳，蓝蝶说，“好了，不说了，不说了，是我的错，总可以了吧？得饶人处且饶人。”林子华脸色平顺了。蓝蝶说：“回去吧！”说着抬手要挽林子华的胳膊，林子华怔住了，好像不认识似的望着她。他有所不知，自从江田寿夫让蓝蝶跟他“假恋”以后，一来二去，她竟对他有了好感，她被他英俊魁梧和敏捷果断的军人气质所打动，所征服，产生了真正的爱情。

林子华盯望她半天，大概为了以后便于工作，也或许让她不再纠缠田梅，因此让她挽上了他的胳膊，但她要把头靠在他臂膀上时，林子华惊慌紧张起来，而蓝蝶却蛮横地抱紧他的胳膊，硬将头倾靠在他的肩臂上，林子华突然僵直了，而蓝蝶脸上却涌出激动和幸福的神色。

他俩向特工队走去。林子华仍沉陷在田梅这个神秘人物身上，又默默无语地回味着田梅说的话，自问着那批物资到底是什么？她到底是什么人？

林子华决定要搞清田梅是什么人。第二天，他去了大药房，陆老板将他引到后院

客房。田梅正好在，林子华直言问：“每次我们特工队遇到危难，出来救援的蒙面女侠和飞镖传信人都是你吧？”

这次田梅不置可否地点了点头。

“为什么帮我们？”林子华认真问。

“因为你是一个很有抗日热情的军人，中国的抗战斗争，需要你这样的军人，可你却受了蒙蔽，被别人蒙上了眼睛，让别人牵着鼻子走路，这样下去太危险。”田梅回答说。

“此话怎么讲？”林子华问。

田梅便开始揭露国民党蒋介石假抗日真卖国的嘴脸和那批抗战军用物资的真相。她说：“‘九・一八’事变后，日本帝国主义把特务间谍派遣到黑河镇勾结汉奸，建立起特务间谍网络，秘密策划组织政治力量，制定‘北漠计划’，企图在黑河镇建立‘甘蒙疆独立政府’，以占据中国西部抗日大后方、打通日本和德国（希特勒德国）的联系，切断中国唯一的国际运输通道甘新公路运输线，用釜底抽薪办法，扑灭中国人民的抗日烈火。中国共产党为了顾全大局，坚持团结抗日，将此情况通报国民党高层，但蒋介石置若罔闻，然而令人奇怪的是他们最近突然变得积极抗日了，派特工队前来黑河镇，还派来特派员。据调查，原来那辆被黑河镇日本特务间谍组织劫去的车是蒋氏家族的商车，装载着从西北人民身上搜刮来的钱财。因为他们害怕国人发现他们发国难财，因此向外公布是重要抗战军用物资和先进武器部件，并封锁消息，派特工队前来秘密侦破追回。”

“什么？有，有这样的事？……”林子华惊愣了，忽地站起来，有点不相信。

田梅说：“蒋家王朝在西北有金矿、银矿，还有油矿、银行等，他们打着抗战旗号，发国难财，白花花的银钱流入他们的腰包，西北人民却身处水深火热之中，而我们有不少人却被蒙在鼓里，为蒋家王朝卖命！”

林子华忽然清楚眼前的田梅和陆老板是什么人了。他是个有思想、有正义感的热血青年。在西安读书时，曾在一位名叫吴向东的学长影响下，积极参加学生运动，热情支持参加抗日活动，并参加了学长组织的共产主义研究小组，开始接触马列主义，思想渐渐倾向共产主义。“西安事变”后，他是准备投笔从戎、奔赴抗日前线的，但因老母在家，年老体弱，又重病缠身，于是不得不回家乡。自古忠孝难以两全啊！再则，学长吴向东开导他说，并非奔赴前线跟日军真刀实枪打仗就是抗战，在后方也同样可以参加抗日活动。比如为前线筹集粮草军饷、清匪除特保卫后方安全，为前方解除后顾之忧等等，特别是他的家乡金泉城，是中国唯一的国际援华交通运输线上的重镇，每天有无数满载抗战物资的车辆过往兰新公路，天空有飞机飞往，保卫这条国际交通运输线的安全，是保证前方抗日军民能否打胜仗的关键。前方跟日本鬼子面对面真刀实枪拼杀可以成为英雄，后方做支前工作同样可以成为抗日英雄。

他听了学长的劝说，回家后报名参了军，进入路防团。后来，杨昌顺见他学过电讯，业务技术精良，便把他调到金泉情报处，一年后连升两级，成为情报处所辖的河西情报站站长。

此时此刻，他见陆老板和田梅是共产党的人，便提醒说："国民党正在调查抓捕共产党，还有日本特务和汉奸，他们像猎狗一样监视搜查中共地下人员，这里很危险，难道你们就不怕我告密？"

"不怕。"田梅说，"当年有个热血青年，抱着远大理想前去西安求学，他们在学校秘密加入共产主义研究小组，积极参加学潮，这样的热血青年会在自己的同胞背后开枪吗？"

林子华听此话，忽然惊愕："你，你们是怎么知道这些的？"因为田梅所说的热血青年就是他。田梅说："你的情况我们早就知道，还有人经常谈起你。"

"谁？"

"你的学长吴向东。"田梅告诉他。

"吴向东？！"林子华激动地叫出声来。

"是的。"田梅拿出一封信交给他说，"这是他让我捎给你的信。"

林子华马上拆阅，过后非常激动。吴向东是当年他们共产主义研究小组的组长，是他的思想启蒙尊师，又是生死好友。因当年国民党到处追查逮捕他，他没有毕业就离开了学校，谁也不知他去了哪里？有人说他奔赴抗日前线了，有人说他去敌占区做秘密工作，有人说他去了延安，总之中断了消息。现在突然有了他的消息，他怎能不激动，不兴奋呢？他想打问他现在在什么地方，但清楚这是犯忌的事，因此没有张口。

田梅看出了他的心思，对他说："吴向东同志现在很好。"并介绍说陆老板就是吴向东的哥哥。林子华激动惊喜地叫起来，难怪那天在宴会上，总觉得陆老板面熟，原来他是吴向东的哥哥。他激动地握住陆老板的手说："我在西安求学读书时，曾向吴向东负责的中共地下党组织递交过入党申请书，后来因各奔东西，中断了与组织的联系，现在我终于找到组织了！"

陆老板说："这些年组织也在寻找你，对你的情况是了解的，否则，组织不会让田梅同志与你接触，那天不会贸然在半道上拦你的车，也不会在危难时出面帮助你的！特工队从金泉城出发那天，那个纸条就是田梅同志传给你的，还有几次飞镖传书……"

“啊！”林子华听此情况惊叹道，“原来是这样！”他一直在寻找那个传送纸条和飞镖传书的人，曾隐隐约约感觉是田梅，但不能肯定，现在才知根知底了，一股暖流忽然涌上他的心头，他眼眶湿了，不知说什么好，不知怎么才能表达此时此刻那激动的心情，最后只说了句：“感谢党，请党组织考验一个新战士吧！”

过了些日子，上级党组织批准了他的入党申请。林子华秘密加入了中国共产党，在田梅同志的直接领导下进行工作！

第十一章
暗杀行动开始了

这天林子华忽然来到了黑河客栈。

这一突如其来的造访，使耶掌柜大为震惊，一种不祥之感铺头盖脑席卷而来，不由浑身发颤，但他是黑河镇日本秘密组织二号头目，如果没有稳定的心理素质，岂能称得起头目？他是会左右逢源、应付自如的，于是马上佝偻起平日挺直的腰板，装出殷勤老实的样子前去迎林子华进入客栈，进入了客厅。

耶掌柜平日喜欢下棋，且棋术不坏。因此林子华按照田梅的指示，今天以下棋喝茶为由，前来黑河客栈探“深浅”。这些日子他仅仅在外围观察，虽然也掌握了不少情况，但总是只见皮毛，不见血肉，所以田梅决定让他亲自深入虎穴，摸摸内情，敲山震虎。而林子华也早就想跟这个客栈老板“切磋切磋”技艺，于是见面后暗暗注意耶掌柜的表情。

耶掌柜虽然表面上镇静，但偶尔还是显露出内心的慌乱，在添茶时差点碰翻茶壶。林子华发现后，旁敲侧击说：“耶掌柜好像有心事？”

“没有没有……”耶掌柜也觉察到自己的慌乱，忙稳定情绪说。

林子华笑着说：“那耶掌柜慌什么？差点碰翻茶

壶。”

“哦……”耶掌柜结巴着掩饰说，“鄙人，是见，见到林长官大，大驾光临，心情激动，并非慌乱，当然也有点紧，紧张，因，因为林长官是贵，贵客啊！”

林子华见他在撒谎，哈哈大笑起来：“耶掌柜真会说话，一个见多识广的客栈老板，什么人没见过？一个特工队长就让你这样紧张了。”

“林队长是是，是长官啊……”耶掌柜结结巴巴说。

他个子不高，外形干瘦如猴，但狡猾阴险，心狠手辣，最大的特点是善于伪装，身在老板位置上时，身着长袍马褂，头戴瓜皮小帽，鼻梁上架着小眼镜，斯斯文文，好像账房先生，说话还有意磕磕绊绊，举止唯唯诺诺，表现出窝窝囊囊的样子，以掩饰他险恶凶残的本来面目；在外出行动时，便直起腰身，像敏捷狡猾、诡谲凶残的猎狗，属于阴阳两面人。此时他见躲不过林子华锐利的话题，装得更结巴了，半天说不出一句完整话来，弄得林子华不好再问什么了。

林子华便说：“好了，我今天不是来找耶掌柜什么麻烦的，听说耶掌柜的棋术高明，特来向耶掌柜求教，喝茶，聊天，消闲，大可不必紧张！”

耶掌柜听林子华要跟他下棋喝茶，没有办法应付了，只好让伙计小六子沏茶摆棋子，对弈起来。他知道林子华不是来下棋的，来干什么？却不得而知。于是疑虑重重，坐卧不安，而林子华却四平八稳，牢牢“黏”着他。耶掌柜心神不宁，焦急不安中走错了棋子，他要悔棋，林子华抓住他的手不放，并有意与他推挡几下，忽然感觉这双手经常摸枪，心里说：“他是个不简单的人物！”

耶掌柜见摸不透林子华的来意，故意将滚烫的茶水撞翻，烫伤自己的手，借顾上药包扎，把林子华委婉地“送客”出门了。林子华离开客栈后，耶掌柜脊背上已经虚汗直流，衣服都湿透了。他看出林子华不像是来下棋的，也不是随便转转看看，是有目的的。他发现什么了？他慌忙去江田寿夫那里，江田寿夫听此情况，惊跳起来，叫喊着：“蠢猪！林子华已经发现黑河客栈的秘密了，现在正一步步向我们逼来！”

这样一说，耶掌柜感到情况严重了。他原以为林子华并没有掌握他们多少内情，现在才认识到问题非常严重了。江田寿夫在地上踱着，思考着，半天停下来，幽幽地说：“根据情况分析，林子华现在已经发现了黑河客栈的秘密，如果不让他马上消失，我们秘密组织的处境就很危险了……”

“老板的意思是做掉他？……”耶掌柜见老板这样说，凑到跟前低声问。

江田寿夫点了点头。

耶掌柜听此话，心里有点忧虑：“做掉他，会不会欲盖弥彰？引起……”

“有这种可能……”江田寿夫叹道：“但林子华这个人太狡猾，对我们威胁太大，现在他已经盯住了我们，如果不让他消失，我们秘密组织的处境可能会很糟，为了保护我们的秘密组织，必须对他采取断然措施，否则后患无穷！”

“可林子华警惕性很高，很难下手啊！……”耶掌柜说。

江田寿夫思虑半天说：“特工队驻地，我们还是熟悉的，就那么大个院子，就那么十几间营房，只要计划周密，行动迅速，应该万无一失！”

耶掌柜沉吟半天，道：“那我去安排。”

特工队大院中间是一座较大的套房，左右连着三间房屋，特工队的队部就设在这座营房里，旁边是林子华的宿舍。

这天晚上，夜色浓重，一股风在城镇上空呼啸，好像鬼叫。半夜时分，两个蒙面刺客翻过特工队低矮的围墙进入院子，悄悄摸到林子华的宿舍，用匕首撬开门板摸了进去，见床铺上躺着人，举起匕首狠狠刺去。然而，被子里却是空的，根本没人。两个刺客不由大惊！

其实，林子华睡在旁边办公室的沙发里。他是灵敏的，这两天平静的气氛使他预感到有什么危险暗暗逼近，所以晚上睡觉，总是勤“挪窝”。昨晚从工作室回来，准备睡觉，就在脱衣服时忽然想起什么，又系上衣扣，来到办公室……

再说那两个蒙面刺客见林子华有防备，清楚大事不好，慌忙回撤，他们尽管脚步比夜猫子还轻微，但还是被睡在旁边办公室的林子华听到，他一骨碌翻起来喊了一声：“有刺客！”提枪冲出办公室。

刘双赢、老万和蓝蝶等听到喊声，也持枪出门，见蒙面刺客向院墙下鼠蹿，准备翻墙而逃，便紧紧追赶，开枪射击，顿时院子里枪声大作。“抓活的，抓活的！”林子华下令抓活口，刘双赢和老万停止了射击，那两个刺客趁刘双赢停止射击，攀上了围墙。刘双赢见他们就要逃脱了，瞄准一个家伙“啪啪”开枪射击，一个家伙中弹，手捂胸部栽到围墙外……

林子华、刘双赢和老万翻过墙去追赶，但两个刺客向镇外逃之夭夭。林子华和刘双赢见追赶无望，回到了特工队。大家纷纷分析猜测蒙面刺客是哪路人，有人说刺客与那个田梅姑娘有关，因为这些天她接二连三出现在林子华左右。林子华摇头否认说：“任何一个作案凶手，都不会在作案前在被害人面前频频出现，那是自我暴露，而深藏不露的，才是真正的凶手！”大家觉得林子华的分析有道理，便在院子里仔细搜查，寻找踪迹。但地上除了刺客留下的几个脚印和十几个弹壳，再没有发现什么异常。

林子华观察着那些弹壳，发现是“勃朗宁”手枪的，便清楚刺客是老对手。

蓝蝶知道这是江田寿夫派人干的，心里狠骂着：“又干了一件蠢事，林子华是那么容易刺杀的吗？林子华是那么容易上当的吗？愚蠢至极！”同时为林子华幸免而庆幸！

受伤的刺客逃了，林子华清楚对手被他的敲山震虎之计“震”慌了，自己浮出了水面，于是与刘双赢商议决定，马上追捕受伤刺客，顺藤摸瓜逮住狐狸的尾巴——目标是黑河客栈！

天已经亮了，刘双赢和老万悄悄出发了。蓝蝶听到刘双赢和老万秘密去客栈追捕受伤刺客，知道事关重大，不向上司报告会受惩罚，便回宿舍悄悄打开梳妆盒，给江田寿夫发送了消息。

她刚发完报，忽然看到林子华从她宿舍门前走过，心里一紧，装作梳洗完毕，将梳妆盒收拾起来……

江田寿夫得到消息后，马上通知耶掌柜做好应对准备。

耶掌柜指使管家刚把那个受伤刺客掩藏在后院旧仓房里，还没来得及清除留下的痕迹，刘双赢和老万便赶到了黑河客栈。刘双赢是以追捕开小差的队员名义而来的，但糟糕的是他们前脚刚到，保安团于副官也带着人马赶来了。

马占贵是接到一个奇怪而神秘的电话后出动的。因为地方治安是保安团的职责，听之任之，便是失职，会给别人留下把柄，于是派于副官来到黑河客栈。殊不知他们的到来，打乱了特工队“秘密调查”行动计划，给耶掌柜掩藏受伤刺客提供了时间，使特工队失去捉拿受伤杀手的最佳时机。

耶掌柜是个老奸巨猾、善于察言观色，善于应付的家伙。他清楚于副官跟马占贵都是头脑简单的武夫，于是施展说话结巴的伎俩，于副官问东他答西，于副官说西他扯东，半天也说不出个完整话。果然这手绝活把性格暴躁、头脑简单的于副官逗毛了，骂骂咧咧着妈妈的什么鸡巴老板，连个囫囵话都说不出来，带着人马走了。

刘双赢和老万在旁边焦急等待，见于副官走了，随到前后院仔细搜索。刘双赢在后院旧仓房门前发现了受伤刺客洒下的几滴血迹。原来管家在掩藏受伤刺客后，没来得及清扫洒在地上的血迹。刘双赢准备询问，怕打草惊蛇，便佯装不知，无事般慢慢转出后院，就在临出院门时，他趁人不注意，从衣袋里掏出一把钥匙扔在了旁边的杂物堆下。

刘双赢回到特工队后，把发现的情况报告林子华。林子华分析黑河客栈大有文章，让刘双赢找借口去搜查，如果地上的血迹清理了，便说明有问题。刘双赢说：“不用找借口，我的钥匙‘丢’在了客栈后院……”

林子华在他肩上擂了一拳：“没有想到你鬼点子挺多啊！”

刘双赢和老万又去了黑河客栈。刘双赢说是来寻找丢失的钥匙，但耶掌柜却清楚刘双赢是为地上那几滴血迹而来的。

林子华和刘双赢轻看了狡猾的耶掌柜，那几滴血迹他根本就没有清除，清除了岂不是此地无银三百两？此时，耶掌柜见刘双赢杀了个回马枪，暗自庆幸而又得意刚才没有让管家清除那些血迹，否则大祸临头。耶掌柜在庆幸得意中，当着刘双赢的面自语絮叨着：“厨房里宰羊的人真拉糊，弄，弄的到处都是血！”遂吩咐管家“把这些血迹收拾了，让刘长官看着脏，脏兮兮的！”

管家清楚耶掌柜是演戏给刘双赢看的，于是边指使人收拾血迹，边责骂宰羊的屠夫，跟耶掌柜一唱一和。刘双赢见耶掌柜当着他的面清除血迹，疑虑有所消散，但仍感觉问题没有那么简单，便以寻找钥匙为名，进入了后院。

后院大都是废弃不用的仓库，门大敞着，唯有院角的旧仓房门紧锁着，门前的柴草杂物好像刚刚有人动过。刘双赢来到后院观察了一圈，第一感觉告诉他，那个受伤的刺客可能就藏在这间仓房里。他想直接过去察看，觉得不妥，便无事般背着手，向旧仓房转悠过去。

刘双赢的感觉不错，那个受伤刺客真藏在这间仓房里。耶掌柜见刘双赢注意那间仓房，身上“唰”地冒出大汗。仓房里守护受伤刺客的伙计，也已经从窗缝里看到刘双赢和老万走过来，忙掏出枪对准门口，只要刘双赢迈进门便开枪。

刘双赢来到仓房门前想进去，却没有借口，见旧仓房的建筑有点古色古香，灵机一动，说：“这个仓房好像是明清建筑，很有些年代了，是古董啊！一定要把它保护好！”他要求耶掌柜打开门锁，让他进去欣赏内里的构造。

耶掌柜见刘双赢要进去，没有应付办法了，愣怔片刻，硬着头皮叫喊管家：“拿钥匙来，刘长官要进仓房看看！——快点！”其实管家就在身后，他这样张张扬扬，用心何在，却是明明白白——他是在提醒仓房里的人做好应对准备，让管家拖延时间。

管家心领神会，便说：“好，我这就去拿钥匙。”说着转身去了前院。

其实，钥匙就挂在他的腰间，但他为了拖延时间，他装模作样去了前院，又在账房里磨蹭了半天，从腰里解下钥匙，转回后院，把钥匙递到耶掌柜手里。

耶掌柜慢腾腾地把钥匙送到刘双赢面前：“请，刘长官开，开门……”

刘双赢笑着说：“不可喧宾夺主，还是耶掌柜来吧！”

耶掌柜便上前，哆哆嗦嗦打开了门锁。

刘双赢毫不犹豫推门走了进去，但房里却没有了人影。其实，在管家去拿钥匙的当儿，那两个守护受伤刺客的家伙便把人转移了。

刘双赢进门扫视着仓房，发现地上有杂乱的脚印，仓梁上垂挂的蜘蛛网被撞破，忽悠忽悠地飘动，便清楚这里刚刚有人来过。他看到里面有个套间，便几步过去推开门，里面也空空如也，但后墙上的窗户却开着，他清楚受伤刺客从后窗逃走了，追赶已来不及，便在那儿无事般看了看，说着建筑的话题走出了仓房门。

耶掌柜已经汗流浃背，浑身酸软了，心里惊叹着："天皇啊！好悬啊!"

于副官气呼呼地回到保安团，向马占贵报告了搜查情况。

马占贵笑着说："于副官，不要生气，你的任务完成了。咱们的目的不是去捉拿蒙面刺客，咱们只是给他林子华做做样子，让他知道我马团长的保安团为了他的安全出动了就可以了，其他的咱们一概不管！"

"也是。"于副官说，"不过，我发现特工队好像在黑河客栈发现了什么，刚才那个刘双赢又带着几个人去了。"

"那是林子华着急了。"马占贵摸着光头哈哈大笑着说，"你想啊，特工队来黑河镇都好长时间了，到现在车案还没找到个头绪，他心里怎能不着急？怎能不像疯狗似的胡咬乱抓？林子华太笨，太无能了，这么简单的案子都破不了，还他妈的什么上面挂了号的狗屁特工！"

于副官似乎不以为然，凑到马占贵跟前悄声说："团长，这回林子华怕是瞎鸟儿碰到谷堆上了——我也发现那个黑河客栈真有点猫腻，最近耶掌柜身边出现了几个陌生人，那晚在宴会上我盘问过的那个提茶倒水的伙计，好像在耶掌柜那里见过……"

"这不奇怪，客栈嘛，经常人来人往的……"马占贵哈哈笑着说。

"可是……"于副官说，"这个不是商客，而是耶掌柜的雇员，那晚那个伙计面生，后来他不知去向，再后来听说出现了暗杀事件……"

"是吗？"马占贵从座椅里直起腰来，于副官说的话引起他的注意，他那两只大豆眼盯着于副官说，"这么说，这一系列事端真与黑河客栈有关？"

"不敢说有关，卑职只是有点疑惑，说说而已。"于副官说。

马占贵摸着光头，在地上走来走去，忽然心里有了一个计谋："好！咱们干件漂亮活儿，让林子华和特工队开开眼界，搔搔他们的面皮，也让蓝蝶对我马占贵刮目相看！"

“干啥漂亮活儿？”

马占贵对于副官耳语，面授机宜，于副官点着头……

第二天，有两个奇怪的商客入住黑河客栈。那两个商人在客栈里不做商事，不谈商事，却跟客栈的伙计秘密接触，问这问那，一看就不像是商客。其实，他俩是扮作商客的团丁，按照马占贵的旨意秘密入住客栈，探听客栈的内情，想摸出点线索，羞辱林子华，给蓝蝶看。

这天，那俩团丁发现客栈里有人去陆记大药房购买治创伤的药物，便偷偷把情况报告了马占贵。

马占贵听此消息，分析受伤刺客就藏在客栈，于是沾沾自喜。第二天来到大街上的小酒馆里痛饮起来，喝个半醉后前去找蓝蝶，要在她面前显摆显摆。恰好蓝蝶出来办事，便死缠硬磨，将她拉到咖啡馆，而后口出狂言，诋毁侮辱林子华，调笑蓝蝶，吹嘘卖弄自己说：“林子华算什么东西，到现在一根毛的线索也没有找到，这回老子干件大事，让你蓝妹妹看看我的能耐，让他林子华变得狗屎不如！”

蓝蝶已经忍无可忍要发作，听到马占贵得到什么重要情报，便压抑着火气，耐心听着，有意诱导他：“什么大事啊？吹吹擂擂的！”

马占贵便把他派假商客入住黑河客栈的秘密告诉了蓝蝶。蓝蝶得此情报，趁上洗手间的空子，给江田寿夫拨打了电话。老谋深算的江田寿夫得此消息，思谋片刻，立即想出个“将计就计”转嫁血案的计谋……

这天傍晚，有两个特工队员模样的人出现在那两个假客商常吃饭的饭馆，将其中一个击毙，留下一个“活口”扬长离开了。

饭馆老板见特工队击毙了顾客，赶紧报告马占贵。马占贵听此消息，立即派于副官带领人马前去饭馆调查，那个活着的假客商（团丁）已经奄奄一息，只给于副官说出“特工队”三个字便毙命了。

头脑简单、易于冲动的马占贵看到他的两个团丁又被特工队暗杀，从酒厨里拿过一瓶老白干灌下去，顺手扔了瓶子，拔出手枪吼叫着：“这回非干掉林子华！”

马占贵带着于副官和团丁呼呼啦啦来到特工队大门口，齐声叫嚣着：“林子华出来，林子华出来！”林子华听到叫喊出来了。马占贵又一次用枪指着林子华的鼻子，要他交出凶手，否则刀枪相见。保安团与特工队又在特工队院门前两军对垒，刀枪出鞘，剑拔弩张，气氛骤然紧张！

林子华见马占贵喝得酩酊大醉来闹事，心里忽然发紧，他不是怕保安团来闹事，而是怕这个莽汉借酒醉撒疯开枪，引起保安团和特工队火拼，酿出一场惨烈的血案，于是赶紧让通信员叫张书记长过来，同时让蓝蝶出面请马占贵到特工队坐下来解

决纠纷。

马占贵是个吃软不吃硬的“顺毛驴”，见林子华求情说好话，又见蓝蝶出面请他，自觉脸面大增，收起手里的枪，迈着八字方步，走进特工队，高跷二郎腿坐在了队部的沙发上。于副官和两个勤务兵也跟了进去，大模式样立在马占贵身旁。

林子华在紧急关口施计稳住了马占贵，制止了一场火拼。这时张书记长气喘吁吁赶来了。特工队是国军情报总部派来的，还有重庆派来的特派员，他这个愣头青小舅子如果闹出什么麻烦事，他这个姐夫能脱了干系吗？他吃不上得兜上！因此他听说马占贵来特工队闹事，心里忽然发紧，扔下手里的事情赶了过来。进门，见马占贵大腿绕二腿坐在那儿装大爷，那气就呼地直冒。这愣头青怎么就不识相，这是特工队，不是你们家，装什么大爷？真想冲上去给他两记耳光，但他没有冲过去，马占贵虽然是他的小舅子，是个头脑简单的莽汉，但他毕竟是四十岁的人了，既是县警察局长，又是保安团长，面子还得给他留着，便问：“马占贵，你怎么回事？”

马占贵气愤地说：“我的两个弟兄被特工队击毙了……”他把事情的经过说了出来。

林子华不听马占贵的“假商客”之事便罢，一听他的话接连三声叹惋：“糟糕！糟糕！糟糕！”接下来脸色愤怒，两眼喷火。因为特工队的秘密计划全让马占贵打乱了。本来刘双赢那天从黑河客栈回来，林子华便跟田梅根据获得的情况，研究部署了“暂不打草惊蛇，秘密深入，摸清情况”的行动计划，现在这个秘密计划全被马占贵破坏了，林子华气恼至极，却不能告诉任何人。

他颤抖的手不由抬起来抓在腰间枪上，准备毙了这个王八蛋，但为了避免保安团与特工队发生冲突，他按捺住了内心的怒火，把那只因气愤而抖动的手从枪上放了下来，心里说世界上竟然有这种头脑简单的草包，难怪党国总是吃败仗。

林子华仔细询问了那两个保安团丁的死因后，确定是马占贵自己走漏了消息。于是他给张书记长分析了利害关系，张书记长便让特工队下了马占贵的枪，将马占贵关押起来，决定等酒醒之后，进行审问处理。

第二天，马占贵酒醒了，林子华和张书记长来到关押室问他向谁透露过假商客的消息？马占贵想不起来，林子华让他仔细想想，马占贵想了半天说：“好像向蓝蝶说起过。”林子华问他还给谁透露过？马占贵又想了半天，摇了摇头。

林子华听他说向蓝蝶透露过消息，便不再追问下去，他怕打草惊蛇坏了大事！

林子华开始暗暗注意蓝蝶了，但却不能全力以赴，因为眼下需要逮住那个受伤刺客，揭开笼罩在黑河镇上空的迷雾。他清楚，那个受伤刺客如果藏在黑河客栈，定会露头治疗或者抓药治伤，只要他露头，就逮住他。

他与刘双赢换上便装，戴着墨镜，装扮成茶客，去黑河客栈对面的小茶馆喝茶监视。然而，一连几天却没有发现任何情况。这天又快日落西山了，还是没有发现情况，他俩正在着急，忽然发现一个穿灰布长衫、行色诡秘的人从黑河客栈出来。

林子华第一感觉“猎物”出现了，向刘双赢递个眼色，刘双赢便跟了上去。

街道上人来人往，熙熙攘攘，那家伙鬼鬼祟祟，趁人不注意，忽然钻进一条小巷，又绕过熙攘的集市不见了。林子华和刘双赢失去了目标，不知该往哪条道走？正在这时，有个戴着大草帽的女人出现在街头，她快步走过来，故意撞在林子华身上。林子华还没有反应过来，那女人迅速将一个纸条塞到他的手里。林子华还没有看清她是啥模样，那女人离开走远了。

林子华知道她是谁，赶紧到僻静处打开那纸条，上面写着“陆记大药房”，他俩便向陆记大药房赶去。

那家伙果真去了陆记大药房。他是耶掌柜派去为受伤刺客买药的，他抓齐中西药出门后，向左右看看，钻进大药房旁的小巷里，匆匆往回赶，刚到小巷深处，林子华出现在他前面。那家伙见前面有人慌忙转身，刘双赢又迎了上去……

那家伙被林子华和刘双赢逮住后秘密押回特工队进行秘密审讯，让他说出为谁买药？受伤刺客藏在哪里？但那家伙死活不开口。刘双赢准备给那家伙上大刑，那家伙知道自己要吃大苦头，趁他俩准备刑具，偷吃了缝在衣领里的烈性毒药，口吐白沫死了。林子华和刘双赢很是惋惜，但却根据买药人偷吃烈性毒药，判定黑河客栈是日军秘密组织窝点，那个受伤刺客就躲藏在客栈里，决定实施秘密抓捕行动。

林子华和刘双赢带着两名队员立即开始行动了，但半道上林子华却命令大家停止前进。刘双赢不解其意，林子华悄悄提醒说：“黑河客栈车辆驼队来往频繁，商客繁杂，看得出有一张很大的日本特务间谍组织网络，我们贸然行动会打草惊蛇，抓了芝麻，放走了西瓜！”他主张不露声色，让特务间谍充分暴露，而后一网打尽。

林子华清楚，黑河客栈“丢”了人，肯定会焦急万分，便跟田梅秘密商议，决定设“诱饵”，引诱对手自己走出来。他让刘双赢秘密埋葬了那个买药人，而后从外面找来一个身段跟买药人差不多的人，穿上灰布长衫，装扮成买药人，关押在特工队的监室里作“诱饵”，等待鱼儿上钩。

林子华估计得很对，耶掌柜见派出去的买药人迟迟不归，知道大事不好，心急如火燎，一边派人前去陆记大药房探问寻找，一边偷偷前去福瑞轩向江田寿夫报告情况。江田寿夫知道要出大问题，立即指使耶掌柜分散转移有可能暴露的人员和那个受伤刺客，同时安排耶掌柜演一场苦肉计，对付林子华的搜查询问。

耶掌柜回到客店，叫来他的伙计康大头，让他完成一个重大任务。康大头是秘密组织成员，听到有任务，挺直身板，表示愿为天皇效命。耶掌柜见康大头信念坚定，遂拿起砍刀，朝他的胳膊砍去。

康大头的胳膊被砍伤了，鲜血直流。他不知老板砍他何意？耶掌柜告诉他：“特工队盯上了那个受伤的兄弟，你替他受伤治疗。”康大头明白了，表示忍痛负重。

耶掌柜让管家把康大头送往陆记大药房治疗，以糊弄特工队林子华。

耶掌柜做好假象后，等待林子华来搜查。然而，令他百思不得其解的是左等右等不见特工队上门，是不是林子华又再玩什么高招？他清楚有这个可能，于是更加惊慌不安，因为这种平静往往酝酿着更大的玄机!

此时此刻，江田寿夫已经成为热锅上的蚂蚁，除了让耶掌柜做好应付和撤离准备，同时密令蓝蝶在特工队打探买药人下落。听说“买药人”关在特工队，立即主张劫狱，抢出买药人，抢不出，当即灭口。他明知这是一步险棋，但事到如今，来不得半点犹豫，只能铤而走险。

这晚，耶掌柜选出几个精干人员，由麻五带领秘密前去特工队劫狱抢人。

林子华分析对手会狗急跳墙劫狱抢人，便让刘双赢在关押室周围设伏，等待对手前来，但这一秘密行动，被蓝蝶发现……

那是晚上十一点钟，蓝蝶从工作室回宿舍，路过关押室，忽然发现旁边的树丛里有人影晃动，即刻意识到有埋伏！她知道今夜江田寿夫要实施劫狱行动，要是他们糊里糊涂进人伏击圈，后果不堪设想。她心里着急，准备回宿舍，将这个紧急情况报告江田寿夫，偏偏林子华通知她去值班室值班，她只好去了。

刘双赢和老万已经在值班室。蓝蝶到来后，林子华宣布道：“刚刚接到上级命令，今晚有非常行动，上级要求我们守在值班室，随时配合行动，无论谁都不能擅自外出！”

蓝蝶向外传递消息的路被卡断了。时间一分一秒过着，她焦急万分，坐立不安，最后实在等不住了，便以上卫生间为名要出去。林子华自然不能阻止她上卫生间，再加上她是女人，不得不同意。

蓝蝶终于像罪犯逃出了监狱。出门后，便朝院旁的杂物房跑去。因为自从上次林子华注意到她的梳妆盒后，她便停止使用里面的那部电台，新启用了真蓝蝶带来的那部。那也是一部小型电台，藏匿在特工队院旁的杂物房里，以备在万不得已情况下使用，现在她只好动用它了。

然而，她没有想到，她刚出门，林子华便随后跟了出来，见蓝蝶钻进那间杂物房，也跟了过去……

蓝蝶来到杂物房，掀开乱七八糟的纸箱和旧报纸，取出藏匿的电台，尽快发出‘有洪水’（有危险）三个字。蓝蝶知道时间过长，林子华肯定会寻找，于是发出电文后，赶紧将电台收藏起来，盖上乱七八糟的东西，起身往外跑，刚出杂物房门，便与林子华撞了个满怀，俩人同时惊叫：“啊——”

蓝蝶见是林子华，心肝几乎从嘴里跳出来，但转瞬镇静下来。

“你来这里干什么？”林子华把她堵在门口审问。

蓝蝶见没有退路，撒谎说：“去，去厕所路黑，便在这里……”

直觉告诉林子华，蓝蝶的行动可疑，他准备揭穿她，又怕打草惊蛇，于是嘴唇动了动闭上了，只是用审视的目光盯着她，默不作声。

蓝蝶见林子华用审视的目光盯着她，脑子机灵一转，说：“真的，不信，你可以察看验证……”下面的话虽然没有说出口，林子华已经哭笑不得了，他一个大男人，察看验证女人的大小便算怎么回事啊？倘若事实不存在还可以说得过去，如果存在，不但会落下笑柄，而且蓝蝶不会饶过他，他左右为难了！

就在他左右为难、犹豫不决时，关押室方向突然枪声大作。——对手来劫狱了，林子华扔下她，拔出枪赶了过去。

蓝蝶已经浑身大汗淋漓，见林子华离去了，顾不上擦汗，转身钻进杂物房，先蹲下去“哗”地放出一股水，罢了将杂物下的电台翻出来，匆忙转移到杂物房对面的小树林里，埋藏好后提枪向关押室赶去。

枪声救了她的命，但她却也为枪声纳了闷，难道她发出的电文江田寿夫没收到？他们真的前来劫狱抢人？她觉得不可能，但赶过去一看，见自己人真中了埋伏，两个死了，一个被活捉，她的脑袋顿然“嗡”地胀大，身子晃了晃，几乎栽倒！

其实，江田寿夫收到了她的紧急电文，也当即通知了耶掌柜，但当时麻五带着劫狱的人马已经出发，无法通知，因此来劫狱抢人的特务刚翻过院墙，便中了特工队的伏击，还没翻墙入院的麻五料到事情不妙，转回头落荒而逃了。

前来的特务全部落网了，林子华认出那个被活捉的家伙是黑河客栈伙计小六子，他去客栈跟耶掌柜下棋聊天时，就是他跑前跑后端茶倒水服务的。林子华欣喜若狂，哈哈大笑着：“来得好，来得好，欢迎前来光临，欢迎前来光临。”又用揶揄口吻调笑着小六子：“小六子啊，你不在客栈端茶倒水，跑这里来干什么？你看看，差点儿送了小命！不过，只要你说实话，配合我的行动，我会放过你的，今晚先委屈一下了！哈哈哈……”

他命令刘双赢和老万把小六子关押起来，等待黑河客栈前来要人。

刘双赢把小六子押送到关押室后，来到林子华身旁悄声问："那个去了哪里？"他说的那个是蓝蝶。林子华望他一眼，没有吭声，似乎嫌他有点多言，但见刘双赢固执的样子，最后用下巴指了指杂物房。

"她去那里干什么？"刘双赢茫然道。

"问题复杂，不宜惊扰。"林子华悄声说。

刘双赢还要问什么，林子华打断说："不要问了，你现在的任务是看好小六子，——跑了或者出了事，我找你的麻烦!"

刘双赢看出林子华不愿给他透露蓝蝶的情况，狠狠瞪他一眼："哼，还在我面前遮遮掩掩！——你肚子里有几条蛔虫我还不清楚？"转身走了。

林子华怔在那里了。他是怀疑蓝蝶有问题，那个杂物房有文章，但当时他能搜查她吗？人家是重庆特派员，如果搜查不出什么结果，岂不是自取灭亡？他只有暗暗观察，耐心等待时机，拿到真凭实据！此时，他见刘双赢和蓝蝶都在忙着打扫战场，便悄悄去了杂物房，趁此机会仔细搜查，看看杂物房里到底埋藏着什么秘密。

他进入杂物房后，打着手电筒四处搜查，看到地上有片水湿的印迹，便蹲下去仔细观察，确认是否是小便后，又翻看房里的杂物。他察看了半天，只发现房里的那些杂物被人动过，是谁动的却看不出来。因为杂物房的门经常开着，有人还在里面解手，谁动了这些东西，很难说清!

他失望地转出杂物房，去了关押室旁，看到蓝蝶无事般帮着行动队打扫战场，心里更加困惑混乱了。他又去监测室查问几分钟前有无异常讯号，监测员回答说："刚才发现两个可疑讯号，一个只有三个字，'有洪水'，一个电文很长，有四页之多，密码无法破译。"他清楚这不是蓝蝶发的，因为她没有那么充足的时间，那三个字的电文可能是她发的，但是蓝蝶如果真给敌人通风报信，敌人怎么还来劫狱？怎么还会上当中埋伏？再说前来劫狱的是日军秘密组织，而蓝蝶是重庆派来的特工，她没有给日军秘密组织通风报信的理由。

他回到工作室望着那份电文思索分析自语着："难道我多虑了？误会了她？"

再说蓝蝶帮助特工队员打扫完战场后，回到了宿舍。她浑身酸软，把枪扔在桌子上，便跌坐在床上。偷偷发报的事，总算糊弄过去了，现场也做了清理，但能否骗过林子华的眼睛还很难说，接下来会发生什么事，也凶吉难卜。她情绪复杂，惊慌不安，坐卧不宁，心里呼唤着："这是何苦？何苦啊？老天爷怎么这样折磨人啊！"随之两行泪水顺脸颊流淌了下来。

她正在悲苦惶惑中，林子华忽然敲门进来，她为他的突然而至显得惊慌忙乱，感到自己的末日来临了。然而，林子华进门后，只说了两句无关紧要的话便离开了。她不清楚林子华玩什么花招，心里更加惊恐慌乱！

其实，林子华是来安慰她的，今晚他对她实施了秘密跟踪，这是犯死罪的行为，她毕竟是重庆特派员，一旦她追究他，他不就完了？然而，当他进门后发现她惊慌失措的样子，忽然改变了主意——直觉告诉他，她还是有问题，于是说了两句不痛不痒的话就离开了！

第十二章
一场激烈的暗战

劫狱失败了，小六子被活捉了。

小六子是中国人，江田寿夫和耶掌柜都清楚中国人都他妈的软蛋，一鞭子下去就啥都吐出来了。他们本来已经陷入危急，现在又险上加险，祸上加祸，真可谓险情迭起，雪上加霜啊！顿然间江田寿夫感到黑河客栈风雨飘摇，岌岌可危。为了保全其他秘密联络点的安全，他决定让耶掌柜连夜转移，放弃黑河客栈联络点，以丢卒保“车”。

然而，后半夜江田寿夫突然接到“太阳花”的来电，令他马上前去胡杨林接头听命。关键时刻“太阳花”忽然出现了，这无异于雨中送伞。江田寿夫立即前去胡杨林。已是凌晨五点，东方虽有青白之色，但大地仍沉浸在深蓝色的夜雾之中，四野寂静，空气清凉，特别是胡杨林寂静得可怕，一切都似乎沉陷在幽幽的深渊中，只有一种凶鸟不时“嘎嘎”怪叫两声，震得人头皮直发麻！

“太阳花”已等在胡杨林里，诡秘地隐在树丛后，江田寿夫来之前，想看看这个魔鬼般神出鬼没发号施令的“太阳花”到底是个啥样人？但到来之后，发现他的想法太简单了，因为“太阳花”隐身树后，只能看到模糊的影子，他准备靠过去，靠近他，但“太阳花”用低沉而严厉的语气道：“不必徒劳，现在还不是见我的时候！”江田寿夫听此话驻足了。“太阳花”又说：“这样做是为了实现帝国大业需要，也是纪律，请谅解！”

“嗨！”江田寿夫谋面的欲望从心头滑过，回应了一声，立定在那片树丛前。

“太阳花”见他立定，开始说话了：“江田君，作为一个老牌特工，在这关键时刻不能惊慌自乱，需要稳定的心理和超凡的冷静，转移就是逃跑，逃跑就等于表明自己是日军间谍特务，现在需要主动出击，斗智斗勇，证明自己是好人。陆记大药房治伤的伙计康大头是最好的‘证据’，只要充分利用他，把‘苦肉戏’唱下去，耶掌柜就可以‘洗清’自己。黑河客栈还是黑河客栈，你们仍然还是过去的你们……”

他开始暗授机宜，左右谋划……

江田寿夫发现“太阳花”的部署周密合理，丝丝入扣，非常可行，只要按他的部署行动，完全能够化险为夷。江田寿夫对这个不露面的“太阳花”，忽然佩服得五体投地，太智慧，太神秘，对黑河镇的情况太熟悉了。他难道就在我们身边？他又想探问，但还没有张开口，便被“太阳花”决断阻止了：“不要探问了，我就在你们身旁，时刻关注着你们，在关键时刻我会出面帮助你们的！”

江田寿夫顿时心里发热，一股暖流传遍全身，信心倍增。回府后，他与耶掌柜密商怎样赢得这场智斗。江田寿夫分析说：“这几个劫狱的弟兄，除了麻五和小六子，其余全是外面来的，又是单线联系，如果我们按照上司密示，借助康大头把‘戏’演下去，特工队不会怎样我们的。”

耶掌柜听了江田寿夫的分析，忽然有了“洗清”自己的胜算，接着便密谋天亮后的具体行动和计划……

第二天天刚亮，林子华准备提审小六子，耶掌柜和管家带着在大药房治伤的康大头前来特工队了。当门岗将情况报告林子华后，林子华和刘双赢忽然愣了，谁都没有想到耶掌柜会亲自出面——这不是不打自招，送“赃”上门吗？刘双赢高兴地说：“他们终于跳出来了，我们正好来个彻底干净消灭之！”

林子华却沉思不语，片刻提醒说：“没那么简单。如果我们的对手就这么轻而易举跳出来，就不是狡猾的老狐狸，这里面肯定有文章……不过，我倒要看看这只老狐狸耍什么花招！”他低头在地上踱了几圈，对前来报告情况的门岗说：“请他们进来！”

不出所料，耶掌柜到来之后，把昨晚前来特工队劫狱抢人的责任推得一干二净。他结结巴巴说：“昨夜，劫，劫狱抢人，于，于我的客栈无，无关无关……”

林子华听是这样，几步跨到耶掌柜跟前，犀利的目光穿过他鼻梁上架着的眼镜，盯着他的眼睛问：“那你说说看，怎么与你们无关？小六子现在就在我们手里！”

耶掌柜准备开言，身后的管家接上了话茬儿，愤愤说：“各位官长，因为这是几个住宿的旅客自发干的，所以于本客栈无关。”他是个快五十的人，跟耶掌柜如出一辙，账房先生的样子，说话偶带几句“者也”。

“什么？是住宿的旅客干的？”林子华蹦起来了，“那小六子怎么解释？他也是旅客？据我所知，他是黑河客栈的伙计，我林子华到你们客栈，是他前前后后忙乎着给我上茶倒水，伺候我哩！”

“是的，小六子是黑河客栈的伙计，况且是老伙计了，而且劫狱抢人是我领的头。”管家坦然地说。

“什么？是你领的头？”林子华转眼盯住他，上下打量几眼后，冷厉地问，“那你说说为什么要劫狱抢人？受谁的指示？”

管家指着受伤住院的那个康大头，不慌不忙说：“他姓康，叫康财，因为头大，人们叫他康大头，他是客栈的伙计，在干活中无意受了重伤，朋友替他前去陆记大药房抓药治疗，原本是救死扶伤，乐善好施，彰显人道，却被特工队抓起来关了，说是什么刺客。特工队冤枉乐善者，还将他关起来，天理不容，老夫看着实在气不过，明着要人，你们肯定不给，因此老夫叫来几个住店客人趁夜前来抢人，就这么简单。凡是侠肝义胆忠勇之人，都讲个‘义’字，为朋友为兄弟，两肋插刀是义举，林长官想必不会不懂……昨夜，大家为救弟兄已经这样干了，人死的死了，抓的让你们抓了，就剩老夫我一人，因年老没有翻过高墙，没有被你们抓获，如果你们现在想抓，就把老夫也抓起来……”

“哦？”

理由非常充足，说理非常之清楚，故事编得非常之圆，真可谓天衣无缝，滴水不漏，无懈可击，听起来倒像是特工队的过错，让林子华和刘双赢一时无话可说，愣怔在那儿。

是啊，倘若果真像管家说的那样，昨晚劫狱抢人就带着“仁义”意味，既然是“义举”，那特工队不但要赶快放人，而且还要向实施“仁义之举”的管家们表示敬仰和歉意。你不放人，不表示道歉，就有点蛮横不讲道理了。失礼失道，必失人心，这可是万万要不得的！

老万听了管家的一番诡辩，也被绕了进去，把林子华和蓝蝶拉到室外低声说：“林队，要是这样，咱们可就把事情闹大了，再要纠缠下去，怕是越扯越大，越扯越深，越扯越扯不清了！”言下之意，赶快打住，快刀斩乱麻，放人了事！

蓝蝶也点头附和。

“你的意思是放人？赶快了结这事？”林子华问老万。

老万一副忧国忧民的样子：“黑河客栈在黑河县实力雄厚，影响很大，我怕这事闹大了，给林队惹上啥麻烦……”

林子华回头问蓝蝶：“特派员的意思？”

蓝蝶站在那儿，身子扭向旁边不吭声。自从昨晚小六子被抓后，蓝蝶一直提悬着心，预感凶多吉少，大事不好，思考着怎么应付此事，渡过难关，此时见上司设的这个局初步见效，心里稍稍有点宽慰，见林子华征求她的意见，她愤愤地说：“林队长眼里还有我？秘密抓买药人，秘密关押，秘密审问，一切都背着我这个重庆特派员，眼里根本没有我这个重庆特派员！现在把事闹大了，闯麻烦了，才来问我，让我说什么？——你们看着办！”

她扭身进了会客室，把林子华晾在那儿。

一种无形的压力，如浪涛般向林子华压过来，他感到头上压着沉重的石板，但心里却很明白，这个人不能放，这件事决不会这么简单，这是狐狸刚刚露出的尾巴，必须牢牢抓住不放。他在那儿沉思片刻，准备回会客室继续跟耶掌柜斗智，把他们彻底击垮！

老万似乎看出了他的心思，用目光阻止他，林子华却说：“这事不会有麻烦，有麻烦我担着！”抬头望着远处，冷笑一下，转身进了会客室。

耶掌柜和管家正在那儿沾沾自喜，互相咬着耳朵，见林子华进来，忽然肃静，两眼看着他，等待下文。林子华读懂了他们的目光，但林子华不是吃素的，他抬眼扫视耶掌柜和管家等人一眼，说：“你们心里想啥，我清楚，但我有几件事弄不明白，想请耶掌柜回答我。”

“说，说吧！”耶掌柜颤颤巍巍地说。

林子华说：“你们是听谁说买药人被特工队抓捕关押起来了？”

耶掌柜见林子华问这事，似乎不好回答，正迟疑犹豫，管家横插过来说：“满大街都议论纷纷。”

林子华见管家截了他的问话，转眼盯住他，冷冷地说：“管家，不要着急，我有话会问你的！”管家自知多言，冒犯了林子华，忙“哦哦”着向后退缩。

林子华又低沉而严厉地道：“不要退缩，既然您抢着说话，那就继续说吧！”管家停住了。林子华问他：“你们手里的枪是怎么回事？这也是好善乐施？哪里来的？”

管家一听林子华问枪的事，一时哑了，真不知该怎么回答，更不知这些枪是从哪里来的。

耶掌柜见管家被问哑了，怕出岔子，忙上前道：“林长官，这些事管家真不知道，还是由我来说吧，在我们，我们黑河镇和金泉城，土，土匪强盗经常出没，或拦路越货，或入户抢劫，镇里的钱庄、商号、客栈，为了防匪防盗，都置办有火枪土炮

等火器，有些富商和庄园主，还养着保安家丁，看家护院，枪支都是掏大价钱从外地购买，或从国军那里，那里……”又是滴水不漏。

“哈哈哈哈……”林子华忽然大笑起来，“你们真行，一唱一和，轮番对付我，真行真有能耐！那好，继续——”他忽然从桌抽屉里拿出从小六子等人手里缴获的手枪，质问耶掌柜：“这种枪是从哪里来的？——说！”他提高了声音。

耶掌柜那干瘦的身躯明显颤抖一下，望着林子华亮在面前的“勃朗宁”手枪，一时哑然失声了。他们的秘密组织人员，一半人使用这种手枪，是总部配备的，可他能说是总部配备的吗？回答说从国军或者土匪手里买的，可能吗？因为他清楚国军很少有这种精良装备，土匪手里更没有这种高级物件，他这样回答，岂不是不打自招？所以他左右为难，不知怎么回答了。

林子华见耶掌柜迟迟不说话，又哈哈笑起来：“我知道耶掌柜不好回答我的问题。因为这种手枪，目前在国军那里还没有大批装备，有也很少，大半用盒子枪，土匪商人手里更少见，但日军、美军、德国人手里这种枪很多……”他揶揄地对耶掌柜说：“耶掌柜，说说你这些勃朗宁手枪的来路吧！”

耶掌柜又要露馅了，灭顶危情再次积聚笼罩在他的头顶上，他的脸色渐渐变白了，头上冒出了虚汗，管家也开始哆嗦起来。

他们再次领教了林子华的厉害，自叹不如，甘拜下风啊！

正在这关键时刻，陆记大药房陆老板带着伙计常顺匆匆赶来。他们是专门为耶掌柜“求情”来的。原来劫狱的特务中计后，田梅前去向陆老板汇报了情况，陆老板怕林子华把“戏”唱得太过，惊动日军其他秘密组织，影响整个黑河镇和金泉城的侦破计划，因小而失大，因此亲自前来“圆”场，再则耶掌柜正在怀疑陆记大药房，此举既可实现稳住黑河镇日军秘密组织的目的，又可获得耶掌柜的信任，一石两鸟！

陆老板来到特工队待客室后，让常顺将所带重礼送上前，而后对林子华直言说：“鄙人是前来专门为耶掌柜求情保平安的，请林队长给鄙人一点面子吧！”这是暗示，林子华听此话心领神会了——不能惊动黑河客栈。他哈哈大笑，故意问道：“陆老板是为耶掌柜来求情的？”

“是，林长官。”陆老板点头。

“那好。”林子华说，“请陆老板说说理由。陆老板是良医，为民医病，悬壶济世，受人尊爱，只要陆老板行事在理，本队长也不是冥顽不化的榆木疙瘩，会给您面子的！”

陆老板见林子华明白了他的意思，会意地笑了笑，开始演“双簧”了。他说：“那鄙人说说看，是否在理。”他指着耶掌柜身旁的康大头说，“他叫康财，据我所知他是黑河客栈的伙计，几天前因不小心受伤，一直在大药房买药治疗，后来送到大药房住院治疗，这是众所周知的。他的伤不是枪伤，是一般的创伤，作为一个医生，有责任说明。但我听说那个买药人被特工队抓了，而且是从我的大药房出去后被特工队抓起来的，鄙人深感纳闷，他是客栈伙计，为同伴抓药治伤，应该说德行高尚，受人尊敬，你们为何抓他，有何之罪？所以本人很遗憾！”

“喔……是这样？”林子华说。

“是这样。”

“真是这样？”林子华两眼盯住陆老板，再次重申。

“真是这样。”陆老板说，“黑河镇人都知道，黑河客栈是远近闻名的大客栈，耶掌柜是遵纪守法的大商人，是个好人，不会干那些偷鸡摸狗、打打杀杀的恶事的。”陈述到此处，他转身提示旁边的耶掌柜说，“是吧？耶掌柜？”他是有意给耶掌柜提供表白的机会。

耶掌柜正为陆老板替他求情开脱而纳闷惊疑，见陆老板提醒他说话，忙接着说：“是的是的，鄙人真是遵纪守法的商，商人，老实憨厚，这次的事实属一时疏忽，对，对伙计管教不严，以后鄙人要严加管教，绝不再犯，若要再犯，甘愿受罚！”

说到这里他弯腰向林子华施礼，管家和前来的康大头也忙向林子华施礼。

这场“戏”演到这里，算是到了高潮。陆老板见时机成熟，对林子华信誓旦旦地保证说：“林长官，耶掌柜他们真是守法商人，鄙人可以拿身家性命来担保，如果以后他们有什么不轨行为，鄙人甘愿受林长官重罚！”

“是吗？”林子华严言审问，“陆老板敢拿身家性命担保？”

“是的。”陆老板又言之凿凿地说，“敢拿身家性命担保！”

林子华无言了，半天假意说：“既然大家都证明耶掌柜是守法商人，又有陆记大药房陆老板用身家性命来担保，特工队不放他的伙计就说不过去了……”

有个特工队员见林子华要放人，忽然叫喊来：“林队，千万不能放了他，他是坏人，昨晚差点打死我们的队员！”

林子华拍了拍那个队员的肩说：“陆记大药房行医治病，美德远扬，陆老板为我特工队抢救伤员，劳苦功高，他前来求情，又拿性命担保，这点面子本队长不给，就有点不通人性了。再说，一个小六子能有多大能耐，能翻起什么大浪，他要再犯，本队长派人抓起来不就是了？放心！”

他又拍了拍他的肩，那队员不再说什么了。

林子华向大家宣布说：“看在陆记大药房陆老板的面子上，本队长同意放人，但再要重犯，格杀勿论！”

老万似乎想起什么，把林子华拉到外面低声问道：“这事不追究了？”

劫狱抢人事件林子华本来要一追到底，揭开秘密的，但地下党组织陆老板给了他暗示，因此他只能按照组织的指示处理，这是党的秘密，自然不能给老万流露半点情况，于是他回答说："他们劫狱抢人，是为救朋友，是两肋插刀，我们打死了他们的人，他们不纠缠我们就算不错了，还追究什么？——顺坡下驴算了。再说还有陆老板担保，以后如果出事，拿他是问！"

"哦！"老万点了点头，"是啊，我原本也担心扯深了，扯出麻烦对我们不利，既然他们不深扯，我们就不深扯了！"

"对！"林子华说，"你跟我的想法一样。"

刘双赢前去打开了关押室，让耶掌柜领走了小六子。耶掌柜点头哈腰，表示致谢。刘双赢又打开关押"买药人"的狱舍门，让耶掌柜领走"买药人"，但耶掌柜走进监舍，发现那人根本不是买药人时，仿佛当头棒喝，陡然惊愣在那儿。

耶掌柜回客栈后，将假买药人之情告诉江田寿夫，江田寿夫震愣在那儿，半天说不出话来！

耶掌柜对陆老板求情之举非常感激，为了感谢陆老板，他回来后，即刻摆宴席酬谢陆老板在关键时刻的救助之举。陆老板连声谦辞道："人在江湖，都为混碗饭吃。现在天下大乱，战火连绵，官府朝廷，腐败无能，他们只顾自己敛财，哪顾得上下民？所以我们这些经商做买卖的，要互相团结，互相照应。我们自己不互相照应自己，有谁照应？我的陆记大药房若遇到麻烦，相信耶掌柜也会伸手相助的。"

"那是那是。"耶掌柜连声说。

酒过三巡后，陆老板见耶掌柜有点醉了，抓住他的手，悄声说："不过，以后行事要隐蔽秘密，小心谨慎。"

耶掌柜悄声说："我行事非常秘密，谁知中了林子华的计。"他刚说出这几个字，突然意识到失口了，忙收住口。

陆老板心里笑了笑。

耶掌柜原先怀疑陆记大药房是共产党的老窝，自此渐渐放心了，开始信任陆老板了。但江田寿夫却提醒他，被特工队活捉的小六子放得太容易，太简单了。容易和简单后面，肯定是不简单。林子华是个很难对付的军人，陆老板是个不简单的行医人，他们却做了一件简单事，匪夷所思。

耶掌柜感到江田寿夫有点过敏了，说："林子华胳膊挨了枪，一直在大药房治疗，而陆老板开药房行医，跟大家一样为混碗饭吃，单凭那天在关键之时，带着重礼前去特工队，巧言说服林子华，全力相救，足够朋友！"

江田寿夫问他："陆老板为什么要替你说情？"耶掌柜便把陆老板在宴席上说的那番话讲给他听。江田寿夫说："这些话听起来有道理，但这是他心里话吗？他心里这么想，这么做吗？言行是否一致，值得深思啊！"又提醒道："据说陆老板是共产党那面的人，陆记大药房是共产党地下秘密联络点。林子华和陆老板来往密切，咱们都要小心提防为宜。"

耶掌柜无话可说了，按照上司的提醒，提防着陆老板。

第十三章
《北漠计划》藏在哪里?

“劫狱抢人”事件，使黑河镇的日军秘密组织得到充分暴露，耶掌柜等浮出了水面。为了彻底破获黑河镇和金泉城两地的日军秘密组织网络，中共方面决定暂且不惊动黑河客栈，等掌握了这两个地区日军秘密组织网络后，全线出动，彻底干净，一网打尽!

这天，田梅和林子华在胡杨林秘密接头了。这是一次具有重大意义的接头，田梅传达了上级决定：趁敌人缩退空隙，搞到“太阳花”重新制定的《北漠计划》文本。这个《计划》文本有“独立政府”纲领和黑河镇和金泉城秘密组织联络点及骨干人员名单，只要搞到《计划》文本，便可掌握日军秘密组织网络情况。此行动计划确定为“猎狐”行动。

田梅决定由她负责调查《计划》文本的存放地，由林子华负责调查清除特工队向外通风报信的内奸，为搞到《计划》文本扫除障碍。

林子华接受任务后，开始秘密调查那个通风报信的内奸了。他满天撒网，最后把注意力放在蓝蝶身上了。其实，自从特工队几次泄密后，他就开始暗暗注意她的行动了，那晚的杂物房遭遇，更加重了对蓝蝶的怀疑，但却没有拿到有力证据，只好不露声色继续暗中观察。他有一阵曾感到自己的做法有点可笑，人家是重庆来的特派员，怎么可能给日军秘密组织通风报信呢？但后来忽然有了一个大胆的猜想：难道重庆派来的就是清一色忠诚党国的特工？就没有暗藏的间谍汉奸？就不会有人冒名顶替？最近他一有空就拿出蓝蝶的档案，仔细研究她的那张发黄的照片，他发现那张照片上的蓝蝶，跟现在的蓝蝶不像同一个人，现在的蓝蝶脸庞是鹅蛋形，而照片上的却是圆脸。他虽然知道照片中的人跟现实中的人肯定有差距，但心里的团团疑云却难以驱散。他想派人去调查，却不敢，因为她是重庆特派员，稍不慎，便会惹出大麻烦，加之特工队人手本来就少，难以顾全。

他决定采取试探的方式考察蓝蝶。

这天，他神秘地对蓝蝶说："据准确消息，有几个日本特务准备在东北街小饭馆秘密接头，你马上做准备，十分钟后跟我扮成假夫妻前去抓捕！"他布置完后，也去做准备。其实，他是给蓝蝶留下可乘之机的时间，如果她是内奸，定会打电话或发电出去。

果然，蓝蝶听此情况重大，准备给江田寿夫通报消息，但拿起电话后，忽然感觉这事有点蹊跷——这样紧急的抓捕任务，怎么会留给她十分钟时间？再说室内异常安静。她警觉起来，放下电话换上便服出了门。

林子华就在门外，观察着她的动静，见她并没有什么异常，便双双出发了，来到那个小饭馆前，林子华将一把手枪交给她，叮嘱她："发现情况后，看我的眼色开枪。"

他们进了小饭馆，发现墙角的桌旁果真有几个人正在吃饭。林子华给她使了个眼色，蓝蝶巴不得马上"亮相"，让自己人逃跑，便掏出了枪。林子华眼疾手快，将她的枪按住，低声责怪道："让你从旁边靠上去，谁让你掏出枪了？"蓝蝶忙将枪藏在衣服下，但已经迟了，那几个人发现他俩后，马上四散离去，饭馆的顾客也全部离开，他俩扑空了。

林子华批评蓝蝶暴露了目标，违犯了纪律，让日本特务轻而易举溜走了。蓝蝶不知林子华演的是真戏还是假戏，只好做了检讨。

晚上，有人从门缝里给林子华塞进一张纸条，上面写着"不要玩小儿科，对手没有那么简单！"他也感觉他轻视了她，有点操之过急，有点小儿科，甚至有点可笑——重庆方面派来的特工就那么简单？唉唉唉！他自我解嘲地苦叹着。

纸条是谁传的？他跑出门，看看左右，不见塞纸条的人，但清楚特工队有人在背后帮助他，是谁呢？他见刘双赢的工作室还亮着灯，心里不由疑问："难道是他？"

田梅去黑河客栈余成云那儿了。

余成云是个年轻小伙子，在黑河客栈做伙计，而实际上是陆老板秘密安排在黑河客栈的外围“眼线”。陆老板一直没有启用他，为了调查《计划》文本的下落，陆老板开始启用他了，并让田梅直接跟他联系。田梅本来就跟他是小学同学，因此她以恋爱幽会为名，已经接上头了。今天她过来还是为《计划》文本的事，因为她从各个方面分析，那个文本应该藏在黑河客栈。

余成云见她来了，让她进房，轻轻关上门，悄悄告诉她：两个月前，有一天他路过耶掌柜的工作室，无意从窗户里看到耶掌柜将一个档案袋神秘地锁在柜子里，怕不保险，又加了把铁锁。据他分析，那是一份很重要的文件，有可能就是那个《计划》文本，但那柜子时常锁着，那间房子很长时间弃之不用，无法接近，没办法查证落实。

田梅听此情况，也觉得那个档案袋可能是《计划》文本，否则耶掌柜不会加锁，从时间上推算也应该是。她叮嘱余成云不要贸然行动，她会想办法搞清的。田梅回来后，把这个情况告诉了林子华，两人商议证实办法。

林子华在那儿思谋着，不知想起什么，忽然问田梅：“你舅舅马占贵肯听你的话吗？”

田梅不知他忽然问这话的用意，回答说：“言听计从。可你问这干啥？”

“当然有用。”林子华说。他是想利用这个愚蠢的警察局长和保安团长，调查那个档案袋是不是《计划》文本。他将自己的想法告诉田梅，田梅想了想，点头说：“这办法行，只是千万不能让耶掌柜看出意图来，否则就会惊动他们。”

“这就看你的本事了……”林子华说。

田梅想了想，下了决心：“好，那就这么行动！”

第二天，保安团于副官带着两个团丁忽然来到黑河客栈，说是有人举报黑河客栈私藏鸦片，要进行搜查，便在耶掌柜的办公场所和住房进行搜查，最后让耶掌柜打开那间房屋，又让打开那个柜子。果然柜子里放着那个档案袋，耶掌柜怕档案袋被于副官发现，趁于副官不注意，悄悄踅过去取出来，要揣进怀里，谁料偏偏让于副官看见，以为是什么贵重东西，一把夺了过去，打开见是几页纸，骂骂咧咧说：“什么破《计划》”顺手扔给了耶掌柜。

于副官在客栈内外搜查了一圈，见没有什么大烟鸦片，带着弟兄嘟嘟哝哝离开了。

余成云根据田梅的安排，一直躲在那间房的后窗旁窥探，见那东西果然是《计划》文本后，匆忙离开后窗，前去向田梅报告。但在这个关键时候余成云出问题了，因为他是刚刚启用的新人，缺少地下活动经验，所以获得情报后有点沉不住气，显得激动而慌乱，刚出客栈大门，碰到了从外面回来的管家。管家见余成云匆忙诡秘的样子，心里犯嘀咕，回到客栈，便把碰到余成云的情况报告了耶掌柜。

本来耶掌柜正在苦思冥想于副官今天为什么突然来搜查客栈？听到管家的报告，好像明白了什么，让管家看好客栈生意，自己悄悄出了后门，去了江田寿夫府上。他给江田寿夫报告了今天客栈发生的事，江田寿夫感到惊异，却猜不透保安团为什么出面搜查？目的何在？为防意外，他叮嘱耶掌柜注意防范，保存好文本，同时让耶掌柜清理门户，瞅准机会“清除”余成云。

《北漠计划》文本存放的地方搞清后，田梅决定亲自前去盗取，林子华却要求由他执行此项任务，理由是他精熟开锁技术。田梅见他态度坚决，此任务非他莫属的样子，便把任务交给了他。

这晚，林子华悄悄从特工队出发了，孰料他刚出特工队便被蓝蝶发现，向江田寿夫通报了消息。这是江田寿夫交给她的任务，她不敢懈怠，稍有迟缓，她就要付出沉重的代价……

林子华不知有人已将他外出的消息传送了出去，因此直到他从黑河客栈后面翻墙入院，摸到耶掌柜的工作室跟前，才发现有人躲在房顶和墙脚的暗影里，设下了网罗。他吃惊不小，为了不打草惊蛇，转身悄悄原路退回……

黑河客栈的院墙很高，林子华入院时是从墙外的树枝上攀爬的，出去时却难住了，正在焦急，墙头上出现一个黑衣人，向他伸出手。林子华跑过去跳起来抓住了对方的手，那黑衣人借助他的冲力，将他拉上墙头，他翻墙而出了。

那黑衣人是田梅，林子华从特工队出发后，她便尾随而来，保护接应他。

他俩离开黑河客栈后，一口气跑到郊外的胡杨林里。林子华见田梅总是在关键时刻出现，救他于危难之中，感激非常，望着她那红扑扑的脸蛋，望着那秋湖般深邃明亮的眼眸，一把将她拉过来紧紧搂在了怀里！

田梅好像听话的孩子，将脸庞贴在他宽阔的胸前。

她早就暗恋着英俊、智慧、勇敢的林子华，但因严峻的侦破工作，不能放纵自己的感情，今晚终于在这样的地方，这样的环境里与相爱的人相见，碰撞出了火花，一股幸福激越的热浪从心底涌出，深潭般的眼睛微微闭合了，睫毛上挂着细碎的泪珠，脸庞更加红润秀丽！

林子华捧起田梅的脸，用热切而激情闪烁的目光默默凝望着她的眼睛；田梅也默不作声地凝望着他的眼睛，激情在她心里和眼眸燃烧，两人好像相互不相识。其实，

两人心里都奔涌着狂涛般的热浪。

“田梅！”林子华终于开口了，“你是我心中渴望的一朵红梅！——等这场战争胜利了，我骑着战马去迎娶你！”

田梅的脸“噗”地红了，好像粲然的红梅，眼眸含羞说：“我等着胜利的那天！”

“你同意了？”林子华盯着她的眼睛。

田梅深情地点点头。

“田梅！”林子华听她答应了，又把她拥在怀里，紧紧搂在胸前。时间骤然停顿了，一切都沉浸在激情燃烧的气氛中，只有星星在高远幽蓝的夜空眨动着明亮的眼睛，似乎偷觑着这对在激烈侦破战中撞出爱情火花的恋人；林间花草叶上的露珠喁喁私语着，仿佛为这对年轻火热的恋人祝福；一丝清风走过林间，树叶草木发出簌簌的响声，挥洒着林间弥漫的青春气息……

一阵狂潮般激奋热烈的拥抱过后，他俩都渐渐平静下来了。

林子华将话题转入这次行动，把黑河客栈有埋伏的情况报告田梅。不用说，田梅也清楚有人把林子华的行动透露给了黑河客栈，她分析这个通风报信的内奸就在特工队，林子华的一举一动都在内奸的监视之下。

林子华点了点头说：“我早已觉察，也暗暗进行了调查，但对手很狡猾，隐蔽很深，防不胜防！”

“这个内奸一定要挖出来，否则会给我们的‘猎狐’行动带来很大难度!”田梅说。

“我会把这个内奸挖出来的。”林子华说，接着谈起对蓝蝶的怀疑和调查的难度。他说：“虽然我怀疑她有问题，但没有抓到可靠证据，也无法进行深层调查，因为她是重庆特派员！”

“是啊！”田梅也深感此事棘手，蓝蝶是重庆特派员，不是可以随便调查的，调查她会担很大的风险，甚至掉脑袋的风险，而且一旦出了问题，会影响到全局工作。因此她在那儿思考半晌，叮嘱林子华道：“在蓝蝶的问题上，千万要慎重，不可盲动，否则适得其反，陷入被动局面。还是采取暗暗监视的办法，拿到可靠证据后再行动！”

林子华郑重地点头。

他俩商定好行动策略，恋恋不舍分头回家了。

林子华回来后思谋了几天，终于想出个查除内奸的计谋，他把这个计谋告诉田梅，田梅说这个办法好，同意让他尽快实施。

这晚，林子华又偷偷出去了，他的出行又被躲在窗后暗中监视他的蓝蝶发现，但她在要不要给江田寿夫通报消息上犹豫不决了，因为她深爱着林子华，害怕江田寿夫得到消息，设套圈伤害林子华，可是她不给江田寿夫报告消息就是失职，上司就会对她实施军法惩处，更可怕的是他们会伤害她的妈妈。她在那里犹豫了半天，最后还是痛苦地做出发报决定……

她悄悄出了门，见周围没有防备，便钻进杂货房前的树林里。自从那天林子华发现她的行动后，她便把发报机埋藏在杂物房前的树林里，那是一片荒草丛，飘散着青草和败叶的腐臭气味。她从杂草中挖出发报机，打开开关，紧张地开始发报，但刚开始敲击电键，就有人用枪顶住了她的脑袋，回头一看，是林子华。

她惊愣在那儿了。

她是亲眼看到林子华外出了，怎么突然会出现在眼前？她惊愣之际感到奇怪，感到林子华是个真正不可小觑的军人，惊怔之外，对这个青年军人增添了一层敬佩！

原来林子华翻墙出了特工队后并没去黑河客栈，而是拐了个弯儿，又回到了特工队，躲在暗处，观察每个人的动向，于是蓝蝶进入他的监视点。林子华拿枪对着蓝蝶冷嘲道："蓝特派员，三更半夜很忙啊？"

"是很忙。"蓝蝶镇定回答。

"难怪每次行动都被敌人发觉，原来你在通风报信。"林子华说。

蓝蝶知道这次逃不出林子华的手心了，但虽然临近死亡悬崖，却不甘心败露，忽然呵呵笑起来，装出糊涂的样子："什么？林队什么意思？我怎么不明白？"

"起来！跟我到审讯室，到了那里，就明白了！"林子华突然喝道，将枪口指向她的脑门。

蓝蝶没有动，望着枪口，镇静地说："林队，这是干什么？想杀重庆特派员？"

"什么重庆特派员？你是日本间谍特务！"林子华说。

"哈哈哈……"蓝蝶忽然哈哈笑起来，那是一种空虚冷森的笑，"你说什么？开什么玩笑？日本间谍？特务？你是做特工做出神经病了吧？看谁都像间谍，看谁都是特务？你看清楚，我是蓝蝶，是重庆来的特派员蓝蝶，特派员特派员！"她重复着这三个字。

"少啰唆！"林子华厉声道，"人证物证都在眼前，装什么糊涂？举起手来！"他用枪头戳戳她的肩膀。

蓝蝶狠狠看他一眼，把林子华手里的枪拨了过去，笑着说："林队不要开玩笑，玩笑开过了头，会惹麻烦，会引火烧身的！"她真不愧是日本谍报机关的特工，面对枪口，镇静自若，冷若冰霜。

"少废话！"林子华吼了一声，"举起手，跟我走!"

“跟你到哪里去？”蓝蝶笑着问。

“审讯室！”林子华说，“等审讯后交总部。”

“凭什么？”蓝蝶忽然强硬反问。

“眼前的事实还不够吗？你偷偷给敌人发报传送特工队的行动消息，特工队多次受到敌人袭击，就凭这些，我现在就可以毙了你……”林子华说。

“哈哈哈”蓝蝶又是大笑，“你好大的本事啊！那你现在就毙了我，毙了我！”她抓住林子华的枪，朝自己胸口上戳，威胁林子华。

“你以为我不敢？”林子华说。

“量你也不敢。”蓝蝶威胁道，“你说我给敌人通风报信，证据在哪里？你拿出证据啊！还没有搞清我给谁发报，就拿枪威逼特派员，你是不想要脑袋了吧？”

林子华听她这样说，忽然愣怔一下，但马上紧逼她：“那你向谁发报？向谁？什么内容？”

蓝蝶发现林子华有点胆怯了，忽然来了精神，冷冷地说：“向哪里发报？什么内容？这是我这个特派员的秘密，你没有权利知道，也并非是你想象的给敌人通报消息！”说着慢条斯理地从头上摘下耳机说，“也该让林队长知道我的底牌了。”她从兜里掏出蓝色“派司”，递到林子华面前。

“重庆军统情报局特情组长”。林子华一看大惊。国军等级森严，官大一级压死人啊！他的枪口不由低了下去。蓝蝶一把夺过“派司”：“看清了吧？我实话告诉你，本组长是上司派来专门监视你的，如果你不能全力侦破车案，如有怠慢，本组长有权就地惩处你。这些日子，你背着我随意改变行动计划，又秘密监视我，秘密跟踪我，那一条不是死罪？”

“哦……”林子华见她早已发现他监视她、跟踪她，忽然心生后怕，因为这些都是“犯上作乱”， 如果她真计较，崩了他也不为过，他有点紧张了，但转而又硬起来，坚持要她说出向哪里发报，蓝蝶却回答说：“你没有权利知道！”

“我是特工队队长，我有权利知道你发报的内容，如果你不告诉我，我就打死你！”林子华咬了咬牙，狠狠地说，他已经豁出去了。

蓝蝶见他不放过她，忽然感到没有蒙哄过关的希望了，狠了狠心，准备豁出去做最后的挣扎，她问他：“你真想知道？”

“快说！”林子华已经忍无可忍了。

“只怕说出来会吓破你的胆！”蓝蝶忽然冷着脸说，“——告诉你，刚才我向重庆报告工作。因为你转移侦破目标，延误战机，到目前一无所获，上司很不满意，因此我准备给上峰说明情况，请求处置我，替你林子华背黑锅，而你却不知好歹，干扰

我的秘密工作！”她灵机一动，编出这样一个谎言，说完后恶狠狠地盯住林子华，喝问：“——知道这是什么性质的问题吗？”

这是她最后的救命稻草

林子华在那儿愣了愣，忽然喝道：“扯谎！”林子华听出她在撒谎，紧紧逼问，“——说实话，到底给谁发报？”

蓝蝶见林子华仍不依不饶，便说：“不相信？那现在可以向重庆发报证实。再说午夜工作，这是我的习惯，一个特工人员的习惯。”

“在自己的部门偷偷摸摸工作，也是你的习惯？”林子华揶揄道。

蓝蝶无言以对了，反问林子华：“你在怀疑我？怀疑我是间谍？”

“是的。”林子华说，“我早就注意你了，每次特工队有行动，你便去梳妆，你还用我工作室的电话……”

“哈哈哈……”蓝蝶大笑，“林队长真成精神病人了，幻想、猜疑、监视、跟踪，胡说八道全都来了，来吧来吧，我不怕！”

林子华发现她的抵御堤坝垮塌了，语气空虚如发朽的木头，冷笑着说：“特派员的面纱揭穿了吧？走吧，乖乖跟我走吧!”

一把稻草飘走了，蓝蝶有点绝望了。她发现这个不声不响的林子华，早已经掌握了她的秘密，她几乎成了一条被剥光了衣服的美人鱼，暴露在光天化日之下，山穷水尽的感觉铺天盖地涌过来，要将她淹没吞噬，但她还是不甘心，还要做最后的挣扎，不成功便成仁。她说：“我也早就注意你了，你说我是间谍，是内奸，我倒发现你才是真正的间谍，是内奸，时常偷偷摸摸行动，你到底什么人？”她突然拔出枪对准了林子华。

这是林子华没有料到的，他没想到她出手这么快，眨眼间枪就对准了他的脑袋，逼他放下枪，不放下枪，就打死他。林子华清楚这是真话，因为她是重庆特派员，不论是真是假，现在她都有开枪杀人的可能，而且他还没搞清她给什么人发报以及电报内容，假如她真给重庆方面发报，他再纠缠下去，可就连一点退路都没有了。这个疯子逼急了真会开枪的，他死了倒是小事，但会坏了侦破日军秘密组织的大事，于是他渐渐软了下来。

蓝蝶见他软下来，心里稍稍松了一些，接着审问他：“——说！你到底是什么人？是不是共产党？”她现在占了上风，由被审问者变为审问者。

“我是特工队长！”林子华说。

“撒谎！”蓝蝶说，“本特派员怀疑你是共产党！”

“您太夸奖我了，我像个共产党吗？”林子华笑了笑。

“哼哼！”蓝蝶鼻子里哼哼了两声说，“我蓝蝶不是吃素的，也是高级特工。告诉你，你的那点雕虫小技，本人早就有所觉察，你给我老实点，否则我饶不了你！”她低沉而有所意味地警告他。

林子华听此话，心里有点慌了，但只是瞬间而过，接下来镇定自若地哈哈笑道：“那你把我这个共产党送到总部，你我共同接受审讯，你敢吗？”他话是这么说，心里却开始甩锣了，难道她真看出他是中共地下党了？

其实，蓝蝶仅仅是猜测，也仅仅是面临险情为自己寻找救命稻草，用来吓唬别人，掩护她自己的。此时见林子华被她唬住了，话头一转问：“那你跟那个田梅又是什么关系？她是什么人？”

为了掩盖真相，林子华编慌说：“她是张书记长的女儿，我，我跟她只是恋爱关系……”他的话没说完，蓝蝶突然严厉警告：“以后不许跟她恋爱，不许跟她来往，再要看到你跟那个傻姑娘在一起，我毙了你和那个傻货！”

林子华见蓝蝶要撒疯，赶忙应付点头：“以后不跟傻姑娘来往了，不敢了，不敢了！”

“还敢再怀疑、跟踪本特派员吗？”蓝蝶又威胁道。

林子华不知怎么回答，但为了稳住她应付说：“不敢，不敢冒犯蓝特派员了！”

蓝蝶警告说：“记住，我是重庆情报局特情组长，你们的生杀大权都掌握在我手里，想杀你林子华包括杨昌顺，只是我一句话。今晚，就凭你胡言乱语，干扰我的秘密工作，还拿枪威胁我，我就可以枪毙你十次！懂吗？”

“懂，懂了。”林子华忙应道。

蓝蝶见他诚惶诚恐的样子，把枪收起来别到腰里：“好，我相信你一次，下次要是再犯，本特派员就不会放过你了！”说完收拾起发报机走了。其实她是高粱秆打狼心里虚，不敢再纠缠下去溜了。

林子华僵在了那儿，两眼望着肩披月光的蓝蝶远去。

一直躲在暗处观看窃听的刘双赢，见蓝蝶离开了，从暗处走出来。林子华见他突然冒出来，非常惊奇：“你怎么在这里？”

“听到这里有说话声，以为是刺客就过来了。”刘双赢望着蓝蝶的背影说，“你就这么轻而易举把她放走了？”

林子华见刘双赢知道了内情，没好气地说：“不放走又能怎么样？她是重庆特派员，又是特情组长，比我官高三级！”

“不会是冒名顶替吧？”刘双赢说。

“不要乱猜疑。”林子华忙制止。

刘双赢顿了顿说："我清楚你一直在怀疑她，跟踪她，今晚抓住了，可又放了——我明白你唱的是哪出。"

"抓住了？"林子华问，"抓住什么了？我唱哪出？"

"证据啊！"刘双赢说，"她偷偷向外发报，铁证如山。"

林子华说："她是重庆特派员，她说她向她的上司报告工作，这是她的工作范围，我管得上吗？惹得起吗？虽然我认定她有问题，但没有抓到真凭实据，今晚我又操之过急，她刚敲了一个字码我就出现在她面前，打断了后面的电文，是什么内容不清楚，我拿她有什么办法？……所以，以后闭紧你的嘴，不要给我找麻烦！"说完转身离开了小树林。

刘双赢追上去："就没有办法了？就看着她溜脱？"

林子华说："现在自身都难保，还顾得上那些？我当时心里都有点发虚，如果她今晚真拿我暗暗监视她，跟踪她，又拿枪逼她的情况说事儿，那会是个什么结果？还不被她一枪给解决了？我这个队长还能继续干吗？没有了这个队长的权力，一切都将竹篮子打水一场空啊！"

"我就知道你唱的是这出。"刘双赢说。

"什么意思？"林子华盯住他。

"你说呢？"刘双赢笑眯眯的。

"你给我闭紧嘴巴，不要闯乱子。"林子华警告他。

"这个我知道。"刘双赢认真说，"不过，我也提醒你，——沉住气，抓住软肋，一拳击倒！"他挥了挥拳头，转身走了。

林子华望着他若有所思。

蓝蝶回到宿舍后便扑倒在床上哭泣起来。她是真心爱林子华的，但他却是她的敌人，水火不容，刀枪相对；她不愿伤害他，可又不得不拿枪对准他，现在又被他盯住了，危在旦夕，虽然刚才她把他糊弄了过去，但糊弄了一时，能糊弄更长时间吗？她该怎么办？怎么办啊？

她虽然是日本间谍特务，可她也是人，也有自己的感情，有自己的爱啊，现在她却想爱不能爱，甚至没有一点爱的自由和权利，现实怎么这样残酷无情呢？

她哭泣着，流着泪，回忆着自己冒名顶替的经过和眼前的处境，焦灼不安，痛苦不堪，但她是个很重感情、敢爱敢恨的姑娘，尽管清楚她跟林子华的恋情是危险之情，会付出沉重代价，但她已经死心塌地要去爱林子华，为他献出真情，甚至生命！

狡猾的江田寿夫知道林子华盯住了蓝蝶，命令她暂停活动，不要再抛头露面，铤

而走险。蓝蝶是特高课的一枚重要棋子，要让她深深潜伏下来，发挥更大作用。

林子华见蓝蝶缩回去了，黑河客栈也平静下来，便请求田梅再次前去黑河客栈，偷窃《计划》文本。田梅考虑到耶掌柜已经注意到林子华，所以决定由她亲自前往。林子华觉得田梅想得周全，因此同意了。

这天晚上，田梅翻墙进入黑河客栈，躲开暗藏的管家等家丁，从后窗进入耶掌柜的工作室。当她打开那个柜子，里面却没有那份文件，她扑空了。

林子华和田梅都清楚耶掌柜把文本转移了，但转移到什么地方却不得而知，只好让余成云利用工作之便，再次调查寻找下落。

余成云接受任务后，暗中注意耶掌柜的行动。这天晚上他发现耶掌柜鬼鬼祟祟去了后院存放旧账本和杂物的库房，便悄悄绕到库房后面，透过后窗向里窥视。库房墙角有个保险柜，余成云分析《计划》文本可能转移到这个保险柜里，便悄悄溜出客栈，去给田梅报告情况。

余成云自认为行动神速秘密，没有人会发现，殊不知自从上次管家发现他行动异常后，耶掌柜就派人暗暗盯着他。因此，他刚从客栈出来，走进旁边的幽暗小巷，便被两个家伙用麻袋捂住了头……

田梅和林子华等待余成云的情报，却不知余成云早已被对手暗杀了。

第十四章
她搂住了他的脖子

江田寿夫发现有人在打《计划》文本的主意，便向“太阳花”发电告急。

晚上，“太阳花”在郊外的破庙堂里接见了江田寿夫，他告诉江田寿夫江南发生了震惊中外的“皖南事变”，国民党又一次发起反共高潮，让他借助这股风，利用张书记长和马占贵的势力，打击共产党和林子华，这样既可削弱国共的力量，又可转移特工队和共产党的注意力，为他们的秘密组织解围。

江田寿夫得到启示，回来后与耶掌柜秘密制定了新的计谋，企图挑拨国共双方互相开战，他们坐享渔利。

江田寿夫清楚张书记长喜好古董、贪财腐败，于是这天他以申请加入国民党为名，投其所好，带着古玩、字画等重礼前去拜访他。席间，他有意无意煽惑张书记长说陆记大药房是共产党秘密联络点，林子华是共产党地下人员……

在此之前，张书记长已接到上级关于监视共产党活动和清共的通令，本来就对陆记大药房陆老板和林子华有所怀疑，听了江田寿夫的煽惑，更加确信陆记大药房和林子华有问题。鉴于此种情况，他马上招来小舅子马占贵，令其监视林子华和陆记大药房。

马占贵对林子华一直心存嫉恨。他夺走了他的蓝蝶，又几次给他难堪，现在该报那一箭之仇了，他痛快地接受了任务，连夜派出大批便衣特务，跟踪监视林子华和陆记大药房。于是乎，这些穿着便装的团丁好像小偷流寇，又像猎狗，开始东闻闻，西嗅嗅，偷偷摸摸，到处乱窜了，刚刚有点平静的黑河镇再次腾腾杀气，骚乱起来。

林子华发现他每每出门，总有人远远跟踪盯梢。他知道日本特务不会这么明目张胆，是什么人？注意观察才发现他们是警察局和保安团的人。他意识到这是对手玩的新花样，决定给予警告和反击！

这天林子华刚出门，后面又跟来两个便衣，为了警告张书记长和马占贵，他将两个跟踪者诱入暗巷，迅疾出手，击毙一个，擒获一个。他将活捉的那个押往特工队进行审问。那个家伙供出了指使他们的马占贵和张书记长。

张书记长听到他派出的特务一个被击毙，另一个被林子华抓获，惊慌不安了。这里面的利害关系他太清楚了，一旦林子华向上级报告他不抓共产党，不抓汉奸，却跟踪特工队，搞内耗，吃不上得兜上，于是赶紧前来特工队向林子华解释求情，为自己开脱责任！

林子华的目的是警告教训他们，灭灭他们的嚣张气焰，因此见张书记长态度还算诚恳，警告的目的已经达到，把柄也抓在他手里，便放了他。但张书记长虽然吃了哑巴亏，调查清共的行动却没有改变，不过不像马占贵那样张张扬扬，而是暗地里进行。而马占贵这个草包却不记教训，仍我行我素，派人监视紧盯林子华，总想找机会发泄私愤，这天他终于找到了机会……

自从余成云被暗杀后，中共安插在黑河客栈的内线断了，“猎狐”计划陷入困境。陆老板、田梅和林子华焦急而困惑。这天晚上，陆老板通知林子华和田梅以及几个地下人员召开秘密会议，研究商议对策。不料秘密聚会的情况被马占贵的暗探获悉，他立即赶到张书记长家商量抓捕之事。

世上的事，有时真是无巧不成书。姐夫小舅子正在家里密商怎样包围陆记大药房，怎样抓捕林子华，恰好被准备前往陆记大药房开会的田梅听到，她当即出门，在街上的电话亭，向陆老板报告了情况，前去陆记大药房参会的人员转移了。

马占贵的团丁扑空了。

马占贵丧气至极，回到姐夫家嚷嚷着：“怪事怪事，我的眼线明明看见林子华和几个陌生人去了陆记大药房，怎么突然连个影子也没有了？好像从人间蒸发了。”马占贵觉察到有人走漏了风声，是谁？却说不清。

张书记长也感到奇怪，仅仅十来分钟时间，在陆记大药房聚会的人怎么突然就不见了？他在客厅里走来走去思考分析着这件怪事，忽然想起什么，快步去了女儿田梅的闺房。那时田梅还没有赶回家，张书记长见女儿不在，清楚那个通风报信的人是谁了。

这时，田梅从外面赶了回来，她躲避不及，被张书记长截到院子里，厉声喝问：“刚才去了哪里？”

田梅见无法躲避，编慌说：“上了趟茅房。”

张书记长知道女儿在撒谎，气急败坏，大发雷霆，扬手扇了田梅一巴掌。田梅转身冲出了院门……

此时此刻的张书记长已经知道女儿田梅跟共产党地下组织有联系了，一股恐惧之感迎头袭来，他那肥胖的身躯摇了摇，颓然倒在座椅上。夫人被吵醒了，见张书记长打女儿，又见女儿负气离家，吵闹起来，让张书记长找回女儿，否则不依。但张书记长好像一摊泥，哪还能站得起来？他现在考虑的是怎么处理这桩冒天大不韪的灾祸，哪还顾得上女儿的出走？

马占贵只好去寻找田梅。

那晚的夜色很浓，月亮不知躲到了什么地方，整个城镇好像盖着裹尸布，黑魆魆的；只有几点灯光闪着好像鬼火，更增添了整个城镇的幽暗、凄凉、恐怖之气氛。马占贵在大街小巷奔走寻找了大半夜，最终在郊外的胡杨林里找到了田梅。他劝她回家，田梅却执意不回。张夫人赶来了，搂着女儿的肩只是哭哭啼啼，田梅见妈妈哭得很伤心，便跟妈妈回了家。

田梅的身份暴露了。

张书记长知道女儿这样下去不但会葬送自己，而且还会葬送他和全家，便叮嘱小舅子和夫人，绝对不能向任何人透露她与共产党有关系的事，同时决定采取断然措施，把田梅关在家里，反锁上门，让马占贵派两个团丁看管起来，割断她与外界的联系。否则，他和他的家便彻底毁了！

马占贵知道这件事的利害关系，点头应承，立即行动……

田梅被张书记长关在闺房里，林子华又受到内外监视，“猎狐”行动陷入困境，江田寿夫的“一石两鸟”计谋初见成效！

江田寿夫决定抓住这个有利时机乘势而上，干掉林子华，造成国民党暗杀共产党的假象，把特工队的目标彻底引向国民党县党部。这天，他把蓝蝶传到府上，令她及时提供林子华外出动向。蓝蝶觉察到江田寿夫要对林子华采取暗杀行动，因此对这项任务表现得有点迟钝。因为她已爱上了林子华，既然爱上了，就要为他付出一切。上司交给她的任何任务，她都可以不折不扣执行，要伤害林子华，她坚决不干，这是她

最近给自己确定的行事原则。

狡猾的江田寿夫似乎窥见了蓝蝶的内心活动，用威胁的口气说：“看来你不接受任务？”

蓝蝶见江田寿夫看出了她的心思，忙搪塞说：“不是，而是林子华警惕性很高，活动规律很难掌握，很难得手。”

她给上司传递了难以实施暗杀计划的信息。

江田寿夫发现蓝蝶对林子华产生了感情，强迫或者勉强她前去执行任务会出纰漏，坏大事，因此权衡利弊，放弃了蓝蝶，让耶掌柜另行派人执行其任务。

蓝蝶避免了参与暗杀林子华的行动。

林子华身处险象环生的境地，自己却毫无觉察。这天晚上他准备前去田梅家试试能不能与她见面，商议“猎狐”行动。刘双赢发现他要出去，提醒他最近有人在特工队左右游动，晚上不可出门，蓝蝶知道江田寿夫要对他实施暗杀行动，也婉言劝阻他不要出去，但林子华为了《计划》文本心急如焚，有点失去理智了，天黑后出了门。

市声早已消散，灯火也已灭了，小镇显得寂静恐怖。林子华在大街上转了几圈，见后面没有“尾巴”，便朝田梅家走去。他来到田梅家院前，看到大门紧闭着进不去，便转到院后，轻轻爬上墙头，准备翻墙入院。然而，看到两个背枪的团丁守在田梅门旁，就是进了院子，也无法跟田梅接触，只好跳下院墙往回走。

从田梅家回特工队，要经过一条长长的小巷子。这条巷子因两旁的店铺和住户拆迁了，墙壁东倒西歪，残缺不全，颓败破烂，杂草丛生，寂静冷森。他刚进入这条破败的小巷，忽然身后矮墙下的败草中出现两个团丁模样的刺客，他们跳跳闪闪，夜猫子般向他悄悄靠近。

林子华正在思考怎么与田梅接头，因此毫无觉察。那个领头的刺客已经接近他，举起盒子枪准备射击，然而就在勾动枪机的瞬间，忽然有个蒙面人从林子华身旁的断墙下冲出来，没及林子华说话拉起他就向旁边的残墙下撤。

那领头的刺客见此情况，慌乱开枪，“啪啪啪”子弹在林子华和那蒙面人身旁飞掠呼啸。那蒙面人将林子华按倒在地，滚了几圈，躲过敌人的子弹，躲到了那截残墙下。

这时，对面的乱墙杂草里也响起了枪声，他们是刘双赢和两个队员。原来林子华出了营房后，刘双赢就发现了，为了他的安全，带着两个队员尾随而来，发现有团丁模样的刺客，马上开枪还击。

那两个刺客见有特工队，以为是伏兵，慌忙向巷口逃跑。刘双赢举枪射击，后面的那个刺客中弹倒在地上，领头的刺客见同伙逃跑无望，回头朝他脸庞“啪啪”几枪，毁其面容，而后夺路逃跑。

刘双赢紧紧追赶，没有赶上，收枪返了回来。

刺客是什么人？林子华和刘双赢都来到那个被击毙的刺客跟前，发现他穿着团丁衣服，但脸庞被枪弹毁了，看不清模样。队员们吃惊道："怎么又是保安团的人？！张书记长怎么又跳出来捣乱？"

林子华不屑地笑笑说："咱们的对手又玩这种雕虫小技。不过，让马占贵过来看看，再领受一次经验教训。"

刘双赢便派人前去通知马占贵前来认领死尸。

马占贵带着于副官和两个弟兄赶来。于副官将那具死尸翻过来仔细看看，肯定地说他不是保安团的人，马占贵也看出不是保安团的人，骂骂咧咧着："哪路凶手，敢栽赃保安团，查出来抽他的筋，扒他的皮！"心里却怀疑是共产党地下组织所为，他把他的想法说了出来。

林子华断言说："杀手绝对不是共产党，也不是保安团。"

"那会是谁？"马占贵困惑了。

"我们的老对手——日本特务间谍组织！"林子华说。

"怎么会是他们？"马占贵嘟哝着，心里还是不信服。

他回到张书记长家，将有人杀人栽赃的事告诉姐夫张书记长。张书记长也认为是共产党干的，他让马占贵秘密注意陆记大药房，却又觉得蹊跷："他们怎么会自相暗杀？"一句话似乎提醒了马占贵，他也心里开始嘀咕自问，"他们怎么会自相暗杀？林子华一直说黑河镇有日军秘密组织，难道杀手真是他们？"

这个莽汉第一次开始动脑筋了。

张书记长说："只听共产党那么说，谁知道有没有？他们脸上又没有写字。不过，现在的形势很复杂，委员长一直对共产党有戒备，要下大力气清共，我们都要睁大眼睛，看清形势，左右都顾，否则会栽到泥坑里！"

林子华不知救他的蒙面人是谁，脱离险境后，那人揭下面罩，原来是蓝蝶。林子华大为震惊，为她临危救人的行为而感动，抓住她的手连声道谢。刘双赢揶揄地说："自古英雄救美人，今天是美人救英雄！"

蓝蝶不自然地笑了笑，那笑是发自内心的笑，脱离险境获新生的笑。

刘双赢第一次看到她笑得如此灿烂。林子华发现蓝蝶好像知道老对手要暗杀他的情况，于是脑子里充满了问号，回到特工队后，他问她："这到底是怎么回事啊？"

蓝蝶说："我感觉你要出事，半夜不见你在特工队，便去了那个小巷子……"她自然不敢说出江田寿夫要暗杀他的秘密。

“那你是怎么知道敌人要暗杀我的？”林子华试探着问。

“凭感觉。” 蓝蝶说。这样的回答自然不能使人信服，林子华心里仍弥漫着疑惑。蓝蝶见他疑虑重重，佯装不高兴的样子说，“林队，你什么意思？刘双赢不是也去了，问问他是怎么知道的，不就什么都清楚了？”

林子华听她这样说，不再问了。她舍身救他，已经把什么问题都说清了，再对她疑虑重重，就有点不通人情，但心里的疑问却总是挥之不去。

为了搞清她的身份，第二天他给情报处杨昌顺发了一封私人电报，言称：“蓝蝶对我有了那种意思，作为特工队长，未婚男子，我需要清楚蓝蝶的底细，好有个思想准备。”

谁料，杨昌顺看到电文后发火了：“这个林子华胆子太大，屡次在人家重庆特派员头上乱摸，这不是没事找事，把不痛的手往车轮子底下塞？他会给路防团情报处闯大麻烦，会给我闯大祸的！”他让王副官回电：“不要玩忽职守，胡思乱想，老老实实侦破车案，若有怠慢，军法惩处！”

林子华的这份电报本来是发给杨昌顺私人的，不想让别人知道，知道必有麻烦，但杨昌顺偏偏把电报交给了王副官处理，这岂不是哪壶不开提哪壶？

王副官看了电文后，私自在后面加了一句：“我们怀疑你不是自己人！”

林子华从电报上看到杨昌顺发怒了，特别是那句“我怀疑你不是自己人”直戳他的软肋，他后悔自己头脑发热，干了一件蠢事，当即毁了电文，同时决定以后不再过问蓝蝶的事。

林子华又从对手的枪口下捡回一条命。

江田寿夫的暗杀计划失败了，对突然出现的蒙面人大感吃惊，隐隐感觉这个蒙面人可能是蓝蝶，因为只有蓝蝶清楚他的暗杀计划，却不能肯定。他让耶掌柜去调查，耶掌柜找来那个刺客询问是否看清蒙面人，刺客回答天黑，没看清。

江田寿夫又让耶掌柜调查田梅，耶掌柜说：“田梅被张书记长关在闺房里，门外有团丁守着，很难出来，怎么可能。”江田寿夫听此情况，心里复杂起来，他开始重视起蓝蝶来，当即召她过来审问：“昨晚哪里去了？”

“就在特工队，哪里也没有去。”蓝蝶神情很惊奇的样子。

“你去那条通往张书记长家的小巷子了吧？”江田寿夫旁敲侧击。

蓝蝶表现出目瞪口呆，愣愣地望着江田寿夫，半天装作茫然不知所云的样子：“什么小巷子？老板您什么意思？黑天半夜我去那里干什么？现在我在人家林子华的监视之下，稍有动静，就会出大麻烦，老板是清楚的。”

江田寿夫见她言行茫然的样子，心里渐渐否认了自己的怀疑，审视她半晌说：“这么说，你昨夜没有出去？”

“没有。”蓝蝶肯定地摇摇头，又重复说，“林子华他们怀疑我是内奸，盯我盯得很紧，几次差点儿就暴露了，现在搞得我寸步难行，目前形势这么严峻，我隐藏都来不及，哪还敢出去啊？老板出什么事了？”蓝蝶故意问。

“这个，就不必问了。”江田寿夫丧气地叹道。

蓝蝶不再吭声了。她终于躲过了江田寿夫的审问，身上轻松了半截，见江田寿夫神情焦躁而懊丧，心里暗自窃笑，他又老道失算了。

然而，她轻松得太早了，江田寿夫在地上走着，忽然停在她面前，抬起秃鹫般的眼睛盯住她：“林子华最近对你怎么样？”

蓝蝶忽然被问愣了，怔了怔回答说：“除了对我盯得紧，再看不出什么。”

“不！”江田寿夫奸笑两声说，“你在撒谎！你俩现在来往密切，关系非同寻常！”他一字一顿。

“老板，这话怎么说？”蓝蝶的心忽然又拧紧了。

“——难道不是吗？”他盯住她，狠狠地说。

蓝蝶没有退却余地了，便拿出他的“美女计划”行动搪塞他：“老板不是让我跟他亲密接触吗？不是让我拉他下水策反他吗？我哪里做得不合适了？”

“不！”江田寿夫忽然提高声音，“你是跟我玩小孩过家家的游戏！——我知道你对林子华有了真情，这是非常可怕的！我严厉警告你，这是一场你死我活的斗争，儿女情长会掉脑袋。——苦海无边，回头是岸，赶快回头吧，否则等待你的是军法惩处，是掉脑袋！”他举着拳头吼着。

“嗡——”蓝蝶大脑里嗡地脆响起来，眼前的景物忽然晃动飞旋，身子好像飘起来了，半天才渐渐落到地面上。看来他觉察到她的私情了，接下来肯定是严酷的惩罚，太可怕了！然而，江田寿夫似乎现在还不打算惩处她，也或许萌生了一点怜悯之心，见她身子打闪，脸色惨白，向她挥了挥手说：“回去吧，回去好好自省自省，我等你的消息！”

她神情恍恍惚惚走出江府。

一边是她相爱的人，一边是亲爱的妈妈，为了相爱的人，她会失去妈妈，为了亲爱的妈妈，她必须放弃相爱的人，真心实意服从江田寿夫，而她却不愿放弃妈妈和相爱的人，她的心像两只铁钩从不同方向撕扯，痛苦不已！

已经夜晚九点多了，她出门后站在十字街头，两眼茫然地望着前方，不知到哪里去？最后似喝醉了酒，摇摇晃晃走进一家酒馆，向吧台要了瓶白酒，又拿出小圆镜凝望着照片上的妈妈，自斟自饮起来。

快十二点了，她起身跌跌跄跄回到了特工队，刚进卧室门便倒在地上。

林子华去外面寻找她不见，回来后发现蓝蝶的宿舍门开着，蓝蝶躺在地上，赶忙把她扶到床上躺下，连声问她怎么啦？蓝蝶软软躺在床上不应声。他闻到她身上有浓浓的酒气，知道她喝醉酒了，替她盖上被子，倒杯开水放在床头小桌上，让她醒来后喝。做完这些，他直起腰准备离开，她忽然伸出臂膀圈住他的脖子。

林子华倏然惊慌："蓝特派员你……"他挣着她的手，要逃离，但蓝蝶搂住他的脖子不放。她喝醉了，他不好责怪她，只好劝说她放开，但没用，他无奈了，坐在了床前。

他一直怀疑她是内奸，但屡次试探却没有结果，向情报处杨昌顺调查，不但没有得到什么结论，反而挨了训斥。她冒着生命危险救了他后，他对她的看法有所改变，他感觉蓝蝶虽然有内奸和日本间谍的嫌疑，却感觉她是一个很不错的姑娘，以前不该错怪她，这样想着，便轻轻握住了她的手。

田梅早就指示他策反蓝蝶，他觉得这是个很好的机会，准备跟她好好谈谈，但她却安详地闭上眼睛睡了，脸上涌出欣喜和幸福的神色，他只好守在她身旁。半夜时分，他实在困顿了，便趴在桌子上打起盹来。

天亮了，蓝蝶醒了，见林子华趴在桌上酣睡，拿出自己的毛背心轻轻披到他肩上。林子华忽然惊醒了，不好意思地起身要离开，蓝蝶抓着他的手恋恋不舍地送他出门，望着他的身影，脸上出现幸福的笑容。

从此，特工队的官兵发现蓝蝶变了，首先她那俊美秀丽的脸庞上有了笑容，不再是冷若冰霜，有时还哼哼几句当地人唱的歌儿。特工队队员们迷惑不解了，但有人心里却清楚发生了什么事！

田梅被锁在家里，《计划》文本的下落直到现在还没有着落，她心急如焚，焦急万分，敲打着房门，叫喊着："让我出去，让我出去，妈妈让我出去!"但看守的团丁置之不理，呼喊声好像刮过耳旁的轻风。

她妈妈张夫人听到女儿的喊叫，心里焦急而可怜，在院子里跑来颠去，发疯了似的，却不敢违背丈夫的旨意打开那扇房门。她清楚打开那扇门，女儿就会跑出去跟那些人来往，因此必须把她关在屋里，但听到女儿凄凄惨惨的叫喊，心好像撕烂了，实在不能忍受，所以犹豫又犹豫，决定放女儿出来透透气，只是透透气。她见丈夫张书记长出去了，哄骗守门团丁说："该吃饭了，你们去吃饭吧，这里有我，你俩想在外面溜达，就去溜达。”两个团丁已经在这里守了几天，一没有自由，二没有什么新鲜刺激的事儿，很是寂寞，听到夫人这么说，如同大赦，撒腿就跑了。

夫人偷偷打开门锁，放出了女儿。她是想让女儿透透气，而后再关进去，谁料一开锁，田梅便跑出大门。张夫人在后面又叫又喊，紧紧追赶，但没有赶上，气得坐在院门前的石板上直打喘。

田梅跑出门便去秘密联系林子华。张书记长回家后发现夫人放走了女儿，狠狠训斥那两个团丁，又与夫人争吵起来：“你这个女人太糊涂，太不懂事，这是拿全家人的身家性命开玩笑！”但不论怎么斥责她，她也把人放走了，现在唯一的办法就是追回她。张书记长知道女儿不是去找林子华就是去了陆记大药房，命令马占贵赶快把她拉回来，夫人却挡在门前不让马占贵出去，嚷着说：“女儿已经关了几天，让她透透气儿，憋坏了咋办啊？”

张书记长哪管这些，强行把她拨了过去，让马占贵出了门。

马占贵带着那两个团丁去了特工队，见没有人，直去陆记大药房，也扑空了。

其实，这阵田梅和林子华正在胡杨林秘密商量“猎狐”行动。余成云的失踪，断了内线，损失太大，以后的工作会更加困难。林子华提议再派人打进黑河客栈连接内线，田梅也这么想，但现在耶掌柜已有所觉察，再派人难度很大。林子华知道难度很大，这两天一直在琢磨这件事，终于想出个好办法，正准备告诉田梅，忽然马占贵带着两个团丁出现在他们的身旁。

马占贵拿枪逼住林子华：“你胆子太大，从老子身边拉走了蓝蝶，现在又敢拉拢诱骗我的外甥，这次老子饶不了你！”令两个团丁把林子华带到警察局。

田梅忙上前阻拦，那两个团丁却不听她的，将她拨到旁边。她见马占贵动真了，脑子一转，计上心来，对马占贵耳语说：“舅舅，林子华不是共产党，他是你外甥女的恋人，我俩正在恋爱，他快成您的外甥女婿了。”

“胡说。”马占贵瞪大了眼睛。

“真的。”田梅扭捏了一下，抱住舅舅的胳膊摇着，对马占贵又是一阵耳语，“……都很长时间了，我俩经常在一起，难道舅舅看不出来？真笨！蓝小姐不是跟舅舅掰了吗？只要我跟子华成了，她不就跟你……”下面的话她省略了，马占贵却心领神会。

是啊，他正在追求蓝蝶，而她却投到了林子华的怀抱里，如果田梅跟林子华成了，蓝蝶不就回心转意，又可以回到他身边？哎，这是多好的事啊？他想到这里，渐渐对林子华的态度有所缓和，枪口慢慢垂了下去，上下打量着林子华，嘴里嘀咕着：“林子华你本事大啊，把手伸到我们家来了，好了，不说了，今天看在我外甥女的面子上先放了你，以后你给我小心点，不要沾染那些乱七八糟的事，不然我马局长马团长放不过你！去吧！”

他让团丁放开了林子华，拉着田梅就往回走。

田梅因刚才没来得及听到林子华想出的主意，所以撒娇使巧，死抗着不走，又悄悄对马占贵说：“……舅舅只要放开我，我会想办法让蓝小姐继续跟舅舅好的。”听到这句话，马占贵惊喜：“真的？”田梅早就看出了舅舅的心思，因此直击他的软处，她说：“真的，我骗别人还能骗舅舅吗？”马占贵迟疑一下松开了手：“那你去吧。”

田梅道了声：“谢舅舅！”准备跟林子华走，马占贵又忽然想起什么，上前抓住她的胳膊往回拽：“天梅，你还是跟舅舅回去，这是你爸妈的命令，你回去了，舅舅就算交了差，你再跑出来，就不是舅舅的事了，可以满天飞了。”

田梅不动。

林子华见田梅无法留下，若有所思地说：“去吧，我会想办法去看你的……”

田梅心领神会，便不再强求，被马占贵带走了。

回家后，张书记长审问田梅：“去了哪里？”

田梅愤然不作回答，只是默不作声将双手送到张书记长面前：“把我绑了，押送到上司那里邀功请赏。”

张书记长恼羞成怒，暴跳起来：“你，你你，你以为我不敢？……”他命令马占贵：“把这不听话的东西捆绑起来，送警察署！”

张夫人见他动真了，挡在女儿面前，用身子护着，叫嚷着：“谁敢动我女儿，我就跟谁拼了！”

马占贵见姐姐豁出命来，不敢动手了。

张书记长再次命令马占贵：“给我绑起来！听到没有？你是警察局长保安团长，不听我的，我撸了你！”马占贵听说要撸他的官，害怕了，令两个团丁捆绑田梅，张夫人吼叫道：“那，把我也绑了，送到上司那里邀功领赏！”将双手送到张书记长和马占贵面前。

张书记长见此情景，气急败坏，跺着脚暴跳着：“这这，你你们疯了傻啦？”

一边是姐夫书记长，一边是亲姐姐，马占贵见事情闹到这种程度，不知怎么办？思谋了半天，觉得大事化小为好，于是婉转地劝张书记长道：“姐夫，我看这事还是不要再闹了，让上司和外人听到有大麻烦。再说，天梅只是跟林子华谈对象，林子华是年轻有为的军人……”马占贵的话还没有说完，张书记长大发雷霆：“胡来，没听说他跟共产党有来往？这种人敢沾染吗？躲还来不及！”

“那仅仅是听说，谁肯定他们有来往？只有你和我，只要我们不说什么，谁知道他们是什么人？”马占贵解释说。

“你，你你们，你们让我说什么？说什么？”张书记长见马占贵也倒向那边，气恼地在地上直打转，最后跌跌跄跄回客厅，跌坐在太师椅里，懊恼无奈地号叫起来，“糊涂啊，一伙糊涂虫啊！……”

他默认了马占贵出的主意，放开了田梅，但他却病倒了，在床上躺了三天。

这天他起来了，上面恰好发来电报催问县党部监视和清除共产党分子的进展情况。张书记长怕牵扯到女儿，给秘书再三交代：“向上司报告情况时这样说，‘黑河镇有共产党活动传闻，但仅仅是传闻，还没有拿到真凭实据。’”

张夫人和马占贵听后说：“这就对了，不论怎么说，天梅是我们的亲生骨肉。”张书记长说：“作为县党部书记长，必须把党国利益放在首位，可作为父亲能把女儿往死路上送吗？”

田梅被马占贵带走后，林子华去了陆记大药房，将没来得及告诉田梅的想法告诉了陆老板。他说：“田梅喜欢文学，我们可以利用张书记长与耶掌柜的私人关系，让田梅以写商旅小说体验生活为名，打进黑河客栈（‘眼线’），调查寻找《计划》文本下落。”

陆老板早就考虑重新派人进入黑河客栈，但余成云事发后，耶掌柜有所防范，再派人进入难度很大，而且还会暴露目标，因此没有实施计划，现在见林子华提出这样的建议，考虑再三，觉得此办法可行。因为张书记长是黑河镇的头面政治人物，又跟耶掌柜是朋友，利用这种关系将田梅派进黑河客栈，既不会引起耶掌柜过多的怀疑，而且耶掌柜不但不便拒绝而且还会欢迎她。

第二天，陆老板让伙计常顺以田梅要药品为名，前去张书记长家，给田梅传达了组织决定。田梅领会了组织的意图，便以憋闷头痛为名，大哭大闹、不吃不喝，寻死觅活。张夫人见女儿不吃不喝，寻死觅活，知道这样关着会憋出毛病，心如火烧。张书记长回家了，见女儿接连两天大哭大叫，不吃不喝，寻死觅活，也觉得这样关着不行。他们犯难了！

张夫人见机恳求道：“放她出来吧，咱家就一个宝贝女儿！”

“放她出来，她再跟林子华黏糊怎么办？”张书记长说。

张夫人出主意说：“咱们可以跟女儿约法三章，只要她不跟林子华来往，咱们就放她出来。”

张书记长想了想，觉得只有这个办法，便前去跟女儿田梅商谈。

田梅要的就是让爸爸出面跟她“约法三章”。她向父亲保证说：“女儿现在想

通了，要改邪归正，不再跟林子华来往，也不去陆记大药房，女儿想写商旅生活的小说，爸爸就把女儿安顿到黑河客栈边做事边体验生活边写小说吧！人不能这么憋闷着，这么憋着会憋出毛病，女儿已经憋出了毛病，这些天闷得要死，头痛得要命，爸爸真不想要女儿了？”说着就又哭泣起来。

张书记长见女儿又哭泣起来，忙说：“要要要，爸爸怎能不要女儿？只要你改邪归正干正事，爸会通情达理的。你愿意边干活儿边写小说，这是好事，大好事呀！爸爸这就去跟耶掌柜商量，去跟他商量！”他想，女儿有事可做，就可以拴住心，于是当即前去跟耶掌柜商议。

耶掌柜怀疑田梅来黑河客栈，是为共产党和林子华当“耳目”，因此婉言推辞，但经不住张书记长再三求情，又碍于张书记长的面子，他只好答应考虑考虑。张书记长一离开，他马上前去江田寿夫府上，征求上司的意见。

江田寿夫也觉察共产党和林子华有可能让田梅接续余成云的工作，直叹共产党和林子华太厉害，直往他们的“心脏”上插刀，但张书记长是黑河镇的头面政治人物，左右着黑河镇的政治，以后他们还得靠他辅佐实现“北漠计划”，因此让耶掌柜考虑接收田梅，再说如果不接收田梅会欲盖弥彰，表现出“此地无银三百两”。

尽管江田寿夫这样说，但耶掌柜仍疑心重重，犹犹豫豫。这天，他前去陆老板那儿探口风，听听他的见解。陆老板求之不得，开导说：“经商做买卖，没有靠山是不行的。张书记长是黑河县的一棵大树，是最好的遮阳‘伞’，最好的靠山，这样的好事，陆记大药房拿钱都买不来，耶掌柜还犹豫什么？赶紧把她接收了！”他又说：“陆记大药房之所以经常请田梅来帮忙，就是想找棵大树乘阴凉，把她拉到我的大药房来，可她嫌咱的庙小看不上，要去耶掌柜的大客栈，还是耶掌柜财大气粗有面子啊！”

耶掌柜觉得陆老板所言在理，但还是犹豫。

陆老板见他还在犹豫，欲擒故纵说：“耶掌柜要是不想要她，那陆某可就想办法把她挖过来了。陆记大药房如果能把她挖过来，以后张书记长和马团长马大局长可就得处处给我方便喽，到时候耶掌柜可不能说陆某夺人之爱啊！”

“不不不……”耶掌柜听陆老板要挖人，忙说，“鄙人没说不要的话，只是觉得黑河客栈太小，池小养不了大鱼啊！”后两句自然是应付陆老板的谎话。

耶掌柜同意田梅来黑河客栈了。

田梅听此消息，心里暗自高兴。

张书记长和张夫人再三叮嘱她：“去客栈以后，要遵守客栈的规矩，听从掌柜的吩咐，勤苦肯干，收敛野心，用心干活。”田梅连连点头应承，装作很乖巧的样子。

张书记长带着田梅来到黑河客栈，亲自将她交给耶掌柜，为了防止女儿外出乱跑，要求耶掌柜让她在客栈吃住。耶掌柜巴不得把她“捆死”在客栈，因此痛快答应：“好好好！”

江田寿夫觉得田梅在黑河客栈做事，有坏处也有益处，好处是黑河客栈可以利用她作 “保护伞”，保护北漠组织的“心脏”；坏处是她有可能是林子华的耳目，不过将她“捆死”在客栈，严密注意她的行动，不会有什么事的，因此他给耶掌柜出主意，把田梅安排在客栈前台。特殊的业务性质，使她既不能出店门，又不便去店后与“客商”接触，摸不到店里的内幕。

耶掌柜照办了，将田梅安排在前台负责客商迎送登记等，不得随意离开，并让管家严加管束，管家满口答应。这样，田梅被“捆绑”在柜台上身不由己了。

江田寿夫在暗处得意，耶掌柜赞叹上司高明。

张书记长见女儿回心转意，了却了心头的大事，浑身清爽了，他哪想到他上了女儿的当，将“眼线”名正言顺安插到了日军秘密组织的窝点里。

第十五章 她甘愿为心爱的人献身

时过不久，江田寿夫觉察到田梅在黑河客栈有问题。他问秘书：“把田梅放到黑河客栈，是不是一个失误？”秘书回答说：“从争取利用她父亲这个保护伞角度讲，大大有利，但……”秘书讲到这里不敢开口了，江田寿夫让他继续说下去，因为有些事往往是旁观者清，当局者迷。

秘书迟疑着说：“可怕的是，她会不会成为余成云的继续？”秘书刚说到这里，江田寿夫举手制止，因为他近日也反复琢磨这个问题，虽然觉得将田梅安排到客栈有些益处，但仔细琢磨，还是害大于利，他感觉又上当了。

这天晚上，他提出要与“太阳花”接头，有事报告，“太阳花”同意了。当晚深夜，他俩在胡杨林里见了面。胡杨林仍然幽暗、寂静而阴森，“太阳花”仍然隐身于树影后。他向他报告了田梅进入客栈的情况，太阳花说他早就知道了，并责怪不该把田梅安排到黑河客栈，她可能是共产党和林子华的一双眼睛，一颗定时炸弹，但现在已既成事实，退回去反而会引起麻烦，他令黑河秘密组织严加警戒，注意田梅的动静，继续进行暗杀林子华行动，干掉林子华，否则后患无穷！

江田寿夫领命而归。

已经实施过两次暗杀行动，却都以失败而告终。江田寿夫深感林子华不好对付，于是决定动用蓝蝶这枚棋子。本来蓝蝶是枚大棋子，留着派大用场，但现在林子华已经逼近秘密组织的心脏，不得不用这枚棋子了。蓝蝶在林子华身旁，刺杀的把握性大，同时也是对蓝蝶的试探和考验，看看她是否可靠！

这天，他把蓝蝶密召到府邸，下达了暗杀林子华的命令。蓝蝶深爱着林子华，已经暗暗把一生托付给了这个男人，哪肯对他下手？江田寿夫看到她眼睛里流露出不情愿，又一次狠狠警告她：“军令如山，违抗者必死！”

蓝蝶又一次陷入激烈的矛盾漩涡，要死要活的矛盾冲突，使她到了发疯发狂的地步，但经过激烈痛苦的矛盾冲撞，最后她为了保全妈妈，决定放弃爱情，放弃所爱的男人，执行江田寿夫的刺杀命令。

晚上很迟了，她见林子华的工作室还亮着灯，便擦掉挂在腮旁的清泪，揣着手枪踉踉跄跄向林子华的工作室走去。她的宿舍距离林子华的工作室不到二百米，但这二百米她好像用了大半生的时间才走过去，但到了窗前，当看到亲爱的人，却不忍心开枪了。那是她深爱的男人啊，怎忍心向他开枪呢？痛苦无助的泪水又如喷泉涌流出来，她倏然回头，离开了林子华办公室窗户……

然而，江田寿夫的紧急暗杀令又催命鬼般传来，令她立即行动，否则军法惩处。这晚她又揣枪前去了，当枪口对准林子华时，又犹豫不决，最后又放下了枪。这次她豁出去了，为了所爱的人，他准备付出自己年轻的生命！

江田寿夫见蓝蝶迟迟没有行动，什么都清楚了。他不允许帝国的军队里有这样的军人，甚至连一丝苟念也不能存在——这是耻辱，奇耻大辱，必须坚决彻底掐灭，他决定对蓝蝶实施自决制裁！

他通知蓝蝶到他的府邸。

蓝蝶接到江田寿夫的密令，清楚自己拒不执行上司之命死到临头了。她几次想在临死之前对林子华诉说埋在心里的话，但每次到林子华面前却欲言又止。她心如刀绞，痛苦至极，但没有那个勇气！

林子华不知她有心事，热心前去询问，没料她忽然扑到他的胸前，说：“你是傻瓜，大傻瓜，你难道看不出我爱你吗？我爱你！可可……”下面的话她不敢说出口，也不能说出口，只是含泪请求林子华抱抱她，抱紧她，因为她清楚这一去可能就再也回不来了。

林子华忽然愣住了。自从蓝蝶那晚救了他，他便对她渐渐有了好感，但仅此而已，此时见她扑到自己怀里，又说她爱他，忽然慌乱了，欲将她推开，蓝蝶却紧紧抱住他不放。林子华见她流泪了，又戚戚哀求，伸出臂膀抱住了她，但刚将她抱在胸前，忽然想起什么，马上又推开。

“子华，你怎么了？”蓝蝶问他。

“没，没有什么……”他搪塞说。其实，他心里忽然想起另一个姑娘，这就是田梅。他深爱着她，她也深爱着他。那晚他曾海誓山盟，等胜利后骑着高头大马去迎娶她的，现在怎能跟另一个女性这样呢？

蓝蝶知道他心里想什么，一股悲泪又喷泉般涌出眼眶，痛苦悲伤地离开了林子华，前去了江田寿夫那儿了。

江田寿夫在他那间幽深阴森的工作室等着她，见她来了，二话不说，将一把匕首扔在她面前，转过身，背对她沉沉地说：“选个喜欢的地方自己动手吧，这是你违抗帝国神圣使命的最好归宿！”

蓝蝶料定江田寿夫要让她去死的，却没想到这个过程竟然这样简单，就一句话，一把短刀，简单得好像这个世界上不曾有过什么事似的。她在那儿愣怔了几秒钟，拿起那把匕首，转身向外走去。此时此刻，她忽然没有了痛苦，没有了悲伤，带着匕首走出江府，走出镇子，向那片美丽的胡杨林，那片她第一次挽着林子华胳膊的地方走去……

胡杨树的浓荫下是苍翠的绿草，茸茸的好像绿色地毯，其中点缀着野花，红的，黄的，白的，煞是好看，再远处是清清的小溪，淙淙清流滑过碎石，在林间蜿蜒，清幽而美丽。就在这里，她第一次决定把自己美丽的人生交给那个男人，而现在她却要在这里结束自己美丽短暂的生命。

唉！一股清泪又涌出眼眶，无声地流了下来。

在这个美丽世界弥留的最后时刻，她掏出那面小镜子，细致收拾整理自己的头发，又对照片上的妈妈说：“妈妈，女儿走了，妈妈多保重!”说完，那面小镜子从手里滑落下去，掉在草丛里，几粒晶莹的水珠跟着滴落在镜面上，又滑落到草丛里。

她准备拔出腰里的匕首自决，忽然有人叫喊一声，“蓝蝶——”她倏然回头，是林子华，她惊惧地瞪大眼睛，忙把手放了下来。

林子华是见她情绪不对头，跟随着她来到小树林的。此时见她泪水涟涟，吃惊地瞪大了眼睛，连声问道：“怎么回事？发生了什么事？”蓝蝶知道后面有江田寿夫的人监视跟踪她，于是二话不说，拉起他迅速逃离胡杨林，绕过几座破房屋，受惊的野兔子般进入镇里的小巷，又三拐两转回到了特工队。

蓝蝶好像从猎枪下逃脱的羚羊，浑身大汗淋漓，圆润柔和的肩头不住颤抖，回到特工队宿舍，便瘫软在林子华怀里。林子华也浑身大汗淋漓，回到特工队紧张地询问她发生了什么事？而蓝蝶只是紧紧抱住林子华不作回答，最后终于说：“——如果你爱我，我们马上离开黑河镇，到一个遥远的没人知道的地方去，这里太危险，四周都是枪口，都瞄准着我们！”

“离开这里？”林子华惊愕不解。

“对，——快快快！马上离开！”她连说三个快！

“为什么？”林子华问，“到底发生了什么事？”

“别问了。”她说，“以后我会告诉你的。”

林子华却没有动。他知道她爱上了他，但让他离开黑河镇却是不可能的，这里有他的工作，他肩负着神圣的使命，于是婉言道：“我们的侦破任务没有完成，怎么可以离开呢？我不能离开这里，你也不能离开这里！”他虽然口吻婉转，态度却不容置疑。

“子华——”她失望地叫着，蒙着清泪的眼眸望着林子华说，“要再不走，怕是没有机会了，没有了，没有了……”她的声音渐渐微弱了下去，接着娇美的身子摇颤着瘫软在地上，林子华赶紧将她扶到床上，又让队员前去陆记大药房请来医生……

那个监视蓝蝶自决的人是江田寿夫的秘书，他见蓝蝶被林子华救走，匆匆回来向主子报告情况，并将蓝蝶滑落在地上的小镜子交给他。

江田寿夫拿过镜子只看了一眼，顺手扔到桌上。他后悔当初没有亲手解决蓝蝶，留此后患会把他们的秘密组织毁了。他当即密令耶掌柜派杀手除掉蓝蝶，行动要快。命令下达后，他心里稍稍平静了些，随手拿起桌上的小镜子翻看，当看到背面镶着的照片后，忽然惊叫：“啊！惠子！惠子，怎么是惠子——”

他“呼”地从座位上蹦起来，忙叫来秘书询问：“这面小镜子是哪里拣来的？”

“在蓝蝶自决的树林里。”秘书说。

“是蓝蝶丢的吗？”

秘书说是，又反问：“怎么了？”

江田寿夫支吾着说没什么，但秘书离开后，他盯望着照片上的女人，嘶哑着声音叫喊着：“惠子，惠子，我的妻子，你还活着，你在哪里？在哪里啊？”

那照片上的女人真是他的妻子惠子，他盯着照片上的妻子，惊雷轰击般地傻愣在那儿，好像一根木桩，埋藏在记忆深处的往事渐渐沉渣浮现……

二十几年前，女儿贞子刚两岁时，他作为海军情报部人员，跟随日本一个考察团来到中国西北进行考察。说是考察，其实是为了搜集军事情报。他们的考察团在蒙古高原、新疆喀什以及罗布淖尔周围进行“考察”。这天忽然遭遇大沙暴，他被沙暴冲散了，随着沙浪翻滚，最后埋在沙漠里，几天后才从尘沙里爬出来。眼前除了沙漠，还是沙漠，他迷失了方向，一直迷迷糊糊向前跋涉，最终走出了沙漠，来到敦煌西部的古阳关下。他们的考察团只有四个人，伙伴们都不知去向，他四处寻找打问，转眼

两月过去了，却没找到人影。他不死心，继续在他们走过的地方寻找，仍无半点消息。时间已过半年，他不得不辗转回国。回国后，他才知道他的三个伙伴两个死了，只剩一个。

原来大沙暴停息以后，那个伙伴也在到处寻找他，但中国的西部地域广大，罗布淖尔沙漠又称为死亡之地，他寻找了两个多月，也不见他的踪影，便以为他被沙暴吞噬了，遂放弃寻找回国。回国后将死亡消息通知了他的妻子惠子。妻子不相信自己的丈夫死了，便带着女儿来到中国寻找。母女俩来到中国西部寻找，毫无结果，看到浩渺无边的戈壁沙漠，知道要在这样的地方寻找一个人，不比大海捞针容易，于是辗转来到东北日本人占据的地方，边做工边打听丈夫的消息……

而他听说妻女来到了中国，又转回头来到中国，在考察团走过的地方边打听妻女的消息，边以做古董生意为名继续做情报工作。“七七”事变后，他被上峰派往黑河镇，组织实施 “北漠计划”……就这样，他与妻女几次失之交臂，天各一方，遥遥二十余年……

蓝蝶是他的女儿贞子吗？其实不用问，看看她的长相，就可以肯定，她跟她妈妈长得很像，不是他的女儿，还能是谁？他以前怎么就没有注意这些呢？这都怪时间太长了，以为妻女早已死于战争，记忆已从他内心深处淡漠了。

他真没有想到，在这里，又是在这样的处境下，见到了他的女儿，他简直不相信自己的眼睛，简直跟做梦一样啊！这个世界说大很大，说小怎么就这么小？他激动着，悲伤着，哈哈笑着，又呜呜泣哭，折腾了半天，忽然想起自己刚才下的追杀令，赶紧给耶掌柜拨电话询问杀手出发没有，当耶掌柜回答说“出发了”，手里的话筒“啪啦”滑落下去，炸弹般砸在桌面上，人也木头般呆愣了。

然而，所幸他们的追杀行动被上司“太阳花”发现，当即制止了，并令江田寿夫晚上与他接头。江田寿夫得到消息后，悬在半空的心落地了——女儿终于获救！

当晚，江田寿夫前去胡杨林与上司接头。两人寒暄几句后，“太阳花”说：“蓝蝶是帝国参谋部特高课布下的一枚重要棋子，每走一步，都会牵动全局，不能让她暴露，更不能伤害她，杀了她会引起极大的后果——因为她是重庆特派员！”

江田寿夫明白了。

“太阳花”告诉江田寿夫：“特高课决定改变暗杀行动，下一步实施‘渗透计划’。”“什么渗透计划？”江田寿夫有点不明白。

“太阳花”说：“大日本皇军要在中国长期住下去，需要更多的特务间谍潜伏渗入中国军队内部，懂了吗？”江田寿夫点了点头。“太阳花”又说：“——特高课指示我们，要想办法促成蓝蝶和林子华成婚，让他们结为夫妻……”

“什么？让蓝蝶跟林子华成婚？”江田寿夫惊愕不已，以为自己听错了。

“对，让蓝蝶和林子华成婚。”“太阳花”说，“让蓝蝶通过联姻，渗透到林子华的感情世界，俘虏林子华、策反林子华。中国从古至今，用女人屁股打败男人的事例太多了，丢失江山的也大有人在啊，这一招会更灵！”

江田寿夫清楚了上司的意图，但他不愿让自己的女儿与支那人结为夫妻，找借口请求“太阳花”能否换人或者改变行动计划。他说：“现在蓝蝶的情绪很不稳定，再说她能力差，无力承担帝国的重任……”他刚说到这里，便遭到“太阳花”的斥责：“她的情绪不稳定，能力差，要你干什么？你可以帮助她！”

江田寿夫又找理由说：“我身体也不太好……”

“不要说了，这是参谋部特高课的行动计划，你我都改变不了——必须无条件执行！”“太阳花”有点火了，打断他的话。

江田寿夫彻底哑了。

蓝蝶在宿舍里躺了几天，她清瘦了，眼睛深陷，形象憔悴，弱不禁风的样子，仿佛大病一场。几天来，她害怕江田寿夫派人追杀她，因此躺在床上，不敢出门，不敢抛头露面。但奇怪的是，几天过去了却风平浪静，而且江田寿夫还亲自前来特工队看望她这个干女儿，同时通知她去他的府邸有要事商议。她知道这次过去凶多吉少，想与深爱的人道个别，但她发现自己深爱的人一直在追查那天胡杨林里发生的事的原因和内幕，在这关键时刻，她去跟他道别，岂不是自找麻烦？于是天黑后，她忍着扯裂般的痛苦，偷偷离开特工队去了江府。

她原以为这次江田寿夫不会放过她，没料想他对她的态度非常平和，他把那面小镜子还给了她，关切地询问她妈妈的身体如何？甚至流露出慈父般的和蔼，似乎他们成了真正意义上的干父女，这使得蓝蝶大惑不解。罢了，江田寿夫让她继续接近林子华，而且让她真心跟林子华恋爱，并尽快成婚。

“啊？跟他真心恋爱？成婚？”听到上司交给她这样的任务，她不禁愕然而惶惑，好像忽然坠入云海雾浪，大瞪着两只痴痴的眼睛望着上司，好像在梦中，直到江田寿夫又重复一次刚才的话后，她才从云头上飘飘摇摇落到地下。她不知他演什么戏，后来才清楚这是特高课实施的“渗透计划”。

这个计划够阴险，却太合她的心意了，于是她痛快地接受了。

江田寿夫见她愉快地接受了任务，心里涌出一股悲伤和凄然，几次想告诉蓝蝶，他就是她的父亲，特高课是让她用自己的身体去……但特殊的职业不允许他暴露自己的身份，也不能流露出半点儿女情长，便极力压抑着自己的感情，把心里涌动的悲伤

和酸楚全咽了下去。

他眼睛有点发胀，抬手揉了揉，向蓝蝶挥了挥手，示意她可以走了。

蓝蝶悲伤地进入江府，欣喜地离开了江府。

蓝蝶跟林子华公开恋爱了。她是个敢爱敢恨、冷傲而又重感情的女子，只要她认准的事，便会不顾一切。她开始大胆猛烈地向林子华“进攻”，向他示爱了。大叔级的老万对蓝蝶和林子华的婚事很热心，见她对林子华情深意长，对她说：“你们可真是天生的一对，地生的一双！——努力吧，你会得到他的，大叔会帮助你的。”并极尽撮合，让她尽快结婚。

蓝蝶见老万积极促成她和林子华的婚事很感激，请求老万作月下老。老万满口答应，这天他热心前去林子华那儿说媒：“蓝特派员对你很有感情，信誓旦旦要与你不能同生，可以同死。今天我作为长辈，替她来传递喜音——答应她吧！”

林子华见老万替蓝蝶提出这样的事，左右为难了。虽然这段时间他对蓝蝶的看法有所改变，但仍怀疑她有问题，特别是那天胡杨林里发生的事，让他疑虑重重，他怎能跟她恋爱成婚呢？再则他深爱着田梅，已与她海誓山盟，但他毕竟是老字辈军人，当面拒绝磨不过面子，于是在那儿为难了半晌，婉言说：“现在车案未破，任务紧迫，形势严峻，哪还有心思恋爱结婚？”

老万说：“男大当婚，女大当嫁嘛！咱虽然是军人，虽然任务紧迫，形势严重，但媳妇还是要找的，婚还是要结的！听说黑河镇即将成立情报站，我们的特工队将来便是情报站人员，你是当然的站长，做好长期安家落户的准备吧！再说，人家蓝特派员多好的姑娘？又是重庆方面派来的，能跟她喜结良缘，那是天大的喜事，大家都盼着你娶蓝蝶姑娘哩，你娶了她，大家都跟着你沾喜气，沾光哩！”

关于在黑河镇成立情报站的事，林子华已经接到上级决定，实际上现在特工队已经充当着情报站的角色，安家落户也是肯定的，但他却不能跟蓝蝶成婚，因为他有田梅，于是对老万说：“大家的心情我理解，我很谢大家，但现在敌人对我们虎视眈眈，四处又潜伏着危机，你说，我作为特工队长能顾得上谈情说爱吗？——以后再说吧。”最后这句话他口吻坚决，老万感觉得到他在拒绝。

蓝蝶听说林子华拒绝了，痛苦而灰心，老万鼓励说：“不要灰心，不要放弃，绝不能放弃，要勇敢地追下去。俗话说好事多磨，多磨磨准成，胜利一定属于你！”又大包大揽说：“有我老万，保证能成功！”

这天，他私自给杨昌顺发了封请示他俩的婚事电报……

世上的事真是不可揣测，林子华在这里拒绝了蓝蝶，而重庆方面却极力撮合。

原因并非老万的电报起了作用，而是因为车案。数月来，车案迟迟不能破获，重庆方面很着急，电话催问赖主任，赖主任也无法交代，搪塞说蓝蝶的侦破目标在黑鹰山，而林子华的侦破目标在黑河镇，两人两条道，行动不协调，所以车案迟迟不能破获。重庆方面指示："这好办，蓝蝶和林子华都到了成婚年龄，让他俩成婚结伴，两心合一，精诚团结，不就上了一条路？听说蓝蝶对林子华很有意思啊！"

赖主任一听重庆方面的主意不错，当即表示赞成。因为这样既可以让蓝蝶控制林子华，又可以让他俩婚后在黑河镇长期工作。情报部已经决定在黑河镇设立情报站，他俩一成婚，岂不正好扎根黑河镇，更重要的是上司密示，要把直接参与调查车案的人全部"软禁"在消息闭塞的黑河镇，防止车案秘密泄露。于是，赖主任立刻给杨昌顺传达了重庆方面的指示。

杨昌顺见这个强行"团结"的办法高明，即让王副官给林子华和蓝蝶发电告知："情报处同意蓝蝶和林子华成婚。"

林子华收到电文后，惊奇而哭笑不得，上司怎能做出这样荒唐的决定？真是乱点鸳鸯谱。他见上司包办擅定他的婚事，好笑过后感到气愤不满，当即回电向杨昌顺陈述自己的意见，并明确表示"不同意这种包办"。

本来杨昌顺发出电文后，认为林子华定会为他和蓝蝶的婚事欣喜若狂，还会酬谢他的这番美意，没想到林子华会回电反对，便气呼呼地发电责怪他："你小子知足吧！这是你们家八辈子也遇不到的大好事！"人往高处走，水往低处流，哪个不想攀高枝？特别是身处宦海之人，哪个不是打破了头寻找政治靠山，实现自己的政治抱负和前程？利用婚恋寻找政治靠山，多好的机会？这个林子华是不是傻了？杨昌顺让王副官回电，命令："你俩成婚之事，总部已经决定，马上办理，不得有违！"

林子华接到电报，见杨昌顺口气强硬，没有半点回旋余地，仿佛被闷棍打愣了，半天缓不过气来。他意识到这是政治圈套，但回天无术。这晚他约田梅到胡杨林向她透露了总部的决定。田梅既感到突然，又痛苦不已。自那晚与林子华私订终身后，憧憬着胜利的那天让林子华骑着高头大马来迎娶她，哪想突然冒出这等事来，真可谓晴天霹雳！然而，这是军令，林子华无法违抗，她更没办法扭转，看来她和他有情无缘，"子华！"她忧伤地扑到他的怀里，流下了痛苦的泪水，林子华也撕心裂肺般地叫声"田梅"，将她紧紧拥抱在胸前，眼睛酸痒发潮……

第十六章
危险恋情

田梅虽然被“捆”在黑河客栈前台，但暗地里却注意观察探寻《计划》文本下落。这天，她终于在客栈后院的账务档案库房里发现了那个保险柜（余成云发现的那个）。那间账务档案库房是个不被人注意的地方，门旁堆着柴草，墙角垂挂着蜘蛛网，好像人们遗弃的孤儿，很少有人前去光顾，因耶掌柜几次秘密进入，便引起了她的注意。她分析《计划》文本可能转移到这个保险柜里。

她准备将情报传给林子华，但管家把她“看管”得极严，外出更为困难。

晚上，她偷偷溜了出去，在胡杨林与林子华接上了头。月儿挂在树梢，恍如磨亮的冰块；夜色在林间弥漫，如蓝色的墨水在天地间流淌，太幽静了，太美了！他俩都被如此美景所感染，心情激越而爽快。然而，他俩虽然近在咫尺，见一面却比牛郎织女还难，两人准备好好谈谈工作，好好交流交流感情。但他们有所不知，田梅刚出来就被管家发现，秘密跟踪了。

林子华发现有人跟踪，一把将田梅搂在怀里“亲吻”起来，借机悄悄告诉她：“有人跟踪。”田梅明白了，用身体语言极力迎合，“疯狂”亲吻起来。

管家与他的伙计自以为林子华和田梅没有发现，躲在老远的胡杨树后监视，见他俩疯狂亲吻，捂着嘴巴窃笑。回客栈后，他向耶掌柜报告了情况。耶掌柜用嘲讽的口吻说：“看不出这个傻丫头是个情种，原来跟那个余成云亲热，转眼又跟林子华，丢尽了张书记长的面子……”但话没说完，忽然感觉不对劲，打发管家回去休息，自己悄悄去了那间库房，打开保险柜，见方案文本躺在那儿，舒了一口气。他准备离开，往回走了几步，想起什么，又回头打开保险柜，将《计划》方案文本揣在怀里离开了……

林子华和田梅的“幽会”也被蓝蝶发现，她突然出现在他俩面前，审问林子华：“这是怎么回事？”

蓝蝶总是神不知鬼不觉突然出现，好像附着在别人身上的幽灵。林子华和田梅感觉突然而惊愕，一时间不知怎么应付，林子华却装聋卖傻：“什么怎么回事？”

“我问你跟她在这里是怎么回事？”蓝蝶忽然提高声音。

林子华无话可说了，搪塞道：“晚上寂寞，跟田梅出来随便走走……”

“——撒谎！这是随便走走吗？”蓝蝶盯住他俩，美目蕴含着妒火，突然吼道，“明明在偷偷幽会，谈情说爱，骗谁？”又警告田梅：“傻丫头，我告诉你，我跟林子华已经订了婚，马上就要举行婚礼，这是上级批准的，谁也改变不了，你要再犯傻，掺和我俩的事，会招来不愉快！今天是第一次，再让我发现，饶不了你！”说完转身愤愤离开，披着斑驳月色的身影渐渐远去。

他俩望着她远去的背影，都默不作声了，一股潜在的危险元素和困扰却浪潮般向他俩合围过来，压迫得他们透不过气。林子华叹道：“看来我们以后的接头会更加困难。要是蓝蝶醋劲儿上来，两眼盯着我们，我们还不被盯死了？情报部真是乱点鸳鸯谱，竟然做出这样荒唐的决定，干出这样荒唐的事！”

“我感觉你们总部做出这个决定大有文章，好像有人在幕后操纵，企图达到什么目的……”田梅沉思分析道。

“对！”林子华说，“我也有这种感觉，这是一个阴谋、一个圈套，让我往里钻，钻进去好让他们牵着鼻子走！”

“是不是我们的老对手在幕后搞鬼？”田梅说。

“有这个可能。——他们无孔不入。”林子华又说，“可这个决定是路防团情报处做的，又是总部的意思……”

“也许是巧合，也或许情报处和总部都有鬼，不是安闲之地！”田梅说。

林子华点了点头：“我一直感觉情报处有鬼，他们内外串联，互相勾结，正在暗暗进行一场更大的阴谋，可我们的手却伸不到那儿去，管不了！”

田梅说：“我们现在进行的‘猎狐’计划，就是要掌握他们的情况，一网打尽！

现在我们已经搞清了《计划》文本的下落，组织决定马上动手搞到它，免得夜长梦多！”

她决定马上行动。林子华却摇头说：“现在行动可能会扑空。我分析耶掌柜又会转移文本的。耶掌柜是个狡猾的狐狸，他能派人跟踪我们，说明他已经觉察到什么了，也肯定会想到《计划》文本上，因此他肯定会转移文本的。”

田梅听他分析得有道理，决定推后行动，进一步摸清《计划》文本的下落。

蓝蝶决定盯紧林子华和田梅，她说到便做到，林子华走到哪里，她就幽灵似的出现在哪里，简直成了林子华的尾巴。同行盯着同行，那是很难逃脱的。林子华千方百计躲着，还是经常遭遇。这天，林子华秘密前去跟田梅接头，他自认为她没有发现，然而他前脚刚到接头的咖啡馆，她后脚便到了，瞪着冷森森的美目盯着他，口吻沉沉地问道：“这是第二次吧？我说过，再要发现你们幽会，我不会饶过的。——说，让我怎么处置你们？”

林子华有点傻眼了，面对她凌厉的目光，来硬的肯定不行，只好灵机一动，装出一副被捉奸的可怜样，支吾着说：“其，其实，我跟田梅刚过来，她是，是老忘不了那次搭车的事儿，想感谢感谢我，没有别的，真没有别的，你就高抬贵手放过我们吧，放过吧……”

“噗嗤！”蓝蝶见林子华被她骇得浑身哆嗦，又张口结舌的样子，忽然笑了，心里涌出一股爱怜和恻隐，嗔怪道，“看你那可怜样子，还无事找事，量你有那贼心，也没有那贼胆！好了，我俩的事回头再说，我要拿她开刀！”转向田梅，要惩治她。

林子华见蓝蝶要处置田梅，心头一沉。蓝蝶性格孤傲而倔强，如果她撒起疯来，什么事都敢干，她连他都敢处置，何况田梅这个小女子，于是他忙阻拦：“算了算了，我已经说了，她就是想感谢感谢我，没有别的意思……”

“哼!醉翁之意不在酒。”蓝蝶鼻子里讥讽地哼了一声，“想从我蓝蝶的身上迈过去，没门！——今晚我非要教训教训她，让她明白，我蓝蝶的眼睛里是容不得半粒沙子的！”她向田梅扑过去。

林子华忙拉住她告求说：“饶了她，饶了她吧，她不就是个傻乎乎的姑娘吗？懂啥？再说我俩啥事也没有，回家吧，不要在大庭广众面前现眼，显得咱们太野，太乡气了！——好了，回家回家！”

也许林子华灵机一动的“回家”二字把蓝蝶感动了，她忽然软下来了：“好吧，听你的，不跟她一般见识，咱们回家！”说着挽起林子华的胳膊，转身就往外走，似乎还不甘心，走了几步，又回头狠狠讥刺田梅两句：“傻姑娘，告诉你不要在子华身上瞎想，我早就说过，我俩马上就要举行婚礼，你没戏！”

蓝蝶挽着林子华出门了。

田梅望着蓝蝶挽着林子华的胳膊亲亲热热走了，忍不住眼睛里涌出痛苦的泪水。子华应该是她的啊，可他转眼变成了别人的……

张书记长听说女儿田梅仍跟林子华恋爱，恼怒而气愤，蛮横粗暴地让她与林子华断绝关系。田梅问：“为什么？”张书记长说：“还用问为什么吗？他与共产党有关系，再说他已经有了未婚妻，马上就要结婚，你还缠着他不嫌丢人现眼吗？”母亲也劝道：“不能干这种傻事，林子华有了对象，再跟他来往就会招人笑话，咱们家可是不能出这号不好听的事儿啊！”

田梅自然不能与林子华解除这种“恋爱”关系的，因为断绝了这种关系，她便没有理由跟他来往了，于是辩解说：“林子华是我的初恋，我不会放弃的。”

“什么初恋？完全是胡闹！”张书记长吼起来。

“不是胡闹！他就是我的初恋，我就是喜欢他，想跟他在一起。”田梅顶了上去。

“傻了傻了傻了！彻底傻了！我们张家怎么就出了个傻子啊！太丢人！”张书记长气急败坏暴跳着，田梅却傻呵呵笑起来。张书记长气恼地跌坐在太师椅上。

田梅怕把父亲气坏了，装作赌气的样子出门了。张书记长见女儿走了，又跟夫人争吵起来：“都是你把她惯坏的，看看成了啥样？这样下去，我这书记长还干不干了？这个家还要不要了？”

张夫人却不依不饶，愤然回击：“是我惯坏的？那你这个当父亲的就没有责任？成天在外面混，哪知道顾家？顾女儿？就是因为你不管她，她才成了现在的样子！”

“没有我在外面混，没有我这个书记长的头衔，哪来这么高大气派的院落房屋？哪有万贯家产？哪有你们的吃穿不愁，养尊处优？今天我头上一旦没有了这顶帽子，谁还认你？——不懂事的东西！”张书记长彻底火了，嚷叫起来。

夫人被张书记长的斥责镇住了，声息全无。

田梅刚出门，听到父亲呵斥妈妈，为了给妈妈减轻压力，便返回客厅，向父亲说：“不要吵了，全是女儿的错，不怨妈妈，以后女儿不跟林子华来往就是了！”她说出了一串完全违心的话，熄灭了张家大院的一场大火。

第十七章
真蓝蝶突然出现

蓝蝶对田梅的嫉恨已经很深很深了，陆老板怕蓝蝶再次出现在林子华和田梅的接头联系中，坏了“猎狐”行动，便代表个人建议林子华和蓝蝶结婚，利用婚姻关系尽快争取、策反蓝蝶，让她为中国人民的抗战服务。

林子华虽然跟田梅感情深笃，难以断绝，却无法抗拒总部和情报处的决定以及蓝蝶的压力，再则为了及早争取策反蓝蝶，一网打尽黑河镇和金泉城的日军秘密组织，便同意了陆老板的建议。

婚日渐渐逼近，蓝蝶喜气洋洋，林子华却深陷在痛苦矛盾的漩涡中。就在这时，一个沉重的坏消息又像晴天霹雳在他头顶爆炸，震得他天旋地转。那天，田梅通知林子华前去了陆记大药房，进门后，他便见陆老板和田梅的表情非常严肃，心里不由惊疑，发生了什么事？他欲询问，陆老板口吻沉重地说：“告诉你一个重要情报，你要做好精神准备。”林子华见是关系到他的，心跳加快了。陆老板在那儿顿了半天，似乎费了很大劲才说：“据中共谍报机关获悉，蓝蝶是日本间谍特务。”陆老板将日军特高课掉包的情况告诉了他。

“什么？她是……”林子华虽然对蓝蝶早有觉察，但听到这个消息，还是感到突然，感情上难以接受，他被震愣了，震傻了，脑子里嗡嗡乱响，眼前连续出现特工队诸多泄密事件和蓝蝶诡秘的影子，忽然他跳了起来，冲动地要去抓捕蓝蝶、田梅也冲动地要抓捕她，击毙她！

陆老板理解他俩的心情，耐心劝说道：“目前还没有把《北漠计划》文本搞到手，莽撞行事不但不能彻底破获日军秘密组织，而且还会打草惊蛇，影响整个侦破行动。”他清楚日军秘密组织之所以促成蓝蝶和林子华的婚事，是企图用美女来实现他们的“渗透计划”，俘虏林子华，策反林子华，最后达到消灭特工队，实现“北漠计划”阴谋。因此告诫林子华头脑冷静，切忌冲动，并根据上级指示，让林子华将计就计，继续进行婚礼，争取早日将蓝蝶策反争取过来，成为潜入日军秘密组织心脏的“内线”！

林子华渐渐冷静了下来，为了大局利益，同意上级决定，继续跟蓝蝶恋爱，并结婚！

江田寿夫从心底里极不情愿女儿嫁给林子华，但迫于特高课“太阳花”的命令，又不得不以蓝蝶的“干爹”身份为蓝蝶与林子华的联姻奔忙。他前来特工队与蓝蝶商议怎么样筹办婚事，又去林子华那儿征求意见。林子华像吃了苍蝇似的痛苦而难受，却不得不接受这个残酷的现实，与他商谈婚礼事宜。

江田寿夫见“政治联姻”基本形成，“美女”计划成功在望，指使属下将公司的一座小别墅腾出来作为新房，又帮助购买家具用品等。新房布置好后，他让林子华和蓝蝶前去验看。蓝蝶脸上漾着幸福和满意，林子华却高兴不起来，他清楚这座新房是阴谋陷阱，是一座粉红色的温情坟墓。

田梅发现林子华情绪不正常，怕影响整个行动计划，约他前去胡杨林谈话。林子华触景生情，将田梅搂在胸前。田梅劝说他：“不能感情用事，为了全局行动，理智必须战胜感情，割断我俩的爱情，一如既往对待蓝蝶。”

林子华只好“服从”组织决定，他和田梅含泪分手了。

正当江田寿夫和蓝蝶忙忙碌碌筹办婚事时，真蓝蝶从日军监狱里逃了出来。真蓝蝶的脱逃获生，意味着假蓝蝶的末日来临。然而，蓝蝶和江田寿夫还不知晓，仍沉浸在喜庆欢欣和忙碌的婚礼准备中。

真蓝蝶越狱逃跑，是几天前发生的事……

真蓝蝶被掉包后，一直关押在日军的秘密监狱里。那是一座森严的监狱，高墙陡立，电网密布，岗哨林立，铁门紧闭。她单独关押在一间监舍里，看守非常严密。她知道假蓝蝶已经打入特工队，心里万分焦急，每天望着铁窗口的那点亮光，脑子里想着怎么将此情报送出去，可一切努力都付之东流。因为这座监狱看守的太严密了。然而，再严丝合缝的瓦罐，也有渗水的砂眼。这天，监狱里押进一个女犯人，她经过

询问打探，才知道她是共产党人，便将日军“掉包”的情况告诉她，并请她帮助送出情报。那个女共产党通过考察，知道真蓝蝶的情报属实，便通过潜伏在狱中的地下党人，将此情报秘密送了出去。

陆记大药房陆老板得到的情报，便是她传送出来的。

这晚，中共地下组织又派人装扮成日军混入监狱，击毙看守，成功将她俩救出了监狱。真蓝蝶出狱后不知回重庆还是跟那个女共产党员走，那个女共产党员建议她弃暗投明，秘密前去黑河镇，揭穿日本特务间谍的阴谋诡计，帮助共产党做事。她同意了，因为她的命是共产党救的，于是马不停蹄，秘密向黑河镇赶来……

日军特高课课长听到真蓝蝶逃跑的消息，做出的第一反应是命令兰州和黑河地区的秘密组织不惜一切代价追杀她，否则后果不堪设想。兰州派出的杀手估计真蓝蝶会去黑河镇，便跟踪追杀。

再说真蓝蝶乘车西出兰州后，便秘密向黑河镇赶，发现有人跟踪追来，知道自己面临危险，于是在半道的小站上下车，躲进路旁的一个小村庄，再后来便不知去向……

兰州派出的杀手见真蓝蝶忽然无影无踪，估计向金泉城逃跑了，又沿着公路向金泉城追赶，可追到金泉城，仍没有发现真蓝蝶的踪影，又准备向黑河镇追杀，但又怕暴露身份，惹出更大的麻烦，因此灰溜溜地返回了。

黑河地区的“太阳花”得到真蓝蝶越狱前来黑河镇的消息后，深感大事不妙，即令江田寿夫派人封锁通往黑河镇的各个交通路口，严密监视，跟踪追杀，发现真蓝蝶当即处置，决不能让她进入黑河镇。他们心里很清楚，真蓝蝶一旦出现，假蓝蝶便会原形毕露，黑河镇的秘密组织便会处于危险境地。

江田寿夫按照“太阳花”的命令派出特务严密监视通往黑河镇的各个路口，几天时间过去了，却没有发现真蓝蝶的踪影，感到很纳闷。谁料这天真蓝蝶突然出现在蓝蝶布置好的新房里！

那天，蓝蝶正在布置新房，听到真蓝蝶越狱后向黑河镇来了，惊慌不已。真蓝蝶一出现，她就会彻底败露，她深爱的人，她的人生，一切都将会从这里消失。因此她感到自己末日来临，整个人好像树叶向深渊坠落。然而，她不甘心这样失败，除了配合江田寿夫在各个路口截杀她外，决定运筹计谋，跟真蓝蝶进行一场生死较量。真蓝蝶是共产党从日军监狱里营救出来的，这便是最大的把柄，也是可乘之机，因此她决定抓住这个有利“把柄”，编发一份“共产党特工袁蝶前来黑河镇”的假电文，以假电文为证据，以假乱真，战胜真蓝蝶！

江田寿夫听了蓝蝶的应对计划，清楚事到如今，只能死马当作活马医，便令秘书将此电文以国军谍报机关频道发了出去。

果然，张书记长的电台截到这个电文，即令马占贵派团丁严密监视，搜查抓捕这个共产党特工袁蝶。特工队监测员也截到了这个电文，林子华见“共产党特工”字样，心想上级如果派特工前来，田梅定会转告他的，但他却没有得到一点消息，于是感到有点蹊跷，准备与田梅接头交流情况，见蓝蝶和特工队员都在身旁，便将电文放下。

蓝蝶见林子华放下了电文，问：“林队，咱们怎么对付这个共产党袁蝶？”

“注意警戒，加强防范！”林子华吩咐大家。

“仅仅注意警戒，加强防范不行，还要派人秘密搜查，发现后逮捕或者击毙！”蓝蝶紧跟着加了两句。

“嗯？”林子华望着她，“特派员怎么忽然对这件事很感兴趣？”

蓝蝶说：“难道看不出这个共产党特工冒充我的名字吗？我叫蓝蝶，她来了个袁蝶，这是蓄谋！”这是她早就准备好的回答。

然而，蓝蝶的重视和提醒，使林子华忽然分析真蓝蝶可能出现了，否则她不会这么着急，这么关心共产党特工的事，这封电文也可能是假造的，以搅乱特工队的视线。他敏锐地分析真蓝蝶可能越狱，要出现了。他冷笑一下，盯着蓝蝶心里说：“手段并不高明嘛！”

蓝蝶看出他感觉到什么，以攻为守说：“子华，你不想抓捕这个共产党立大功？”

林子华说：“我自有安排。”

正当林子华和刘双赢分析判断那封电文的真假时，真蓝蝶忽然出现在那座正在布置的新房里，她当场揭露蓝蝶是假的，是冒名顶替她的日军间谍，在场者大为惊诧。蓝蝶见真蓝蝶终于出现，当即打电话报告张书记长，说那个叫“袁蝶”的共产党已经露面，令他们立即赶过来抓捕！

几个月来，张书记长因“清理、抓捕共产党”行动进展不利，上司对他极为不满，屡受训斥责骂，正懊恼无策，现在听到共产党就在面前，无论如何也不能放过捞“政绩”的时机，他马上令马占贵带领人马，向林子华的新房赶来，将小别墅围了个水泄不通！

此时，蓝蝶知道自己跟真蓝蝶不可避免地要进行一场你死我活的决斗，于是沉着应对，与真蓝蝶展开了舌战，她先声夺人，质问真蓝蝶：“……你说我是假的，证据在哪里？拿出证据？拿不出证据，你就是真正的共产党分子！”

因为真蓝蝶前来黑河镇时，随身所带的东西全部落入日军秘密组织手里，所以

拿不出什么证据，一时哑口无言了。她忽然后悔一路上只管赶路，躲避杀手的追杀，没有认真准备揭穿假蓝蝶的办法，现在让假的占了上风。她轻视了这个假蓝蝶，但她转而镇定，据理力争："……在兰州飞机场，我被你们的特务打昏，押送到市区的一个密室里，随身所带的电台、证件和用具全被你们搜走，押往监狱，现在我能拿出证据？……"

"呵呵呵，真会编故事。"蓝蝶打断了真蓝蝶的话，"但这样的故事只能蒙哄三岁小孩，骗不过特工的眼睛，还是拿出证据让大家相信你！否则，特工队和县党部饶不过你，我也饶不过你！"

真蓝蝶见她如此嚣张，抬眼逼视着她说："你这个日本间谍，不要太嚣张，真的假不了，假得真不了，我会揭穿你的画皮的！"

她决定考问假蓝蝶在重庆的直接联系人是谁，如果她回答不上来，在场的所有人都会清楚谁真谁假了，但她刚准备张口，忽然想，这个假蓝蝶可能早已掌握重庆方面的情况，因为重庆有他们的间谍组织，他们无孔不入，什么情报搞不到？否则她不会在特工队潜藏这么久，于是闭上嘴巴，想用别的办法来证实自己。

然而，蓝蝶见她哑了，哈哈笑着，乘势而上，向大家说："看看吧，她拿不出证据，拿不出证据！这不就证实她是假冒的、冒充的吗？"她虚张声势地叫喊起来，接着逼近真蓝蝶狠狠地说："你这个共产党分子胆太大了，还敢冒充我的名字来这里捣乱，不想活了吧？"她"唰"地掏出了枪。

张书记长和马占贵已经冲进新房，听说真蓝蝶是电文上说的共产党"袁蝶"，当即命令："把她给我抓起来！"

头脑简单的马占贵见姐夫下了令，对于副官喊了声："上！把她抓起来！"

于副官和团丁们便呼啦啦地围上去，将真蓝蝶抓捕捆绑了起来。

谁是真蓝蝶，谁是假蓝蝶，林子华是全场唯一清楚内情的人。

他清楚眼前这个突然而至的女人是真蓝蝶。昨晚他已经与田梅和陆老板接头联系，对真蓝蝶可能要出现的问题，做出了周密部署和应对策略，决定对真蓝蝶实施保护措施，现在突然出现这样的紧急情势，他必须按照组织意图，想办法保护真蓝蝶，否则会打草惊蛇，影响整个侦破计划，于是他给刘双赢使了个眼色，让他把真蓝蝶从保安团于副官手里夺回来。

刘双赢心领神会，上前夺真蓝蝶，马占贵却不允："不行，这是我警察局、保安团的战利品！"

林子华说："真蓝蝶冒充蓝蝶（袁蝶），是冲着特工队来的，应由特工队抓捕审讯处理。"

“什么特工队，鸟攻队，刚才都干什么去了？都他妈呆头鹅一样，眼巴巴地望着，见老子把人抓了起来，想从老子手里抢人——没门！”马占贵蛮横无理，胡搅蛮缠起来。

林子华又解释说：“她是冲特工队来的，理应由特工队处置。”而马占贵仍冥顽不化，坚决不让，于副官还把枪口对准了林子华：“谁敢动，老子毙了他！”

刘双赢见于副官要横，上前夺下于副官手里的枪。于副官气急败坏，恼羞成怒，要与刘双赢交手打斗。刘双赢是擒拿格斗高手，于副官哪里是他的对手，他刚上来，不过两招，便被刘双赢撂翻在地。

张书记长见此情景，忙上上前劝阻：“不要打了，住手住手！都是自己家兄弟干吗动手?”对马占贵说：“把她交给林队长，交给林队长……”

“不行！不行！”马占贵梗着脖子嚷着。

张书记长劝说：“林队长说得在理，这个共产党是冲着特工队来的，让人家处理。再说，大家的目标是相同的，只要抓到共产党大家都有功，有功！”

马占贵听姐夫这样说，没好气地对于副官说：“那，那就交给他们吧！——妈妈的吃抢食！”他嘟囔着，挥挥手说：“撤，撤回去！”

于副官扔下真蓝蝶，叫嚷着“撤撤撤”，带着团丁们呼啦啦走了。

刘双赢把真蓝蝶接收了过来。真蓝蝶挣扎着要说明情况，林子华命令队员把她的嘴巴堵上，不让她说话，又令队员把她押送到特工队关押起来。

蓝蝶见真蓝蝶被押走，心里稍稍轻松，但清楚危险依然存在，她准备瞅机会，前去关押室干掉她。

江田寿夫听到真蓝蝶已经出现，惊得半天说不出话，令耶掌柜马上派人偷袭特工队干掉她，不能让真蓝蝶有半点喘息机会。耶掌柜知道情况紧急，马上选派杀手，准备晚上出动，干掉真蓝蝶。

林子华料定敌人会来这一手，因此决定提前行动，把真蓝蝶放走，送出黑河镇。夜晚十二点，他来到关押室前，见门外只有一个队员站岗，便悄悄从后面摸上去，用木棍击昏他，而后打开关押室。真蓝蝶五花大绑、嘴里塞着毛巾，见林子华要放她走很是纳闷，而林子华也不说什么，只是迅速解开她身上的绳索，取出她嘴里的毛巾，拉起她往外走。

特工队的围墙低矮，林子华准备让她翻过围墙逃跑，这时有两个巡逻队员向他俩走过来，林子华一把将真蓝蝶推到围墙下的树丛里躲藏起来，自己前去支应巡逻队员。他支走巡逻队员后，回头进入树丛。真蓝蝶一直迷惑不解，问他：“你是谁？”

“林子华。”林子华说。

真蓝蝶听他就是林子华，不明白他这个特工队队长为什么营救她，便问："你到底是什么人？"

"自己人。"林子华告诉她，"特工队已经知道蓝蝶是日本特务间谍，现在正在进行争取策反，为了不打草惊蛇，彻底破获黑河镇和金泉城区的日军间谍特务组织，赢得全局胜利，这个秘密现在暂时不能揭开，请你马上离开黑河镇，暂时潜伏在金泉城，等待接受新的任务。——快，否则就走不了了！保重！"

"谢谢！"

真蓝蝶清楚林子华是自己人，上前紧紧握住林子华的手。这几个月里，她因受同狱女党员的开导教育，已经觉悟，走上了抗日之路，现在又通过林子华的开导，明白了组织意图。为了抗日大局，她在林子华的帮助下翻过墙头，趁夜黑人静，离开黑河镇去了金泉城，等待组织分配新的任务。

真蓝蝶刚刚逃走，麻五便带着两个杀手潜入特工队，准备偷袭关押室，干掉真蓝蝶，但来到关押室门前，发现看守人员昏躺在地上，里面没有人，误以为真蓝蝶打昏看守人员逃跑了，马上撤离，回去将情况报告耶掌柜，耶掌柜又报告了江田寿夫。

江田寿夫听此情况觉得蹊跷，真蓝蝶怎么逃得这样容易？他仔细琢磨，觉得有问题，便令耶掌柜马上派人分头搜索追赶捉拿，刻不容缓。

事有凑巧，麻五刚刚离开，蓝蝶又悄悄摸到了关押室，她也企图干掉真蓝蝶，以灭口，她摸到关押室前，同样看到关押室空空如也，误以为真蓝蝶被江田寿夫派人劫走了，放心地退了回去。回到宿舍，便倒在床上，心想又躲过了一劫，殊不知真蓝蝶在林子华的帮助下逃跑了，她仍处在危险境地。

真蓝蝶逃跑了！

第二天早晨，特工队院子里吵吵嚷嚷，乱哄哄的，说那个袁蝶被人劫走了。一个队员将情况报告林子华，林子华马上赶到关押室，装作焦急气愤，对刘双赢和老万大发雷霆："你们是干什么吃的？一伙饭桶，连个女人也看不住！为啥只派一个站岗的？这不是给她可乘之机吗？"还拔出枪要惩罚老万等几个负责看守的队员。

刘双赢和老万又训斥下面的看守和巡逻的队员，同时派人寻踪搜查追赶。

大家议论纷纷，众说纷纭，感到这个共产党特工逃跑的蹊跷，里面有问题。林子华听此言，派老万特意带人到黑河客栈搜查，他的意图是弄出更大的声响，以迷惑对手。

那个守门队员还昏躺着，林子华见此情景，心里隐隐作痛，后悔自己下手太重，他赶快派人将他送往陆记大药房抢救治疗。

刘双赢亲自带人沿公路前去追赶，林子华委婉劝说："算了，她已经逃了，像鸟儿飞出了笼子，还能追回来？"刘双赢好像明白了什么，停止了追查。

江田寿夫在府邸坐卧不安，疑虑重重，怀疑林子华在搞鬼，但看到林子华派人到处搜查追捕，有点相信了，却仍不踏实，密令蓝蝶和耶掌柜暗暗追查其下落。蓝蝶接到江田寿夫的密令，在特工队内部探问情况，耶掌柜也派人在镇上的各个客栈、车马店打探情况。

林子华见耶掌柜们还在疑虑，跟田梅接头商议，让她演一场迷惑"戏"，田梅问："怎么演？"林子华说："刮一场台风，一场真蓝蝶已经死了的台风。"田梅明白了。

第二天，黑河镇传出一股风声，说真蓝蝶在逃跑的路上被击毙，有人说是特工队击毙的，有人说是国民党警察局、保安团，还有人说是土匪和日军特务。这些传言是从集市的商贩口里传出的，而后传遍了黑河镇甚至金泉城……

江田寿夫被这场风刮得搞不清真假，但对林子华轻而易举相信蓝蝶编造的谎话（电文），疑虑重重。

蓝蝶也有同感：林子华是个不简单的人，怎么会轻易相信她编造的谎言？干出这样简单的事？她在林子华跟前试探打问真蓝蝶的情况，林子华回答说："她不是被日军特务组织干掉了吗？听说尸体扔到了黑河里，日本鬼子太残忍了……"

蓝蝶一无所获。

"太阳花"感到真蓝蝶的逃跑大有文章，这晚他与江田寿夫在密室里见面了，再次密令他和潜藏在金泉地区的特务间谍秘密察访追杀真蓝蝶，"活要见人，死要见尸"。江田寿夫又密令耶掌柜派特务继续秘密察访，寻找追杀。黑河镇通往金泉城的路口、驿站、饭店出现了追杀的特务。

老万仍带着人马继续搜查寻找，林子华见没有结果，又将老万叫来狠狠训斥一顿。老万气恼地走了，刘双赢却悄悄对林子华说"戏"已经演得差不多了，再演下去就会露馅。

林子华听此话，怔了怔，问他："什么意思？"

刘双赢说："什么意思还用我说？咱们心照不宣。"

林子华见刘双赢知道了内情，叮嘱说："老同学把嘴关严点，要是漏出半点风声，饶不了你！"

"肚子里没冷病，还害怕吃西瓜？这些事用得着你叮嘱？"刘双赢说。

刘双赢说着要离开，林子华突然拉住他，想审问他是什么人，可嘴巴动了动没有张开，心里却说："难道他是自己人？"

第十八章 婚纱下的秘密活动

黑河镇昌盛酒楼鞭炮喧天，宾客涌动，气氛喜庆，热闹非凡。

一波三折后，林子华和蓝蝶的婚礼终于举行了。黑河镇县党部张书记长、江田寿夫、陆老板和耶掌柜等全部前来参加婚礼。此前，江田寿夫接到“太阳花”的通知，说他要在林子华和蓝蝶的婚礼上送一份“大礼”，江田寿夫虽然不知“太阳花”要送什么大礼，却清楚“太阳花”趁婚礼之机有大行动，因此他脸上抑制不住暗喜和得意。陆老板也已经得到情报，说日军秘密组织在婚礼上有行动，却不知对手要搞什么阴谋，于是在婚礼前跟林子华商议对策，布置兵力，决定只要日军秘密组织成员全部露头，便由特工队出面彻底消灭之。

林子华因跟日本女间谍举行婚礼，复杂的感情总是抑制不住流露出来，有时发呆发愣，有时愤怒焦躁，他极力抑制着自己复杂烦躁的情绪，与蓝蝶给来宾频频敬酒。这时他利用敬酒之机，来到陆老板跟前悄声询问情况，陆老板仍不知对手要搞什么阴谋，只提醒林子华小心谨慎。

这时，江田寿夫起身出了大厅，这一情况引起刘双赢的注意，他示意队员盯梢。但江田寿夫出门后，直去后院的厕所，盯梢人见此停住。岂料，江田寿夫进入厕所拉开便池格子，隔壁忽然传来“太阳花”低沉的声音：“凌晨两点，一批武器弹药空投北草滩，命令你部马上派人前去接应，接到武器弹药迅速装备队伍，一举消灭特工队，而后利用张书记长拉过马占贵的保安团，正式宣布甘蒙疆独立政府成立，这就是我说的大礼！”

江田寿夫低声应着，从厕所出来步入婚礼会场。盯梢的队员见没有出现异常，便把注意力转到别处。而恰恰就在这时，江田寿夫用目光给耶掌柜打了个招呼。耶掌柜端着酒杯转到江田寿夫身旁，江田寿夫耳语交代了接受空投的任务，不久耶掌柜悄悄溜了出去。

刘双赢一直注意着江田寿夫和耶掌柜，见耶掌柜出去了，又示意队员盯梢，但耶掌柜出门后也直去了厕所，不一会擦着手上的水珠出来。盯梢地跑进厕所，挨个察看便池格子，一无所获，回来向刘双赢耳语报告了情况，刘双赢茫然了。

陆老板正和其他老板说话，田梅扮作端茶水的到陆老板身旁，悄声说有情况。陆老板跟田梅来到隔壁房间，田梅报告说：“黑河客栈麻五带着五六个人，偷偷向北草滩去了，好像有什么行动。”这时伙计常顺也敲门进来，报告陆老板：“上级刚刚发来情报，日军某部向黑河镇秘密空投武器，以装备秘密组织，要求黑河镇地下组织，想办法截获这批武器弹药，粉碎敌人的空投计划。”陆老板明白麻五带人去北草滩是接应空投的，但刘双赢和特工队都在婚礼上不能脱身，于是他当即指示田梅带领黑河镇地下游击队，抢在麻五前面夺取空投武器！

田梅带着地下游击队前去了北草滩。

夜色浓重，旷野宁静，北山在夜幕下逶迤在遥远的地平线上，平展展的北草滩向远处延伸，直到看不见的北山脚下。田梅带着十几个人，策马抄近道向北草滩前进，刚赶到北草滩，就听到黑暗的天空有飞机引擎声，她勒马停住，令队员在宽阔的河滩上燃起三堆篝火，敌机以为是自己人，空投下枪支弹药，田梅指挥人悄悄上前接应……

麻五带的五六个人也赶到了，老远看见有人提前接应了他们的空投武器，准备冲上去抢夺，但见田梅人多，又怕暴露自己的身份，便令特务们悄悄撤离。回来后，他向耶掌柜报告了情况，耶掌柜大感惊诧，又疑云顿生。他把情况报告江田寿夫，江田寿夫更为迷惑，因为林子华和刘双赢等都在婚礼上，怎么会突然出现在北草滩？他们猜测是共产党所为，不禁浑身掠过一股寒流！

别墅新房里灯火通明，到处飘荡着洋洋喜气。

婚礼结束后，林子华和蓝蝶入洞房。已经很迟了，林子华坐在那里直发呆，一是感情上接受不了新娘是日本间谍，不知怎么应付这种尴尬婚姻；二是他在焦急地等待

田梅截夺空投的消息。而蓝蝶不知道这些情况，见他迟迟不动，以为他不好意思接近她，便上前安慰他，劝他上床休息。

林子华无以应付这种尴尬场面，起身走到窗前。夜空深邃，秋月皎洁，清丽的月光像水银在四处流淌弥漫，小院幽静而温馨，充满着情的诱惑、梦的张扬和淡淡的幽思。他站在窗前望着明月，思绪万千。

蓝蝶见他到了窗前，也走过去，倚在他的身旁，望着天空的月亮，大发感慨地说："多美的月光，多静谧的夜晚啊，要是没有这场该死的战争多好！"林子华也不由大发感慨："这场该死的战争夺去了多少无辜的生命，拆散了多少恩爱和美的夫妻，没有人性的日本侵略者！"

蓝蝶听到这些心头陡然疼痛，抱住他的胳膊，紧紧抱着，好像害怕战争或者什么灾祸，把亲爱的人从她身边夺走。新房里沉默了，是那种可怕的冷寂。蓝蝶不由打了一个寒噤，更紧地抱住他的胳膊。林子华沉寂了半晌，若有所指地叹道："唉！明月不知人间事，看似咫尺却千里啊！……"

蓝蝶似乎从他的感叹中觉察到什么，抬起水汪汪的美目凝视着他，轻柔而牵心地问："子华，怎么了？哪里不舒服？"

林子华摇摇头，所答非所问："已经迟了，去休息吧，我一个人在这里待会儿。"

蓝蝶神色忧郁地离开了，走到床前默默铺床，铺好了床，回头望着林子华，见他仍呆呆地望着窗外，神情烦闷而又忧心忡忡的样子，闪耀在脸颊上的喜庆幸福之光渐渐凝固了，走到他身旁，拉着他的手，轻启朱唇："子华，怎么了？迟了，该休息了！"

林子华没办法再推辞，转回身走到床前。红床、红被、红纱、红帐，一股喜气扑面而来，而他的心情却怎么也喜不起来。蓝蝶要帮他宽衣上床，但手指刚触到纽扣上，他忽然想起什么，过去抱起被褥，要在沙发上搭铺。见此情景，蓝蝶惊愣，一把拉住他："子华，这，这是为什么？"

他顿住了，半晌支吾说："现在，是非常时期，形势紧张，不允许夫妻在一起。"说着把被褥放在沙发上。

蓝蝶喃喃说："新婚之夜怎么可以这样？"眼睛里忽然汪起泪水。林子华心里陡地软了一下，忙劝慰辩解："这是为了咱俩的安全，敌人时刻都在盯着我们，如果现在突然发生什么情况，咱们躺在床上不是等于送，送……"蓝蝶忙用手堵住他的嘴："不许说。"那个"死"字被堵了回去，泪水涟涟地说："只要跟你在一起，哪怕今夜死了也心甘情愿。"

"不要说这种话，以后的日子还长……"林子华安慰她说。

"子华……"蓝蝶又抱住他的胳膊，紧紧抱着不放。林子华没有办法，把被褥放回床上，滚刀板似的上床和衣躺在床边上。

蓝蝶靠近了他，将头枕在他的臂弯里，脸颊紧贴在他的胸前，而他却好像木头般发硬，一动不动。

这是一个尴尬难熬的夜晚。

天快亮了，桌上的电话铃忽然响了，林子华忙拿起话筒，对方却不说话，只轻轻吹了三下。这是田梅跟他的联系暗号，他听此暗号，知道田梅胜利截获空投，心里豁然宽敞，脸上即刻露出笑容。蓝蝶问他："谁打电话？"他马上恢复平常表情说："对方不说话，可能打错了。"他要穿衣出去，蓝蝶拉住他，用期待的目光望着，他想了想，在她脸上应付地亲吻一下，跑出了门。

林子华按时去特工队上班了，队员们用猜疑不解的目光看着他："新郎怎么早早来了？"有人猜测他在新婚之夜跟蓝蝶闹了矛盾。林子华解释说："不要猜疑，我俩安好。"大家仍用探究的目光观察着林子华。

刘双赢把他拉到旁边意味深长地说："这可不行，闹出矛盾可是很不利的啊！"

"没有闹矛盾啊！"林子华说。

"没有就好。"刘双赢有意味地说。

陆老板听到林子华早早去特工队上班，便让田梅前去提醒他不能这样做。

田梅抽空见到了林子华，传达了陆老板的指示，让他一定要像真正的新婚夫妻一样，否则会引起人们的猜疑，引起麻烦。林子华认识到自己的做法不合乎情理，但内心深处却没办法接受这样的婚姻。他是深爱田梅的，他向她倾诉着自己的感情，情不止禁把田梅搂在胸前。

田梅委婉地推开他，劝他理智要战胜感情，把一切都置入侦破大局！

晚上，林子华回家了，他装作很高兴的样子，见面便把蓝蝶拥到怀里亲吻起来，蓝蝶脸上出现了笑容，但在就寝时，林子华仍要在地上搭铺，并好言劝说蓝蝶理解他这样做都是为他俩好。她猜想他可能知道了她的身份，于是陷入惶惑的漩涡，忧心忡忡。她想把她的内情全部告诉林子华，又怕身份一旦败露，便会失去他，更怕"太阳花"对自己的妈妈下毒手，因此她痛不欲生，泪流满面！

林子华见她流泪了，赶紧从沙发上爬起来，过去替她擦泪，又进行安慰式的亲吻。她紧紧抱住他喃喃着："子华，不要离开我，不要离开我，不要……"他便和衣躺在她身旁……

空降武器被截了，次次行动都以失败而告终。

"太阳花"懊恼至极，见林子华步步逼近黑河镇秘密组织"心脏"，感到形势非

常不妙，好像热锅上的蚂蚁。他清楚，面对这样的局势，必须采取有效手段，力挽狂澜，否则黑河镇和金泉城的秘密组织会彻底暴露，一败涂地。这晚，他约江田寿夫在树林里见面，训斥江田寿夫无能，让共产党轻而易举劫走了空投武器，不但坏了整个行动计划，还落下个耻辱。江田寿夫发誓要夺回这批武器弹药，“太阳花”耻笑他太天真，太愚蠢，共产党和林子华正等着他们跳出来表现，暴露自己。最后他说：“这次，本人亲自来玩一盘吧！”

江田寿夫见上司要亲自上阵，试探道：“老板定有高招？”

“不。”“太阳花”说，“不是什么高招，只是一个小小的计谋。我们劫了国军的车辆，共产党劫了我们的武器，我想，如果把两件事全部转嫁在共产党身上，让国共这两个老对头从高层到下面互相猜疑，互相争斗，互相残杀，这样是不是会转移他们的视线？即便是不能彻底转移他们那双死盯我们的眼睛，至少也可以让他们通过内耗，削弱力量！”

“高高高！太高明了！”江田寿夫无不恭维地称赞，请示“太阳花”道，“那我们任务？”

“太阳花”说：“我已策划好了，第一步棋由我走，后面的棋局由你负责实施就是了。”

一个星期后，日军占领区的几家报纸上赫然出现《黑河镇共产党地下组织劫走国军武器弹药车辆》的文章。一时间舆论哗然，街传巷议。这几份报纸出现在重庆政府，出现在兰州的赖主任手里，也出现在杨昌顺手里。杨昌顺拿着报纸问王副官：“你怎么看？”

王副官用先见之明的口吻说：“无风不起浪。卑职前些日子就听说共产党黑河镇地下组织截获了那辆车，获得很多武器弹药的传闻，只是没人出面揭露。黑河镇的共产党地下组织现在是越来越嚣张猖狂了啊！”

“这么说，那批物资真被共产党劫走了？”杨昌顺认真问。

“千真万确。”王副官说。

杨昌顺挖苦他说：“当初你不是说那批货物被黑鹰山的土匪劫走了，现在怎么又说是？”

王副官辩解道：“不就是赤匪吗？他们跟黑鹰山的土匪有啥两样？我并没有说错吧？”

杨昌顺苦笑道：“你，你真让我无话可说啊……”

王副官又撺掇说：“林子华与共产党有联系，车案哪能侦破？那批货物哪能追回？”杨昌顺听他这样说有点反感了，提醒他：“这可不是非同小可的问题，不可捕风捉影。蓝蝶是通天人物，林子华现在又是蓝蝶的乘龙快婿，不可小觑，不可造次！”

“真情往往总是掩盖在假象里。”王副官意味深长地说。

“你这人说话怎么总是阴阳怪气的，有什么想法直说不就得了，干吗绕来绕去的？”杨昌顺听他这样说很不高兴。

“团座喜欢我直说？”王副官半是玩笑半是真的问。

杨昌顺彻底厌烦了，点着他的鼻子说：“你这人啊，真叫人摸不透。好了，不说了，听上面怎么指令吧！”

远在兰州的总部赖春主任研究着那篇文章，自语着：“难怪车案迟迟不能破获，原来是这样。”他决定亲自前去金泉城，给杨昌顺施加压力，让他早日破获车案，追回那批货物。说走就走，第二天他与重庆方面通话商议了有关事宜后，带着秘书和卫兵乘车向金泉城赶来。

来到金泉城，赖主任便让杨昌顺马上召集长官会议，在会上他传达了重庆方面对路防团情报处的问候，同时庄重宣布了总部委任命令，委任杨昌顺为国军甘新宁青情报总部副主任兼黑河地区调查组组长。

杨昌顺听此任命，大感突然，同时不可思议。会后，他找到赖主任，准备推诿不干。赖主任拍着杨昌顺的肩说：“这是重庆方面的意思，是上司对你的信任。本人很乐意跟杨主任这样的副手共事，你是个干才啊，往后咱们携手共进，为委员长效忠！”

而杨昌顺总感觉这是上司把他往火炉跟前推，让他去赴汤蹈火，为他们去卖命。果不其然，赖主任在说完那些漂亮好听的恭维之词后，话头一转，命令杨昌顺亲自带人前去黑河镇，彻底调查共产党活动情况，尽快侦破车案，从共产党手里夺回那批物资。其实，这都是赖主任的主意，他要把杨昌顺推到侦破车案最前沿，不能让他逍遥自在，等闲视之。

杨昌顺忽然明白自己荣升的原因了：这是拿他往火炉上烤啊！但军令如山，他扛是扛不住的。赖春主任临离开时，握着他的手说：“祝老兄马到成功，本主任等候杨兄的好消息！”杨昌顺有苦难言，却敢怒而不敢言，只是点头应承——他接到了一颗烫手的栗子啊！

王副官却显得很高兴，在杨昌顺面前信誓旦旦，要帮助杨昌顺破获共产党地下组织，从共产党手里夺回那批物资。

第十九章
蜜月枪声

太阳花见他施的小计有了成效，决定动用蓝蝶这枚重要棋子，刺杀林子华，配合刚刚掀起的舆论风暴，让国共两家彻底搞摩擦，打内战，互相残杀。

然而，江田寿夫却不愿让女儿去冒险，这是提着脑袋干的事，弄不好会丢了命的，便找借口说："他们刚刚结婚，恐怕蓝蝶接受不了这任务。"太阳花蛮有把握地说："放心，她肯定会接受的。"

"为什么？"江田寿夫问。

太阳花说："因为她的母亲掌握在特高课手里，她不干，她母亲就不好说了！"

"什么？她母亲……"江田寿夫听到自己的妻子控制在特高课手里突然惊跳起来。太阳花听他语气愤然，惊异地问："江田君怎么了？"

江田寿夫已经忧愤至极，准备发作，告诉他蓝蝶是他的女儿，她母亲就是他失散二十多年的妻子，但想想后果，强压住自己愤怒的情绪，嘶哑着嗓音说："没，没什么，只是，是觉得太突然……"

"嘿嘿嘿……"太阳花发出猫头鹰般的嘎嘎嘎怪笑，笑完后得意地说，"不牵住蓝蝶的鼻子，不拿住她的软肋，她肯听我们的？让林子华征服了怎么办？女人的感情是脆弱的，一旦陷入感情的漩涡便会失去自制力和判断力，很容易被男人俘虏。特别像林子华这样英俊潇洒、具有男人魅力的军人，哪个女人不动心？蓝蝶虽然训练有素，但她不是木头，也不是石头，她是有血有肉的女人。她的肉体会降服男人，但男人的阳刚雄风，也同样会软化女人。所以抓住了她母亲，就等于抓住了她。——这是一根风筝线。懂吗？”

“懂，懂……”江田寿夫因愤懑忧戚，眼前阵阵发黑，斯文的脸庞已经扭歪了，身躯颤抖着几乎栽倒下去，太阳花说什么，他只是点头应是，心里却大声痛哭着，我可怜的女儿啊，难怪你眼睛里常盈满深深的忧伤和痛苦，难怪你每次行动都消极迟钝，原来你是被迫的，原来你的妈妈控制在特高课手里，我可怜的女儿，我可怜的妻子啊！

他离开了胡杨林，边往回走，心里边叫喊着：“这是报应，报应啊！”

他踏着浓重的夜色踉踉跄跄回到府上，一进门便摔在沙发里，两眼无神地望着前方，泥塑木雕似的，直到天亮。他左思右想，却无可奈何，毫无办法，只好执行。他老眼里滚出几颗无奈而悲伤的泪珠，将蓝蝶召到府邸，忍着揪心的疼痛，给她下达了刺杀命令：“只许成功，不许失败！”

蓝蝶见他们又要刺杀林子华，愤怒而焦灼。林子华是她的丈夫，她爱他胜过爱自己，怎能去伤害他？因此她回家后采取搪塞拖延的办法迟迟不动手。

江田寿夫知道女儿不愿冒险，不愿对林子华下手，也不忍心去催促。但太阳花却不放过江田寿夫，见蓝蝶迟迟不动手，把他召到老地方，严厉质问：“怎么回事？”江田寿夫不知怎么回答，想告诉他蓝蝶是他的亲女儿却不敢，因为只要透露出半点内情，他和他的女儿就完了。他只能咬紧牙关，用蓝蝶没有找到下手机会来搪塞。

转眼又是几天，蓝蝶还是悄无声息。太阳花再次质问江田寿夫，江田寿夫又用没有机会下手来搪塞。“撒谎！”太阳花忽然暴跳起来，这是他第一次在他面前发火。江田寿夫慌了，忙说：“不是不是，真没有找到下手机会，真没有……”

“哼哼哼！”太阳花鼻子里哼哼着说，“不是没有找到下手机会，而是从一开始蓝蝶就不情愿，你江田君也同样不愿接受任务！”

江田寿夫见他说破了他的心机，忙要解释，太阳花摇摇手说：“不要解释了，你的所有行动，我都掌握。江田先生，从擅自劫车到现在，你的行动屡次都是以失败而告终，特高课对你的工作很不满意，再要这么下去，你将会受到什么惩罚，心里很清楚！”

江田寿夫心惊肉跳，眼前忽然出现那把短刀，惊悚中失口说：“是，是蓝蝶她不，不愿……”

“你可以对她采取必要的措施！”太阳花打断说，接着从怀里掏出一封信，交给江田寿夫，“这是她母亲写给她的，马上转交到她手里，只要她见到这封信，便会跟着你的指挥棒转……”他扔下信走了。

江田寿夫木桩般地定在浓黑的夜色里，半天挪动两条僵直的腿向回走去。

第二天，他把那封信交给了蓝蝶，蓝蝶见是妈妈的亲笔来信，欣喜若狂，但当拆阅了信后，便倒在了座椅上，信中写道：“……妈妈的性命握在他们手里，妈妈的性命握在他们手里……”这句话如晴天霹雳，震得她眼冒金星，天旋地转！

当晚，她去了江田寿夫那里，她想通过告求让江田寿夫放了她妈妈。她说：“只要放了妈妈，哪怕让我上刀山下火海！”江田寿夫面对女儿的哀求万般无奈，心里自语着：“我有那个权力吗？我能左右太阳花吗？我自己都自身难保啊，女儿——”但脸上却表现出无动于衷，无情地说：“那是不可能的，死了那份心吧！”

蓝蝶见哀求无果，痛不欲生。

江田寿夫见女儿痛苦悲伤的样子，已经无法压抑自己的感情了，真想扑上去搂住女儿，说明情由，大哭一场，却不能。最后他决绝地说：“执行命令，否则你妈妈的生命安全将无法保全！”

“流氓！无耻！”蓝蝶起身摇摇晃晃走出江田寿夫的府邸。

江田寿夫望着女儿的身影鼻子发酸，心如刀绞！

蓝蝶回到新婚别墅，扑倒在床上，号啕大哭，但为了妈妈的性命，不得不拿起枪，执行命令。这晚她见林子华去了工作室，便揣着枪悄悄跟出门，翻过特工队低矮的围墙，来到林子华工作室窗旁，但当看到林子华聚精会神工作，看到他英俊魁伟的身影，几次瞄准却怎么也舍不得开枪，最后转身回了家……

她遭遇重重矛盾，陷入感情的漩涡，又扑到床上痛哭流涕，最终还是选择了拖延。太阳花对江田寿夫拖延刺杀行动已恼羞成怒，忍无可忍。这天他将一把日本短刀扔到了他面前，威逼道：“如果再拖延刺杀行动，自己实施剖腹自决吧！”离开时，又将一盘录音带交给他：“这是一支优美好听的曲子，蓝蝶欣赏了这支曲子，如果还迟迟不动手，就先解决了她，你的事，你自己动手吧！”

江田寿夫按照太阳花的训示，又把蓝蝶招来，让秘书播放那支曲子，原来那是蓝蝶妈妈的录音，但只有凄惨呼救声，再没有什么：“……妈妈的性命抓在他们手心里，妈妈的性命抓在他们手心里，贞子，救救妈妈，救救妈妈……”蓝蝶听后如五雷轰顶，抱住脑袋，昏倒在江田寿夫面前……

江田寿夫也被那苦苦哀求震得头晕眼花，天旋地转。

蓝蝶醒来后，跪倒在江田寿夫面前，央求他放过她妈妈，放过林子华，林子华毕竟是她的丈夫，但江田寿夫为了应付上司，为了自己活命，为了妻子，不得不横下心，逼女儿行刺。

“不——”蓝蝶大叫一声。

“啪——”江田寿夫狠了狠心，抬手扇蓝蝶一巴掌。蓝蝶被打晕了，大瞪着两只可怕的眼睛望着江田寿夫。江田寿夫的心硬了起来，训导她：“你是帝国的军人，生为帝国而生，死为帝国大业而死，为了帝国要把亲情、爱情统统抛在脑后！人是政治动物，要抛开一切亲情啊！”最后他拿出一颗子弹，说：“这颗子弹，是给谁的，你心里明白，能不能救出你的母亲，全看你自己了。要么将这颗子弹射进林子华的胸膛，要么敲掉自己的脑袋，这是最后一次机会，你自己看着办吧！”说完跌坐在沙发里，抱住了脑袋!

蓝蝶忽地站起来，冲上去拿起桌上的枪，对准江田寿夫，怒吼着：“那我就先让你去死！”她要杀他。

秘书赶忙掏出枪顶住她，江田寿夫见此情景忙制止秘书：“不要开枪！”秘书放下了枪。江田寿夫对蓝蝶说：“刺杀计划如果再拖延下去，上司就让我剖腹自决，而你又不执行我的命令，拿枪逼我，让我怎么办？怎么办？——开枪吧，也许死在女，女女女……”他怎么也说不出那个“儿”字来，只叫喊着：“死在你的枪口下，我心里会好受些，——开枪吧！”

他痛苦地闭上了眼睛，

蓝蝶听此话，心里震颤了，慢慢掉转了枪口，对准了自己的脑袋。

“不——”江田寿夫慌了，提醒道：“你要是开枪自杀，上司更不会放过你妈妈，也不会放过你的……”他要说出“爸爸”二字，但话到嘴边却咽了下去，他不配做女儿的爸爸啊，他连自己的妻子女儿都保护不了，还算什么？于是改口说：“若是杀了林子华，你和你妈妈都会平安无事，你也可以获得自由，三思吧……”他让她三思而后行。

蓝蝶手里的枪“啪”滑落到了地上……

浓重的夜色中，蓝蝶踉踉跄跄跑回了家。

在江田寿夫的威逼下，她从“蜜月新娘”，转变为“日本军人”。这晚，她按照江田寿夫的计划，悄悄翻过特工队的矮墙，摸到林子华办公室，躲在半开的窗外，举枪瞄准正在工作的林子华，但她还是没有勇气扣动扳机。

躲在院墙外接应掩护她的两个秘密组织特务，不住抬腕看表，她却犹犹豫豫，迟迟下不了决心。就在这时，江田寿夫恐吓的声音忽然出现在耳旁，“这颗子弹要么射进林子华的心脏，要么敲掉你的脑袋！……妈妈的性命抓在他们手心里，妈妈的性命抓在他们手心里，救救妈妈，救救妈妈……”这些恐吓轮番在她耳旁出现，她浑身战栗，天旋地转，痛苦地闭上眼睛，扣动了扳机……

“砰——”幽静的天空划过响亮的枪声。

林子华倒在地上……

躲藏在院墙外的特务听到蓝蝶的枪声，便连连放枪，为掩护蓝蝶逃脱。

刘双赢和老万听到枪声冲出宿舍，来到林子华的工作室，见林子华受伤倒地，要扶他起来。林子华却命令他们：“快去追刺客。”刘双赢令一个队员照看林子华，自己和老万带人翻墙追捕刺客。

那个留下的队员要替林子华包扎伤口，林子华让他去陆记大药房请陆大夫，那队员去了。其实，林子华没有被打中，为了迷惑敌人，他装作受伤倒地。那队员出去后，他赶忙起身将桌上的红墨水洒在左臂的白衬衣上，做出受伤伪装。

陆老板迅速赶到了，要查看伤口，林子华让那个队员退出后，告诉陆老板他并没有受伤，为了蒙哄刺客，佯装受伤倒地。

陆老板清楚林子华“诈伤”是为了蒙蔽敌人，让敌人放弃对他的注意和监视，于是马上对林子华进行伪装“包扎”，以造成假象。

刘双赢和老万没有追上刺客，回来后要将林子华背到大药房，林子华说：“我胳膊受了伤，腿又没有受伤。”便起身步行出特工队大门，叫辆人力车送往陆记大药房治疗。

林子华被安顿到病房，躺在病床上。刘双赢和老万们守在病床旁，为林子华的伤而提心吊胆。陆老板将他们婉言劝回。病房里只有他俩了，他俩分析刺客有可能在内部。林子华点了点头说：“否则刺客不会对我的生活规律那么熟悉。”说到这里他停住了，思考半晌，分析道：“是不是蓝蝶……”

陆老板点点头：“有这个可能，根据情报获知，蓝蝶的母亲掌握在日军特高课手里，蓝蝶在上司威逼下不得已而为之……”

林子华虽然猜测是蓝蝶向他开的枪，但不明白为什么，经陆老板提醒，忽然明白蓝蝶向他开枪的原因了。他说：“难怪她总是忧伤苦闷的样子，有时无端地哭泣，原来是这样……”

“是啊！蓝蝶装着一肚子苦水。”陆老板说，“但看得出她是真心爱你的，她会为这一枪而痛悔反省的。借此机会，你可以因势利导，抓紧实施策反工作，让她早日走上民族抗日之路！”

“是！”

陆老板又叮嘱说：“目前你的任务是好好‘养伤’，迷惑敌人，等老对手放松对你的跟踪监视后，再见机行事，实施‘猎狐’计划。”

林子华点了点头。

蓝蝶仓皇跑回家，便倒在床上，似呆如傻，痛悔内疚，忽然大哭大叫起来："子华子华，你怎么样，怎么样？"从床上翻起来，大喊大叫冲出新房，去特工队看望他。有人说林队长送到了大药房，又发疯般朝大药房冲去。

林子华佯装伤势很严重，昏昏迷迷，躺在床上。蓝蝶闯进病房，一头扑在林子华身上叫喊哭泣起来。

陆老板怕暴露林子华的"伤情"，劝她和刘双赢以及队员们离开了病室。

江田寿夫的府邸深埋在浓重的夜幕中，但那间卧室却亮着幽暗的灯光，江田寿夫那双阴险而担忧的眼睛，透过窗帘缝隙一直盯着特工队方向，倾听着动静，当听到一阵枪声后，眼睛里倏然出现欣喜而释然的神色。蓝蝶终于开枪了，只要她开了枪，林子华便活不了。他以为蓝蝶刺杀成功，自斟了一杯美酒，准备喝下去，但忽然为女儿的安全担忧起来。她不会有问题吧？他放下手里的酒杯，走到窗前观看外面，等待前去打探情况的秘书。

秘书终于回来了，他忙问："蓝蝶怎么样？刺杀成功吗？"

秘书回答说："蓝蝶安全回家了。可，可林子华没有被击毙，只是受了伤……"

"啊？"江田寿夫陡然愣怔，清楚蓝蝶那里出了问题，让秘书传她前来询问。

蓝蝶来了，呆呆傻傻，脸庞苍白如纸，憔悴而忧郁。江田寿夫问："怎么回事？"她两眼痴呆地对着前方，忧伤地报告："……他左臂击伤，伤势严重，昏迷不醒，不能下床……"

江田寿夫听了报告，怔了半晌，挥了挥手说："去吧，回去好好休息两天。"

蓝蝶踉踉跄跄回家了。

对于蓝蝶的汇报，江田寿夫将信将疑，思考沉吟半晌，给耶掌柜拨电话，让他派人暗中前去医院探究调查。

客栈的小伙计出现在陆记大药房，他称管家发烧来买药，趁机去病房附近转悠，从窗户里窥视林子华的情况。陆老板知道他来探听消息，有意给林子华的"枪伤"换药，把林子华受伤的臂膀展露在外面，让那个小伙计看了个一清二楚。那个伙计见林子华果真受伤，昏迷不醒，回去将情况报告耶掌柜。

江田寿夫还是不怎么相信，以看望干女婿为名，亲自前往大药房"探望"，还试探性地拿捏了林子华的胳膊，发现林子华确实伤势很重，松了一口气。

晚上，他将情况报告上司太阳花。太阳花低沉地说："这个消息不算坏，但还是不能让人高兴。因为还是没有从根本上解决问题！"

病房里，林子华昏昏沉沉躺在病床上，蓝蝶守在床边。她并不清楚自己没有打中的内情，因此处在自责、内疚、痛苦、悔恨的折磨中，死去活来，却无法挽回。她把这些全部集中到江田寿夫身上，起身回家，取出手枪，准备前去杀了江田寿夫，但出门后又缩回来，因为妈妈掌握在特高课手里，她要胡来，妈妈随时都可能遭到毒害，再则她看出江田寿夫也受上司逼迫，身不由己。

她斟酌半天，回家放下枪，前去了大药房。她决定把心里的秘密告诉林子华，但来到林子华面前，又没有勇气开口了。她无助而痛苦，又失声痛哭起来。

第二十章
来势凶猛的“清共”

江田寿夫和耶掌柜见林子华受伤住院，便撤掉了监视林子华的耳目。

田梅见耶掌柜放松了对林子华的防备和监视，决定趁敌人麻痹松懈之机，盗取《计划》文本，但那个保险柜的钥匙挂在耶掌柜的腰带上，她在他身旁踅摸了几天时间也无法下手，无法搞到。她来看望林子华时，将这个情况告诉了他，林子华躺在病床上思谋了半天，想出个搞到钥匙的办法，他说给田梅听，田梅觉得此办法行，同意动手。

这天，林子华带“伤”来到黑河客栈，对耶掌柜说：“住院治伤多日，烦闷寂寞，今天偷着出来，想跟耶掌柜下下棋，聊聊天。”耶掌柜感觉林子华并非前来下棋聊天，但玩什么新花样，却说不清，不得不摆好棋子陪着玩。

林子华提出：“谁输罚酒。”耶掌柜怕酒醉出事，婉言劝说：“还是不要玩实的，长官胳膊上有伤。”林子华说：“虽然胳膊有伤，不妨碍我喝酒。酒可以舒筋活血，耶掌柜是舍不得酒吧？”他激将他，坚持喝酒，耶掌柜不好再拒绝，便让管家拿来酒，搞来几盘小菜、花生米什么的，并把管家安顿在身旁，他想，即便他醉了，有管家在身旁，带伤的林子华也不便搞什么名堂。

前两局林子华输了，接连罚酒两杯。耶掌柜暗自得意，但后几局耶掌柜连连皆输，喝得东倒西歪。此时田梅从门口走过，林子华不失时机地唤她：“来来，进来，为你的老板代杯酒，耶掌柜输得太多了，快醉了！”

本来，耶掌柜是不愿让别人掺和这个酒局的，特别是田梅，见林子华让田梅进来，他不好阻止了。这样田梅便借机进入事先设计好的“酒局”里。

耶掌柜接连又输，管家要代酒，林子华不让，让田梅代，其余让耶掌柜自罚。耶掌柜喝了那两杯，又接连喝两杯后醉了，闭上眼睛，歪在了座位上。时机到了，林子华见耶掌柜像要呕吐，指使管家：“去找个盆来，看样子耶掌柜要吐……”

“这这……”管家不想离开，但不去又不行，便去了。

林子华见管家离开，向田梅使个眼色，田梅马上动手解下耶掌柜裤腰带上的钥匙，在事先准备好的蜡泥上按下钥匙印模。田梅正要把钥匙重新挂回耶掌柜的裤腰带上，管家拿着个脸盆匆匆回来，她忙将钥匙收藏起来。

林子华看到田梅没来得及把钥匙挂回去，清楚耶掌柜如果酒醒，肯定会发现钥匙丢失，情况万分紧张，他灵机一动，又对管家说：“还是把耶掌柜扶到住房歇息吧，这里会着凉的。”

这个主意管家倒同意，便扶耶掌柜要去卧室。

田梅忙上前帮着搀扶，趁机将那串钥匙挂到了耶掌柜腰带上。整个过程紧张而危险，她头上已经冒出一层冷汗，把钥匙挂回去后，她向林子华无声地点了点头离开了。林子华和管家将耶掌柜送回卧室，也离开了黑河客栈。

耶掌柜被送到卧室，躺了一阵，有点清醒了，睁开眼睛左右看看，问守在身旁的管家：“林子华和田梅哪里去了？”

“回去了。”管家说。

耶掌柜顺手摸了摸腰间，见那把钥匙挂在腰带上，放心地呼呼大睡了。

一把保险柜钥匙制作出来了，田梅将钥匙交给林子华，决定当晚动手盗取《计划》文本。然而，就在林子华秘密进行出发准备时，张书记长的秘书匆匆跑来传达命令：“国军甘青宁新情报部副主任兼黑河地区调查组组长前来视察，张书记长请林队长前去迎驾！”

林子华正准备晚上行动，所以不能前去，对秘书说：“特工队有重要任务不便前去。”话音还没落，从窗户看到情报部副主任兼调查组长已经到来，张书记长和好多人陪伴着。他只得前去迎接，一见来人，他忽然笑了，原来他是杨昌顺和王副官。

随身的王副官见大家都到齐了，便高声宣告道：“杨团座几天前已荣升为国军甘青宁新情报总部副主任，并兼任黑河地区调查组组长，今日赴黑河镇正式进行调查工作。”

林子华听到杨昌顺荣升为情报总部副主任，感觉有点突然。黑河镇这个鬼地方交通信息闭塞，什么消息总是慢半拍，杨昌顺荣升之事，他们在外执行任务的特工队一点都不知道，他为之发愣。王副官见林子华发愣，上前笑问道：“不欢迎杨主任？”语气无不带有挑衅。

林子华见王副官口吻带着挑衅，高声向大家呼喊：“——欢迎杨主任前来视察工作！”他带头鼓掌，大家都哗哗鼓掌。

“不是心里话吧？”王副官却又说。

林子华针锋相对说：“当面一套，背后一套，是你们这种人的风格！”

王副官被戗愣了。杨昌顺见他俩一见面就唇枪舌剑，心里很不高兴，准备责怪两句，但觉得在大庭广众面前有失风度，便没有开口。

已是下午，杨昌顺见林子华、刘双赢、黑河镇张书记长和保安团马占贵等都在场，便让林子华在特工队召集会议。

会议召集起来后，杨昌顺传达了他前来黑河镇之目的。他说：“据情报讲，共产党黑河镇地下组织由原先的秘密活动，发展到公开活动，拦截国军车辆，劫去重要抗战物资，挑起地方党政矛盾，打死党政军警数人，气焰十分嚣张，严重影响了车案顺利破获，因此国军甘青宁新情报总部和地方党部，派我前来黑河镇与党部书记互相配合，采取断然措施，调查抓捕共产党破坏分子，尽快破获车案，追回那批物资！”并旁敲侧击，提醒警告说特工队里有人与共产党秘密来往，这是要掉脑袋的。

张书记长作为黑河镇党部书记长，对杨昌顺的讲话不住点头称是，表示全力支持调查工作。马占贵知道杨昌顺所说的特工队有人与共产党秘密来往是指林子华，清楚公报私仇的机会又来了，暗自幸灾乐祸，当即向杨昌顺表示：“坚决服从命令，严密监视、清除、抓捕共产党分子。”

会议结束后，杨昌顺把林子华留下谈话，先发制人问林子华：“子华呀，你好像对我的到来不欢迎？”

“没有！”林子华忙说。

杨昌顺又说：“那，是不是对我刚才在会上的提醒有想法？”

“没有。”林子华连着几个“没有”。他知道杨昌顺在试探他对调查抓捕共产党地下人员的态度，便解释说，“我正在大药房住院治疗，暗杀我的日本间谍特务还没有抓获，我心里不安啊！”

杨昌顺说：“几个日本间谍特务翻不了天，迟早会破获消灭的。据消息，那批物资被共产党劫走了，现在的当务之急是调查抓捕共产党，尽快破获车案，夺回那批重

要武器部件……”

林子华见杨昌顺这样说，纠正道：“据可靠情报，劫走车辆物资的是日军在黑河镇的秘密组织，并非共产党。”

杨昌顺心里又增添了一层不高兴：“根据什么？为什么不马上破获追回？”

“现在还没有找到那批货的下落。”林子华说。

“没有找到踪迹，何以证明是日军秘密组织所为？”杨昌顺质问。

林子华说：“主任，这个问题我不知道怎么向您解释说明您才相信。这样吧，过段时间我给主任一个满意的答案。”他因思考着晚上的行动，因此没有心思回答他的问题。

杨昌顺见他心不在焉的样子，问他：“发生了什么事，怎么不回答我的问题？”

“伤口有点痛……”林子华皱皱眉头，指着打着绷带的左臂掩饰说。

杨昌顺在他脸上盯望半天“哦”了一声：“是这样，那你回去休息吧。”

林子华如获大赦，匆忙回到自己的工作室，准备晚上的行动。

然而，张书记长却决定晚上为杨昌顺举行盛大欢迎宴会，前来通知林子华必须到会。这样的欢迎盛会，作为特工队队长，没有不参加的理由，搞不好还会节外生枝，于是将情况报告田梅，田梅也怕节外生枝，只好取消晚上的“猎狐”行动。

豪华的昌盛酒楼里，欢迎宴会如期举行。宴会熙攘而有序，隆重而喜庆。杨昌顺是今晚的重要客人，张书记长、王副官、林子华、蓝蝶和马占贵以及地方绅士、商界名流江田寿夫、耶掌柜等全部作陪。张书记长发表热情洋溢、恭维献媚的欢迎词，举杯敬酒，欢迎杨昌顺到来。

杨昌顺非常高兴，频频举杯。林子华心事重重，端着酒杯一直发愣。舞会开始后，他转到阳台上，刘双赢趁机过来，没头没脑地提醒他：“现在不可轻举妄动。”

“什么意思？”林子华盯住他。

刘双赢说：“不要跟我打哑谜了，看你神情不安的样子，就知道有事。”

林子华感觉什么事也瞒不过这个老同学的眼睛，于是暗示性地拍拍他的肩说：“还是那句话，闭紧你的嘴，什么都不知道！”

“这个你放心！”刘双赢说，“不过，我的提醒你不要忘到脑后！”他的口吻极为严肃，林子华不得不点头应承。

欢迎会后，杨昌顺在调查组驻地与张书记长秘密商谈。内容是调查、监视、清除、抓捕共产党和侦破车案等。张书记长向杨昌顺报告说：“根据调查分析，陆记大药房可能是共产党地下组织秘密联络点，陆老板是共产党地下组织头目，但陆老板在黑河镇名望较高，不好监视调查，还因陆老板行动秘密，没有抓到可靠证据。”杨昌顺指示张书记长：“抓紧时间秘密调查，一定要抓到证据。”同时给张书记长通报情况说：“中共在兰州的一个地下组织被国军破获，领导人名字叫吴向东，他哥哥叫吴自东，听说陆记大药房老板叫陆自东，他们之间有没有什么联系？”

张书记长想着、回忆着说：“这个陆老板好像就姓吴……”

“那明天就着手调查他，越快越好！”杨昌顺即重视起来。

“好。”张书记长点点头，准备起身离开。杨昌顺又蘸着茶水在茶几上写了一个“林”字：“他最近怎么样？”

张书记长悄声说：“他跟陆老板来往密切。”但没有提及女儿田梅的事。

杨昌顺点头，表示知道了。

杨昌顺送走张书记长后，让秘书传来刘双赢询问林子华最近的表现。刘双赢不好回答，便把话题拉到林子华与田梅谈情说爱上，他说：“林子华虽然跟蓝蝶结了婚，但一直恋着田梅。”杨昌顺说：“这个林子华已经结了婚，还吃着碗里的，盯着锅里的，他能得罪得起有来头的蓝蝶吗？那个田梅何许人也？”

“她是张书记长的女儿。”刘双赢说。

“嗯？”杨昌顺大为惊异，“是张书记长的女儿啊！他可从来没有在我面前提起过。”又问车案侦破情况。

刘双赢说：“据调查，那辆车可能让日军秘密间谍组织劫走了，特工队正在侦察。”

“那共产党黑河镇和金泉城地下组织的武器弹药是哪里来的？”杨昌顺问。

刘双赢说：“听说共产党截了日军给黑河镇秘密组织空投的武器弹药。”

“哦……”杨昌顺愣怔了，这事他第一次听说，感到问题有点复杂。他怔了半天，见从刘双赢那儿调查不出什么，叮嘱他以后多用点心。刘双赢离开后，杨昌顺打电话让王副官过来，问他：“王副官是否听到日军给黑河镇秘密组织空投武器弹药的事？”

“这可能是共产党为了转移调查组视线编造出来的谎言……”王副官说。

杨昌顺沉思半晌，自言自语说：“看来问题不像原先想象的那么简单，很复杂啊！”

王副官见杨昌顺似有动摇之心，借此机会撺掇说：“主任，听我的没错。那批货就在共产党手里，林子华已经查到了，却不露声色，给主任打了埋伏，现在只要破获了共产党的地下组织，那批物资就自己出来了！”

“那就先按你说的进行吧！”杨昌顺思虑了半天说。

杨昌顺和王副官的谈话，正好被刚到门口的刘双赢听到，他赶忙离开了。

林子华见杨昌顺来势凶猛，感到形势严峻。

第二天，他趁人不注意，出了特工队，绕了几圈去了陆记大药房。刘双赢发现林子华去了陆记大药房，秘密跟踪而去。林子华见到田梅和陆老板后汇报了杨昌顺来黑河镇的目的。陆老板说：“看来他们以追回那批物资为名，又制造新的反共高潮！”

鉴于目前严重的形势，陆老板指示田梅和林子华暂且停止“猎狐”行动，全力以赴对付杨昌顺的调查，同时抓紧时间破获车案，找到那批物资，真相大白，公布于世，针锋相对，揭露国民党的假抗日嘴脸。

林子华对自己没有及时完成“猎狐”任务而自责：“都怪我没有及时动手，让杨昌顺他们干扰了行动计划。”

陆老板说：“子华，这不怪你，这个账应该记到国民党身上，他们挑起新的反共内战，形势千变万化，搞得大家防不胜防，不仅咱们的‘猎狐’行动受到阻挠，而且好多地下组织遭到了破坏，损失很大啊！不过，中共延安方面正在想办法营救蓝蝶的母亲，只要让蓝蝶尽快摆脱特务间谍控制，把她争取策反过来，就可以内外联手，搞到《计划》文本！”

“太好了！”林子华激动地握住了陆老板的手。

正当林子华、陆老板和田梅密谈时，刘双赢突然闯了进去，拿枪对准了林子华、陆老板和田梅，并下了林子华的枪，冷着面孔说：“到底把你逮住了，老实坦白交代你与共产党秘密来往和地下组织活动情况！”

“老同学，你，你……”林子华惊愕不已。虽然他对刘双赢的监视有所觉察，但没想到会发展到如此地步。他后悔了，但悔之不及，想反抗，黑洞洞的枪口对准他，再说他俩势均力敌，真动起手来，不相上下，难以取胜，因此他和陆老板晓之以理，动之以情，开导他，劝说他：“不要对蒋介石抱有幻想，中国的希望在中国共产党……”他们正在开导，不料刘双赢忽然“噗嗤”笑了，把枪还给了林子华，但却严肃地说：“你们这样做很危险，现在暗地里有很多双眼睛盯着你们，背后还有枪口对着你们。假如我真是敌人，今天你们能逃脱得了吗？”他又将杨昌顺安排王副官秘密监视陆记大药房和林子华的情况报告陆老板和田梅。

陆老板看出刘双赢不是坏人，握住他的手说：“太感谢你的提醒和帮助了！”

林子华在他胸脯上狠狠给了一拳：“害的我提心吊胆！”

刘双赢却说：“我们是同窗好友，为朋友两肋插刀，没有别的。”

林子华又在他胸脯上来了一拳，刘双赢也在林子华肩上擂了一拳。

大家马上分散离开了……

张书记长与秘书忽然来到陆记大药房。

陆老板正在坐诊，从窗户里看到张书记长亲自登门造访大感惊诧，他来干什么？他镇定情绪上前迎候。张书记长却站在店门前不进门，抬头端详着店门上方悬挂的“陆记大药房”匾牌念叨琢磨着，似乎对匾牌发生了兴趣。其实他是在研究“陆”与“吴”这两个读音非常相近的字和陆自东是不是兰州地下党负责人吴向东的哥哥吴自东。

陆老板不知其意，问他：“张书记长是对匾牌感兴趣，还是对匾牌上的书法感兴趣？”张书记长想以匾牌为话题引出关于陆老板姓氏的话头，便说：“鄙人记得陆老板姓‘吴’，怎么变成陆地的‘陆’了？”听此话，陆老板忽然清楚张书记长的来意了，便巧妙回答说：“我家是关外陆家村人，祖祖辈辈都姓‘陆’，人们总是‘陆’‘吴’含混不清，在那儿乱称呼，书记长不要见笑！”

张书记长听此话，大失所望，又尴尬窘迫，跟陆老板闲聊几句，扫兴而归。

张书记长来到杨昌顺的办公室，将情况报告他，杨昌顺指示他继续调查。因为他刚刚收到上级电文，中共兰州地下组织负责人吴向东的哥哥就在这一带，而且是中共地下组织负责人。然而，张书记长已经去陆记调查过“陆”“吴”之姓问题，所以不好再亲自去调查了。

杨昌顺是老奸巨猾的老军人，他说：“这个你放心，我自有办法调查清楚的。”

他对张书记长耳语，张书记长竖起大拇指说：“这招高明！”

这天，陆记大药房的伙计常顺截获敌台的一份电文，电文称“有共产党嫌疑人来黑河镇，令县党部和特工队严密监视其行动”，他赶紧将电文送陆老板阅处，陆老板面对这份电文，既感到激动，又觉得奇怪，他激动的是，这个“嫌疑之人”可能是上级派来的同志，奇怪的是，上级派同志过来，为什么事先没有通知？他陷入沉思。

与此同时，林子华也收到同样内容的电文，他不得不组织特工队按照电令加强防务，监视其行动。他不知道陆记大药房也截获了这份电文，准备把此情报送到陆老板那儿，让他们做好准备，但发现王副官注意着他的行动，于是坐在工作室寸步不离。

晚上，他偷偷将一张纸条压在特工队门外的石头下，不多时田梅将其取走，并用飞镖回信：“老板也截获此电文”。他看到陆老板也知道了消息，便放心了。

陆老板虽然觉得此电文反常，但也不得不重视，通知田梅注意黑河客栈来往商客，上级要派同志来黑河镇，第一个落脚之地肯定是黑河客栈，不会直接与陆记大药房接头联系的。

田梅接到通知后，便注意起客店来往商客，但是几天以来没有一个像“同志”的旅客来黑河客栈，而奇怪的是黑河镇街头出现一个穿戴破烂、蓬头垢面的要饭姑娘，她每天在陆记大药房门前的大街上走来走去，行乞要饭。这天傍晚，她匆忙行走，跟正在街上巡视的调查组王副官撞了个满怀。王副官训斥她瞎了眼，弄脏了他的衣服。

姑娘不示弱，还他一句：“你才瞎了眼，往我身上撞！”王副官恼羞成怒，上前一顿拳打脚踢，把那姑娘打倒在陆记大药房门前，伙计常顺见此情景，赶紧叫人将她抬进门，放在病床上治伤，倒水弄吃的……

第二天早晨，陆记大药房后院出现一个秀美漂亮的姑娘，常顺看到那姑娘大感惊讶，问她：“你是谁？怎么在这里？”那姑娘甜甜地笑着不吭声，常顺仔细看了看，才认出她是昨晚被打伤的那个要饭姑娘，经过梳洗打扮竟变得让他认不出来了。常顺惊喜而又高兴地问她叫什么，从哪里来？姑娘告诉他，她叫二丫头，逃荒要饭，东奔西走，四处为家。

二丫头的伤还没有痊愈，住在病房里。常顺给她端水送药送饭，几天时间两人便熟络了。二丫头的伤口痊愈后，陆老板给了她点钱和吃的，让她离开，但那姑娘要求留在大药房做事，常顺对她也有那个意思。常顺是大小伙子，到现在还没有媳妇，二丫头又四处逃荒要饭，如果能走到一起也是好事，陆老板便将姑娘留了下来。

为时不长，二丫头和常顺便有感情了。常顺不知她是杨昌顺派进陆记大药房的坐探，因此到了无话不说的地步。

林子华发现了杨昌顺的阴谋诡计后，秘密给陆老板通风报信说：“注意那个二丫头。”陆老板便提醒常顺：“提高警惕，严守秘密，注意安全。”常顺虽有警觉，但经不起二丫头的“技术”引诱，有一天在闲聊中，无意说出陆老板姓吴，话一出口，发觉自己失密，慌忙改口，但为时已晚。

二丫头探听到陆老板和陆记大药房的秘密后，便以寻找亲人为借口离开了陆记大药房溜进调查组驻地，将情况报告了杨昌顺，还详细报告了常顺失口后慌忙纠正的经过。

杨昌顺拍手叫好，即命令王副官包围陆记大药房，抓捕陆老板，但当王副官准备前往时，杨昌顺又传令暂停。王副官和二丫头不解其意，杨昌顺反问他俩：“现在派人去抓捕陆老板，如果陆老板坚持说他姓陆，‘陆’‘吴，口音相近，混淆不清怎么办？仅仅凭他姓吴，能把他抓起来吗？跟共产党打交道不是那么简单的，要多用脑子，最要紧的是抓住他们的确凿证据，让他们无话可说。”

“是啊……”二丫头和王副官也觉得现在动手，有点操之过急。

于是，杨昌顺命令王副官派两个便衣秘密观察陆记大药房的动静，如果陆老板没有什么反应，说明他不姓吴，如果有异常反应，说明他做贼心虚，就是吴自东，便把他抓起来。

王副官领命而去。

陆记大药房的密室里，常顺将不慎失口的事汇报了陆老板，要求组织处分他，并劝陆老板马上离开，减少不必要的损失。陆老板清楚杨昌顺这样的老军人，不会因为捕捉到一点情报就轻举妄动抓人的，因此决定不离开陆记大药房，并叮嘱常顺不要惊慌，照常营业，一切如常。以静制动，以不变应万变。

常顺按陆老板的指示照常上班，照常营业。王副官派的两个特务见大药房照常营业，陆老板不时出入，一切如常，将情况报告上司。杨昌顺听后，分析陆老板不会是吴自东，但他不死心，自以为二丫头没有暴露，决定让她仍回陆记大药房，用美人计“攻下”常顺，进一步深入调查情况。

二丫头回到陆记大药房后，自称寻找亲戚毫无结果，只好回来，请求陆老板继续收留她。陆老板清楚杨昌顺在试探他，不收留便有“此地无银三百两”之嫌，于是又收留了她，并叮嘱常顺继续保持“热恋”关系。常顺清楚这次该怎么对付二丫头了。

杨昌顺见陆老板又收留了二丫头，暗自得意，他相信二丫头会把陆记大药房的秘密搞得水落石出。

自从二丫头又回到大药房，黑河镇地下组织便无法聚会联络，地下活动受到极大妨碍，陆老板决定除掉这个祸害，但不好下手。林子华请求这个任务交给他来完成。田梅见他胸有成竹、很有把握的样子，问他有什么高招？林子华说：“二丫头急于想寻找吴自东，咱们就将计就计，把她引到黑河客栈，让特工队出面收拾她，这样打死了蛇，还不沾腥……”

“好！”田梅和陆老板异口同声表示赞同。

二丫头在大药房极尽美色和“技术”引诱常顺，还神秘地告诉常顺她是兰州地下组织交通员，前来寻找黑河镇地下组织负责人吴自东。常顺听她这样说，便按照林子华事先的部署，告诉她：“听说黑河客栈有个伙计叫吴自东，他经常装扮成做小买卖的进行地下活动，你可以前去打听，但要保密，免得……”二丫头因获取情报心情迫切，见有了吴自东的消息，悄悄给外面的“耳目”说了声有新情况，便离开陆记大药房，诡秘地去了黑河客栈。

麻五年龄跟常顺差不多，也没有媳妇。二丫头清楚这种人最好诱骗，便缠着他探问共产党地下组织，又探问客栈谁姓吴，叫吴自东。麻五见她行动鬼祟，不像要饭丫头，准备赶她出去，田梅见机凑上前撺掇说：“她可能是共产党，前来探听秘密，寻找他们的组织，赶快报告特工队。”

麻五听二丫头是共产党的密探，清楚该怎么处置，他马上打电话报告特工队说黑河客栈发现共产党探子。林子华接到麻五的报告，立即派刘双赢前来抓捕。

二丫头正在客栈探问情况，见刘双赢来了，把他拉到旁边悄悄告诉他：“我是调查组的。”刘双赢知道她是什么人，却佯装不知，令队员抓捕她。二丫头紧张了，慌

忙掏出枪威胁道：“你们谁敢动，我打死谁！”

麻五见二丫头掏出了枪，更加坚信她是共产党密探，举着拳头叫嚷着：“快开枪毙了她，毙了她！”其实他不叫喊刘双赢也知道该怎么收拾她，他这样叫喊，反倒给刘双赢增加了一个证人，便下令队员开枪。

“啪啪啪——”随着三声清脆的枪响，二丫头栽倒在地上。

刘双赢踢了踢倒在地上的二丫头，见她彻底毙命，对前来的队员欣然道：“干得好！收队！——请功邀赏去！”一挥手带着队员们欣喜地离开了。

刘双赢回到特工队，跟两个队员前去调查组向王副官报告情况。王副官听此情况，突然瞪大眼睛：“什么什么？你们把……那是杨主任派的密探。”他暴跳如雷。

“啊？！”刘双赢装作惋惜地惊叫着，“是主任派的？是杨主任……怎么不早说？怎么不早说？看看这事闹的……”惋惜地在地上走来走去。

杨昌顺知道情况后大为恼火，准备处置刘双赢，但无从下手，也深感蹊跷。二丫头是他派进陆记大药房的密探，没有他的指令，她怎么突然去了黑河客栈？他分析是陆记大药房捣的鬼，便将守候在陆记大药房旁的“耳目”叫来询问情况。耳目告诉杨昌顺：“二丫头发现新情况后，才离开陆记大药房去的黑河客栈，于陆记大药房好像没有关系。”

杨昌顺陷入了迷茫。

二丫头到底在黑河客栈发现了什么？他叫来王副官共同分析研究。王副官觉得二丫头被杀有疑点，并不那么简单。杨昌顺让他说说自己的看法，王副官说：“二丫头的死肯定与林子华有关，因为林子华旧时恋人田梅在黑河客栈，又是刘双赢亲自前去干的，这不是太巧合了吗？一个巧合是巧合，三个巧合必定不是巧合，是虚假。”

杨昌顺听王副官分析的有道理，命他秘密调查二丫头事件的前后经过。王副官亲自去了黑河客栈，顺藤摸瓜先找到了麻五。麻五告诉他：“那丫头真是共产党，来客栈探问共产党组织，打听一个叫吴自东的人。”

王副官不愿听这些，问他：“是谁让你报告特工队的？”

“是我自己，我知道怎么收拾共产党的。”麻五炫耀地说。

王副官哭笑不得，再三询问他：“到底是谁让你报告特工队的？”

麻五回忆了半天说：“好像是田梅提醒的。”

王副官听是这样，什么都清楚了，回到调查组把情况报告了杨昌顺。

杨昌顺觉得此事真有文章，便亲自询问林子华。林子华说：“我接到黑河客栈的举报，便派行动组刘双赢前去捉拿共产党，这是很正常的，也是主任亲自布置特工队的任务，不敢怠慢。再说，是刘双赢前去执行的任务，当时怎样开枪击毙二丫头的我并不了解。”

杨昌顺又亲自审问刘双赢。

刘双赢说：“二丫头自称是共产党联络员，在黑河客栈寻找地下组织，还有什么姓吴的，当时要向我们开枪，麻五发现后叫喊着让我们开枪，否则我们的队员和麻五就会挨枪子儿，因此我们的队员开枪自卫，当时在场的队员都亲眼目睹，可以挨个调查询问。”

杨昌顺又找来开枪击毙二丫头的几个队员，队员的供词跟刘双赢一模一样。杨昌顺张口结舌，哑巴吃黄连有苦难言了，让王副官继续调查。

第二十一章
夫妻同床异梦

王副官更紧地盯住了林子华，林子华清楚自己处境危险，于是行事小心谨慎。

晚上回家后，蓝蝶询问林子华的枪伤情况，林子华说："好多了。"蓝蝶要瞧瞧，他解下挂在脖子上的绷带，挽起衣袖。伤口上缠裹着纱布，蓝蝶轻轻抚着，流下了眼泪。林子华安慰道："很快就会痊愈了，不要担心。"

蓝蝶发现王副官盯他的梢，问他发生了什么事，林子华不告诉她。

蓝蝶分析说："听说陆老板是共产党地下人员，你是不是跟他们有联系，才引起王副官盯梢调查的？"林子华说："不要胡思乱想。"蓝蝶忽然恼了："不要在我面前耍花招——我是重庆派来的特工，不要小看我的侦破技术和能力，我早已看出你与他们有来往！"

林子华笑着说："我知道你的来头，但人跟人来往是人之常情，我又在大药房治伤，常来常往的，不要往别处拉扯，我不是你听说的那种人。"又提醒她："非常时期，不要随便怀疑人，也不要随便外出，注意保护好自己。"

蓝蝶沉默了。

这小两口真有意思。妻子刚停止对丈夫的探问，丈夫却又从侧面探问起日本特务间谍组织的活动情况，并巧妙地宣传开导妻子觉悟，劝她弃暗投明，同中国人民一道进行抗日活动。蓝蝶突然盯住他："子华，你什么意思，好像我是日本特务间谍？"

"哦，不。"林子华忙说，"不过，我发现你案卷上的照片跟现在有很大差别……"

"那，难道我是假的？"蓝蝶愣了愣问。

"不，我只是看着不像，也许你现在胖了……"林子华暧昧地说。

"也许吧……"蓝蝶说出这三个字，沉默不语了。

"夫人，怎么忽然不说话了？"林子华故意问。

"我瞌睡了……"蓝蝶在那儿独自沉默半晌，打声哈欠说，"睡觉吧。"其实，她并非瞌睡，而是怕再往深处扯，会暴露自己的真实身份。林子华也清楚刚才他的话触及了她敏感的地方，又把话题移到那批货物上，骂骂咧咧着上面不了解情况，今天说那批货在日军秘密组织手里，明天说在共产党手里，东一榔头，西一棒子，折腾人，又说："你分析分析那批货到底在日军秘密组织手里，还是在共产党地下组织手里？"

一提起这个话头，蓝蝶却背离话题请求道："子华，我们还是马上离开黑河镇吧，我实在受不了这样的环境！"林子华说："天真，这场战争不结束，中国哪有安宁地方，哪有安宁日子？"他诅咒起这场战事，诅咒着残忍的日本侵略者。

蓝蝶又不吭声了，半晌忽然问林子华："假如特工队真像你刚才说的，照片上的我跟现在的我有差别，认为我是假蓝蝶，你将怎么办？"

"只要弃暗投明，跟中国人民站在一起，中国人民是欢迎的，你仍然是我的好妻子。"林子华郑重严肃地说。蓝蝶见他认真的样子，苦笑一下："开句玩笑，你还当真了？"林子华又郑重严肃道："我可没有开玩笑，我说的全是真话，绝对的真话，我还想前去看望岳母大人！"

一提母亲，忽然勾起蓝蝶的隐痛，她眼睛潮湿了。林子华清楚，他又扯到蓝蝶敏感的地方了，便打住话头。他盼望着延安方面尽快营救她的母亲，解除特高课对她的控制和威胁，让她看到自己的光明前程。

晚上睡觉时，林子华又要去地铺上，蓝蝶不愿意了，要拉他到床上，林子华指了指胳膊说："我胳膊有伤……"蓝蝶恼了，嚷起来："这叫什么夫妻，什么家庭，什么生活？"林子华怕别人听到惹出麻烦，赶紧"投降"上床，却不睡在一个被窝里。

蓝蝶拉住他，商议要个孩子。她天真地想，只要有了孩子，以后林子华即便知道她是日本间谍，也会看在孩子的份儿上不会离开她。他又劝导说："非常时期，不能要孩子，这是为了咱俩好！”

蓝蝶气得叫嚷起来，林子华赶忙钻进蓝蝶的被窝，用右手搂住蓝蝶，但仅此而已。蓝蝶发现他好像一团谜，又心里自问：“他难道发现我是日本间谍了？”想了想，摇头否认了。因为林子华如果发现她是日本间谍，早该把她抓起来了，还会等到现在，还会跟她结婚？她又探问：“假如我是个坏女人你怎么办？”林子华清楚她在试探他，便说：“原先是坏女人不要紧，从今后变成好女人是关键，只要你变好了，我仍爱你！”

她听后想把自己的身份告诉他，但犹豫了半天，最终还是没有说出口。

她感觉林子华还爱着田梅，又拷问起来他与她的关系来：“子华，你跟田梅到底怎么回事？”一提到田梅，林子华犯难了。因为他经常跟田梅接头联络，否认等于断了他跟她联络的由头，承认了，蓝蝶这里又过不去，因此他忽而否认，忽而点头承认：“我跟她虽然断了，但还是很想念……”他的话没说完，蓝蝶哭泣起来：“难怪你冷我。”林子华见她哭了，赶紧否认，哄小孩般说：“我跟你开个玩笑，你就认真了？”蓝蝶认真问他：“真跟田梅断了？”林子华又含糊其辞。

否认——承认——否认，搞得蓝蝶满头雾水，痛苦忧伤，泪水涟涟。女人一旦陷入感情世界，总是显得迟钝甚至愚蠢。她作为特工本应该看出林子华与田梅来往与感情无关，却没有看出来。她决定暗暗跟踪林子华，搞清他与田梅的关系，教训教训那个傻姑娘。

林子华坐在工作室里，拿着那把保险柜上的钥匙端详把玩，叹惋着钥匙拿到了，却因调查组的干扰，那个保险柜到现在还没有打开，《计划》文本仍然没有搞到手。他正想着，刘双赢忽然悄悄进来，发现他愁眉不展问：“怎么了？”他惊吓一跳，忙收起钥匙：“没有什么。”

“没什么，紧张什么？”刘双赢说。

林子华却说：“不打报告就闯进来，小心我把你当作刺客，开枪误伤了你！”

刘双赢哈哈笑起来：“老同学真会说话。”

两人斗了几句嘴，刘双赢低声认真地问：“最近是不是有行动？”林子华不置可否。刘双赢向左右看看，提醒道：“老同学，最近可不要乱动，王副官和调查组行动队长候其胜暗地里盯着你，稍有动静就会出麻烦！”

“知道了。”林子华淡淡说，虽然嘴上这么说，心里却很着急，直到今天方案文本没有搞到手，他怎能不着急？他真想瞅准机会行动，但没有接到陆老板和田梅的指示不能擅自行动。

其实，陆老板和田梅更着急。中午，田梅趁午休管家不注意，悄悄溜出客栈，绕过几条街来到陆记大药房。陆老板刚准备派人前去联系她，见她来了，便说：“这些天我们的老对手看到杨昌顺调查林子华便幸灾乐祸，放松监视，这正好给我们留下了行动的好机会，组织决定马上动手，搞到《计划》文本。”

田梅说：“我回去马上部署行动方案！”

这晚，林子华翻墙进入黑河客栈，摸到那间库房，打开了保险柜，但不见《计划》方案。他吃惊不小，清楚耶掌柜又将《计划》文本转移了，转移到什么地方，却不得而知，他心情非常沉重，回来后将情况报告了田梅和陆老板。

陆老板指示立即调查寻找，尽快把《计划》文本搞到手，否则会延误战机。于是田梅又开始在客栈暗暗调查寻找。这晚很迟了，她发现耶掌柜的宿舍里还亮着幽幽的灯光，搞什么名堂？她出门悄悄靠近他的房间窗后窥视，发现他从床下的箱子里捣腾出个档案袋，看样子要转移到什么地方去。——《计划》文本！她几乎叫出声来。

耶掌柜揣着那个档案袋悄悄出门向后院走去。见此情景，田梅远远跟了上去。她发现耶掌柜到了后院，并没去哪间房屋，而是打开客栈后门，一闪身出去了。他要去哪里？田梅翻过院墙，紧紧跟踪。

耶掌柜出了后门，便顺着幽暗的巷子蹑手蹑脚向前走，好像偷鸡的狐狸。巷的尽头是江田寿夫府邸后门。田梅发现他来到江府后门前停了停，看看前后左右，见没人盯梢，打开旁边的小门，一闪身进入院内。她大感惊诧，他怎么打开了江田寿夫家的后门？他去江府干什么？难道江田寿夫是他的幕后人？是他的上司？是太阳花？他要把《北漠计划》文本转移到哪里去？一连串问号陡然涌进她的脑海，她准备翻墙入院探个究竟，忽然旁边的暗影里钻出个人，上前捂住她的嘴巴，拉起她迅速向远处跑——那人是林子华。

林子华把田梅拉到一个安全的地方，才说：“跟进去会惊动他们，会暴露行动目标！”田梅见是林子华惊奇地问：“子华，你怎么在这里？”

林子华说：“我已经注意江田寿夫和耶掌柜很长时间了，今晚终于抓住了他们的狐狸尾巴！”

“太好了！太好了！”意外的收获，使田梅激动地抓住林子华的手直摇。

林子华也很激动：“——看来江田寿夫是黑河客栈的后台老板，耶掌柜要把《北漠计划》文本转移到他那里去。请组织让我这个‘干女婿’前去江府，探探江府的深浅！”

“好！我同意！”田梅表态说。

“那我马上就行动。”

“祝你成功！”

时间不允许他们久留，也不允许研究具体的行动步骤，于是两人分头撤离。

田梅刚回到客栈进入宿舍，管家就凑到门前监听她的动静。她发现后故意弄出很响的咳嗽和鼾声，管家听她在屋里放心去了。

林子华悄悄进了家门，又悄悄摸进卧室，刚要在地铺上躺下，蓝蝶喝道：“起来。”林子华惊跳起来。

原来蓝蝶根本没有睡，大睁着眼睛等他回来。蓝蝶审问他：“去了哪里？这么晚才回来？”他支吾着说：“去执行任务。”她问：“这几晚上都去执行任务了？”他说：“是。”她吼道：“胡说，我问过特工队，根本没有任务。我也是特工，你去干什么，能骗过我的眼睛？”他听此情况，赶忙哀求：“不要争吵，不要争吵我的姑奶奶！”说着上去搂住她，把她放倒在床上，用嘴巴捂住她的嘴，接着褪下她的衣裤，动作起来……

也许发现了《计划》文本线索，他心情激动，第一次跟蓝蝶有了夫妻“生活”，而且很卖力的样子。

结束以后，两人靠着床背亲热交谈。蓝蝶幸福而惊奇地问他：“枪伤好了？”林子华胳膊一直用纱布包着，隐瞒着“枪伤”，蒙蔽着别人的眼睛，此时才发现自己露了馅，忙说：“好像不痛了。”

蓝蝶会意地笑着：“今晚你好像很兴奋，碰到什么喜事了？”

林子华摇头说：“没有。”但掩不住心里乐，建议说：“明天我们去‘干岳父’那里看看。”蓝蝶觉得纳闷，林子华说：“受伤后很长时间没有去了，想去看看。”

蓝蝶很不愿去那人间地狱般的地方，但还是同意了：“只要你想去，我就陪你去。”

过了两天，林子华跟蓝蝶去了江田寿夫府上。江田寿夫感到惊讶：“子华，怎么想起来这里了？”林子华说：“干女婿看望干岳父理所当然，最近因为受伤，常在医院憋得慌，再说好长时间没来看望您老人家了。”

江田寿夫听他这样说，脸上出现笑容：“好，欢迎欢迎，子华是好长时间没有来这里了！”

林子华刚坐下，一眼便看到客厅墙角的保险柜，但马上把目光移开，怕江田寿夫觉察到什么。

对于林子华的突然造访，自然引起江田寿夫注意，他趁蓝蝶去厨房帮他煮咖啡，悄声询问：“他什么来意？”蓝蝶说：“看不出他有其他意图，自从住院治疗后，调查组一直纠缠他，他好像很烦躁，坐卧不宁。”但江田寿夫却感觉林子华无事不登三宝殿，于是暗中察言观色，等待林子华开口。

终于林子华开口了，他说：“干女婿今天来不仅为了看望干岳父，还想看看干岳父的收藏，听说干岳父有很多珍贵藏品，能否让我一睹为快？”

江田寿夫惊异地问：“子华啥时候也喜欢起古董古玩来了？”

林子华叹道：“国之大乱，前途渺茫，当官的大肆敛财，我也想收藏点古董字画什么的，为自己留条后路。”

“哦，是这样。”江田寿夫便走过去，打开墙角的保险柜，让他观看。林子华原想《计划》文本肯定锁藏在这个保险柜里，见里面只有古玩，并没有别的东西，失望了。难道《计划》文本还在黑河客栈耶掌柜手里？

林子华参观了保险柜里的古玩和藏品后，江田寿夫又带他到藏品库房参观，林子华虽然表面上兴趣盎然，仔细观赏，但心里却想着江田寿夫会把《计划》文本转移到什么地方，难道他的判断失误了？

其实，林子华和田梅的分析判断是正确的，那晚耶老板偷偷带过来的真是《计划》文本，原本就锁在这个保险柜里的，但江田寿夫发现这个保险柜太招惹人，于是把它转移了，刚转移，林子华就到了。他感到很庆幸。

林子华在江田寿夫的陪同下观赏完了藏品，但一无所获，他沮丧到了极点，却仍表现出兴致勃勃的样子。要回家了，临出门时，他看到客厅正墙上挂着一幅带框的《水月观音图》，心里忽然生出一种异样的感觉，按照中国人的习俗，客厅正面的墙壁不应该出现这样的画，但他已经出门了，不好再回头去“研究”。回到家后，他仍仔细回味琢磨那幅《水月观音图》画框，最后得出结论：《计划》文本可能藏在画框背面，于是决定再次深入虎穴！

两天后，林子华和蓝蝶又去了江田寿夫府上。林子华想看看挂在墙上的《水月观音图》画框，但没有机会，恰在这时江田寿夫和蓝蝶都去厨房煮咖啡，他便起身上前准备摘下来，但他刚伸出手，江田寿夫和蓝蝶端着咖啡从厨房出来，他赶忙缩回了手。

江田寿夫见他观看那幅画，问他：“喜欢？”

“很好看。”林子华表现出很有兴致的样子。

江田寿夫说：“喜欢就摘下来欣赏欣赏。”

林子华听他这样说，忙说：“不必不必，挂着更能品出它的味儿。”其实他是很想摘下来“研究研究”的，但见江田寿夫真要摘下来，便清楚《计划》文本不在画框里，如果藏在里面，他绝对不会摘下来让他观赏的，他又失望了，甚至有点绝望！

文本藏在哪里？文本藏在哪里？林子华边喝咖啡边思考边自问着。此时，他发现

一个奇怪现象：已是九月，天气酷热，江田寿夫头上冒着大汗，摇着蒲扇，身上却穿着皮马甲，没有脱下来的意思。他脑子里忽然闪出这样一个念头：是不是文本缝在他的皮马甲里？这样想着，趁江田寿夫不注意，伸手抓住马甲捏了捏。

“啊！你你……”江田寿夫忽然显得惊慌，盯着林子华，“你要干什么？”

林子华无事般说：“大热的天，干岳父穿着马甲热得难受，想帮着脱下来。”

“哦……”江田寿夫听是这样，镇静了情绪，说，“我早年东走西奔，迎风冒雪，患上个腰背痛，这件皮马甲我是从不离身的……”

“哦！那就不要脱。”林子华装作明白了，又提议说，“雪莲可以治疗风寒病，有机会我上山给您采些雪莲回来熬着服用！”

“好，那当然好！当然好！”江田寿夫听此话，提悬的心落到了实处。

林子华的判断千真万确，《计划》文本就缝藏在江田寿夫的皮马甲里。因为那天林子华在注意《水月观音图》的瞬间，被江田寿夫发现了，所以林子华刚离开，他马上关起门，把文本从那幅画框背后取了出来。当时他不知把它藏在哪里，忽然想起身上的皮马甲，便拿出针线，把文本缝藏在马甲夹层里。

林子华刚才的试探，已试出文本缝藏在皮马甲里，心里豁然开朗，决定想办法搞到手。

太阳花发现林子华两次去江府，研究琢磨着这个谜。

这晚，他与江田寿夫在胡杨林接头了，提醒江田寿夫说：“林子华去你府上，大概不仅仅是为了观赏古董字画吧？是不是盯上了《北漠计划》文本？”江田寿夫说：“请老板放心，即使林子华盯上了《计划》文本，他也找不到，拿不走的，只要我活着，文本保证完好无损！”

“不可轻敌，要提高警惕，严密防范！”太阳花严肃道，又告诉他，他精心策划出一个“搅浑水”的行动方案，他给江田寿夫暗授机宜……

江田寿夫听了太阳花的方案意图说：“老板的意思是借调查组之手干掉林子华，让特工队、共产党和调查组三家自相残杀？”太阳花称赞道：“对，我们几次刺杀林子华都没有成功，现在只有借刀杀人了。目前调查组已经盯住了林子华，也盯住了陆记大药房，我们就来他个‘借力打力，借刀杀人，顺风点火’，让杨昌顺把林子华搞掉，让他们三家彻底混乱，他们越混乱，水搅得越浑，我们才越安全。但我们这次不亲自出动，铤而走险了，那样代价太大，中国人喜欢‘窝里斗’，我们就因势利导，充分利用这个特点，让他们互相残杀，来实现我们的目的！”

江田寿夫回来后，便与耶掌柜密商部署行动计划。然而，他们诡谲可疑的行动，却被田梅发现，知道老对手又有新动向，于是傍晚时分偷偷溜出客栈与林子华碰头研究对策。谁料，他俩刚在街上的小饭馆接上头，就被调查组行动队长候其胜发现。这个候其胜近来一直伴随在王副官左右，王副官说东他就东，指西就打西，几乎成了王副官的一条走狗。他发现林子华和田梅聚会，马上报告了王副官。王副官当即令候其胜前去盯住林子华和田梅，自己前去请杨昌顺到小饭馆“观赏”林子华和田梅的聚会！

再说，林子华和田梅刚到小饭馆，就感觉气氛不对，于是立即分头撤离。田梅回了黑河客栈，林子华向特工队走去。他走进特工队旁边的暗巷，突然发现前面有个黑影晃动，他喊了声：“谁？”话音还没有落，只听“砰砰”两声枪响，那个黑影随着枪声栽倒在地上。

林子华忙掏出枪射击，却没有打准，准备追赶，但那开枪人向远处逃逸，转眼消失在小巷尽头。他停住脚步，回头看看那个倒地的人，见是候其胜，大吃一惊，怎么回事？刺客是什么人？他准备继续追赶刺客，这时王副官和杨昌顺以及几名调查组队员赶到了，他们见候其胜倒毙在地，疑虑的目光“唰”地转向了林子华。

“怎么回事？”杨昌顺问林子华。

林子华放下枪说：“有人向候队长开枪，我赶到这里刺客就逃跑了。”

调查组的人在周围搜查，没有发现人影，却从地上找到两个弹壳，王副官拿起来在手电光下看了看说：“是自己人的子弹。”把子弹交给杨昌顺。

杨昌顺看了看，态度突变，盯住林子华：“到底怎么回事？”

林子华也不清楚是怎么回事，半晌说不出话来。

“说话！”王副官忽然怒喊道。

林子华见王副官呵斥他，忽然火了：“我什么也不知道，让我说什么？”

“哼哼！”王副官鼻子里“哼哼”了两声说，“人明明死在你的枪下，却装糊涂不认账，想蒙混杨主任……”

“放屁！”林子华彻底火了，“你再胡说八道，老子……”抬手抓住腰里的枪。

王副官见此情景，忙躲在杨昌顺身后叫喊煽动：“主任，他要杀人，又要杀人啦！又要杀人啦！”

“大胆！”杨昌顺脸色“唰”地变了，向左右下令：“下了他的枪！”

王副官和那几个调查组的人即刻拥上去，夺下林子华手里的枪。

“主任……”林子华忽然感觉自己掉进一个幽深的陷阱，欲解释说明，杨昌顺冷冷地说：“不要说了，等到了调查组再说。”说完，转身走了。

林子华被调查组带到调查组关了起来。

杨昌顺恼怒而困惑，对王副官说："去问问他到底怎么回事，怎么回事！"王副官领命前去审问林子华了。

林子华被关在一间平房里。王副官让哨兵打开门，他进去对林子华冷笑一声，审问起来："说吧，今晚跟田梅干了些什么？她是不是共产党？是不是她指使你刺杀的候队长？那批物资藏在哪里？"

林子华仍处在气愤的情绪中，面对王副官的审问，既感可笑可恨，又莫名其妙，因此不语。王副官见林子华一语不发，暴跳起来："说吧！死抗着没你的好果子吃！"林子华突然哈哈大笑："你们呐，一伙真正的草包，真正的刺客逃之夭夭，置若罔闻，视而不见，却抓住自己人不放，你到底想干什么？"

"不要再演戏了，什么真正的刺客？你就是真正的刺客。因为候其胜发现你跟共产党分子秘密聚会，跟踪你，监视你，所以你才杀人灭口。我说的都是事实吧，揭到你痛处了吧？"王副官说。

"噗嗤——"林子华忍俊不禁，忽然又笑了，"自作聪明，可笑至极！"面对这样的无赖他无话可说，把脸转向旁边，又沉默不语了。

王副官见林子华沉默不语，无计可施，准备让身旁的队员动大刑。林子华破口大骂："愚蠢之极！面对你这个蠢货，我林子华不想说什么，我要面见主任！"他要求杨昌顺出来。

杨昌顺就在旁边的监听室边监听边琢磨林子华的手枪和那两个弹壳，听到林子华坚持要面见他，便走了过去："有啥话说吧。"林子华要求跟杨昌顺单独谈，让王副官回避。杨昌顺对王副官挥了挥手："去吧。"王副官讪讪出去了。

林子华道："主任不觉得有人栽赃于我，陷害于我，想挑起我们内部争斗吗？"

杨昌顺说："如果我没有亲眼看到候其胜倒在你面前，我是不会相信的，可本主任偏偏看到候其胜死在了你的枪下。刚才我研究了半天，那弹壳跟你的手枪确实是同型号，这枪又是你的，你让我怎么说？你让我怎么相信你的话？你还是说实话吧，是不是看到候其胜发现了你与共产党秘密聚会，才对候其胜下的手？……"

"胡扯！一派胡扯！"林子华又激动了。

"不要激动。"杨昌顺摇摇手说，"激动没用，最好把事情说清楚。跟共产党秘密联络和那批物资的事暂且不说，候队长被打死的事实就摆在那儿，不说清楚能过去吗？就是我替你说情，也说不过去的！"

林子华说："我是无意在小巷里看到候其胜的，候其胜被人枪杀，于我半点关系没有，是有人设圈套陷害我！"

"那弹壳怎么解释？"杨昌顺问。

林子华说："我当时是开了枪，但不是向候其胜，而是向刺客开的枪。"

"那刺客是谁？"杨昌顺问。

"我只看到一个黑影，一闪逃跑了，如果看清是谁，还有这档子事吗？"

"可这个能说服人吗？"杨昌顺说。

"这是阴谋，有人想陷害我，挑起内部争斗，他们坐享渔利！"林子华反复强调说。杨昌顺向他伸出手："证据，我要见证据，没有证据我相信谁？让我怎么相信？"说完离开了，林子华忽然感到问题非常严重了！

王副官见审讯无果，请示杨昌顺说："田梅是在场人，应该把她也带过来审问。"田梅是张书记长的女儿，调查组是不好审问她，也不好"请"她来调查组的，需要慎重。因此杨昌顺在那儿思考迟疑半天后，亲自打电话给张书记长，将"枪击事件"告诉他，并婉转地请他转告田梅前来调查组说明当时的一些情况。

张书记长大为吃惊，情绪镇静后，极力为女儿辩解开脱。杨昌顺说："不要说了，田梅作为知情者，有责任前来调查组陈述所知的情况，再没有别的意思。"

田梅前来调查组了。王副官前来亲自审问。田梅一阵傻笑过后说："调查组真是吃饱了撑的，我以前的男朋友邀我去吃夜宵也要管？你们是不是管得太宽了？如果真吃饱了没事干，去上战场啊！听说日本侵略者欺压我们的同胞，屠杀我们的民众，你们去打日本鬼子啊！你们吃人民的饭，穿人民的衣，应该为人民干点人事，在自己家里疯狗似的乱咬人有啥意思？算啥本事？"她痛快淋漓地嘲骂起来。

王副官快气疯了，却没有办法，嚷着说："谁让你说这些的？我是让你如实说是不是你指使林子华打死候其胜的！"

田梅又是"嘿嘿"傻笑："林子华是你们的官长，我是一普通小女子，我怎么可能指使他？"

"据我们调查你是他的上级，他听你的！"王副官吼着说。

"我是他的上级？"田梅认真了，凑到他跟前问。

"是，你是他的上级。"王副官说，"我们早就发现了！"

田梅忽然指着身旁的几个特工队员质问王副官："如果我是林子华的上级，那我应该也是他们几个的上级了？"她忽然用命令的口气对那几个队员说："现在我命令你们拿起枪，毙了王副官这个狗汉奸！毙了狗汉奸！"那几个队员却不动，反而被她煞有介事的样子逗笑了。田梅见她指挥不灵，对王副官说："你说我是上级，可我的话他们这些小兵都不听，我还能指使得了他们的队长吗？我看你是狗嘴里吐猪牙啊！嘿嘿嘿……"她又是傻笑，又是嘲骂。

王副官被田梅狠狠编排臭骂一顿，气得脸色青一阵白一阵，张口结舌说不出话。

他真想狠狠教训田梅，但她是张书记长的女儿，抓不到什么真凭实据，哪能随便动手？

田梅要求面见杨昌顺。杨昌顺就在隔壁的监听室，听到田梅要见他，过来了。

田梅对杨昌顺说："如果真有人杀候其胜，凶手肯定是王副官。他早就跟共产党的联络员二丫头勾勾搭搭，跟国军不一条心！"

王副官听她说的坏话，气愤地说："胡说八道！"

田梅据理力争："你跟共产党联络员二丫头在黑河客栈秘密来往不是事实吗？这事客栈的麻五清楚，你们特工队的队员也清楚，还要什么赖？应该毙了你这个狗汉奸！"说完转身走了，弄得王副官哭笑不得。

杨昌顺点着他的鼻子嘲笑说："你这人哪，就是有点神经过敏，非要审问田梅，看看，反倒把自己绕进去了，搞得多被动！"

田梅回到家里，张书记长气恼而忧愤地审问她："你到底干了什么？"田梅说："没干什么，要干了什么，调查组能放了我？"张书记长知道她通共，断然宣布："从今后你不是我的女儿，我们脱离父女关系。"

"你疯了？！疯啦？"张夫人嚷叫着，上去抓住张书记长的胳膊。

张书记长一扬手把她抛开，吼叫着："你们才疯了，疯子！两个疯子！"

第二十二章
林子华陷入对手的“套圈”

王副官审问无果，带人偷偷搜查了林子华的办公室，翻腾了半天，还是没有发现可疑之处，丧气地回到调查组。杨昌顺听此情况，陷入茫然，分析说：“候其胜的死可能与林子华无关，他怎么会明目张胆向候其胜开枪？还在特工队很近的地方，只有傻瓜才这么做……”

“林子华很狡猾，知道最危险的地方最安全。在特工队附近开枪，让调查组怀疑不到他身上，主任恰恰上了他的当！”王副官说。

杨昌顺听他这么说，有点不乐意了：“你为啥非要说林子华有共产党嫌疑？非要把候其胜的死往他身上拉扯？”

“主任啊，这不是拉扯！”王副官冤屈地说，“事实就摆在面前，候队长是我派去监视跟踪林子华的，他发现后开枪击毙他合情合理，明眼人一看就明白啊！”

杨昌顺顿在那儿了，半晌说：“这个理倒可以讲得通，但毕竟没有亲眼所见，只是分析猜测……”

“这是暗杀，是偷偷干的，能让别人看到吗？好在我们及时赶到，所以他没来得及逃跑被当场逮住，否则就成了无头案！”王副官庆幸夸张地说。

杨昌顺沉默了。

王副官又说：“再说，我早就看出林子华跟咱们不一条心，那批货就在共产党手里，他明明知道下落，可就是藏着掖着不肯告诉主任。”口气带着挑拨煽惑。

一提到那批货，杨昌顺心里烦杂了：“可我感觉那批货在日军秘密组织手里，并不在共产党手里。”

“那是共产党的一面之词！如果货真在日军秘密组织手里，林子华为什么不破获？为什么不挖出来？正因为在共产党手里，林子华是共产党的人，才藏着掖着，迟迟不动手！”王副官又是挑拨煽惑。

杨昌顺又陷入茫然了，感觉眼前的事云遮雾罩，错综复杂，但有一点他是清醒的，在没有拿到林子华的证据之前，不能把他关押起来，他说：“先把林子华放了，他是总部挂了号的精英，是重庆特派员蓝蝶的丈夫，在没有抓住确凿证据之前不能把关系搞僵，搞僵了，我们都没有好处！”他要为自己留条后路。

王副官见杨昌顺要放林子华，进言极力反对：“手枪和弹壳都摆在那儿，这就是最确凿的证据，还要什么证据？再说，从多种迹象足以说明林子华是共产党分子，放了他，如果让重庆方面知道，那可吃罪不起呀！”

一提重庆方面，杨昌顺心里忽然紧张起来。这个王副官是从上面派来的，据说很有背景，他虽然是他的上司，但这些年却时时处处让着他，防备着他。如果林子华真有问题，让他捅到总部，他就吃不上得兜上。想到这里，他改变了想法，说：“那就暂且先将他关起来，等把枪和弹壳送金泉城做了技术鉴定，再做处理。”

林子华被关押起来了。

在关押室里，林子华琢磨思索枪击事件，起初分析候其胜是田梅击毙的，但仔细分析，觉得不可能，最后断定是老对手日军秘密组织所为——又是借刀杀人计。他们企图搅浑水，趁混乱之机干掉他，实施北漠计划。他识破了日军秘密组织的阴谋诡计，又要求面见杨昌顺。

看管人员前去给杨昌顺通报了林子华的要求。杨昌顺不肯露面，林子华再次要求，杨昌顺有点不耐烦，去了关押室。林子华提醒说：“主任，这是敌人实施的借刀杀人计，企图挑起调查组、特工队的矛盾，达到他们坐享渔利的目的！”

杨昌顺拍着林子华的肩说：“子华，什么都不要说了，先受几天委屈吧，等枪和弹壳经过技术鉴定后，我会做决定的，好自为之吧。”他离开了。

蓝蝶值班回家后，发现林子华不在家，扫视屋里，发现有人动过家里的东西，意识到有人搜查过，她马上去林子华的办公室，办公室锁着，询问其他人，大家都摇头。她猜想他可能去了调查组，便去调查组了。

调查组就在隔壁大院里，工作人员匆匆忙忙，好像发生了什么大事。她问发生了什么事？却都摇头。她直接找到杨昌顺向他要人。杨昌顺说："子华在这里，但不能走，有些问题需要调查清楚。"蓝蝶清楚林子华被调查组关起来了，惊问："子华他怎么了？发生了什么事？"

"特派员不知道昨晚发生了什么事？"杨昌顺问。

蓝蝶说："昨晚我值班。"杨昌顺暗示秘书查问，秘书出去打电话查问，证实蓝蝶昨晚真值班，没有离开半步。杨昌顺这才告诉她："候其胜被人枪杀了。"蓝蝶忽然明白林子华为什么被关押起来了，她说："林子华不可能打死候其胜。"

杨昌顺说："我也不相信，但我亲眼看到候其胜倒在他的枪下，弹壳与他的手枪是同一型号，本主任不得不相信。不过还需要调查。"蓝蝶仍不相信，用特派员的派司唬杨昌顺："请主任马上放了林子华——我的来头你是清楚的！"

"这个……"杨昌顺愣了愣。要是换了别人，他早令卫兵把她轰出去了，但她是蓝蝶，是重庆那个"庙"里来的"和尚"，只好耐着性子说："我不会怎么子华的。调查组准备把枪和弹壳送到金泉城情报处鉴定，鉴定后自然真相大白。真相清楚了，于大家都好。——请特派员理解吧！"

"那，我亲自去金泉城。"蓝蝶感觉事出有因，不相信外人，由她亲自前往。

"这样做就不合适了，要相信调查组。特派员是重庆派来的大员，更应该相信调查组。再说，子华在这里，我杨昌顺会照顾好他的。"杨昌顺解释劝说道。

蓝蝶见杨昌顺把话说到这种程度，再要纠缠就不理智了，便不再说什么，但临离开时警告杨昌顺道："谁要敢伤害林子华，我让他吃不上兜上！"

杨昌顺害怕了，蓝蝶离开后，他斟酌半天，拿起电话通知王副官："先放了林子华吧！"王副官不愿意，杨昌顺火了："如果候其胜不是林子华打死的，你能担起这个责任吗？蓝蝶是军统情报局特派员，林子华是她的丈夫——你放明白点！"王副官那头还是嘟嘟哝哝不愿放人。

杨昌顺吼道："放了他，他就能飞了，上了天？"说罢"啪"地挂了电话。

王副官持着电话听筒愣在那儿，半天慢慢放下听筒，通知部下放了林子华，却不甘心地派人潜伏在林子华住宅和工作室周围，密切监视他的行动。

杨昌顺从窗子里看到王副官放了林子华，又发现王副官派人前去秘密监视，忽然对王副官兴师动众，要置林子华于死地的做法产生了反感，他打电话召他到办公室，指责他说："不要为了争权夺利，在林子华背后使绊子，开黑枪，下黑手，这样做太过分了！"

王副官摆出冤屈的样子说："我是为主任好，为主任着想，为主任早日破获车

案，早日追回那批货啊！——主任要是觉得不合适，本副官以后再不咸吃萝卜淡操心了！”他要撂挑子。

听此话，杨昌顺马上变了口气，拍着他的肩说：“王副官呐，本主任心里清楚你为我好，但干事情不能头脑简单，否则就会把自己绕进去。好了，以后本主任多听你的就是了。”

王副官心里舒坦些了。

林子华回到家，蓝蝶便扑到他怀里，又劝导他：“子华，我们马上离开黑河镇，到一个没有战争的地方平平安安过日子。这里太危险，四处都有枪口对准你！”林子华又笑她幼稚：“走得了吗？只怕我们没有走出沙漠，王副官和日军秘密组织就追杀上来要了我们的命！”蓝蝶有点无助了。

林子华想马上面见田梅汇报情况。蓝蝶拦住他，指指窗外：“不能出去，有人盯着你，你的处境非常危险！”抱住他不放。

林子华坦然说：“他们不敢怎么我。”他出门了，果然发现小院周围埋伏着王副官的人，他只好转回头去了特工队。太阳落山后，他打开特工队后院门去找田梅。

他与田梅在胡杨林接头了。田梅分析林子华目前的处境非常危险，建议他撤离黑河镇。林子华不肯：“我的任务还没有完成，再则我一撤离，便会暴露身份。”田梅说：“组织会想办法让你安全撤离的。”林子华说：“我的工作刚刚开始，搞到《计划》文本后，再撤离黑河镇。”田梅严肃说：“重要的是王副官要置你于死地。他是杨昌顺的副官，听说背景很深，杨昌顺都让他三分，他想达到什么目的很容易，黑河镇的地下党组织不能没有你！”

林子华分析目前还没到那种严重程度，便说：“我有办法对付王副官，目前杨昌顺也不会把我怎么样，因为他现在需要我侦获车案，再说还有蓝蝶这堵挡风墙护着。”

田梅见他态度坚决，只好默许，又提醒林子华：“最近上级组织通知我们，有个代号叫‘秃鹫’的日军间谍，潜伏在路防团情报处内部，这个家伙有可能是日军金泉城秘密组织头目！”

“秃鹫，头目？”林子华惊问，忽然顿悟，“清楚了，当初金泉城发生的一连串谜案和那几个特工队员被暗杀，可能就是这个‘秃鹫’一手策划的！”

“对。”田梅说，“上级组织就是从这几起谜案中发现‘秃鹫’的。”

“难怪我们的行动总是泄密受阻，原来路防团情报处内部不仅潜伏着日军间谍蓝蝶，还有这个‘秃鹫’！这个‘秃鹫’现在在哪里？是谁呢？”

林子华思索分析着。

第二天，天刚麻麻亮，前去金泉城鉴定枪弹的吉普车便秘密出发了。

吉普车里乘坐着调查组的两个队员，一个怀里抱着林子华的那把手枪。吉普车刚出黑河镇，江田寿夫便收到太阳花的密电，命令他马上派人前去黑鹰山口袭击吉普车，抢夺那把枪和弹壳，把赃转嫁到共产党地下游击队身上。这是他们惯用的伎俩，已经轻车熟路了，不用缜密布置，江田寿夫即电令黑鹰山附近的秘密组织前去执行。

黑鹰山的秘密组织接到密令后，在一个大肚皮和瘦猴子成员带领下，悄悄埋伏在黑鹰山口的公路旁。不多时，那辆吉普车顺着高低不平的山道向前驶来。吉普车刚进入黑鹰山口，突然路两旁枪声大作，一排排子弹从路旁的草丛中射出来，车厢里的两个调查队队员还没搞清怎么回事，便中弹歪倒在车厢里。

大肚皮和瘦猴子指挥那伙人冲出草丛，扑向吉普车，夺走了那把手枪和弹壳，又把枪口对准受重伤的司机，司机颤着声问："你，你们是什么人？"大肚皮回答："共产党黑河镇地下游击队！"接着向司机肩胛上开了一枪，转身匆匆逃离。

吉普车被袭击的消息传到了黑河镇。杨昌顺令刘双赢和老万带着特工队和调查组火速赶往出事地点，但大肚皮和瘦猴子们早已逃之夭夭。老万上前询问受重伤司机发生什么事了？谁干的？司机只说出"黑河镇共产党地下游击队"便死了。

调查组和特工队将死亡的队员和司机运回黑河镇。

杨昌顺见调查组的三个队员被打死，大为震怒。王副官更为激愤，大喊大叫："共产党太残忍了，手段太恶毒，一定要赶尽杀绝他们！"唯独林子华显得异常平静，他清楚这不是田梅干的，又是老对手，刘双赢也有同感。

不明武装半道劫杀了送检人员，各方舆论和形势均对林子华非常不利，刚放出来的他又置于危难之中。杨昌顺在王副官撺掇下，决定收押林子华。林子华前来郑重提醒杨昌顺内部有鬼，企图挑起内战，要千万小心！杨昌顺问："内奸是谁？难道是王副官？"林子华说："虽然不能肯定是王副官，但很多谜团都与他有关。"他列举出大量事实提醒杨昌顺，"特工队刚刚成立就有人跟踪暗杀特工队员、特工队刚秘密出发有人在黑鹰山口伏击，还有吉普车遭袭击等，这些都是路防团情报处和调查组的秘密行动，外人怎么得知消息的？"

杨昌顺经林子华的提醒，脑子开始复杂了。他回忆路防团情报处的几次行动确实是秘密进行的，特别是这次派车前去金泉城验枪弹，只有他和王副官知道，外人怎么得到消息的？他感觉内部确实有内奸，也感觉王副官真有点问题，但总是不愿往他身上想，因为他是他的副官，再则他是上级派来的，他没有理由怀疑人家，但他准备找

机会考验考验他。

就在林子华给杨昌顺提供情况时，王副官正好躲在门外偷听，他感觉危险步步逼近他，于是决定先下手置林子华于死地，因此林子华刚离开后，他不失时机地前去杨昌顺那里进言煽惑：“我们的队伍里肯定有共产党分子，否则共产党怎么知道我们的车要去金泉城？怎么知道那把手枪和弹壳就在那辆车里？这是内奸给共产党通了风，报了信！”

杨昌顺见王副官自己跳了出来，盯住他问：“去金泉城鉴定枪和弹壳的事，只有你我清楚，林子华并不知道，这怎么解释？”

王副官说：“那么大一辆车，从调查组驶出来，哪会不被人看见？再说，蓝蝶当时还要求随车前去金泉城，她知道了消息，不就等于林子华知道了，林子华知道了，共产党不就知道了，还有什么秘密可言吗？”

杨昌顺被堵哑了，想了想，觉得不无道理，又问：“这么说林子华真给共产党通风报信？”

“是。”王副官肯定回答说，“因为他害怕把他的枪和弹壳拿到金泉城情报处去验证，一验证就露馅了，共产党分子的身份也暴露了，所以给共产党通风报信让他们劫车，劫走那把手枪和弹壳，消除证据……”

“哦……”杨昌顺默默点头，对王副官的怀疑渐渐消除，对林子华的怀疑渐渐升格，他对王副官说，“那就先把林子华监控起来，等候审查！”

“是！”王副官带着几个人直扑林子华家。林子华不在家，他们扑空了。王副官用电话向杨昌顺报告说：“林子华逃跑了。”杨昌顺听此消息，马上确定林子华是内奸，遂下令：“立即追捕，不能让他逃跑。”他这几个字刚出口，林子华出现在他的办公室门口，杨昌顺愣住了：“你没有逃跑？”

“哈哈哈……”林子华哈哈笑着说，“逃跑？笑话！我心里没有鬼，不怕半夜鬼敲门，干吗逃跑？”

“那好！”杨昌顺冷冷地说，“趁现在王副官还没有回来，给我老老实实说候其胜之死和截击吉普车的到底是什么人？你是什么人？”

林子华反问杨昌顺：“主任是多年的老军人，难道连敌人要的这点雕虫小技都看不出来？这是敌人对我的栽赃陷害。”杨昌顺问：“弹壳怎么解释？”林子华说：“难道敌人不会把我曾用过的弹壳扔到候其胜身旁栽赃于我？这样的小伎俩，连小孩子都会玩，你就相信？”杨昌顺问：“那敌人是怎么知道我们要送你的手枪和弹壳去金泉城鉴定的？这不会是小孩玩出来的吧？”

“这得问你们自己。”林子华说，“因为鉴定枪和弹壳是你们的决定，只有你们

自己知道，什么时候出发，也是你们研究商量的，我当时在审查中，在王副官的严密监视中，消息是谁送出去的，不是很清楚吗？”

杨昌顺愣住了，半天又问：“敌人为什么要陷害你？为什么不陷害王副官、刘双赢、蓝蝶和老万很多人？”

“因为我抓住了他们的狐狸尾巴，一旦逮住，他们便会被连锅端！——这是一场你死我活的决斗！”林子华说。

“什么尾巴？”杨昌顺严肃起来。

“内奸。”林子华说，“还有日军秘密组织和那批物资的线索。”

“好！”杨昌顺说，“内奸的问题我们先不说，你先给我说说，既然你发现了那批货物的线索，为什么不侦破追回？”林子华说：“这个暂时不能告诉主任。”

“为什么？”杨昌顺追问，林子华还是那句话。杨昌顺被激怒了，“连我也保密，说明你有问题！……”正要下令抓人，王副官带着人马到了，举枪围住了他。

林子华对杨昌顺意味深长道：“不要被迷雾遮住眼睛——那批物资就在日军间谍组织手里，我们内部有鬼，他们利用国共矛盾挑拨我们窝里斗，你已经上当了！”

“林子华，你还想转移我们的侦破视线，还想抵赖，你的戏该结束了。——上！”王副官命令左右绑了林子华，杨昌顺摆了摆手道：“不要这样，他还是特工队的人，等搞清事实再实施绑押！”

那几个调查组队员停住了，林子华扬手抛过他们向外走去。

王副官准备离去，杨昌顺叫住他，若有所思问：“林子华是个很能干的特工，我们这样做是不是太过分了？”王副官说：“不！主任的决策非常英明，非常果断！”杨昌顺瞪了王副官一眼，似乎对他的褒奖有点反感，长叹一声，半晌自言自语说：“我们仅仅因为这件事把他关起来，很不能令人信服的啊！他原先在西安电讯学校读书的那段历史有点不清楚，你调查调查，看看他到底有没有问题……”

“是。”杨昌顺的话还没有说完，王副官便打断说，“主任放心，我有个同学曾在西安电讯学校读过书，写封信问问他就清楚了。”

杨昌顺说：“这可不是对林子华落井下石，本主任只是想把这段历史搞清楚，让大家心里都有个底，也免得别人抓我的把柄。”这句话是针对王副官的，王副官感觉到了，说：“明白！”

第二十三章
与“秃鹫”的较量

蓝蝶在工作室里坐立不安，心神不定，她太爱林子华了，才一天不见，便形色憔悴、失魂落魄，她准备去闹调查组，让杨昌顺放人，刘双赢忽然进来，见旁边没有人，悄声劝阻说：“不要闹，再闹下去会招致更大的麻烦。”言语中流露出林子华与黑河镇地下组织有关系。

蓝蝶听出了弦外之音，问刘双赢：“子华真跟中共地下组织有联系？”刘双赢回答：“只是猜测。”蓝蝶不再问了，因为她也怀疑林子华跟中共有联系，有可能是中共地下人员，如果真是这样，他的处境会非常危险。但她清楚侯其胜不是林子华打死的，这是栽赃、陷害，这里酝酿着一个很大的阴谋！

刘双赢清楚幕后人是日军间谍组织，便把这个事实告诉蓝蝶。蓝蝶也清楚是江田寿夫们干的，情绪很冲动，破口大骂小日本丧尽天良，准备去闹江田寿夫，忽然想起自己的身份，刘双赢又在面前，便停住了。刘双赢离开后，她偷偷去了江田寿夫那儿，她不敢大吵大闹，只对江田寿夫的卑劣行径很不满，央求他：“放过子华吧，他毕竟是我的丈夫，我们毕竟是夫妻呀！”

江田寿夫见女儿撕心裂肺的样子，心里苦不堪言，欲抬手抚爱她，安慰她，但想起自己是黑河镇日军间谍组织头目，不能坏了组织规矩，于是缩回手，转而严厉警告道：“你是帝国军人，要誓死为天皇，要把个人的感情，置入天皇之下，再要这样下去，格杀勿论！”并指责她不该随便来联系，违反规矩，暴露了目标，大家全得完蛋！

蓝蝶见央求无果，踉踉跄跄回了家。回来后，她又去见杨昌顺，重申候其胜不是林子华打死的，截击车辆事件与林子华无关，有人栽赃陷害，但却不敢说出是日军间谍组织，同时亮出“中央军统局特派员”派司，要求放人。杨昌顺解释说：“调查组把子华隔离起来仅仅是调查问题，并不是监禁关押，目的是为了侦破车案，追回那批物资，不会让他受委屈的，等把问题搞清楚，就会放他出来。侦破车案，追回军用物资，是重庆方面交办的任务，是你我的共同目标，特派员不支持，不协助，让我们怎么进行下去？请特派员理解，理解！”他抱拳对着蓝蝶连连摇着。

他们仅仅是把林子华隔离起来调查问题，她还有什么话可说？

她准备继续闹下去，想起刘双赢的叮嘱，怕闹下去会暴露身份，便痛苦离开了。回家后，她扑到床上“呜呜”痛哭起来，谴责自己为什么要做日本间谍？为什么要向林子华开枪？她又痛斥惨无人道的太阳花，忽然跳起来，又从抽屉里拿出手枪，准备去杀了江田寿夫，但想到自己的母亲在他们手里，便收起枪来，又无助地哭起来。

刘双赢过来了，又安慰说：“不要哭泣了，眼泪是救不出人的。作为子华的老同学和朋友，我会想尽一切办法救援子华的，放心！”蓝蝶擦掉了泪水，期望刘双赢拿出办法。刘双赢策略地提醒她说：“陆记大药房陆老板跟子华是朋友，你去跟他取得联系，说不定他会有办法解救子华的，不过要秘密行动，不能让王副官他们知道，否则……”

“知道了。”刘双赢的话还没说完，蓝蝶便站起来。刘双赢离开后，她前去了陆记大药房，路过陆记大药房对面的小茶馆时，忽然发现装扮成便衣的王副官。特工的敏感使她停住脚步，看到旁边有个卖瓜果的摊点，便装作买东西走了过去，接着转回来了。

她的行踪却没有躲过王副官的眼睛，他回去把情况报告了杨昌顺。杨昌顺用揶揄的口吻挖苦说：“蓝蝶该不会是共产党吧？她要是共产党，那满世界都成共产党了。”

王副官听出杨昌顺在挖苦他，不做声了。

蓝蝶回到特工队，将发现王副官的情况告诉刘双赢。刘双赢马上意识到陆记大药房已经暴露，而且处在非常危险的境地，但他没有将其情况告诉蓝蝶，而是让她秘密前去找田梅，顺便把陆记大药房被王副官监视的情况告诉她。

田梅是蓝蝶的情敌，但面对林子华被关押的残酷现实，蓝蝶不得不按刘双赢的

提醒和暗示去找田梅帮忙。她前去了黑河客栈，她估计田梅不会理睬她，没想到见面后，田梅对她格外热情。田梅早已知道林子华被关押，也意识到陆老板已经暴露，现在听了蓝蝶报告，证实她的判断是准确的。现在王副官之所以还没有动陆老板，是因为还没有调查清楚“云雀”是谁？留着陆老板，诱捕她这只“云雀”。

田梅知道蓝蝶是日本间谍，因此在她面前揭露日本帝国主义的侵略行径和惨无人道的法西斯本性，握着她的手表示：“我们都是姐妹兄弟，今后团结起来，共同对敌。”蓝蝶心里涌出一股热流，对田梅有了好感，请求她想办法救援林子华。田梅对她说：“林子华是你的丈夫，也是我们的朋友，我们会想办法的！”

蓝蝶流下了热泪，说：“过去我对你太过分了！”

田梅说：“那是过去，就让他过去吧，重要的是明天，新的开端！”她准备将中共延安方面营救她妈妈的情况告诉她，但想了想感觉时机还不成熟。

蓝蝶看出她想说什么，又不开口，知道她心里藏着秘密，便问：“子华跟你们是不是同道人？”

田梅笑了笑：“以后你会明白的，现在我们想办法救助子华吧！”

蓝蝶又流下了热泪，现在她才清楚他们幽会的真实意义了，同时发现田梅并不傻，那是一种大智若愚！

这晚，江田寿夫把蓝蝶召过去，审问她为什么跟田梅密切来往？蓝蝶在江田寿夫逼问下，只好实话实说：“想让她想办法救助林子华。”江田寿夫吼叫起来：“不——你想反水，要林子华，不要你妈！如果你不想要你妈妈，我马上向太阳花报告！”蓝蝶突然浑身打颤，哀求江田寿夫：“不要向上司报告，放过我妈妈！”江田寿夫说：“放过可以，但必须绝对服从上司决定，放弃林子华，执行上司的行动计划！”

蓝蝶哪里肯放弃林子华？但为了妈妈，她违心地点头了。江田寿夫见她点了头，表示满意，命令她前去给杨昌顺“煽火”，促使杨昌顺杀了林子华。蓝蝶听他又下这样的命令，恨之入骨，又拿起桌上的枪对准他：“你再说杀林子华的话，我就要了你的命！”她如同激怒的母狮子吼叫起来，但江田寿夫知道她不会开枪，告诫说：“放下枪吧，为了你妈妈的平安，不要干傻事。——这是上司的命令，我也无法改变！”

为了妈妈和丈夫的安危，蓝蝶慢慢放下手里的枪。江田寿夫见她放下枪，神秘地告诉她：“有人潜伏在你的身旁，你的一切行动都在他的监视下，你还是老实点！”

“什么？”蓝蝶几乎叫出声来，忽然清楚特工队和调查组里潜伏着秘密组织的人，他们盯着她，盯着林子华，林子华的处境太危险了！

她回家后，决定马上去见林子华，要把这个消息和他们企图借杨昌顺之手杀他的情况告诉他，让他提高警惕，保护自己。

第二天早晨她去了调查组，看到关押室门前站立着岗哨，难以进去，便直接去找杨昌顺，要求看望林子华。杨昌顺自然惹不起这个“通天人物”，便让王副官亲自陪她去了关押室。

蓝蝶想把紧急情况转告林子华，王副官在场不便开口，只是反复提醒他注意安全。林子华懂了她的意思，无所谓地调侃说：“放心，住在这里，前后有王副官的护兵守卫，有门岗看管，既安全又保险，不必担忧！”蓝蝶没有把消息传送给林子华，失望而归。

王副官望着她的背影得意地笑了，回头命令门岗说：“没有我的允许，任何人不得见林子华。”往前走了几步，又忽然转回来，下令撤掉关押室周围的岗哨，仅留门口一个。

哨兵愕然？

这一奇异情况被林子华发现，他识破了王副官的阴谋，他是企图留下空隙让他逃跑，只要他一逃跑，就说明他是共产党，他嘲笑道：“哈哈哈，王副官把我当成三岁小孩了，我才不上你的当，这里最安全！”他过去仰躺在床上。

王副官见杨昌顺对林子华的态度仍有点暧昧，怕他再次放了林子华，思谋着怎样尽快收拾了林子华。这天晚上他接到总部从兰州发来的急电，称“黑河镇陆记大药房是共产党秘密联络点，马上破获。”太好了，他拍案叫好，将电文呈送杨昌顺。杨昌顺见是上级电文，二话不说，命令王副官马上集合队伍逮捕陆老板。但调查组人员少，王副官只好前去调集特工队的人，但刘双赢非要知道执行什么任务，否则不能调动特工队。

这是秘密行动，王副官自然不告诉刘双赢，而刘双赢见他不告诉他，强硬起来：“不说明具体任务，让我这个行动组长怎么执行命令？这是规矩！”

王副官见刘双赢不见兔子不撒鹰，只好告诉他前去陆记大药房逮捕陆老板。刘双赢大惊，显得有点焦急。王副官别有用心地问：“陆记大药房好像有你的朋友？”刘双赢听王副官别有用意，愤然道：“自作聪明！——这么大的行动，事先不通知特工队，特工队当真是后娘养的？还在这里疑神疑鬼！”

王副官见刘双赢突发牢骚，忙脸露笑容，搪塞说：“我也是刚刚接到通知，连我也感到突然。”刘双赢鼻子里哼了一声，离开工作室，准备瞅机会给大药房通报消息。

王副官忙跟了上去，他只好直去操场。

老万已经集合好队伍，只七八个人。刘双赢上前开始战前动员，大声命令道：“各位兄弟拿出点精神，今晚有重大行动，前去陆记大药房……”王副官听他这样说，怕泄露秘密，忙打断他的话，催促马上出发。

调查组关押室在特工队隔壁，只一墙之隔，躺在床上的林子华听到特工队院子里有紧急脚步声和吵嚷声，赶忙从床上翻起来侧耳细听，却只听到“陆记大药房”几个字。他听见调查组和特工队全都外出执行任务，杂沓的脚步声渐渐远去，马上意识到陆记大药房要遭厄难！情况紧急，给田梅报告已经来不及，忽然心生计谋，对哨兵嚷着说：“我心里烦，睡不着觉，你前去给我买包烟。”那哨兵熟悉林子华，起先不敢，后来又推诿说附近没有商店，但经不住林子华好说歹说，又拿钱哄弄引诱，那哨兵拿着钱去了。

哨兵离开后，他从铁栏门窗里伸出手，使用开锁技术打开了门锁溜了出去。他翻墙进入特工队，又钻进自己的工作室，抓起电话给陆老板通报了消息。把消息送出后，他准备回关押室，忽然想，王副官和特工队都去了陆记大药房，我何不趁此机会去搞《计划》文本？这些日子因为调查组的追杀干扰，他和田梅疲于应付，“猎狐”行动被迫停止，现在王副官们都外出了，江田寿夫们也放松了对他的提防，岂不是行动的最好机会？他这样想着，遂直奔江田寿夫府邸，从后门旁翻墙入院，又攀缘楼房下水管登上住宅楼，从窗户里进入江田寿夫的卧室……

多日以来，江田寿夫晚上睡觉从来不脱那件皮马甲，自从林子华被关押起来后，他紧绷的神经有点松弛了，这些日子睡觉才把马甲脱了，挂在床头衣架上。

林子华从窗户进入江田寿夫的卧室后，朝床头摸去，将那件皮马甲拿到了手。为了这个重要密件，林子华和田梅已经费尽了心思和气力，却连见都不曾见过，现在却拿到手了，真有点“得来全不费工夫”之感，他心里顿然发热，激动不已！

时间紧迫，他赶紧将马甲揣在怀里退出卧室，悄悄翻墙出院，准备将马甲送到田梅手里，但时间已经来不及了，便顺原路赶回关押室。只要把密件拿到手，会有办法送出去的。他刚进门，准备将门锁上，那个看押的哨兵拿着烟回来了（他因又去酒房买了瓶酒，耽误了时间）。他接过烟，将找回的钱送给哨兵，又趁哨兵装钱的空子，锁上了门锁。

这个短暂的过程使他头上冒出大汗，过后大舒一口气，七仰八叉躺在了床上。

再说陆记大药房陆老板正在案前看书，接到林子华的电话后，立即行动，准备撤离。就在此时常顺闯了进来，送来上级组织的紧急电文，电称：“地下组织被敌人发现，马上撤离黑河镇。”陆老板当即决定常顺和其他同志撤离，自己做掩护。常顺不同意，要求让陆老板先走，他做掩护。陆老板见情况紧急，命令常顺马上埋藏电台，带上密码本离开。

这时，王副官和刘双赢各自带着人马迅速向陆记大药房包抄。刘双赢不知道林子华已将消息传送给陆记大药房，因此心焦如焚，一路上寻找机会要给陆老板通风报信，但王副官紧紧伴随在他的左右，没有一点空隙。来到陆记大药房附近，王副官指使刘双赢带特工队从前门进入，自己带着调查组堵后门。刘双赢见机会来了，冲到门前“砰砰”狠命砸门，给陆老板传递消息。

陆老板和常顺以及其他工作人员正在紧张包裹重要物件，听到急骤的敲门声，迅速烧毁文件来到后院。陆老板搬来梯子，让两个工作人员攀梯翻墙而走，常顺刚攀上梯子，王副官带着人马从后门破门而入，拥扑了上来。

陆老板见此情景，守在梯子旁举枪射击，狙击敌人，掩护常顺。“啪啪啪啪”枪声响起来，子弹在后院里流星般乱溅，划破黑暗的夜色。王副官的调查组因人多势众，渐渐逼了上来。陆老板准备攀梯逃走，但刚攀梯蹬上墙头，调查组的人紧跟着冲上来，有两个已经攀梯而上，紧随其后。他举枪射击，但枪里没了子弹，见凉棚上有根木棍，拣起来抡过去，将梯子上的敌人打了下去，趁此机会掀翻了梯子。王副官见梯子掀翻，无法攀缘，气急败坏，向陆老板“啪啪”两枪，陆老板胸口中弹，身子歪了歪，栽到了墙外……

刘双赢听到后院打起来，便砸开门带着特工队进入后院。王副官见刘双赢迟迟赶来，呵斥他马上去墙外抓陆老板。刘双赢听到陆老板逃出去了，心里松了一下，返回头出了陆记大药房。王副官也带着人马出了后门……

常顺已经逃出很远，听到陆记大药房方向枪声大作，知道陆老板遭遇不测，忙将肩上的包袱埋在草丛里，返回来救助陆老板，恰好看见陆老板从房墙上栽下，他赶紧跑上去抱住陆老板。陆老板见他还没有逃走，推他快走，常顺不走。

王副官指挥人马从后门追来，常顺见再不走，难以脱身，背起陆老板撤离。

王副官带着人马紧紧追赶，刘双赢也跟着追赶。

常顺很熟悉黑河镇的情况，在街巷里三拐两拐便甩掉了王副官。王副官气急败坏责怪刘双赢行动缓慢，让常顺和陆老板逃跑了。刘双赢反唇责怪王副官行动迟缓，缩手缩脚，畏缩不前，才让陆老板和常顺翻墙逃跑，该上军事法庭！

王副官哑口无言了。

王副官和刘双赢带着人马撤回了。杨昌顺听到陆老板被击伤，其他人员全部逃离，恼羞成怒，斥责王副官平时叫喊最凶，关键时刻却变成了一只草鸡，连瓮中之鳖

都抓不住，太无能，太草鸡！王副官冤屈地说：“陆老板好像事先得到了消息，他们有准备，所以才逃跑了。”

杨昌顺愤愤地问：“这次行动只有你我知道，陆记大药房是怎么得到消息的？是不是你泄露了消息？”

王副官哭笑不得：“主任把话说哪里去了？我会泄露消息吗？我怀疑……”

“怀疑谁？”杨昌顺问。

王副官本来对刘双赢有怀疑，但想了想，从行动开始，他就伴随在他的左右，直到陆记大药房附近才分头行动，并没有发现他有异常，也没有机会泄露消息，便支吾起来：“我，我也说不准……”

杨昌顺见他说不出个所以然，讽刺挖苦道：“这么说是林子华了？”王副官忽然被提醒：“对，可能就是他。”杨昌顺见王副官连讽刺挖苦的话都听不出来，点着他的鼻子苦笑着说：“你啊，自以为是，自作聪明——林子华在关押室，怎么可能？你脑子进水了吧？”

王副官被一顿臭骂退了出去。杨昌顺气呼呼地说：“真是一群白痴！”

再说，常顺背着陆老板来到镇外胡杨树林深处，见甩掉了王副官的追兵，从背上放下陆老板。陆老板感觉自己不行了，指示常顺以后与地下游击队取得联系，并将一张纸条交给常顺，那上面是几组数字，是联系密码。陆老板将纸条交给常顺后，便永远闭上了眼睛……

第二十四章
《计划》文本神秘失踪

沉沉酣睡的江田寿夫，被陆记大药房激烈的枪声惊醒了，他急忙下床穿衣，当伸手取挂在衣架上的马甲时，发现马甲不见了，他慌忙在周围搜寻了几圈后，慢慢跌坐在地上。——《北漠计划》文本被盗了！

江田寿夫马上通知耶掌柜前来商议追查。他首先想到了林子华，耶掌柜说林子华被关押在监室，不可能盗取马甲的。江田寿夫又怀疑田梅，耶掌柜说她在客栈，管家派人守在门口，昨晚根本没有出去。江田寿夫坚持说是田梅，耶掌柜只好说："那我回去查查。"他回到客栈询问管家："田梅昨晚出去过没有？"管家摇摇头说没有。耶掌柜问："你能肯定？"管家说："我一直守在门前，连眼皮也没眨。"耶掌柜再三追问，管家还是回答没有，就是出去，一个傻丫头能怎么样？耶掌柜扬手扇管家一个耳光，吼着说："我问的是田梅昨晚出去过没有？你胡咧咧个啥？"

"没有，没有！"管家捂着脸苦叫着回答。

耶掌柜听管家肯定地说田梅不曾出过门，心里说："见鬼！"便亲自前去田梅房里诈问："昨晚去了哪里？"田梅回答："哪里都没去，就在宿舍，管家守在门前，他最清楚。"田梅见耶掌柜惊慌不安的样子，问：

“发生了什么事？”耶掌柜摆手说：“没有事。”将信将疑离开了。

这两个人都没有出去，陆记大药房又被破坏，而《计划》文本却不翼而飞，见鬼了？是谁盗走的？耶掌柜迷惘不解，江田寿夫更是陷入迷惘，急得团团转，好像热锅上的蚂蚁。后来他招来蓝蝶询问林子华的情况，蓝蝶没好气地说：“林子华被你们送进了监狱，我连面都难以见到，哪能知道他的情况，你想知道他的情况，去找调查组问！”

江田寿夫被蓝蝶冲得愣了两愣，张口结舌，无言以对了。

晚上，江田寿夫在胡杨林把《计划》文本被盗的情况报告了太阳花，太阳花痛斥江田寿夫是饭桶，给大日本皇军丢脸，严令立即调查寻找，限期追回，目标锁定在林子华和田梅身上，但不排除其他人。同时命令严密监视林子华和田梅的行动，防止他俩接头，使《计划》文本落到共产党手里，但不能闹出大动静，否则会自我暴露，适得其反！

江田寿夫诚惶诚恐，立即组织人力调查寻找。

王副官前去了关押室。

林子华和衣躺在床上呼呼大睡，他为王副官为他提供了便利的行动环境而庆幸。他清楚，目前关押室是他人身最安全的地方，也是便利于实施任何计划行动的最好场所。王副官进门见林子华呼呼大睡，意味深长地说：“大功告成，高枕无忧啊！”林子华睁开眼睛，针锋相对道：“有些人把别人送进监狱，心里不觉得亏，还寻开心，既当婊子，又卖乖。”王副官愣了一下，却不计较这些，边说话边观察关押室。林子华懒得起来，也懒得跟他说话，仍躺在床上。王副官拿眼睛扫视室内，最后把目光移到林子华身上：“林队长发胖了。”林子华听他这样说，心里惊动一下，是否看出他身上穿的马甲了？坐起来说：“王副官嘴里又要飞什么幺蛾子？”

“没什么幺蛾子，随便说说。”王副官说。

王副官在那儿说着，忽然看到床头上的那包烟，愣怔一下，有意无意问：“林队长是不抽烟的，怎么还带着烟？”听到王副官说烟，林子华心里“咚”地响了一下，怎么这样粗心大意，没有收起那包烟。他赶忙补救：“闷得慌，抽烟解闷。”

王副官把那包烟拿起来看了看，心里忽然明白怎么回事了，把烟盒放回原处，无事似的离开了。出门后，他传令将昨晚站岗的哨兵“请”到审讯室。

那哨兵被“请”去了，一进审讯室，便浑身发抖。王副官审问他昨晚都干了些什么？哨兵说没干什么，但却浑身发抖，把什么都说明了。王副官问：“那包烟是怎么回事？”那哨兵身子就软了下去，把林子华让他买烟的事道了出来，说其他事他一概不知。王副官要动大刑逼供，哨兵早魂飞魄散，叫喊着：“我除了替林子华买烟，又去酒坊买了瓶酒，别的事一概不知，饶了我吧!”开始哀求了。

王副官见哨兵真不知其他事，便放了他。

一切都清楚了，在哨兵前去买烟买酒的这段时间里，林子华打开门锁外出了。这段时间虽然不长，但可以给林子华可乘之机。他令审讯人员将林子华请来，审问他："昨晚去了哪里？"林子华哈哈大笑："王副官怎么睁着眼睛说瞎话？哪里去了，你不知道？不是被你关押在监狱里吗？"、

王副官知道林子华不会说实话，便命令审讯人员把林子华的衣服扒了。林子华忽然明白王副官的真实意图——冲着那件马甲来的。他怎么知道马甲的事？难道他是日军间谍？一个问号利箭般穿进他的脑海。为了不打草惊蛇，他面对王副官的搜身，坦然地说："想搜身？你王副官没有这个权力，除非杨主任在场！"

王副官见林子华不让，便知道他身上有鬼，命令审讯人员强行扒衣服。

林子华见王副官一意孤行，拨开审讯人员说："让老子自己来！"三下两下把身上的衣服全脱了，光着膀子，又问王副官："要不要脱裤子？"

王副官见没有他所寻找的东西，既大失所望，又哭笑不得。

王副官马上派人去搜查关押室，几个队员在关押室搜查一圈，一无所获。

林子华被送回了关押室，他望着藏马甲的天花板得意地笑了。他又一次躲过了王副官的搜查。现在可以证实，这个王副官就是内奸，他表面上在审问他与陆老板的关系，实际上在寻找那件马甲，这一表现再次证实他就是深潜在情报处路防团的那个日本间谍"秃鹫"，他企图置他于死地！

是的，王副官真是潜伏在情报处的日本间谍"秃鹫"，那辆车过往的消息，是他透露给秘密组织的，林子华在金泉旅馆屡次遭受袭击，是他"导演"的，这次的借刀杀人行动，也是他配合进行的……这个情况太重要了，他必须马上转告外面的同志，否则会很危险，同时要揭穿他，让杨昌顺知道他是什么人，但想了想，觉得现在暂时不能惊动他，否则已经搞到手的《计划》文本难以交到田梅手里。

他清楚，王副官在他身上没有看到马甲，会来关押室挖地三尺寻找的，于是趁外面的哨兵不注意，悄悄站在床上，从天花板的小窗洞里取出马甲，重新穿在身上，外面穿上衬衣和外套，躺在了床上，以应付王副官的突然搜查。

王副官审问了那个哨兵后，马上向杨昌顺报告了审问情况。他说："根据审问调查那个哨兵，林子华昨晚真溜出关押室，将消息传给了陆老板……"

"天方夜谭！天方夜谭！"杨昌顺哈哈大笑，"林子华既然已经逃出去，为什么又回来？"王副官分析说可能还想得到什么，但不敢说出那份《计划》文本。杨昌顺啼笑皆非，讽刺挖苦他："你比大街上的算命先生还会奇思妙想，以后不用干我们这

一行了，去大街上摆摊看相算命吧，一定会赚很多银子！”

“主任……”王副官准备争辩，杨昌顺挥了挥手说，“不要说了，去吧去吧，我没有时间听你的天方夜谭！”

王副官被杨昌顺轰了出来，愤愤骂道：“头号大草包！”

在客栈的田梅发现耶掌柜对她监视很严密，甚至连上厕所都不放过，意识到发生了什么大事，什么事呢？最后她从耶掌柜慌乱的样子看出，他们的《计划》方案文本可能丢失了。要是这样，她必须马上跟林子华接头，尽快拿到《计划》文本。她准备出去，管家忽然来了，眼睛里带着问号：“去哪里？”田梅回答：“干活啊！”管家说：“今天，你帮我整理核对账务，清点客栈的财物。”田梅清楚，这是耶掌柜为了控制她专门想出的招数。

田梅只好去了他的账房。

管家抱出几大本账簿，让田梅照着实物账簿念，他坐在对面核对。田梅知道他有意拖延时间，心里非常焦急。忽然电话铃响了，管家接起电话，是外面有人找他，他要出去，田梅见机会来了，可管家唤来伙计继续核对。眼见天黑了，伙计寸步不离。田梅心里更加焦急，只好等待天黑。晚上十点多，管家过来了，说休息，明天继续核对。田梅如获大赦，回到宿舍，等不到夜深人静，便出来向调查组驻地走去……

她来到调查组附近，躲在巷口旁的花草丛里观察后面，见没有什么尾巴，也没发现可疑之处，觉得有点奇怪。最近她每次出来，管家都派人暗中监视，今晚他们怎么开“恩”了？她觉得不正常，但时间紧迫，来不得半点延误，于是从花草丛中出来，悄悄钻进通往调查组的胡同……

林子华怕《计划》文本藏在身上夜长梦多，一直想办法尽快交给田梅，但他从窗子里发现关押室门前增加了岗哨，周围也派了游动哨，要出去根本没有希望，他焦急不安。

已经半夜了，林子华还没有睡，躲在窗户旁观察着外面的动静，这时他忽然发现一个奇怪情况：关押室周围的岗哨撤了，只留下一个门岗，孤零零的，整个院子也显得空寂宁静，如同无人之境。他感到奇怪，又很纳闷，王副官又搞什么名堂？就在这时，他发现院墙下的树丛里什么东西闪着，他的脑子里“嘎嘣”脆响了一下，那是枪管在星光下闪耀，树丛里有埋伏！他心头猛地收紧——看来王副官在院墙下布陷阱，等待田梅前来自投罗网，必须马上将消息传出去！

但他在关押室出不去，想再哄骗诱惑哨兵已经不可能，他干着急没办法，在地上走来走去。忽然想出个妙计，抱着肚子大喊大叫起来，同时用脚狠踹着关押室的门板，门板发出噼里啪啦的声音，震得四处回荡，传得很远。外面的哨兵慌了，喝问："怎么了？怎么了？"他不回答，只是叫喊着，"咚咚咚"踢着门。哨兵见他不说话，只是踢门板，"哗啦"子弹上膛，在门栏外叫喊威胁："再不老实就开枪。"林子华要的就是开枪，于是更加发狠地踢门，"嗷嗷"吼叫。

那哨兵见呵斥不起作用，把枪伸到门栏前威胁，林子华眼快手疾，从门栏里伸出手抓住枪管与哨兵撕扯起来，哨兵着急了，"啪啪"放了两枪。

因为枪口对着天空，林子华毫发无损，枪声却惊动了埋伏在四周的伏兵，以为有人前来偷袭关押室，从树丛里跳出来，昏头昏脑，朝关押室开枪。哨兵看到树丛里有人围上来，以为有人劫狱，掉转枪口向他们开枪射击。哨兵与树丛里的人混战起来，顿时院子里枪声大作！

王副官听到枪声，以为共产党来劫狱，带着几个人冲出营房，到了关押室附近才发现自己人跟自己人打起来了，赶紧吼叫制止："别打了别打了，都是自己人，都是自己人！"但已经迟了，那哨兵凭借关押室旁的水泥花坛，把树丛里冲上来的几个队员打倒在地。

王副官见此情景，拉起他"啪啪"甩了两个耳光。哨兵被打晕了，瞪着不解的眼睛，王副官抬手拧转他的脸，呵斥他睁开狗眼看看，向谁开枪？那哨兵看看围上来的人全是调查组的人，陡然浑身发寒般哆嗦起来。

林子华透过门栏观望着外面的热闹场面，扑倒在床上抱着肚皮开心地哈哈大笑。王副官让哨兵打开门，气恼地问林子华三更半夜叫什么？林子华说肚子痛，抱着肚子嗷嗷叫，其实是刚才笑痛的。王副官知道林子华撒谎，狠狠地说等着瞧，走出关押室。

王副官离开关押室后，命令大家撤回营房。有人问他不等那个猎物了？王副官气恼地说："这里枪声大作，只有傻瓜才会自投罗网！"他回到住所，把枪扔到桌子上，自言自语说林子华怎么知道我们有埋伏？——神了？他陷入迷惘。

再说，田梅正向调查组摸索而来，听到调查组院子里枪声大作，知道有紧急情况，赶紧回头拐进旁边的巷子，转回了客栈。

原来，耶掌柜知道田梅急着要见林子华，因此他与江田寿夫共同密商，串通"秃鹫"设下了这个陷阱，企图让田梅晚上自投罗网，不料被林子华发现，"秃鹫"王副官的阴谋破灭了！

总部又发电报催问车案侦破情况，并警告说："重庆方面已定死了侦破时间，如果不能限期侦破，只有坐牢掉脑袋。"杨昌顺望着电文，额头上冒出冷汗。王副官幸

灾乐祸，表面上却安慰说没关系，只要破获了共产党地下组织，那批物资定会追回。杨昌顺火了：“这话你不知说过多少次，现在破获了黑河镇共产党窝点陆记大药房，那批货在哪里？一点线索也没有。原先听说货在日军间谍组织手里，后来又说在共产党手里，都他妈的道听途说，现在又突然冒出这么多怪事来，真他妈伤脑筋，我决定改变侦破目标——把侦破点放在小日本的间谍组织上。”

王副官见杨昌顺要改变侦破目标，委婉劝说不要操之过急，据有关情报讲那批物资真掌握在共产党重要人物手里，重要人物没有抓到手，线索怎么找得到？杨昌顺气呼呼地问：“有关情报，到底是哪里的有关情报？可靠程度怎么样？”

王副官用大拇指向上戳了戳，神秘兮兮地说：“是上面漏出来的。至于可靠程度，那就靠自己分析掂量了。”

杨昌顺听到“上面”二字，态度马上转变，口气也软了：“上面真有这样的传闻？”王副官知道杨昌顺唯上，于是顺势鼓动说：“中国人有句话：图穷匕首见。他们的组织和重要人物一旦露出水面，那批物资不就跟着出现了？”

杨昌顺怔了半晌，说：“那，我们继续按照原定计划行动，深挖共产党组织，抓捕共产党重要人物。”

王副官见杨昌顺转过弯来了，随机提议：“对，我们应该加紧审讯林子华，从他身上开刀，深挖下去。”

一提林子华，杨昌顺的话头又软了，叹道：“还是放了他吧，林子华在我手下干了多年，这样囚禁审讯下去，让部属们看见心寒，以后谁还替党国卖力？再说，到现在调查组也没有抓到他的什么证据……”

王副官自然不同意，他要把林子华置于死地，这是上司的密令。他说：“根据现在掌握的情况分析，林子华就是共产党，在陆老板的领导下进行活动，很可能就是共产党的重要人物‘云雀’。”

“这仅仅是分析，证据在哪里？”杨昌顺说，“我们现在放了林子华可以钓‘大鱼’，再说，那批货如果真在共产党手里，还得想办法通过林子华追回。”其实，他是怕得罪蓝蝶，如果限期不能侦破车案，他还想通过蓝蝶为自己在重庆方面说情开脱，但这些想法他没有说出口。

王副官质问他：“如果林子华真是共产党呢？”

杨昌顺说：“他应该清楚他的夫人是重庆特派员，他不可能跟自己的老婆扭着劲，刀枪相对的！”

“主任的想法太天真啊！”王副官苦笑着结束了自己的劝说，因为他发现杨昌顺在林子华的问题上思想顽固，劝说已经无济于事，他决定实施更阴险的手段，彻底牵住他的鼻子，借用他的手搞掉林子华。

这晚后半夜，五六个不明身份的人突然前来偷袭调查组关押室。

调查组和特工队发现后倾巢出动，阻击前来偷袭的敌人，那伙人仓皇逃跑了。那伙人劫狱没有成功，一个门岗和两名调查组员却被击毙，又死了三个。杨昌顺愤怒至极。王副官添油加醋说："看来林子华真是共产党的重要人物，否则他们的游击队不会三番五次营救他，候其胜被击毙、前去金泉城的吉普车被截击，现在又有人劫狱，件件事都与他有关……"

杨昌顺原先想放出林子华，面对突然发生的劫狱事件，又改变了主意，命令调查组加强警戒，防止林子华逃跑，并令王副官加紧审讯，追查到底。王副官要的就是这道命令，于是下令增加了关押室和周围的岗哨。他原先撤掉岗哨，企图设圈套让林子华"逃跑"，只要他逃跑，自然表明他是共产党，他便可随时击毙他，但他的阴谋被林子华识破，现在他又把共产党劫狱的"套圈"套在了林子华的脖子上，量他林子华在劫难逃！

林子华清楚劫狱是日军间谍组织的阴谋，也已清楚王副官是日本间谍"秃鹫"，因此要求面见杨昌顺揭破王副官，揭露日本特务间谍组织的诡计。杨昌顺前去关押室了。林子华将日军间谍组织的阴谋报告了杨昌顺。杨昌顺问他："有何证据证明劫狱人是日军间谍组织？"林子华讲述了自己的看法和事实，还准备揭露王副官是日本间谍 "秃鹫"，王副官进来了，插言说："林队长真会编故事。"

林子华说："这不是故事，这是事实——狐狸的尾巴已经暴露了。"

王副官怕林子华揭开他的真实面目，便先发制人说："是啊，共产党的游击队已经几次来劫狱救你，狐狸尾巴已经暴露了，所以你准备咬别人……"他跟林子华又争执起来。

"不要争了！谁是谁非，我长着眼睛会看，长着脑袋会想！"杨昌顺烦恼地吼道，转身走出关押室。

他回到办公室，独自琢磨劫狱事件，最后决定让老万带队员跟着劫狱人留下的蛛丝马迹深入调查，揭开这团谜！

老万接受了任务，带着两个队员跟着劫狱人留下的脚印，翻过围墙，顺着巷子向前搜寻。在半路上，他们拣到一只破旧的公文包，上面隐隐约约有一颗红星，老万马上回到调查组，将那个公文包送给杨昌顺。杨昌顺仔细看了看，又交给王副官，问他有何见解？王副官看了看公文包说："还有什么可说的？这种公文包在共产党的队伍里常见，上面还有一颗红星，不是共产党游击队，能是谁？"

“如果这是嫁祸于人呢？”杨昌顺问。

老万插话证明：“公文包真是在劫狱人逃跑的路上拣到的？”那两个队员也异口同声证明：“没错。”杨昌顺见老万和那两个队员很肯定，脑子里又混乱了，令老万仍看管好林子华，如有差错，严惩不贷。

老万出去后，王副官趁杨昌顺思维混乱，提议说：“为了不再发生劫狱事件，让共产党把林子华劫走，我想还是把他送往兰州总部审查！”他企图在押送途中干掉林子华。

杨昌顺慎思半晌说：“不！把他交送总部会扩大不良影响，带来负面作用，等我们深入调查，抓住他的铁证后再行决断。”其实他仍想着为自己留条后路，还想从林子华身上挖出那批货，再则怕林子华真是共产党，他也脱不了干系。

王副官见杨昌顺耍滑头不再强求，因为他还有办法牵住杨昌顺的鼻子。

自从陆老板牺牲后，田梅与上级失去了联系，她焦急而感到孤单，这晚她抽空打开电台向延安方面汇报情况，延安方面充分肯定表扬了她的工作，并告诉她，她在黑河镇并非孤身战斗，党组织早就在她身旁安排了帮手，暗暗帮助着她，并指示她明晚9时，去胡杨街茶馆跟那位同志接头，代号“九月菊”，胸前戴着一朵黄颜色的“九月菊”，暗号照旧。

她心里豁然开朗而激动，原来党组织早就安排同志暗暗帮助她啊，只是相互不曾接头相识。他（她）是谁呢？她猜想了半天，没有猜到！

第二天晚上8点，她给管家打声招呼说回家看看，便出了客栈，准备去胡杨街茶馆，但她有所不知，她刚出门，耶掌柜便派麻五跟踪而来，田梅发现后面有人跟踪，只好硬着头皮向家里走去，到家后她跟妈妈说了两句话，说犯困要歇息，便回到自己的住房，躺在床上。她妈妈离开后，她马上爬起来，翻墙出院，钻进旁边幽暗的巷子，向接头地点走去。

她走进茶馆，看见墙上的挂钟已指向9点。她迟到了，茶座上只有寥寥几人，却没有胸前戴着“九月菊”的人，只好坐下要了杯茶边喝边等，希望接头人再次出现，但茶喝完了，也没有发现接头人，她知道自己延误了接头时间，想问问茶馆老板，却不能问，只好离开。

就在她临出门时，突然发现旁边茶桌上的竹笼里有朵黄色的“九月菊”，她惊喜地拿起那朵花，向四周扫视一圈，但不见有人，便离开了茶馆。接头时间被她耽误了，这一失误不知啥时才能接上头？她很沮丧，回到自己的住房，拿着那朵九月菊凝望着……

第二十五章
林子华同车辆爆炸烧毁

这天下午，王副官拿着一封信匆匆来见杨昌顺，说调查林子华在西安那段历史的信来了。杨昌顺忙打开信，有一行文字，直戳他的眼球：

“林子华在西安求学时，曾参加共产主义研究小组，是共产党吴向东的得意门徒，帮助共产党做事，进行秘密活动……”

“啊！林子华他是……”杨昌顺当即震愣在那儿。已破获的陆记大药房陆老板是吴向东的哥哥，林子华又是吴向东的门徒，他的左膀右臂竟然都是共产党，太可怕了！他怕王副官背着他把林子华的情况报告总部，在背后使绊子捅刀子，于是赶紧与王副官秘密商量怎么办。

现在王副官有证据了，理直气壮提议马上将林子华押往总部。杨昌顺面对证据不得不同意，但决定由他亲自秘密押往总部，让王副官留驻黑河镇，继续调查寻找那批物资。他的想法是趁此机会在赖春主任面前为自己没有限期侦破车案找借口，为身边出现共产党开脱责任。

王副官见杨昌顺要亲自去，怕他在路上搞鬼放了林子华，请求：“还是让我亲自前去吧，哪能劳主任大驾？”杨昌顺不容置疑地说：“不！这件事派谁去本主任都不放心，还是我亲自前去，你就留在调查组，按照原定计划继

续追查！”

王副官见杨昌顺态度坚决，不再争执了。

杨昌顺怕调查组带走林子华，刘双赢知道了有想法，王副官不好管束他，于是决定以执行押送任务为名，将刘双赢跟林子华一起带走。这个主意王副官倒是很赞赏，因为这个眼中钉离开后，他在这里将会轻松半截，更主要的原因是他们的秘密组织决定在黑鹰山口设伏，到时让林子华、杨昌顺和刘双赢统统都坐“土飞机”见阎王，省得他王副官以后浪费子弹。

押送林子华的事就这么决定了。

王副官分析“云雀”得到这个消息，夜晚肯定会劫狱抢走林子华，于是天黑后，亲自前去执行队，派两个哨兵守在关押室门前，另派三个人悄悄躲藏在关押室后，秘密设下网罗，等待“云雀”前来抢人，自投网罗。

杨昌顺讥笑王副官：“共产党不是傻瓜，就那么简单？就上你的当？这种小儿科共产党早已不屑一顾！”

“看我的就是了。”王副官自以为是地说。

林子华没有机会把《计划》文本交送到田梅手里心急如焚，他怕王副官再次搜查，便站在床上，将马甲塞进天花板内藏起来，觉得不保险，又取出来穿在身上，但令他奇怪的是王副官并没有过来搜查，他感到纳闷：“怪了？他们怎么轻而易举放开了我？他们搞什么鬼？王副官是否把我当诱饵，引诱田梅上当？”他分析有这个可能，便更加焦虑，思考着应对办法。

再说，蓝蝶见杨昌顺迟迟不放林子华心里着急，坐卧不安。傍晚，看见田梅回家了，便前去她家打探情况。田梅也觉得有问题，便在爸爸跟前探问情况。她爸爸张书记长告诉她林子华是共产党，与陆老板是同路人，听说要押送总部兰州。

田梅听此变故，如五雷轰顶，把情况告诉蓝蝶。蓝蝶清楚林子华这次恐怕难以回来，用“文”办法不可能救出他，当即持枪要去劫狱。田梅知道《北漠计划》文本还在林子华手里，如果他被押走，将不会再有接头机会，于是同意劫狱，把人和《计划》文本一齐抢出来。

蓝蝶因心里焦急，要立即动手，田梅劝说她不能莽撞，要智取，否则会全局失败，因小而失大。她俩秘密商议，制定了劫狱计划，决定晚上秘密行动。

当晚夜深人静时，两个蒙面人翻墙进入调查组院子向关押室摸去。她俩是田梅和蓝蝶。关押室旁的岗楼里有哨兵，蓝蝶悄悄摸上去，向里面喷出迷昏气，那哨兵毫不知觉，晕倒在地。田梅和蓝蝶摸到关押室附近，发现那三个伏兵在墙根下打盹，田梅打出三支飞镖，三个家伙咽喉中镖倒在地上。

田梅迅速上前，拿到挂在头目腰带上的钥匙，打开关押室，但里面却空空如也，又打开旁边的两间关押室，也空空如也。她俩惊愣了，知道杨昌顺提前把林子华押走了。田梅估计押送车辆是天黑后离开黑河镇的，抄近道可以赶上，决定马上追赶。

她俩翻墙退出院子。田梅忽然在电灯光里发现了什么，眼睛一亮：原来院门旁边的树干上插着一朵九月菊，她惊喜地过去摘下来，是黄颜色的。难道那个代号叫“九月菊”的同志就在这个大院里？或者随车去了？肯定是这样的，她顿然欣喜。蓝蝶见她那样子，不解地问：“怎么了？”

“九月菊，是黄色的，林子华有救了。”田梅没头没尾说。

蓝蝶满头雾水，田梅也来不及给蓝蝶解释，两人前去保安团的马圈，偷出两匹马，跨上马鞍飞驰而去。

天快亮时分，关押室旁岗楼里的哨兵渐渐清醒了，挣扎着放了两枪，就又昏睡过去。枪声惊动了整个调查组，驻地营房响起杂乱的脚步声和吵嚷声。王副官提枪冲出门，指挥队员向关押室扑去，见那三个伏兵倒在墙根下，大片的血迹在地上渗流呆愣了。

有人过去拔出插在三个伏兵喉咙上的飞镖送到王副官面前。王副官看了看，惊道：“又是飞镖，肯定是那个‘云雀’！”令大伙四处搜查，但田梅和蓝蝶早已撤离，他们搜查了半天，也没有发现人影。

本来王副官安排这三个伏兵躲藏在房后，捉拿劫狱的“云雀”，但他们却掉以轻心瞌睡打盹，让劫狱的人轻而易举进来，又轻而易举逃走。王副官分析这两个劫狱者，其中之一可能是田梅，准备天亮后顺那三枚飞镖调查下去。

半夜时分，押解林子华的车已驶出黑河镇百余里，在蜿蜒的简易道路上颠簸。

车辆的出发时间和途经地已经被王副官报告上司。“太阳花”令江田寿夫派人打伏击，炸毁车辆，烧毁林子华，不留任何遗迹。江田寿夫说：“车辆可以炸毁，但林子华是个大活人，要炸死烧毁，不留痕迹很难办。”

“必须将林子华炸死烧毁，不留半点痕迹！”太阳花语气强硬，不容置疑。

“为什么？”江田寿夫嘴又长了。

太阳花说：“这是实施北漠计划的重要步骤，只有执行，没有为什么！”

“嗨！”江田寿夫只好响亮地回应，表示坚决执行。

黑鹰山地区的秘密组织成员大肚皮和瘦猴子接到密令，已经准备好炸弹和汽油弹悄悄埋伏在黑鹰山路口准备炸车。对于这样的行动他们已经轻车熟路了。

那是一辆帆布篷罩着的卡车，看不出装载着什么。刘双赢和杨昌顺乘坐在前面的小吉普里。刘双赢是昨晚八点钟接到通知的，但只知有任务，却不知什么任务，九点钟直接上了这辆吉普车，走出黑河镇才看到后面的卡车。他不知车里装着什么，以为是那批货物，看到车辆载重很轻，便否定了，他问杨昌顺，杨昌顺回答说："作为特工，不该知道的不要问，你的任务是把卡车里的货安全运送到目的地。"

直到后来刘双赢才发现车里押解着林子华，他感觉自己也好像被绑押了。

杨昌顺要把林子华押往总部兰州，这是他没有料到的，他清楚只要把林子华押送到总部，就算彻底完了，他决定救出林子华，可他与杨昌顺同乘吉普车，前排副驾座上是全副武装的卫兵，后面的卡车里有五六个调查组的看押人员，杨昌顺又不让停车，根本无法动手。

车里的林子华双手被铐着，坐在车厢中间，两旁各有三名看押人员。他也同样没料到杨昌顺会把他押往总部兰州，他清楚这是日军间谍组织太阳花的阴谋，企图置他于死地。自己的安危倒不要紧，关键是他随身携带的《计划》方案文本。他从车篷后窗望着外面，寻找着逃跑的机会，但看押人员大睁着眼睛盯着他，根本没有一点机会。

后半夜时分，车辆渐渐接近了黑鹰山。林子华清楚，敌人要在黑鹰山口截击车辆，对他下手，感到危险逐渐逼近，脑子里想着逃脱办法。刘双赢也在想着救助办法，看到马上就到黑鹰山口，忽然有了主意，提醒杨昌顺说："主任，黑鹰山口路段地形复杂，土匪强盗经常出没，如果有人设伏，我们可就惨了，上次就在黑鹰山口中了埋伏，三个调查组人员被击毙，我们是不是停下来，等天亮……"他的意思再明白不过。

其实，杨昌顺已想到了这些，只是没有说出口，也拿不定主意，刘双赢的提醒，使他下定了决心，他向黑鹰山看了看，命令停车，原地休息，天亮后继续前进。

刘双赢见杨昌顺下令停车，长舒一口气。林子华也预感关键时刻到了，做着逃跑的思想准备。但狡猾的杨昌顺虽然停了车，却命令全体人员各就各位，不准睡觉，不准离开岗位半步，解手也在车上（包括刘双赢），违者军法惩处，又在卡车周围安顿了两个游动哨兵，自己坐在吉普车座位上一动不动，等待天亮。

刘双赢又无法动手了，只好等待机会。后半夜，刘双赢见杨昌顺闭上了眼睛，又见前面的司机和卫兵打盹，准备下车去后面的卡车，但刚一动，杨昌顺睁开了眼睛，口气沉沉地问："知道不知道私自下车违犯军令？"

"想解手。"刘双赢说。

"坚持坚持。"杨昌顺果决道。

刘双赢便停住了。其实杨昌顺根本没有睡，一直在监视刘双赢。刘双赢发现他监视着他，不敢再动了，眼看天快亮了，心焦如焚，坐立不安。

再说埋伏在黑鹰山口的大肚皮和瘦猴子见车辆停在山下，知道他们这样守株待兔会失去行动机会，便下山偷袭。他们悄悄摸到车辆附近，见看押人员都守在车厢里，只有两个游动哨，便摸近卡车向车厢里扔进炸弹和汽油弹。

“轰隆——轰隆——”

“呼啦啦——呼啦啦——”炸弹和汽油弹同时爆炸，弹片纷乱飞舞，火光冲向蓝色的夜空，烧红了整个天地。看押人员被炸死，埋在熊熊燃烧的火海里，焦腥难闻的气味直刺鼻腔。大肚皮和瘦猴子见卡车被炸毁燃烧，火势冲天，知道林子华被活活烧死，打声口哨，迅速撤离，向山沟里逃窜。

杨昌顺从吉普车里钻出来叫喊着：“追，赶快追共党，将他们统统消灭！”刘双赢清楚这些家伙是日军秘密组织成员，便带着仅剩的几个队员紧紧追赶，决定抓活的，揭穿他们的阴谋。那些家伙骑着快马拼命逃跑，刘双赢见有个家伙落在后面，便向他开了枪，那家伙的乘马被打倒，队员们冲上去将那家伙生擒活捉。

他是瘦猴子。

刘双赢叫队员将瘦猴子押到杨昌顺面前。杨昌顺气急败坏，将枪头戳到瘦猴子嘴里怒吼着：“什么人？快说，不老实，老子毙了你！”那家伙见杨昌顺发怒了，瞪着血红的眼睛要杀人，供出自己是黑鹰山区的日军间谍特务。杨昌顺问谁派来的？他说是大肚皮，其他人都不认识。

杨昌顺一直认为这是共产党干的，听到他们是日军间谍组织成员，愣在那儿了，联想到押送林子华只有他跟王副官知情，林子华多次提醒情报处有内奸的话，意识到王副官可能就是潜伏在路防团情报处的内奸，于是把刘双赢拉到旁边悄声吩咐说：“把这个家伙秘密押回去后秘密看押起来，不能走漏半点消息，本主任要慢慢观察，慢慢审讯，看看幕后操纵者到底是什么人！”他没说出“看看王副官到底姓什么”的话，刘双赢却什么都明白了，响亮地应道：“是！”

队员们前去清除掩埋被炸死烧毁的队员死尸。刘双赢在死尸中寻找林子华，但没有找到，忽然清楚林子华没有死，可能逃了，心里松了，他没有把这个好消息告诉任何人。

打扫完战场，杨昌顺带着残兵败将连夜赶回黑河镇。刘双赢将被俘的瘦猴子秘密关押在特工队，命令行动队员严加看守，保守秘密，不许任何人靠近。

车辆爆炸，林子华被活活炸死烧毁的消息已经传到了黑河镇。江田寿夫获得消息

后，大喘了一口气："这个老对手终于被干掉了！"他赶紧跟太阳花接头，将消息报告他。太阳花第一次用赞扬的口吻说："干得好！"

林子华被炸死烧毁了，但江田寿夫仍为《计划》方案文本没有下落而堪忧。太阳花无所谓地说："《计划》文本就在林子华身上，本来我要用它引诱'云雀'露面，谁知狡猾的'云雀'不进我设的套圈，只好让文本和林子华一起毁灭，一起完蛋！"

江田寿夫遗憾叹惋地说："《计划》方案毁了，北漠计划怎么实施？"

"哈哈哈……"太阳花忽然哈哈大笑起来，过后神秘地告诉他："不要担心，那只是一份假计划方案……"

"什么？！假的？！"江田寿夫忽然惊跳起来。

"是的，是假的。"太阳花说，"是鄙人为了迷惑共产党和国军编造的假方案。"

江田寿夫听此话呆愣在那儿了，半晌忽然冒出怨气："为什么不早告诉我？折腾得我死去活来，还付出这么大的代价，我的头发都急白了！"

太阳花笑眯眯地说："要是不搞得跟真的一样，你们能重视吗？共产党和特工队能相信吗？要不是那份假文本把共产党和特工队的视线转移过去，你我还能这样逍遥自在吗？现在林子华和那份假《计划》文本全都烧毁消失了，共产党和特工队就不会再纠缠我们，不再找你我的麻烦，你我就可以暂且静静心，睡大觉，进行我们的北漠计划了——这就是中国人的明修栈道暗度陈仓，也叫作声东击西！"

"哦！"江田寿夫大彻大悟，"还是老板英明啊！"

"太阳花"又一次自以为是了，其实林子华根本没有被炸死，也没有被烧毁，他还活着，他被田梅和蓝蝶救了出来。

昨晚，田梅和蓝蝶骑马抄捷径向前追赶，半夜时分发现押送车辆停在路旁便摸上去，施放迷昏气麻醉了哨兵和车厢里的看守，而后两人把林子华"偷"了出来，驮上马背快速离开了。她俩刚刚离开，大肚皮和瘦猴子跟着就到，向车厢里投进炸弹和燃烧弹，顷刻车辆爆炸燃烧，他们以为林子华活活被烧死烧毁，哪知有人提前将林子华救走了。

天快亮了，蓝蝶和田梅策马回到黑河镇附近的胡杨林里。林子华还处在昏迷状态中，蓝蝶将林子华放下，让他躺在自己的怀里歇息。田梅见自己心爱的人躺在别人怀里，苦楚浪潮般在心里涌起，躲到旁边的树林里独自流泪。

林子华从昏迷中清醒过来，见自己躺在蓝蝶怀抱里，又在胡杨林，感到奇怪。蓝蝶便把昨夜发生的事告诉他，他忘情地搂住蓝蝶："你又救了我的命。"蓝蝶还是

那句话："为了你，我可以舍弃一切，甚至自己的生命！"她又劝导林子华："我们现在自由了，可以寻找一个没有战争、没有仇杀的平安地方过日子了！"说着拉他起来，就要离开。

林子华忙阻止她："不！我们现在不能走。"因为他身上带着《计划》方案文本，他必须亲手交给田梅，还有很重大的任务。蓝蝶说："我受不了那种打打杀杀、担惊受怕的日子，现在已经逃出来了，现在宁可死，也不能再回黑河镇了！"

林子华耐心开导她说："日本侵略者企图霸占全球，不打败日本侵略者，什么地方都不会安宁，啥时候都没有安宁、幸福、美好的日子。"冷漠凄美的蓝蝶见丈夫不听劝，掏出枪对准他，威胁道："你的生命是我抢回来的，如果你不跟我走，我就要回我给你的生命。我得不到，别人也休想得到！"

林子华面对枪口，仍坚持要回黑河镇。蓝蝶见软硬兼施无法劝动林子华，扔下手枪又扑到林子华怀里大哭起来，用泪水感化林子华。林子华还是不改初衷，在劝导蓝蝶的过程中，忽然失口说："你妈妈控制在日军手里，难道你忍心丢下妈妈不管？"

"啊？！……"听此话蓝蝶忽然愣了，大张着眼睛望着他，半晌说，"子华，你，你知道了？"林子华知道现在已经没有保密的必要，点了点头说："知道了。"蓝蝶见他清楚了自己的日本间谍身份，从地上拾起手枪，递给他："你毙我吧，我，我是冒名顶替蓝蝶的日本间谍，我给我的组织通过风报过信，透露传送过情报，使特工队和共产党遭受很大损失，又替我的组织实施美女计划，跟你结了婚，我开枪打伤了你，我，我罪不可赦，你枪毙我吧！"她闭上了美丽的眼睛，两行清泪从脸颊流下。

然而，林子华拿起枪在手里掂了掂，严肃地说："共产党的枪口是对准日本侵略者的，你虽然是日军间谍，但是在残暴的日军间谍头目威逼下进行活动的，中国人民可以原谅你，中共延安方面正在想办法营救你的妈妈，等待你早日觉醒，你也正在觉醒，为抗日做了不少工作，我们欢迎你！"

"真的？"蓝蝶听此话不相信地瞪大眼睛望着林子华。

"真的。"林子华郑重回答。

"哗！"一股热浪冲向蓝蝶的心头，热泪"唰"地涌出眼眶："子华，你是什么时候知道我是……为什么不告诉我？"

林子华说："其实我早就有所觉察，但……"没等他把话说完，蓝蝶扑到林子华怀里，捶打着他的肩膀说："为什么不早告诉我，为什么？害得我提心吊胆、不得安宁！"

"大家都等待你觉醒。"林子华说。

“大家是谁？”她抬起头问子华：“你真是共产党吗？”

这个问题他是不能告诉她的，所以他反问她：“你看我像吗？”

蓝蝶见他的回答跟田梅一模一样，便明白了，不再询问。

天就要亮了，田梅过来了，林子华劝蓝蝶趁天还没亮马上回黑河镇，否则王副官会怀疑她，会暴露身份。因为地下党组织还需要她潜伏隐蔽下去，完成新的任务。蓝蝶明白他跟田梅有要事商议，准备离开，但对林子华很是担忧：“子华，我走了，你怎么办？”他说：“现在暂时躲藏在树林里，等天黑后进入黑河镇。我的身份现在已经暴露，是逃犯，不能公开露面！”

蓝蝶跟林子华拥别，恋恋不舍地上了马。

蓝蝶走后，林子华紧紧握住田梅的手，报告说从很多事实已经证实王副官是日本间谍“秃鹫”，又脱下马甲，撕开夹层，取出那份《计划》方案文本交给她。田梅仔细翻阅查看着说：“这是一份假文本……”

“假文本？……”林子华大吃一惊。

“是的，是假文本。”田梅指着里面的内容说，“……我们调查掌握的几个秘密联络点都不在这个计划里面，有的地名是假的，有几个骨干间谍的名字也是编造的……”

林子华震愣在那儿了，半晌才说：“难怪他们企图炸毁我和《计划》方案文本，难怪王副官再没有追查《计划》文本，原来他们想造成人死文本毁的假象，把地下组织和特工队的目标引到别处去……”

“这个太阳花太狡猾，为了遮蔽我们的耳目，转移我们的侦破方向，竟然搞出个假文本。”田梅说。

《计划》文本是假的，他们面临的任务更加严峻，林子华决定马上回黑河镇，利用敌人以为他烧死的机会，隐藏起来，搞到真《计划》文本。田梅提醒他注意隐蔽。林子华说：“我已想好了藏身的地方……”

林子华家的别墅前后，一直有人影晃动。

这是昨晚王副官派的便衣，他们守候在小院前后盯着蓝蝶的行动，但因昨晚蓝蝶是从后墙翻越而出的，因此没有被发现。天亮后守候在前后门上的便衣见蓝蝶一直不露面，向王副官报告了情况，王副官令部下进院子察看，那几个便衣便拨开门闩拥进院子，又上去准备破门入室。恰好蓝蝶从外面回来，上前“啪啪”给领头的几巴掌，掏出手枪对准他们就要搂火。

王副官急忙上前阻拦：“别别别，这是我的人！”

“你们敲门砸窗，是土匪强盗吗？”蓝蝶气愤至极。

王副官假意斥责部下滚开，便衣们灰溜溜地走出院子。王副官打量着蓝蝶问：“去了哪里？”蓝蝶没好气地说：“就在家里。”王副官问：“怎么从外面回来？”蓝蝶说：“你们抓了林子华，搞得我晚上睡不安稳，早晨在郊外转了一圈。”王副官看看她眼睛红红的，旁敲侧击道：“看来昨晚忙活了一个通宵。”

“怎么？你要审问我？”蓝蝶听出他在探问昨晚的事，反问他。

“不敢，不过想知道。”王副官也不甘示弱。

蓝蝶说：“你们抓走了我的丈夫，还秘密……”她“秘密”两字刚出口，王副官马上接茬问“秘密”怎么了？因林子华是昨晚秘密押走的，这个秘密除了杨昌顺和他知道，再无第二个人知晓，如果蓝蝶知道这个秘密，说明昨晚偷劫关押室的就是她，他就要在她身上下工夫，顺藤摸瓜，查出那个打飞镖的。然而，蓝蝶却改口说“还秘密拷打审讯”。王副官见蓝蝶改口了，心里说扯谎，又逼问：“到底‘秘密’怎么了？”

“你到底想让我说什么？”蓝蝶逼视着他。

“想知道昨晚跟你一块儿的人是谁？”王副官说。

“我昨晚在家里，没有谁跟我在一起！”蓝蝶回答说。

“不会吧？”王副官说。

蓝蝶忽然火了，怒喝道：“你什么意思？想干什么？不想活了？”她拿起枪。

王副官见蓝蝶火了忙解释：“特派员不要发火，这是例行公务，调查昨晚……”

“——不知道！”蓝蝶打断他的话，开门进了屋。

王副官准备跟进去，蓝蝶“啪”地关上门。王副官碰壁了，愣在门前，气懊地自语道：“我会揭开这个‘秘密’，抓到‘云雀’的。”便离开了。

他刚回调查组院子，忽然发现杨昌顺回来了。他已经知道押送林子华的车辆连同人全部炸毁燃烧，但没想到杨昌顺活着回来，而且回来的这么快，还带点神秘气氛，他赶紧朝杨昌顺办公室跑去，一见杨昌顺狼狈不堪的样子，便清楚怎么回事了，悲愤地叫骂：“可恨的共产党，太可恨！主任，让我亲自带兵前去追剿！”

杨昌顺不动声色地盯望着他表演，半晌有所意味地问他：“你是怎么知道这是共产党干的？”

“这不是明摆着的？”王副官说。

杨昌顺冷冷地说：“本主任怎么越来越糊涂，看不出什么？”

王副官大概见杨昌顺不高兴，便不再说什么。杨昌顺见他不说话，放缓了语气说：“王副官的好意本主任领情了，但目前共产党活动频繁，日军间谍组织猖獗，明

枪暗箭，难以提防，现在只好按兵不动，等待机会了。”

“主任高见。”王副官赞同说，又问，“林子华烧死了？”

“王副官的消息很灵通啊！”杨昌顺有意味地说。

王副官说：“黑河镇已经流言潮起了。”

杨昌顺说：“那好，你带人去给我查查，这个消息是从哪里冒出来的？我要看看这些人到底是黑道还是白道，是人是鬼！”

“这个不好查。”王副官难为情地说。

“是吗？”杨昌顺哈哈冷笑说，“有些人聪明反被聪明误啊！”

王副官愣怔一下：“主任，您什么意思？”

杨昌顺觉察刚才的话有点露了，便说：“本主任说那个‘云雀’现在该露头了，王副官应该发现了踪迹？”

王副官镇静下来了，报告说：“半夜有人偷袭关押室，但伏兵暴露了目标，不但没有抓住‘云雀’，几个弟兄被他们击毙……”

杨昌顺讥讽挖苦道：“本主任早就料定有人会白白葬身于你的自作聪明！”

“不！”王副官忙说，“主任，他们没有白白送命，我已经发现‘云雀’是谁了。”

“你是说田梅吧？”杨昌顺问。

“对！是她……”王副官说。

“不要说了，这档子事我耳朵里都磨出茧子了。”杨昌顺讥笑着说。

“这次有把握。”王副官忙说。

“有证据吗？拿到证据了？”杨昌顺认真起来。

“还没有。”王副官说，“我已经派特工守在林子华的住宅周围，等待她自投罗网。”

“又是自作聪明！”杨昌顺冷冷地说。

王副官发现杨昌顺对他态度冷淡，感觉他可能对他有了疑心，于是没趣地退了出来。他刚回到自己的办公室，忽然有人从门缝里塞进一张小纸条，他忙过去拣起来打开，上面写着几个字：“不要纠缠蓝蝶——太阳花”。他大惊失措，忙跑出办公室向左右观看，楼道里却不见一个人影。

“难道上司就在黑河镇？就在我的身旁？难道蓝蝶是自己人？”一连串问号涌进他的脑海，一时无法梳理！

第二十六章
张书记长家来了陌生人

张书记长家忽然来了一位客人，他不是从大门进来的，而是夜晚翻墙而入。他身穿长衫，头戴礼帽，眼戴墨镜。当客人摘下墨镜时，张书记长和夫人都大吃一惊，原来他是共产党分子林子华。张书记长大惊失声："你，你不是，不是……"

"——炸死烧毁了，对吧？我是孙悟空，有变术。"林子华接着话茬儿说。

张书记长慌乱中从抽屉里取出手枪对准林子华。

林子华并不害怕，笑眯眯地警告张书记长："不要犯傻，你做书记长比我有能耐，但玩枪绝非我的对手。"

张书记长拿枪逼着林子华说："不要虚张声势说大话，快跟我去调查组，免得丢命！"

林子华哈哈大笑："我的人就在你身后，不等你开枪，你的脑袋先开花了。"

张书记长不知是计，刚扭头后看，林子华快捷出手，夺下他手里的枪。

张书记长见上当了，软了三分。

林子华揶揄道："我劝你不要犯傻，你就是不听，现在只需我指头一动，你就命归黄泉了！"他不慌不忙坐下，把枪推到张书记长面前说，"今天我来府上不是跟张

书记长玩刀玩枪的，刀枪应该对准日本鬼子，我是来求你帮我办件事。”张书记长知道林子华前来绝对没有好事，又见林子华把枪还给了他，便又硬了起来：“我知道你是半道上逃回来的，现在无路可走才来求我。但黑河镇和调查组到处都有杨昌顺的便衣，逃是逃不了，你还是不要执迷不悟，赶快跟我去调查组。看在你曾是我女儿的朋友，我还可以在王副官面前替你求求情，放你一马！”

林子华又哈哈大笑：“张书记长总是自以为是，我能在半道上逃脱，难道走不出黑河镇？只是我不能走，还有大事有待我去办。”

张书记长见说服不了林子华，先下手为强，又拿起眼前桌上的枪，对准了林子华。夫人骇得直叫：“不要开枪，不要开枪……”抢上前阻拦。

林子华笑着对张夫人说：“张书记长根本杀不了我。”

张书记长有了前面的教训，现在嘴硬了起来：“你又虚张声势，这次我不会再转头了，枪在我手里，只要手指一动，你就会命归黄泉，哈哈哈……”

“哈哈哈……”林子华也跟着哈哈大笑，罢了把手慢慢伸出来，把一个弹夹亮在张书记长面前，“枪里的弹夹都在我手上，你拿什么让我命归黄泉？”

张书记长一愣，看看手里的枪，果真没有弹夹，慌了：“你你……”

林子华说：“是我刚才偷偷卸的。我说过张书记长做书记长比我强，玩枪不是我的对手——信服了吧？”

张书记长跌坐在太师椅里，半晌问林子华：“你到底想干什么？”

林子华把弹夹装在枪里，还给张书记长说：“想在你府中小住几天。”

“不！”这岂不是在他家安放定时炸弹吗？张书记长听此话“呼”地弹跳起来，又抓起面前的手枪，刚刚缓和的气氛，又紧张起来。林子华按下他手里的枪，亮出偷偷退出的子弹说：“子弹在这里！”接着厉色警告道：“事不过三，我已经给够了你面子，你却给脸不要脸！”他拍案而起。

张书记长彻底软了。

张夫人吓得浑身瑟缩，劝张书记长聆听林长官吩咐，不要动刀动枪。张书记长哭丧着说：“说，说吧，有啥事！”

林子华放缓语气说：“这还差不多。”坐下来道：“没有太大的事，就是在你府上小住几天，等办完事马上离开。张书记长是中国人，心里清楚应该怎么做！”

国民党县党部书记长家留居共产党分子，这是小事吗？要是让上面知道了，他还能活下去吗？但英雄不吃眼前亏，他无奈地点头了，指使管家前去收拾住房，心里却暗自盘算，等稳住林子华后再报告杨昌顺前来抓捕。

然而，林子华窥出了他的心思，警告他说：“我与田梅的关系，张书记长心里大概很清楚——我们是一根绳上的两只蚂蚱，你要是通风报信、走漏半点消息，其后果你心里很清楚！”

夫人已经浑身哆嗦，哀求张书记长：“为了女儿，为了全家人的性命，千万不能声张，千万不能有半点闪失。”

林子华说：“张书记长是个聪明人，他不会告发我的，因为告发了我，等于告发了自己的女儿！”这些话带着严厉警告。

张书记长彻底死了告发的心思。他知道女儿与共产党有联系，告发了林子华，女儿必受牵连，他自己也脱不了干系，为了女儿，为了他自己，只好哑巴吃黄连——自认倒霉了。

傍晚，林子华与田梅聚在张家的密室里召开秘密会议，商议“猎狐”行动。

林子华分析真《计划》方案可能在“秃鹫”王副官手里，决定借杨昌顺之手逮住他，搞到《计划》方案文本。田梅同意林子华的计划，林子华准备马上行动，田梅说：“先回家看看蓝蝶吧！”

林子华说现在的任务是搞到真《计划》文本。田梅劝他：“我们的计划要实施，妻子也要关心。蓝蝶是个好女人，为了你，这两天她担惊受怕，你要好好安慰安慰她，她现在已经觉悟了，已经走上抗日民族统一战线，是你的好妻子，也会是我们的好同志！她很爱你，以后要多多关心她，爱护她！再说，我们的‘猎狐’行动计划，少不了她的帮助。”

“明白了！”林子华紧握田梅的手，眼睛潮湿了。

这一天，是蓝蝶最难熬的日子，为了消除王副官的怀疑，为了不暴露自己的双重身份，她马上去工作室正常上班，并装出痛苦的样子，心里却担忧着林子华，猜想他藏身胡杨林，还是回到了黑河镇，回到黑河镇后又躲藏哪里？傍晚，她从特工队回到家，刚进家门就听到电话铃响了，她以为是林子华忙接起来，却是江田寿夫，他命令她过去。她既失望又痛恨，但因林子华给她分派了探听间谍组织内部情报的任务，因此她去了。

江田寿夫已等在府上，蓝蝶一进门，便审问她：“昨晚去了哪里？几次电话无人接听。”蓝蝶编谎说：“到处都是调查组的便衣，他们监视我，紧盯我，我敢接电话吗？就是接了电话，也不敢出门。”江田寿夫问她：“昨晚是不是去劫关押室了？”蓝蝶直摇头，江田寿夫知道她在扯谎，严厉警告说：“难道你忘了你妈妈掌握在特高课手里？如果再这样下去，她的生命还能保证吗？不就是一个支那男人，有什么舍不下的？拿自己的亲生母亲要儿戏？”

蓝蝶想发作，但忽然想起自己现在肩负的新任务，于是抑制住感情，端直地立着，听着江田寿夫的训斥。此时，她还不知道江田寿夫就是她的亲生父亲，更不清楚江田寿夫之所以严厉警告她，不仅为了实施北漠计划，还为了她和她妈妈——妻子惠子的生命安全！

江田寿夫从蓝蝶那儿没有得到什么情况，便放她回家。蓝蝶回到了家，进屋后，忽然眼前出现一个头戴大礼帽，戴着大墨镜的人，蓝蝶一眼认出他是林子华，欣喜若狂，欲叫喊，却忙闭上嘴。因为她知道王副官会在她家安装窃听器的。于是，她跟林子华悄悄搜寻起来，果然在床板底下搜到窃听器，林子华将它移到卫生间的马桶旁，打开水龙头，水流哗哗地流着，他俩滚倒在床上……

缠绵的激情落潮后，蓝蝶问林子华：“周围都有王副官的人，你怎么进来的？”

林子华告诉她：“你出门后，把前后门特务的目光都引了过去，我便翻墙入室，进了家门……”

“太好了！”

“……”

林子华决定收拾王副官，蓝蝶问：“怎么收拾？”

林子华说：“以其人之道，还其人之身。这次的行动还需要你的帮助。”他给蓝蝶耳语，蓝蝶点头接受了艰巨而神圣的任务。

后半夜，林子华翻墙进入特工队院子去了刘双赢那儿，两人见面后密商行动计划……

第二天，特工队、调查组和县党部发现重大敌情，特工队监测台在凌晨截获日军某参谋部特高课发往黑河镇秘密组织的一份重要电文，监测人员送蓝蝶破译，蓝蝶马上将其译出，内容为：“据悉，你部炸毁国军车辆，炸死烧毁特工队长、击毙国军特工数名，战果辉煌，电致祝贺，敌军内部朋友战功卓著，参谋部特授圣战勋章一枚，以示奖掖。”

蓝蝶让监测员将此文转呈杨昌顺。其实，调查组也截获了相同内容的电文，杨昌顺震惊不已，询问监测员，电文的真实性。调查组的监测员和特工队收报员都回答：“电文真实。”杨昌顺问这个敌军内的朋友是谁？监测员和收报员却不好确定。其实杨昌顺马上想到了王副官，但有质疑。他说：“日军特高课不会这样粗心大意，将打入国军内部的间谍暴露于外……”

监测员和收报员回答说：“这是一种‘舍卒保帅’之法，在特殊情况下，如果发现内部有人暴露身份，为保全局，有意抛出小卒，以保全大局！”

杨昌顺似乎清楚了，点了点头。因为押送车辆被截击后，他已经对王副官有所怀疑，现在又出现这样的事，他心里有数了，但抓不到王副官的可靠证据，他不敢轻易动他，因为他有后台，搞不好他会吃大亏，于是他对监测人员轻松地说："这份电文可能有人搞诬陷，现在暂且保密，不得外传，以待查办。"他准备秘密调查王副官，抓住他的证据后彻底收拾他！

监测员离开后，杨昌顺找来刘双赢，密示他放出抓获日军间谍瘦猴子的风声，引诱狐狸出洞。刘双赢心领神会，首先前去给王副官透露了抓获日本间谍瘦猴子的消息。王副官将信将疑，要前去探个真假。刘双赢带他前往，打开关押室门，王副官见真是瘦猴子，陡然心惊肉跳，但表面镇静问刘双赢："审问出什么没有？"刘双赢告诉王副官："主任要亲自审问！"

王副官紧张了，但竭力表现出镇静的样子，转了回去。

江田寿夫的秘书从大门旁边的信箱里拿到一封信，匆匆交给了江田寿夫。

江田寿夫拆阅后神情陡然紧张，抓起电话跟耶掌柜通话，让他马上赶过来。耶掌柜放下电话匆匆赶了过来。江田寿夫对他说："黑鹰山地区的瘦猴子被特工队抓捕了！"

"啊?！瘦猴子被……"耶掌柜突然惊跳起来。他非常清楚，这个瘦猴子不但了解一些黑河镇间谍组织的内情，而且还知道金泉组织的一些内情，如果他扛不住大刑，黑河镇和金泉城的间谍组织就会受到重创。"怎么办？怎么办？"他焦急地团团乱转，连连发问。

江田寿夫说："上司命令今晚一定要把他抢出来，抢不出来就地毙击灭口。"

"这恐怕不行。"耶掌柜说，"如果特工队像上次那样设埋伏，引诱我们……"

"火烧眉毛顾眼前，现在情况紧急，只能孤注一掷！"江田寿夫说。

耶掌柜不做声了，沉思着。

江田寿夫催促道："赶快行动，否则就来不及了！"

"那好吧，就铤而走险，玩一把！"耶掌柜痛下决心。

江田寿夫听耶掌柜这样说，严厉道："不是玩一把，必须万无一失，把人抢出来，抢不出来就地灭了！"

特工队抓获瘦猴子的消息传了出去。刘双赢知道晚上会有人前来抢人，便将几个队员秘密埋伏在关押室旁的树丛里，派两人躲在关押室内，等待敌人自投罗网。杨昌顺也从窗户缝隙里监视王副官住所的动静。

黑河客栈那面，耶掌柜决定派麻五带人前去抢人，就在即将出发时，忽然接到江

田寿夫的急电，“发现有埋伏，暂停行动”。这个消息是王副官传出去的，他发现特工队情况不对劲，马上发出了消息。

耶掌柜非常庆幸说：“我就知道特工队会来这一手。”当即通知麻五停止行动。

刘双赢和几个队员埋伏在关押室旁，但等到天亮也没见有人前来，知道有人泄露了消息，遂让队员们悄悄撤离，自己前去给杨昌顺报告情况。杨昌顺同样发现有人泄露了消息，他怀疑是王副官，吩咐刘双赢盯住他，抓紧时间审问瘦猴子。

刘双赢和老万大清早便把瘦猴子提了出来，在审讯室审问，但审问进行了八九个小时，瘦猴子却装哑巴不说话，直到天快黑了，才在刘双赢的“技术”攻击下有了好的转机，但仍迟迟疑疑，吞吞吐吐。刘双赢怕逼得太紧适得其反，再则天快黑了，便让他好好想想，明天把想说的话说出来，拖下去对他不利。

刘双赢刚让队员把瘦猴子押回关押室，王副官过来了，询问审问情况，听说瘦猴子可能会招供，心里陡然着急，从审讯室回到办公室，写了一个纸条，晚饭后转悠到外面，趁人不注意，塞到马路旁的树洞里，他刚离开有人便将纸条取走。

一个白天过去了，天又黑了。刘双赢请示杨昌顺还设伏吗？杨昌顺说：“敌人已经知道我们有防备，他们还会来吗？今晚就不行动了。”但凌晨两点左右，杨昌顺突然下令让刘双赢派行动队秘密设伏。

刘双赢清楚杨昌顺是怕提前设伏，有人会通风报信，因此采取突然行动的办法。刘双赢按照杨昌顺的密示，又将几个队员埋伏在关押室旁的树丛里，将两名队员安排在关押室内，杨昌顺也悄悄躲在王副官住所旁的花坛后隐秘监视。

特工队院子很宁静，一切都在秘密进行。后半夜，杨昌顺见敌人不出动，有点耐不住性子，准备起身回宿舍，突然发现王副官出门了，杨昌顺赶紧悄悄跟上去。然而，王副官似乎发现有人在身后监视他，忙拐向厕所。杨昌顺听到厕所里转出“哗哗”的撒尿声……

杨昌顺退了回来，令刘双赢把队员们撤了，他估计敌人不会再来了。

事实上，江田寿夫早已得到消息，取消了劫狱抢人的行动，要实施第二个行动方案……

第二天清早，麻五出现在街市的一个蔬菜店里，店主张三娃是个三十岁左右的汉子，他将麻五招呼到内屋，才开口说话：“有任务吗？”麻五说：“该你出山了。”张三娃知道有任务，便说：“听从老板的吩咐。”麻五便对他耳语，张三娃听后忽然神情紧张：“我，我可能不行。”麻五用冰冷的口吻威胁道：“怎么不行？养兵千日，用兵一时。老板把你喂养了几年，现在害怕了？完成任务有赏，空手回来也有赏，但那是一颗黑枣！”

“那，那我执行！”张三娃震颤着接受了任务，表示不成功便成仁。

特工队的伙夫原是路防团的，耳朵有点聋，且话语很少，一般人都以为他是哑巴。他去张三娃的店里买菜，伙夫买了很多，无法带回。张三娃主动帮他送货上门，这样便跟随伙夫进了特工队大院。张三娃是间谍组织成员，耶掌柜令他去干掉瘦猴子。

张三娃帮伙夫把菜送到伙房后，便帮着择菜，寻找靠近关押室的机会……

刘双赢根据杨昌顺的指令，早晨起来就与老万审问瘦猴子。刘双赢和老万坐在桌前，瘦猴子坐在地中间的小凳上，杨昌顺在旁边的监听室监听。老万喝问瘦猴子：“谁是你的上司？谁指使你袭击押送车辆的？”

瘦猴子咬定：“我只知道我的上司是大肚皮，他逃跑了，其他的我真不知道。”

“你不老实。”老万吼着。

瘦猴子哭丧着说：“我就知道这么多。”

刘双赢坐在旁边一声不吭，这时说话了：“看来你是不吃点苦头不想说实话？——把刑具搬过来，上大刑！”两个队员抬过燃烧的火炉和钢钳以及老虎凳等。瘦猴子见此情景，强撑着精神叫喊起来：“我真不知道哇，不知道哇！”刘双赢喝令上刑，两个刑警将瘦猴子架到老虎凳上，拿起烧红的铁铲，烙到瘦猴子的脸颊、胸脯上，张三娃开始狼嚎鬼叫了：“饶了我，饶了我，我我我说……”

瘦猴子终于要开口了。

在伙房的张三娃听到瘦猴子的叫喊，知道他现在不动手，便会失去机会，坏了大事，于是借故倒垃圾，端起垃圾盒从伙房出来，向审讯室走去。哨兵见他是陌生人，又见他要去审讯室，喝令他站住，问他是什么人？干什么的？张三娃镇静回答：“给伙房送菜的，去倒烂菜叶。”哨兵看他几眼，指了指前面的垃圾坑。

张三娃端着垃圾盒朝前走去，倒了烂菜叶，见那个哨兵不注意，一闪身窜到审讯室旁，摸到窗户跟前，从衣服里拔出手枪，对准了瘦猴子。

瘦猴子在重刑下，精神崩溃了，要招供。刘双赢转脸提醒身旁的记录员做好笔录，忽然发现窗外有枪口对准瘦猴子，忙叫喊：“有刺客——”掏枪已经来不及，抓起桌上的茶缸向窗外的人打去，与此同时张三娃的枪响了，“啪啪——”但因刘双赢打出的茶缸惊动了他，他没有打中瘦猴子。刘双赢、老万和记录员跳起来冲出去捉拿张三娃。

张三娃边逃跑边射击。院子里的哨兵发现张三娃后，也边追赶边射击堵截。院子里顿时枪声大作，乱哄哄的。

审讯室里只剩瘦猴子，他准备逃跑，忽然有人出现在他面前，他紧张瑟缩。来人

一把捏住了他的下颌，他嘴一张，那人将一粒药扔进他的口腔转身走了。瘦猴子准备喊叫，刚张开嘴，眼睛便瞪直了，接着脑袋歪向旁边……

刘双赢和老万追击张三娃。老万冲在前面，刘双赢叫喊不要开枪抓活的，但他的话刚出口，老万的枪就响了，“啪啪——”，张三娃应声栽倒在地。刘双赢冲上去，用枪头拨弄张三娃的脸，发现张三娃死了，叹惋可惜。老万也叹道：“我看这家伙狗急跳墙要对你开枪，就先下了手……”

监听室里的杨昌顺听到枪声也冲了出去，王副官也提着枪赶来，问刘双赢：“怎么回事？”

刘双赢说：“这家伙想暗杀瘦猴子灭口。”

杨昌顺看了看躺在地上的张三娃训斥刘双赢和老万：“怎么不抓活的，连这点常识也不懂？”

老万赶紧说：“这家伙要向双赢开枪，所以我就击毙了他！”

王副官为刘双赢和老万开脱说：“刘双赢他们不开枪，这个家伙就会放倒我们的队员。”

杨昌顺不再埋怨，令刘双赢和老万追查他是什么人？怎么混进了特工队，是谁放进来的？刘双赢和老万去追查门岗，门岗说他替伙夫送菜，是随伙夫进了特工队的。刘双赢追查到伙夫跟前，伙夫吃惊不小：“我，我不知道他是什么人，只知道他是卖菜的，我们经常在他的菜铺里买菜，今天买的菜多，他要帮忙送送，就来特工队了。”以下的事，伙夫也说不清楚了。

杨昌顺见瘦猴子有危险，令刘双赢和老万加紧审问。刘双赢突然想起什么，喊道：“马上回审讯室！”他第一个冲进审讯室，但晚了，看到瘦猴子躺在地上，口吐白沫，死了。刘双赢气恼地直砸自己的脑门，问那两个刑警：“你俩哪里去了？哪里去了？”

“跟着你去追刺客了。”那刑警说。

刘双赢又问门前的哨兵：“你去哪里了？”

哨兵回答说：“去追赶刺客了。”

刘双赢激愤斥责：“你们，你们怎么都敢擅离职守啊？怎能……”他无话可说，气恼地在地上乱转。

杨昌顺赶过来，见瘦猴子口吐白沫死了，知道是他杀，气急败坏，斥责刘双赢和老万：“你们太麻痹大意了，两个活口都让你们丢了——饭桶！”令他俩马上查清凶手，否则军法惩处。

刘双赢分析他和老万们离开审讯室不到三分钟，在这三分钟之内，外人是不会接近审讯室的，只有内鬼。因此他决定从自己人身上查起，由外到内，逐渐缩小范围。他和老万挨个查问特工队员，但没有结果。这晚刘双赢秘密去了林子华那儿，要让林子华帮他分析分析。刘双赢将整个情况告诉林子华，林子华说：“这还用得着分析，杀瘦猴子的凶手是王副官！”

“为什么？”刘双赢问。

林子华说：“其他队员各就各位在自己的岗位上，老万跟两个刑警一直在你的眼皮子底下，没有作案时间，只剩三个人可以自由出现在现场，一个是杨昌顺，一个是王副官，还有一个是审讯室门前的哨兵。杨昌顺不可能去作案，那个哨兵跟着你去追击刺客，还有谁有时间和机会进入审讯室？”

刘双赢幡然醒悟。

林子华又说：“据死者症状，他服用了美国情报局研制的特效毒药，三秒钟内就可以致人死亡，这种毒药只有日本特务间谍才有，从多种证据说明凶手是王副官，这是秃子头上的虱子——明摆着的！”

刘双赢说：“这仅仅是推理和猜测，没有可靠的证据，抓不住他。”

林子华沉思半晌说：“那个哨兵可能是最后一个离开审讯室的，好好审问他，或许会发现证据的。”刘双赢离开了。

他按照林子华的思路，当即跟老万去查问那个哨兵当时谁接近过审讯室？那个哨兵回忆了半晌说：“刺客的枪响以后，你跟老万还有施刑人员都去追赶刺客，现场乱糟糟的，没有看清谁接近过审讯室。”

“当时你在哪里？”刘双赢问。

哨兵说：“我看到你们都去追刺客，也准备去追，朝前跑了几步，忽然想我如果离开了，瘦猴子逃跑怎么办？就又退了回来，恰好王副官从后面赶上来，问我怎么不追刺客，我就追了上去……”

“明白了！”刘双赢一拍大腿，他对林子华佩服死了！

问题清楚了，这个凶手是王副官。刘双赢和老万前去向杨昌顺汇报，杨昌顺叹道：“果然是他，立即逮捕审问！”

刘双赢和老万领命集合人马，前去王副官的办公室，但王副官不在，有人看见他出去了。老万怕打草惊蛇，建议守株待兔，在办公室等待。大家便守在办公室等他回来。

其实，王副官就在自己的宿舍里。那是一座带套间的客房，外间是会客厅，里间是卧室，客厅的沙发旁放置着一大盆夹竹桃花。他已经知道自己暴露了，匆忙整理着文件等。这时电话铃响了，他紧张地接起，话筒里传来低沉的声音，“你已经暴露，

采取自决——上司太阳花”，王副官惊愣了，将电话听筒慢慢按在话机上，跌坐在沙发里……

刘双赢和老万在王副官的办公室等着，见王副官不回来，刘双赢感觉不对劲，便带着队员向他的住所赶去，冲进王副官的住所，发现王副官歪在沙发里已经死了。刘双赢马上打电话报告杨昌顺，杨昌顺听此情况赶到现场验尸，发现他真死了，口角有白沫。又是他杀灭口，这是谁干的？杨昌顺懊恼至极，同时发现王副官后面还有更大的人物，是不是“太阳花”？杨昌顺令刘双赢和老万搜查王副官的住所和办公室。刘双赢和老万搜查了半天，没有发现什么。

案件突然变得纷繁复杂，扑朔迷离，杨昌顺陷入茫然。

王副官的死尸停在他的居所地上，身上苫着白布单。老万请示杨昌顺怎么办？杨昌顺说买口棺材埋了，毕竟他跟了我多年。

第二天，调查组和特工队将王副官入殓，埋葬在胡杨林里。

晚上，蓝蝶偷偷去了林子华那儿，给他带了点好吃的，并将王副官突然被“他杀”的消息告诉林子华。林子华笑着说：“又玩这种雕虫小技，他是服用了美国情报局制造的假死药，三天后就会活过来的。”蓝蝶对这种药物很清楚，日军高级间谍特务手里都有，但因他们都是单线联系，她没想到王副官原来是日军间谍“秃鹫”，是她的同伙。

林子华分析道：“这一手肯定是太阳花策划的。看来这个太阳花就在黑河镇，就潜伏在我们身边，要想办法逮住他，让他原形毕露！”他出点子让蓝蝶将此情况透露给杨昌顺，让杨昌顺三天后挖开王副官的坟，揭开谜底。

蓝蝶点了点头。

调查组和特工队都在议论王副官的死因。

杨昌顺已经清楚王副官是日军间谍，因为他的身份暴露了，所以日军黑河镇间谍组织才杀人灭口。但凶手在哪里？他是谁？他分析这个凶手在内部，否则消息不会这样灵通。他在办公室地上踱着，反复自问着凶手是谁？凶手在哪里？这时有人从门缝传进一个纸条，杨昌顺发现了，过去拣起来，上面写着“王副官服用了假死药，三天后会活过来”。他出门找传纸条的人，走廊里静悄悄的，他转回到办公室，研究起那个纸条来。

这种假死药他是知道的，本来他就对王副官的死有怀疑，见了纸条后，冷笑道：“这小子跟我玩这一套。”即让刘双赢过来，令他带人埋伏在王副官的坟冢旁，如果有人挖墓，立即逮捕！

刘双嬴清楚杨昌顺的用意，带着调查组和特工队的几个队员前去王副官的墓地，埋伏在旁边的草木中，但刘双嬴守了三天，不见有人“盗墓”。杨昌顺清楚，潜伏在调查组和特工队的日本间谍早已泄露了消息，因此扑空了。他感觉这个幕后人潜伏得太深，太狡猾，太善于伪装了。

杨昌顺估计有人已经将王副官挖出来救走了，遂让刘双嬴和调查组掘开坟冢，然而王副官还原样躺在里面。亲眼目睹王副官的死尸后，杨昌顺对服用假死药之说产生了怀疑。

耶掌柜前来向江田寿夫报告杨昌顺掘坟验尸情况，听说王副官真死了，脸上浮出笑容。因为耶掌柜不知王副官的假死内情，也不知王副官是自己人。因为王副官是由“太阳花”直接领导的。

“太阳花”又出现了，在胡杨林接头时对江田寿夫说：“我感觉林子华没有被炸死烧毁，他还活着。”江田寿夫觉得他太过敏了，说：“怎么可能？看蓝蝶那伤心样子，可以肯定他死了。”

“不。”太阳花肯定地说，“他还活着，那份假电文和杨昌顺对王副官的怀疑以及掘墓验尸等，可以肯定是林子华的杰作，这也是他的一贯风格，如果他还活着，大家就很危险了，因为他已掌握了我们组织的情况，之所以现在迟迟不动手，是因为真《计划》文本没有拿到手，我这个太阳花还没有抓到！”

江田寿夫有点慌乱了。

太阳花安慰他说：“不要紧张，在真《计划》文本没有拿到手，我还没有暴露之前，林子华是不会轻易动手的，再则这是我的分析。”他命令江田寿夫秘密调查林子华是否被炸死烧毁的情况。

江田寿夫回来后，让耶掌柜询问前去炸车的大肚皮。大肚皮正好来黑河镇办事，他回答说：“当时只看到押送林子华的汽车爆炸燃烧，林子华是否被炸死烧毁，因为国军追赶，没来得及亲眼观看。”

江田寿夫将情况报告太阳花，太阳花听后确定林子华还活着，令江田寿夫查清林子华的躲藏地，想办法干掉他！

第二十七章
出现两个诡秘的蒙面人

林子华躲藏在张府白天不敢出门，只有晚上活动。尽管他的行动谨慎秘密，还是没有躲过日军特务的眼睛。

这天，杨昌顺又收到一个神秘纸条，上面写着“林子华活着，藏在张书记长家”。他忙向四周观察寻找送信人，但什么人也没有。鉴于上次那个纸条的不可靠性，杨昌顺不想理睬，但又不甘心，于是派人前去张书记长家秘密调查。

当天，林子华、田梅和蓝蝶在张府那间密室里谈论王副官死亡之谜，不料外面出事了——在家的张夫人有事要打电话，忽然发现电话出了毛病，她准备找人修理，恰在此时两个自称电话局的人敲门，称进行线路检修，要查看他家的电话，张夫人便放他们进门了。这两个人便是杨昌顺派来的密探，电话线是他们剪断的。

这两个人装模作样检修线路，要接近那间密室时，张夫人忽然紧张了，急忙上前阻拦。两个家伙见夫人做贼心虚，知道那间密室有文章，执意要察看。室内的林子华、田梅和蓝蝶听到外面有情况，有点紧张了。蓝蝶主张干掉他们，林子华和田梅不同意，说干掉他们会暴露目标。田梅忽然想出个应急办法，拿过洗脸盆，倒满滚烫的开水，打开门向两个家伙兜头泼去，并撒泼叫骂：“老娘擦个澡，洗洗头也不得安身，来看什么？想看老娘的身子啊？滚回家看你娘的去。”她头发水淋淋的，袒胸露怀，撒疯施泼，又操起了棍棒。那两个家伙烫得嗷嗷叫，又见她拿棍棒打人，知道得罪不起张书记长的大小姐，抱头逃窜。

两个家伙被轰走了，张夫人长舒一口气，抱住田梅嗔骂：“我的傻丫头，我的傻丫头你可真行啊！”蓝蝶和林子华呵呵笑着夸赞田梅大智若愚，气死司马懿。

田梅和林子华知道杨昌顺不会善罢甘休，因此让蓝蝶马上离开。蓝蝶便从后门走了。果然，那两个家伙溜走后，穿着便衣的调查组和特工队以搜查共产党逃犯为名，来搜查张府。

田梅马上去邻居家给马占贵打电话，诓称有人要抢劫她们家，让舅舅马上带人前来。马占贵听到有人要抢姐姐家，带着于副官和大队人马火速赶来，见是几个便衣，上前“啪啪”就扇耳光。

便衣赶紧自报家门：“我们是奉调查组之命来搜查共产党逃犯的……”

马占贵怒骂道：“调查组是什么鸟人？搜查共产党搜查到县党部张书记长府上了？胆子太大了，滚！滚！滚——”

张书记长也赶了回来，见此情景，心知有危险，忙呵斥他们：“大胆！这是我张书记长的家！”这时刘双赢出现了，他知道是怎么回事，对调查组的人说：“张书记长是自家人，还搜查什么？撤回！”

调查组的人准备离开，田梅不失时机地“演戏”给调查组看，她挡住刘双赢说：“不能走，请你们把张府里里外外前前后后，彻底搜查搜查，免得你们心里犯疑，——若搜不出什么共产党来，老娘可是不依！”她又开始撒泼了。

刘双赢听出她为他开脱，便敲山震虎，“警告”田梅：“你老实点，不要张狂，要是出了问题，吃不上兜上。”便带人往回走，有个调查组队员悄悄问：“不搜查了？”刘双赢说：“她敢让你搜查，还能搜出人吗？再说这个傻丫头太野，如果搜不出人，她会跟你没完，你惹得起她吗？”

田梅见他要走，风凉地叫喊说：“以后常来做客。”

刘双赢装作生气，脸气歪了。

刘双赢走后，张书记长回到屋里问田梅：“林子华呢？”

“早被我转移了。”田梅说。

“转移到什么地方了？”张书记长问。

“这是秘密，不告诉你。”田梅说。

“啪！”张书记长激愤地把公文包摔在桌子上，大发脾气：“太过分了！”

马占贵也对田梅说：“我一接到电话就知道你闯出了麻烦，所以赶紧赶了过来，

把调查组的人拦在门口，否则还不露了馅？你赶紧把林子华打发走吧，否则会出大事的！”

田梅郑重劝说：“爸爸，舅舅，为了保护自己的家园，不要再自相争斗、自相残杀了，应该团结起来，一致对外，粉碎日军间谍特务的破坏，粉碎日本侵略者霸占中国的野心！”

张书记长和马占贵愤然说：“我们不愿看到国民党县党部书记长和警察局长家出现共产党。”

“我更不愿看到中国人家里出现汉奸卖国贼！”田梅理直气壮地说。

“你你你你……”张书记长和马占贵气得直颤，但他们说服不了田梅，又不愿落个汉奸卖国贼的名声，因此左右为难，陷入矛盾。

杨昌顺见他派出的人扑空了，让刘双赢分析林子华到底死了，还是活着？刘双赢看了看纸条，反问道：“活着怎么样？死了又怎么样？”杨昌顺叹道：“他是个难得的特工，是本主任的左右手，死了太可惜，如果他现在还活着……”说到这里他忽然停住，觉得不能在下属面前袒露自己的真实心迹。

刘双赢听此话想说什么，张了张嘴没有说出口，心里却清楚杨昌顺不会再找林子华的麻烦了，借机说：“现在应该集中精力调查王副官背后的秘密！”

杨昌顺沮丧说：“人死了，线断了，怎么调查？还是全力追查那批货物吧！”

刘双赢说，“那批货就在日军间谍组织手里，幕后人就是太阳花，就潜伏在我们身边，把他挖出来，那批货就出来了！”

杨昌顺苦笑着说：“这仅仅是猜测，谁能说清他是谁？到底在哪里？上面限定了车案侦破时间，根本没有时间和精力再去调查那些事了！”

当晚，太阳花把江田寿夫召到密室，训斥他提供的情报不准，命令他从蓝蝶那儿寻找林子华，必要时使出“杀手锏”。江田寿夫清楚太阳花说的“杀手锏”是什么，可他还能给女儿施加压力吗？再施加压力会出事的，但他不拿出“杀手锏”，太阳花便会给他使出杀手锏。他斟酌再三，还是将蓝蝶招来施加压力，探问林子华的下落。蓝蝶借此机会大哭大闹，倾泻牢骚：“你们害死了我的丈夫，我现在成为寡妇，你们还不满足，还要怎么样？兔子逼急了也会咬人！”

江田寿夫本来准备拿出“杀手锏”，见蓝蝶要破罐子破摔，只好罢手。

他向太阳花汇报了蓝蝶的反抗情绪，太阳花也觉得不能再给蓝蝶施加压力了，再要施加压力，会适得其反，留着蓝蝶以后还会有大用场，让江田寿夫再想别的办法。然而，此时他并不清楚蓝蝶已被林子华策反，变成了他们的对手。

林子华调查分析认定王副官没有死，决定晚上去他原来的住所探查虚实，摸个水落石出。夜晚，他戴上面罩，悄悄翻墙进入调查组，又从窗户里进入王副官的住所。他刚进去，忽然听到门口有脚步声，忙闪身躲藏起来。他刚躲藏起来，就发现有个蒙面人进入了房间，蹑手蹑脚向地上的花盆靠近。

那是个洗衣盆大的花盆，栽种着那种即竹即桃的夹竹桃，那蒙面人似乎要挖取什么，偶然抬头发现窗户开着，意识到有人进来，迅疾闪到旁边的暗影里，目光搜索着室内，当发现戴着面罩的林子华后举起手枪，轻轻靠上去。

林子华也举着枪，靠近对方。两人在黑暗中摸索着，忽然相触，纠缠在一起。虽然他们都持着枪，但都害怕枪响后招来调查组的人，便搏击打斗起来。那个蒙面人不抵，跳窗逃溜，林子华紧紧追赶，但那家伙越墙隐入夜色。林子华准备二次进入王副官的住所，调查组院里已经响起枪声，他跟着翻墙出了院。

杨昌顺被枪声惊醒，从床上翻起来喊问秘书："发生了什么事？"

秘书报告说："有两个盗贼进入王副官的居所。"

杨昌顺穿上衣服，在卫兵的护卫下，骂骂咧咧来到王副官的居所。刘双赢和老万已经在王副官的房间四处搜索。杨昌顺转了一圈，问刘双赢："看清他们是什么人没有？"刘双赢和老万都摇头。

杨昌顺命令把王副官的居所监视起来，等待蒙面人再次出现，逮住他们！

林子华从王副官的居所回来后，将情况报告了田梅。林子华认定王副官没有死，悄悄潜回到自己的居所，要取回藏匿在居室里没有带走的什么东西，有可能就是真《计划》文本。田梅分析说："看来王副官'死'前没来得及把那份文件转出去，现在偷偷来盗取了。"

"对！"林子华点头道，"他是来取那份《计划》文本的。"他回忆王副官当时进屋后的举动，断定文本可能就埋藏在那个大花盆里，当初他不也在花盆里埋藏过东西吗？他决定晚上再次进入王副官的居所，搞个水落石出，田梅同意了。

天黑后，林子华准备出发，蓝蝶紧张地赶了过来，告诉林子华说杨昌顺在王副官的住所周围设下了埋伏，千万不能轻举妄动，否则会落入杨昌顺的陷阱。林子华听此情况，准备停止行动，可他不去王副官的居室，如果让王副官抢先取走《计划》文本怎么办？他两难了。

蓝蝶说："放心，王副官不会去冒险，如果他真敢去冒险，正好落入杨昌顺的埋伏！"又安慰林子华说："不要着急，我会想办法取回那份《计划》文本，也会揭穿王副官假死之谜的！"

第二天，杨昌顺的办公室里又出现一张纸条，上面写着"王副官真服用了假死

药”。因为上次已经掘坟验尸，杨昌顺没有理会纸条上的话。蓝蝶便借机提醒说：“听说美国情报局最近研制出一种假死药，时效为七天，今天正好是王副官死去的第七天，说不定他还真活着。”又建议说：“我们把他挖出来，从他身上开刀，顺藤摸瓜，准会找到那批货的！”

杨昌顺苦笑着说：“上次就有人说他还活着，但掘开坟，他躺在棺材里……”

“他是死是活，再掘开坟墓看看不就真相大白了？”蓝蝶说。

杨昌顺想了想说：“那好吧。”即让刘双赢带领人马再次掘墓验尸。

刘双赢带着调查组和特工队员前去掘开坟墓，打开棺木，里面空空如也，大家为之震惊。杨昌顺和蓝蝶前来亲自验尸，见此情景大为震惊。杨昌顺叹道：“他还真活着——这小子真能耐，本主任让他耍了四五年啊！”

王副官死亡之谜揭穿了，杨昌顺在震惊之际问蓝蝶：“特派员是怎么知道王副官还活着？”

蓝蝶说：“我已经给主任说过，美国情报局最新研制出一种假死药，时效为七天。”杨昌顺忽然对蓝蝶刮目相看了，竖起大拇指夸赞道：“不简单，不简单，不愧是重庆派来的高手，从今天起侦破车案之事本主任就听你的！”

蓝蝶见杨昌顺信任了她，决定去王副官的住所搜查，趁此机会拿到那份《计划》文本。于是，她向杨昌顺建议道：“王副官的真相已清楚，我们再搜查搜查他的住所，看能不能找到线索，挖出那批货！”杨昌顺听此话，不假思索同意了。蓝蝶便带着刘双赢和调查组队员前去王副官的居室搜查。

杨昌顺不知出于什么动机也跟随而去。

其实，蓝蝶的目的并非寻找那批货的蛛丝马迹，而是根据林子华提供的情况，寻找那份《计划》文本。因林子华向她提示过那个花盆，所以进屋后她格外注意它，发现盆里的泥土是新的，断定里面埋藏着什么东西，她准备找机会探探，但杨昌顺就在身旁。

杨昌顺见她注意着花盆，忽然问：“特派员发现什么了？”

她忙搪塞说：“这，这盆花好几天没浇水，花朵干枯了……”

“人都死了，花还能活得旺吗？”杨昌顺苦笑着说。

蓝蝶说：“人死了，花不能枯死，干枯了挺可惜的！”说着提起洒壶浇水，趁杨昌顺不注意，用旁边的竹签戳了戳，感觉里面有个很硬的东西，心里有数了。她决定见机挖出来，但杨昌顺和调查组的人一直在身旁，根本没机会动手。

她想着办法。

刘双赢和调查组队员翻遍了王副官的房间，仍没有发现什么新情况。蓝蝶便向杨昌顺建议留两个队员继续守着，其他人员全部撤离。杨昌顺便让刘双赢留两个队员守着，其他的人全部撤离了。

蓝蝶见杨昌顺和其他人都离开了，便指挥那两个队员清理房间，关闭窗门。趁他们忙活儿，她挖开花盆里的泥土，取出埋藏的东西——那是一个跟书本差不多大小的铁盒子，火柴盒那么厚，外面裹着油纸，泥水斑斑。她估计里面藏着《计划》方案文本，赶紧扔进垃圾筐里，又利用倒垃圾的空子将它藏起来。下午回家时，她悄悄过去，从垃圾道里挖出铁盒子，用旧报纸包裹起来带回家，晚上交到了田梅和林子华手里。

铁盒子有暗锁，对于娴熟开锁技术的林子华来说打开这样的锁不是问题，他三两下打开暗锁，取出里面用油纸包着的东西，果然是只有六页纸的真《计划》方案文本，真《计划》文本终于搞到手了！

田梅紧紧抓住蓝蝶的手，感谢说："你为中国人民的抗日救国事业立了大功，我代表人民感谢你！"马上打开电台向延安方面报告《北漠计划》方案内容……

《计划》文本内容发出去后，田梅激动地说："咱们胜利地完成了党交给的第一项重大任务，下一步是寻找那批物资，揭开那批货物的真相，不能让它落在日本人手里！"

蓝蝶告诉田梅和林子华："杨昌顺破不了车案，找不到那批物资快急疯了。"

林子华听此话在旁边沉思默想，忽然说："有办法了，咱们来他个掉包计，引蛇出洞，让小日本赔了夫人又折兵，人财两空！"

"什么办法？"田梅和蓝蝶问。

林子华说："把那份假《计划》文本装在铁盒里原封不动送回去，让杨昌顺用这铁盒子跟日军间谍组织交换那批货物。"

蓝蝶担心地说："太阳花会这样干吗？"

林子华说："《北漠计划》文本对于日军间谍组织来说，比那些货物更重要，他们知道这个计划如果落到我们手里他们就完了，因此不怕他们不跟杨昌顺交换。这样，他们便会自己走出来，咱们也可以来他个顺手牵羊，一网打尽！"

田梅想了想，说："这个办法可行！"

蓝蝶还是担心太阳花不上钩，不拿出那批货。田梅说："太阳花虽然很狡猾，但为了《计划》文本，为了保存他们的间谍组织，会豁出命来交换的！那批货他们肯定是不会轻而易举拿出来，但他们拿不拿出来并不重要，重要的是把他们全部引出来，一网打尽！"

研究部署好交换行动方案后，林子华把那份假《计划》文本装进铁盒子，原封

不动锁上。蓝蝶要把它送回去，林子华说：“不能这样送，这样送回去不但引不起他们的重视，还会给你造成麻烦，由我晚上把它‘放’回王副官的居所，明天由你出台‘演戏’，这样戏就会唱热闹……”

蓝蝶知道他想出了新点子，嗔笑着说：“你的鬼点子就是多！”

这晚夜黑风高，天快亮时有个蒙面人翻过调查组大院围墙，蹑手蹑脚来到王副官的住所附近，他是林子华。糟糕的是他刚打开窗户，准备进入房间，又一个蒙面人也蹑手蹑脚摸过来，他是王副官。他俩再次相遇，不由惊叫。巡逻哨兵发现有人，大喊大叫“有盗贼，有刺客……”紧接着枪声划破寂静的夜空。

林子华见岗哨扑来，从怀里拿出那个铁盒子，从窗户扔进去，而后返身翻过围墙撤离了，王副官也调头逃窜了。

刘双赢和老万听到枪声赶过来，但两个蒙面人早已不见踪影。杨昌顺和秘书以及蓝蝶赶了过来，听说两个蒙面人又偷袭王副官的住所，又见窗户大开着，命令刘双赢打开王副官的住房门搜查。

大家进门后，一眼看到扔在地上的铁盒子。蓝蝶抢先一步拾起盒子说：“这两路蒙面人要偷盗的东西，肯定就是这个铁盒子。”她把铁盒子交给杨昌顺。

杨昌顺掂量着盒子说：“看来这盒子里藏着宝物，不然他们不会三番五次来盗窃！”他主张撬开看看，蓝蝶赶紧劝阻说：“不能。”

“为什么？”杨昌顺问。

蓝蝶说：“既然这两路蒙面人都千方百计要偷盗这个铁盒子，说明这个盒子里有秘密，对他们很重要，如果撬开了，撬破了，泄露了里面的秘密，不就一钱不值了？咱们干脆试试，用它来交换那批货！”

杨昌顺想了想，忽然拍案叫好：“对！这点子高！谁想得到这个东西，谁就拿那批货换。特派员这个点子高明，高明，真高明啊！”他哈哈笑着说：“我怎么就没想到这些？那批货可以找回来了，我的命有救了，有救了！……不能撬，不能撬，原封不动——用它交换那批物资。”边说边包裹铁盒子。

杨昌顺知道有人马上会向外通风报信的，便高声宣布：“谁想得到这个铁盒子，就拿那批货来交换！——交换！”

蓝蝶的“戏”唱成功了，下面就看杨昌顺和太阳花怎么进行了。

第二十八章
喋血铁盒子

江田寿夫听到那个铁盒子落到了杨昌顺手里焦急万分，坐卧不宁，那里面装着真《北漠计划》文本啊！如果落到共产党手里，黑河镇和金泉城的间谍组织就彻底完了。他正火烧火燎，经常走街串巷的算命先生忽然来到他的府邸，他见是算命先生，心里烦乱而又奇怪地问："你怎么到这里来了？我不算命，也不测字，赶快走吧，赶快走吧！"他扬着手，轰赶算命先生。

那算命先生却不走，迈着方步走过去，稳稳当当坐在了沙发里。江田寿夫正要发火，算命先生说："江田君连我的话音也辨不出来？"

江田寿夫仔细回味，突然脚跟一磕立正："太阳花！老板……"

江田寿夫望着眼前的算命先生，半天喘不过气来，原来这个算命先生就是他的上司，他的老板太阳花啊！大半年来，他像只小猴子在他的指挥棍下跳圈儿，团团转，今天他终于出现了。他呆愣着，两眼直瞪瞪地望着，直到上司让他坐，他才怯怯地过去，像个小学生似的坐在太阳花身旁。算命先生见他紧张的样子，拍了拍他的肩说："不要紧张，我们不是经常接头嘛！不过从没有见过面。这也是大日本圣战的需要啊！现在情况特殊，需要我露面了。”他叹道：“杨昌顺这一手太厉害啊，他是知道那个铁盒子对我们太重要了，所以他撕我们的心尖尖啊！”

江田寿夫说：“杨昌顺也为那批物资心焦，眼看着火就烧上头了！”

“其实，我们比他更困难，因为火已经烧上我们的头了！”算命先生叹道，“如果那个铁盒子落到共产党手里，不但我们黑河镇和金泉城的间谍组织会完蛋，潜伏在……后果不堪设想啊！好在铁盒子现在在杨昌顺手里。”

“是啊！”江田寿夫问，“我们该怎么办？”

算命先生说：“现在只有交换，抛出那批货，马上把盒子换回来，越快越好，不能让它落到共产党手里！”

“怎么交换？”江田寿夫问。

“按中国人的习惯，一手交钱，一手交货。”算命先生说，“不过，现在必须搞清楚，那个盒子到底是真是假，有没有打开过。”

“原封不动，没有打开过，千真万确。”江田寿夫言之凿凿说，“消息是亲眼面见过那个铁盒子的蓝蝶传出来的。”算命先生和江田寿夫还不知道蓝蝶早已弃暗投明，而且是这出“戏”的导演。

算命先生听此情况说：“那本人就亲自走一趟吧。”

“老板，您不能亲自去——危险！危险！”江田寿夫听到他亲自去慌了。

“没什么。”算命先生坦然一笑，“因为我是算命先生，其他的他们并不知道。”

江田寿夫仍很担忧，算命先生对他耳语几句，他放下心了。

杨昌顺刚离开王副官的住所，回到调查组驻地，就有人来找他了。那是算命先生和小徒弟。

杨昌顺见是算命先生便调侃地说：“先生有何贵干？鄙人可是前知三十年，后知三十年，不想算命看相啊！”

算命先生哈哈着说：“鄙人不是来给您大富大贵之人算命看相的，受人之托，前来交换那件东西。”指着杨昌顺桌子上的铁盒子。

杨昌顺听是这样，马上重视起来，问他：“先生替谁交换？怎么交换？”

算命先生见杨昌顺问替谁交换，不高兴了，冷冷地说：“江湖有江湖规矩，交换有交换讲究。——只说交换，不问对方是何人，双方见货，一手交钱，一手交货就是了。”

“哦。”杨昌顺说，“那我们双方就按江湖规矩办，不能坏了规矩，先生先看看货。”他指使秘书把铁盒子送到算命先生手里，算命先生拿过那铁盒子仔细看了看，见完好无损，没有打开的痕迹，便说：“可以商量交换地点了。”

杨昌顺便跟算命先生商量交换地点和交换办法。

交换地点和办法谈妥后，算命先生打发小徒弟回去将情况传递给黑河客栈，让他们做好交换准备。杨昌顺也命令刘双赢带领行动队秘密前去，以防节外生枝。

一切都谈妥了。杨昌顺、蓝蝶和一个队员带着铁盒子，跟算命先生和他的小徒弟乘坐汽车前往交换地点。

交换地点选在北山沟外的一片开阔地上，方圆有几个篮球场大，不见寸草，沙石滚滚。那批货物已经堆放在开阔地上，上面苫着篷布，孤零零的，好像受了虐待的老人似的，靠近山口是一片小树林。杨昌顺感觉这地方太冷寂，还隐隐流动着一种恐怖和杀气，于是老远就令司机停车，伸长脖子扫视货场周围，见没有异样，便按规矩派蓝蝶和那个队员前去验货，自己怀抱着铁盒子和司机留在车上，等蓝蝶验货发出信号后，将盒子交给算命先生和他的徒弟。

算命先生坐在杨昌顺身旁，他的小徒弟坐在副驾座上。

货物前守着两个人，是原先见过的大肚皮和他的同伙。在实施“掉包”计时，蓝蝶曾与大肚皮见过面，算是认识，现在可谓仇人相见，分外眼红，但蓝蝶极力控制住自己的感情，慢慢向前移动。她也同样感觉到周围潜伏着腾腾杀气，不由把手搭在腰里的枪上。大肚皮本来手握枪把，警惕对方突然袭击，见蓝蝶是“老相识”，便放下心来。

后面吉普车里的杨昌顺怀抱铁盒子与司机望着远去的蓝蝶和那个队员，等待蓝蝶验货发出信号。算命先生也观望着渐渐远去的蓝蝶，心里却冷笑着，他根本就没想把那批货给杨昌顺，这样给出去太便宜了，他是企图用那批货作诱饵，把铁盒子诓到手。因而他稳坐钓鱼台，只是不时斜眼看看杨昌顺，等待机会下手。他的徒弟大概年轻沉不住气，不停摸索着腰间藏的匕首，此举被杨昌顺的司机发现，他一把抓住小徒弟的手，扭打起来。

算命先生见身份暴露，猛然向杨昌顺下颏冲出一拳，杨昌顺猝不及防被打歪过去。算命先生一把夺过他怀里的铁盒子，将他推下车，接着向司机后脑勺猛击两枪把，司机被击伤滚下了车。算命先生跳上驾驶座，驾车便逃。杨昌顺挣扎着爬起来，“啪啪”向算命先生开了几枪，但车已驶远，没有打中。

蓝蝶和那个队员正要掀起篷布验货，听到枪声，躲到旁边的土坎下。大肚皮和那个同伙躲到货物后，慌忙拔枪射击。大肚皮误认为蓝蝶还是自己人，因此只向那个队员射击，那个队员受伤倒地。蓝蝶见情况不妙，灵机一动，命令大肚皮：“停止射击。”因为大肚皮还以为蓝蝶是自己人，果然停止了射击，并令身旁的同伙停止射击。

同伙不解地问：“为什么？”

大肚皮自然不能说蓝蝶是自己人，便说：“让你停止射击就停止，哪来那么多废话。”

那同伙停止了射击。

杨昌顺抹着嘴角上的鲜血从地上爬起来，慢慢向货堆摸索靠近，准备从背后袭击大肚皮。大肚皮和那个同伙发现后，一齐向他开枪，因地上没有障碍物遮挡，杨昌顺中弹栽倒在货物旁。蓝蝶见大肚皮和同伙打倒了杨昌顺，命令他俩把杨昌顺捆起来！

大肚皮和同伙上前把受伤的杨昌顺从地上拉起来，反手捆绑起来。杨昌顺迷惑不解地望着蓝蝶：“你，你要干什么？到底是什么人？”

大肚皮哈哈笑着说：“让你临死前做个明白鬼吧。她的名字并不叫蓝蝶，她叫贞子，是大日本帝国特高课的特工，你们的真蓝蝶从重庆出发刚到兰州，就被我们掉包了，她顶替你们的真蓝蝶打入特工队，来到黑河镇。——贞子姑娘干得不错吧？”

“啊？！”杨昌顺瞪大了眼睛，“原，原来是这样？！”脑袋即刻垂到胸前。

大肚皮又说：“贞子姑娘好几次被林子华发现，要不是你这愚蠢的家伙做挡风墙，可能就全部败露了，这得感谢你啊！再告诉你个好消息，那批货就在我们手里，一直被林子华盯着，他还发现了我们的秘密组织，他是个厉害人物啊！中国军人如果都像他，那可真是无坚不摧，战无不胜，可惜你替我们把他给收拾了，哈哈哈……”

“啊！”杨昌顺听着，无地自容，痛悔无比。

大肚皮又说：“再让你看看这批货吧！”他上前掀起苫在那些东西上面的篷布，下面全是石头。

“石头？！”杨昌顺呆若木鸡，悔恨地直跺脚。

“嘿嘿嘿……”大肚皮得意地嘿嘿大笑，对杨昌顺说，“你不是很想见到那批货吗？我们现在就去北山口的树林里，让你开开眼界，等黑河镇大功告成，我们会把你和那批货统统押回去的。”

“走吧！”那个同伙用枪头戳着发愣的杨昌顺，押着他向那片树林里走去。

杨昌顺踉踉跄跄往前走，不时回头观望黑河镇方向，等待刘双赢到来。大肚皮清楚他在观望什么，调笑说：“不要观望了，刘双赢他们正在半道上，说不定来不了了。知道吗，这是我们设的调虎离山计，等不到刘双赢到这里，黑河镇那座空城就会被我们占领，宣布独立政府成立，而后我们杀个回马枪，将他们消灭在半路上，听清了吗？消灭在半道上！”

“这个情况我怎么不知道？”蓝蝶听此话着急了，问大肚皮。

大肚皮对蓝蝶说：“这是特级秘密，知道的人只有三个。”

蓝蝶清楚了，她决定出其不意干掉大肚皮和那个同伙，赶回去给林子华和田梅报告这个情况，但大肚皮是两个人，手里都持着枪不好下手，只好等待机会……

此时，刘双赢和老万正带着特工队和调查组策马向北山沟口交换场地急赶。

江田寿夫躲在府邸楼顶的高处，端着望远镜观察黑河镇的动静，见特工队和调查组离开黑河镇向北山沟去了，暗自窃笑：“好好，现在黑河镇成了空城，现在该我们出牌了！”他按照算命先生部署的行动计划，令秘密组织成员全部出动，首先占领特工队和调查组，而后消灭保安团，宣布“甘蒙疆独立政府成立”。

然而，他们又老道失算了，因为特工队刚离开黑河镇不远，就有人给刘双赢送去一封信，上面写着“马上回头，这是敌人设的调虎离山计，千万不能离开黑河镇——老朋友”。他见信是林子华传来的，当即命令队伍勒马回转，向黑河镇赶。

“发生了什么事？”老万不解地问。

刘双赢说：“老对手要将我们调出城外，而后在镇里搞暴动，我们马上回去！”

与此同时，在镇上的田梅前去了保安团，通知马占贵：“日军特务间谍组织将要袭击黑河镇，保安团马上做好战斗准备！”马占贵不相信，田梅恨铁不成钢地说：“等你相信，脑袋早就搬家了！——日本侵略军企图消灭特工队和保安团，在黑河镇建立他们主持的独立政府，明白了吗？”马占贵听是这样，又见外甥女很认真，当即表示：“好，我会像对付共产党那样，对付日本特务间谍的。”

田梅哭笑不得：“你啊！你的眼睛是不是让牛粪糊住了，连好坏都看不清楚？——赶快集合队伍，做好战斗准备，否则脑袋就保不住了！”

时间紧迫，她顾不上开导马占贵，赶紧离开保安团。回家后，林子华已经等在那儿，他说：“现在该我们出马了。——马上去交换地点！”便和田梅从后墙翻出院子。

田梅已经准备好两匹战马，他俩跳上马向交换地点赶去。

刘双赢带着队伍迅速回到黑河镇，命令大家原地待命监视敌人，准备战斗。

耶掌柜已经将秘密组织成员全部集中起来了，准备攻占特工队和调查组。忽然有个伙计慌慌张张跑来报告耶掌柜说：“特工队和调查组回到了黑河镇。”耶掌柜不相信，伙计说：“是我亲眼看到的。”耶掌柜搞不清怎么回事，即令队伍暂停待命，自己匆忙去了江田寿夫那儿。

江田寿夫听此情况，也不太相信，因为他半小时前亲眼看到特工队和调查组离开黑河镇去了交换地点，怎么又突然出现在黑河镇？正在茫然不知所措中，秘书送来一份电文，是太阳花发的，令他们停止行动，他便让耶掌柜停止行动。

再说，蓝蝶和大肚皮押着杨昌顺正向那片树林走着，路过一片灌木丛时，蓝蝶见大肚皮只顾用手拨着树枝草叶往前走，放松了警惕，突然举起枪对准他，大喝一声："举起手来！"大肚皮猝不及防愣住了，那个同伙也愣住了。蓝蝶乘此机会抢上前夺过大肚皮手里的枪，又逼那同伙放下枪。那同伙见大肚皮的枪被下了，把手里的枪扔在了地上。大肚皮见其情景，忽然陷入茫然，问蓝蝶："这，这是怎么回事？"

蓝蝶呵呵笑着回答说："我也让你在临死前做个明白鬼。不错，我是冒名顶替打入特工队的日军特高课间谍，但我已从惨无人道的魔鬼群里走了出来，站在了中国人民的身旁，为他们的抗日救国而斗争。你们在黑河镇和金泉城的所有组织已经掌握在我们手里，你们马上就会完蛋，现在乖乖跟我回黑河镇，只要弃暗投明，站在中国人民的抗日战线上，中国人民是会宽恕你们的！"

"蓝特派员，原来你……"杨昌顺听此话，脸上顿然出现生的希望。

大肚皮和那同伙听到蓝蝶已经不是自己人了，软了下去，但却不甘心，大肚皮趁蓝蝶说话的空子，突然出拳，打掉了蓝蝶手里的枪，与蓝蝶赤手搏斗起来。那个同伙见大肚皮跟蓝蝶滚作一团，扑上去帮助大肚皮。杨昌顺见此情景上去帮蓝蝶，但他双手反绑着，只能用脚踢。

蓝蝶面对两个男人，终于力不能抵，被大肚皮和同伙擒住。

大肚皮从地上拣起手枪对准蓝蝶哈哈笑着："你还是没有逃过我的掌心，帝国的叛徒，大日本天皇的败类，我现在代表天皇，就地处决你！"他举起枪，抵住蓝蝶的脑门，正要开枪，只听旁边的灌木丛里"啪啪"两声枪响，大肚皮手腕中弹，一声惨叫，手里的枪掉在地上。蓝蝶转脸一看，只见林子华和田梅从灌木丛里冲出来，枪口对准大肚皮和他的同伙。

"子华！"蓝蝶激动地叫了一声。

大肚皮见情况不妙，撒腿便逃，那个同伙也跟随逃跑，林子华"啪啪"两枪，大肚皮的双腿被打断，扑通跪在地上。那个同伙还在拼命逃跑，田梅喝道："站住，不站住就开枪了。"那家伙嗷嗷叫着："别开枪，我站住，站住！"他站住了，田梅喝令他举起手走过来，那家伙举起双手乖乖走了过来。

蓝蝶赶紧将日军间谍组织蓄谋突然袭击，夺取黑河镇成立独立政府的情况报告林子华和田梅。林子华哈哈笑着说："他们的阴谋不会得逞，刘双赢和特工队调查组已经返回黑河镇，等着他们，就连保安团也行动起来了，等待他们飞蛾扑火！"

蓝蝶扑到了林子华怀里："子华！可盼到出头的日子了！"

林子华轻轻抚着她的肩安慰说："一切噩梦都会过去的，马上就会过去的！"

杨昌顺看到林子华活着，惊喜地叫道："子华，你果然还活着！活着！天不灭我啊！"

林子华揶揄道："我不活着黑河镇的日军间谍组织靠你能破获？那批货物靠你能追回？"

田梅对杨昌顺说："这几次行动都是林子华暗中部署指挥的，要不是子华同志，你早被日本间谍王副官击毙了，还能捡回一条命？"

杨昌顺哭丧着："都是我的过错，让子华吃苦头了，可我们上当了，那批货是假的，全是石头。"

林子华说："那批货我们早已发现，它时刻都在我们的目光里，就在我们的眼皮底下。"

"在哪里？"杨昌顺问。

林子华说："跟我到前面的小树林去，让你看看那批货是什么。"林子华见大肚皮双腿被打断，不能站立，也不能行动，揶揄道："你就躺在这里吧，委屈你了，回头再带你走。不过要小心，不要被熊瞎子给舔了。"

田梅和蓝蝶押着大肚皮的同伙朝前面的小树林走去。

那是一片不大的树林，生长着河柳、胡杨。枝叶蓊郁，杂草丛生，中间的空地上有座新坟冢，竖着墓碑，但上面没有字迹。杨昌顺向四周扫了一圈，不见货物的影子，狐疑地望着林子华。林子华令大肚皮的同伙："掘开坟墓。"

那家伙犹豫不定，推脱说："没，没有工具……"

"去找工具！"林子华吼了一声。

"这，这里没有工具……"

"那就用你的爪子挖，给我挖，不然我毙你！"林子华大声喝道，用枪抵着他的脑袋。那家伙只好跪在地上用手挖。坟冢全是碎石子，没挖两下，手指便磨破了，鲜血直流，疼痛难忍，他只好起身乖乖从旁边的草丛里取出藏着的铁锨。

林子华揶揄着说："这就对了，早拿出藏着的铁锨，不就不吃这苦头了？"

那家伙用铁锨挖着坟冢，那批货箱终于出现了。林子华令那家伙打开货箱，他老老实实打开一个货箱。杨昌顺和蓝蝶等凑上前去观看，顿然惊愣，里面全是黄澄澄的金条，再打开一箱，还是金条，还有大量的银圆、文物古玩等。

"这，这是怎么回事？武器呢？"杨昌顺愣在那儿了，嘴唇动着，嗫嚅着。

田梅告诉他："那辆车装载的根本不是什么先进武器部件，也不是抗日军用物资，而是蒋氏家族的黄金和白银以及玉器、古玩、字画，还有敦煌莫高窟出土文物等。仅黄金就三吨之多，这些金银财宝都是蒋家从西北人民身上搜刮的，当他们闻听车辆被劫的消息后，想大动干戈直接追查，怕国人知道他们以抗日为名发国难财，所以才以抗日物资、先进武器部件为幌子，令甘青宁新驻军严密封锁消息，派特别工作队来黑河镇侦破追回，还派女特工蓝蝶亲自督战——这就是蒋介石的抗日嘴脸！”

“啊？！原来，原来是这样啊！”杨昌顺幡然醒悟，目瞪口呆了。

田梅继续说：“因为林子华在查找这批物资过程中发现黑河镇有日军间谍组织，所以全力侦破。日军看到特工队发现了他们的特务间谍组织，为了转移目标，在报纸上刊登了中共黑河镇地下党抢夺了这批货物的文章，重庆政府便把矛头对准了共产党，派你亲自带领调查组前来抓捕共产党，追查这批财物……这就是事情的全过程。”

车案事件，真相大白。

田梅继续说：“这些年兰新国际交通线上几乎每天都有这样的车辆通过，装载着什么？装载着蒋家王朝从劳动人民身上盘剥的民脂民膏。蒋家王朝为了自己的利益，多少人流血流汗，多少人送了性命……”

“难怪，难怪这些年，总部每天都通电有重要车辆经过，原来是这样，这样……”杨昌顺捂着胸口上的枪伤，痛苦不已，喘息急促，摇摇欲倒。

田梅说：“还有你的王副官，他的真实身份是日军特高课派潜到黑河镇和金泉城国民党驻军的二号间谍，代号‘秃鹫’，他为了保护他们的组织，屡次为日军间谍组织通风报信，泄露情报处的秘密，来黑河镇后，借用你杨昌顺的手设计陷害林子华，打着寻找这批货物的幌子，调查破坏共产党地下组织，罪恶累累，十恶不赦！”

杨昌顺已经听不下去了，从林子华手里接过枪，准备击毙大肚皮的同伙。

忽然，身后有几个黑洞洞的枪口对准他们，吼喊着：“举起手来，举起手来！”林子华转脸一看，原来是麻五和他的两个同伙。他们几天前来这里，察看埋藏在这里的货物，居住在旁边的山沟里，刚才趁田梅说话，偷偷摸上来，把枪口对准他和田梅等。

大肚皮的同伙趁机上前，夺下杨昌顺手里的枪，另一个家伙也趁机夺下田梅手中的枪。麻五见林子华和田梅的枪都到了他们手里，哈哈笑说：“林子华，你可真行啊！我们跟你暗斗了大半年，每次都让你占上风，这次你算是栽了，栽到我麻五手里了！”

“哈哈哈！”林子华冷笑着说，“谁栽到谁手里现在下结论为时过早，小心锅揭早了漏了气！”

“少罗唆！”麻五吼喝一声，“举起手来，乖乖跟我走！”

林子华又哈哈大笑：“你不过是一只秋后的蚂蚱，嚣张啥？”

麻五恶狠狠地说：“那么只好让你们先去见阎王了！”哗啦子弹上了膛。

林子华笑着说：“麻五，你不敢开枪，因为我们的人就在你身后！”麻五刚一迟疑，林子华敏捷上前，夺下他手里的枪，对准了他的脑袋，逼他让同伙放下武器。麻五见形势突变，颤抖着声音对其他几个同伙说：“放，放下武器……”

那几个同伙放下枪，举起手做了俘虏。

天快黑了，夜幕铺向大山树林和戈壁沙漠。林子华见天快黑了，说：“黑河镇的日军秘密组织已经全部露头，我们马上赶回去，收拾他们！”

大家或骑马或乘车即刻向黑河镇出发！

算命先生驾着吉普拼命往回赶，车轮在崎岖的便道上颠簸，尘土飞扬，来到黑河镇附近天黑了，他弃车与徒弟悄悄溜回了镇里，安顿徒弟回住房，自己偷偷钻进江田寿夫府上。

江田寿夫正在府邸待命，见上司太阳花回来，忙请示：“秘密组织已全部集中起来，怎么行动？”

算命先生答非所问：“快给我点吃的。”便不讲究老板的身份，歪倒在沙发里。江田寿夫知道上司辛苦了，饿坏了，赶紧让秘书端来馒头和茶点。算命先生抓起馒头狠咬几口后，才从怀里掏出那个铁盒子，拍到面前的茶几上，喘口气说：“总算搞到手了！”

江田寿夫准备拿过来看看，算命先生却将铁盒子抓了过去，从兜里掏出钥匙开锁。江田寿夫缩回了手。算命先生打开盒子，忙取出《计划》方案文本，边吃边翻看。突然，他的咀嚼戛然而止，眼睛瞪得老大。

“怎么了？”江田寿夫问。

“假，假的……”他忽然跳起来叫喊，“我们上当了，这是假的假的……”江田寿夫接过来翻着看了看，确实是他曾经保管过的那份，也傻眼了。算命先生说：“我两眼看着铁盒子原封没动过，怎么就成了假的？一定掉包了。”他脸色倏地变得青白。

“是谁干的？”江田寿夫怯怯地问。

“除了老对手林子华，还会有谁。”算命先生叹道，“我们千算万算，还是没有逃过他的算计。”

“那怎么办？”江田寿夫问。

“怎么办怎么办？你就会说‘怎么办？怎么办？’”算命先生忽然恼火了，“你得动脑子，想办法，想办法，把真《计划》文本搞回来！我马上前去请示上司太阳花。让他想办法。”他站起身来。

“什么什么？！你，你不是太阳花？不是……”江田寿夫听他不是上司太阳花，惊跳起来。

算命先生说：“我只是太阳花的替身，是假太阳花，真太阳花只用电台和信件传达命令指挥我，直到现在我也不曾与他谋面……”

“啊？！”江田寿夫呆愣在那儿，“原来是这样……”慢慢跌坐在沙发里。

算命先生回到住所，掀开炕席，取出电台正要向真太阳花发报，真太阳花出现在暗影里，斥骂道：“一群蠢猪，已经面临死亡，还发什么电报？立即实施第二套方案，全体出动，进行大爆炸，将黑河镇的电厂、油库、粮仓全部炸毁，让黑河镇成为一片火海，一片废墟，然后趁混乱撤离黑河镇，再要迟缓就会被共产党一网打尽！”

“那《北漠计划》方案怎么办？不要了？”

“迟了！”真太阳花懊丧地说，“共产党的云雀已将真《计划》方案内容通过电台发往延安，《北漠计划》已经全线暴露，还要它干什么？——马上实施爆炸行动！”

“是！”

第二十九章 最后的决战

凌晨四点，黑河镇日军秘密组织全部集中在城北的破厂房里，他们已经三人一组，分为三组，配发了炸弹炸药以及雷管，准备马上行动，实施大爆炸行动。管家狠狠地说："我们要让油库、电厂、粮仓全面开花，趁混乱撤出黑河镇！"任务布置完后，他给每人发大洋五块，又拿出银票宣布说："老板说了，完成任务后，每人奖励大洋五十块。"

"老板怎么没来？"有人问。

"马上就到。"管家说。

此时，耶掌柜正与孙三和两个间谍组织成员悄悄向破厂房赶来，半道上耶掌柜忽然想起什么，对那两个成员说："你俩先去，我把一样重要东西忘在了客栈，拿到后马上赶回来，如果赶不到，让管家指挥行动。"

那两个成员去了破厂房。耶掌柜见他俩走远，和孙三拐向旁边的小巷。

那两个成员到了破厂房，给管家耳语。管家说："知道了。"行动时间快到了，管家见耶掌柜迟迟不到，遂令大家出发。大家稀里哗啦起身，准备分头行动。这时田梅和常顺带着地下游击队员突然出现，将破厂房包围起来。管家见情况不妙赶紧吹灭油灯，双方开枪，打了起来。

一阵惨烈激战，秘密组织成员纷纷倒地，有的投降。管家和两个家伙从破窗户里跳出去，边打边顺着街巷向郊外逃跑。田梅和常顺紧追不舍，田梅瞄准两个家伙开了枪，那两个家伙毙倒在地。常顺准备开枪击毙管家，田梅说“抓活的”。顺手甩出飞镖，打伤管家的腿，管家软软跪倒在地上。

常顺冲上前，将他生擒活捉，押回破厂房。常顺自那晚离开黑河镇后，便去了地下游击队，继续进行战斗。今晚他接到田梅的指示，便带着十几个人前来黑河镇。

集中在破厂房的间谍特务被全歼了，大家清点人数，不见耶掌柜和孙三等人。田梅审问管家，管家说：“本来耶掌柜要亲自上，半道上回客栈取东西，让我领着干……”

田梅分析耶掌柜和孙三肯定去了城东秘密联络点和油库，遂和常顺直奔油库。正如田梅分析的那样，耶掌柜和孙三在城东的秘密联络点。狡猾的耶掌柜害怕爆炸行动出岔子，临时决定集中在破厂房的成员，由管家指挥行动，城东集中起来的人马，由他亲自指挥，兵分两路行动。此时此刻，他给身旁的组织成员布置任务：“首先炸毁油库，让大火燃烧起来，把共产党和特工队的注意力引过去，而后炸毁电厂和粮仓……”

耶掌柜自以为行动秘密高明，没料到他的这点雕虫小技不但被田梅识破，而且被赶回黑河镇的林子华发现，林子华让刘双赢和老万带人前往电厂、粮仓，让蓝蝶前去江府监视江田寿夫的行动，自己前去了城东的秘密联络点。

电厂是距离居民和人群较近的地方，发电机轰鸣着，只有两个工人守在发电机旁。孙三和两个家伙按照耶掌柜的部署，从电厂围墙翻入，悄悄摸上去，打昏工人，进入厂房，把定时炸弹安放在发电机上。刘双赢和老万赶到电厂，发现孙三已经进入厂房，遂跟着翻墙入院，悄悄摸上去。老万看到脚下有个罐头盒，轻轻绕了过去，刘双赢却没有防备，忽然碰到罐头盒上发出“咣当”的声音。孙三和那两个家伙见有特工队，知道情况不妙，扔下手里的炸弹起身便逃。

刘双赢和老万追赶上去开枪射击。孙三利用电厂机器杂物，东躲西藏，负隅顽抗。刘双赢从后面绕上去，将他击毙。老万追赶着逃跑的两个家伙，击毙了一个，另一个仍在逃跑，他要开枪，刘双赢说抓活的，便紧追上去。那个家伙见逃跑无望，只好投降。刘双赢上前将他生擒活捉。

刘双赢见没有耶掌柜，让老万押着俘虏归队，自己独身向油库赶去。

其实，狡猾的耶掌柜正在油库附近。他听到城西破厂房和电厂方向有枪声，知道共产党和特工队出现在这两个地方，于是给城东的特务间谍布置好爆炸任务后，亲自出马来炸油库。油库距离居民住宅和人群很近，大院周围有值班巡逻人员，保安团也在周围游动。耶掌柜见不便翻墙入院，决定从大门进入，但门旁有值班室，两个值班人员，一个坐在窗前桌旁，不时透过玻璃窗观察外面，一个躺在里屋的床上睡觉。

耶掌柜决定干掉这两个值班人员，他将手枪别到衣襟下面，前去敲值班房的门，值班人员开门询问什么事？他说："走迷了路，来到了这里。"值班人刚准备问他住哪里？耶掌柜将他一把拉出门，拔出匕首割断他的喉管。里面的值班人员听到响动，起身到门口探问情况，被耶掌柜当头一击，昏死过去。这时巡逻队过来了，耶掌柜怕被发现，赶紧将死在门外的值班员拉进值班室，闪身进入油库。

油库里全是大小油罐，耶掌柜将一颗定时炸弹安放在大油罐上，将另一颗安放在油库中间，只要这两颗炸弹爆炸，整个油库都会爆炸，附近的住户和财产便会燃烧起来。

田梅和常顺赶到城东联络点见没有耶掌柜，便直奔油库。发现值班室门前有血迹，知道值班人员被杀害，耶掌柜已经进入油库，准备冲进去抓捕，刚向前走了几步，看到耶掌柜安好炸弹返身从油库出来。他们遭遇了，双方刀枪相对！

四周都是油罐，开枪便会引起爆炸，院中的人谁也难逃死亡，因此谁也不敢开枪，僵在那儿。耶掌柜知道田梅不敢开枪，威胁田梅和常顺放下枪，退出大院，让他出去。

为了争取时间，排除炸弹，田梅和常顺只得把枪扔在地上，退出油库大院。耶掌柜见田梅和常顺退出大门，几步窜出油库大门。临出门，他哈哈狂笑叫喊："过不了十秒钟，不等你们进入油库，炸弹就会爆炸，油库就会飞上天，这里就会变成一片火海！"但他高兴得太早了，就在他向外逃溜时，林子华从旁边翻墙进入油库，去排除那两颗定时炸弹。

田梅和常顺看到林子华去排除定时炸弹，紧张而担忧，但不敢露出半点声色。

耶掌柜逃跑后，田梅让常顺追赶抓捕耶掌柜，自己向油库大院冲去。林子华见田梅冲了上来，忙叫喊有危险，让她后退。田梅却不听劝，直往前冲。林子华边寻找定时炸弹，边命令她不要靠近，立即后退，她只好停下脚步。

林子华在油库里仔细搜索着，发现大油罐上安放的定时炸弹，迅速排除，又发现安放在库房中间的那颗，又迅疾排除。本来他要拆卸定时炸弹装置，但已来不及了，只好带着炸弹向大门外冲去。

大门前是荒无人烟的滩地，他冲出去，扔手榴弹似的把定时炸弹扔向荒野，"轰——"炸弹刚落地便轰然爆炸，一股硝烟冲向蓝色的天空，泥土沙石柴草"哗哗啦啦"地落下，油罐却安然无恙——危险排除了！

田梅冲上去扑到林子华怀里，林子华将她紧紧抱住，共同长舒了一口气。

这时，身后有人拍着巴掌风凉地说：“多美妙的时刻，多么激动人心的场面，可惜该结束了！”

田梅和林子华回头一看，是算命先生和两个间谍组织成员，他们拿枪对准他俩。算命先生对林子华得意地说：“我知道你还活着，但孙猴子再厉害，逃脱不出如来佛的手心，‘云雀’也飞进了我的罗网，哈哈哈……”

林子华说：“假太阳花终于现身了，我知道你会跳出来的，不过，不要高兴得太早，你们的北漠计划彻底失败了，你这个日本特务间谍头子也逃不脱灭亡的下场！”

算命先生哈哈大笑：“我这个假的现身了，但真太阳花你们永远也别想见到！”

“假的出现了，真的还能在雪里埋藏下去吗？”林子华讥笑道。

算命先生心虚了：“现在你是我的俘虏，还这样张狂？有你们两条大鱼，还怕扳不回败局？走吧！”

算命先生正要下令带走人，忽然旁边传来“啪啪”的枪声，两个间谍组织成员栽倒在地。林子华见那两个家伙中弹，眼快手疾，抬脚将算命先生手里的枪踢飞，跟他搏击起来。

算命先生不是林子华的对手，只几招就被打翻在地，他见逃跑无望，拔出匕首自决了。刚才开枪的是刘双赢，他带人赶来了，见算命先生自决了，收起枪说：“这个假太阳花，我已盯了他好长时间，今天他终于现身完蛋了！”

林子华上前握住了刘双赢的手，激动地说：“老同学你来得太是时候了，太感谢了！”

田梅见刘双赢胸前别着一朵黄色的九月菊，惊喜地叫出了声：“九月菊。”刘双赢会意地向她点了点头。田梅上前紧紧握住刘双赢的手，她终于跟暗中协助她的同志“九月菊”接上了头。

林子华早已清楚刘双赢是自己人，是组织秘密派他跟踪调查假太阳花和真太阳花的。他在他肩上擂了一拳，刘双赢也在林子华肩上擂了一拳，相视而笑了。林子华说：“假太阳花已经死了，我们马上前去收拾江田寿夫、耶掌柜和真太阳花，不能让他们溜走！”

林子华挥枪向镇里冲去，大家紧紧跟随上去。

蓝蝶按照林子华的部署，独自进入江田寿夫的府邸，但楼上楼下空无一人，眼前纸片乱飞，一片狼藉，看样子人全部逃走了。她来到江田寿夫的卧室，发现江田寿夫垂头坐在桌前，她冲上去将枪口对准他的脑袋，揶揄道：“死到临头，怎么不逃走？”

江田寿夫两眼痴呆呆地看着蓝蝶，说："我，我是想在临死前看你一眼……我知道你会来的，来要我的命，我心甘情愿，让你拿去，死在你手里，我心里也好受些！"

"为什么？"蓝蝶惊诧地问。

江田寿夫眼窝里忽然汪出了泪，望着前方讲述他和她的身世，最后悲伤欲绝地说："……没想到我与亲生女儿在这里相见，又是在这样的情形下相见呀！"他哭出了声。

"什么？什么？你胡说！胡说——"蓝蝶忽然犹如晴天霹雳，又似白日做梦。

"不！是真的，真的……"江田寿夫泪水涟涟，"你妈妈叫惠子，你叫贞子。二十三年前，爸爸来中国西部考察，其实是搞情报，那时你还不到两岁，不到两岁……那年我在新疆罗布淖尔遭遇沙暴，差点被沙暴埋了，后来回国，邻居们说你跟妈妈来了中国，我又来到中国寻找，可没有找到你们，以为你们……再后来特高课派爸爸到这里隐姓埋名，进行秘密活动……"

"不要说了！"蓝蝶痛苦地吼叫前来，她清楚江田寿夫真是她的亲生父亲了，突然浑身筛糠般颤抖，手里的枪也哆嗦起来。

"女儿啊，"江田寿夫痛苦地说，"都是爸爸不好，都是爸爸不好……"

"住口！"蓝蝶又厉声吼叫制止，怒目瞪视着江田寿夫，一字一句道，"你听着，你不是我的爸爸，我也不是你的女儿！——不是！不是！不是——"

江田寿夫愣怔了，半晌说："可，可这是事实……"

"可你像个父亲吗？像吗？像吗？像吗？像个妻子的丈夫吗？像吗？像吗？像吗？——像吗？"蓝蝶暴跳起来，歇斯底里，嘶声吼叫，"妈妈跟我来中国苦苦寻找了你四五年，花费了所有的积蓄，成了乞丐，夜宿街头野地，沿街讨饭，妈妈做梦都在呼唤你，呼唤你，我也经常夜晚梦见一个没有印象的爸爸，可是……后来，妈妈见没有一点希望，才定居东北……"

江田寿夫已经泪流满面，拿手撕扯着胸口的衣服，嗓子里嘶嘶啦啦叫着："我有罪，我该死，该死啊！这笔血债是我酿造的，我死无葬身之地，开枪吧，开枪吧！死在女儿的枪口下，也许是我这个父亲的最好归宿，开枪吧……"他慢慢闭上了眼睛。

"啪，啪啪！"蓝蝶手里的枪响了，江田寿夫胸口冒出大团鲜血，歪倒下去。

蓝蝶傻了似地望着被她击毙的所谓父亲，忽然哈哈疯傻地笑起来，然后踉踉跄跄上去，抓住他的衣领，吼叫着："你你你你，你为什么是我的，我的……为什么是我的，父亲，我的……"

她歇斯底里地叫喊了半天，渐渐冷静下来，整理整理江田寿夫散乱的头发，扶他端坐在沙发椅上，而后在他面前默立一阵，转身踉踉跄跄出门了……

黑河客栈已经混乱不堪。店员前后跑动，有的搬东西，有的收拾细软，有的缩在房里。林子华和田梅摸进后院，从窗户里发现耶掌柜和几个间谍组织成员正在大车店，准备乘车逃跑。林子华瞄准耶掌柜开了枪，耶掌柜胳膊中弹，手臂垂了下去。其他的听到枪声，乱作一团，凭借房屋，负隅顽抗，双方开枪激战！

林子华和田梅躲在门旁，向室内连连射击，但因单枪匹马难以抵挡，间谍组织残余们企图冲出门逃跑。刘双赢赶来了，几个家伙被击毙，耶掌柜见难以从门里逃脱，便砸开后窗，带着几个家伙跳窗而逃。

林子华、田梅和刘双赢分头追赶，将两个击倒。

特务间谍组织残余逃进镇外的胡杨林，利用树木反抗，耶掌柜躲在树后瞄准林子华射击，从后面赶来的蓝蝶见此情叫喊着 “子华小心——”冲扑上去，那颗子弹击中了她的胸口，她倒在林子华怀里。林子华举枪击毙了耶掌柜，抱起蓝蝶大声呼叫。田梅从后面赶上来也呼喊着：“蓝蝶蓝蝶……”

蓝蝶慢慢睁开了眼睛。她呼吸非常微弱，感觉天地在眼前飞旋，她知道自己不行了，抓住林子华的手说：“子华，你是个好男人，好男人，如果有来世，我还做你的妻子……”

“不——”林子华搂着她呼喊着，“你要坚持住，坚持住！我们马上就要胜利了，幸福美好的日子马上就要到了!——要坚持住啊！”

田梅鼓励蓝蝶：“坚持住，一定坚持住！刚刚接到上级通知，你妈妈已经被延安方面营救出来，现在已经到了金泉城，你马上就可以与妈妈团圆了，要坚持住，去见妈妈，坚持住！”

蓝蝶听到这个喜讯脸上出现微笑，但她已无法坚持住了，无法享受与妈妈的团圆和美好日子，她抓住田梅的手嘴唇微弱地动着：“田，田小妹，子华他，他心里一直，一直装着你，你们，你们……”她把林子华和田梅的手拉过来，相握在一起，闭上了眼睛……

“蓝蝶——蓝蝶——”

林子华和田梅悲痛万分地呼喊，呼唤声在胡杨林里震荡萦回，飘向夜空，飘向广漠！

黑河镇的日军间谍组织被破获了，特务间谍全部落网，但“太阳花”和王副官“秃鹫”却逃跑了。田梅回家取出隐藏的电台，戴上耳机，向中共延安方面发电报告情况，党组织指示他们继续战斗，活捉“太阳花”和“秃鹫”，将西部地区的日军间谍组织一网打尽。田梅把林子华和刘双赢召集来，传达了延安方面的指示，立即准备出发跟踪追击“太阳花”和“秃鹫”。

林子华和刘双赢接受了任务。

临出发前，田梅偷偷去看望妈妈，父亲张书记长和舅舅马占贵都在。父亲张书记长拿枪对准她，逼迫她前去党部自首，求得宽恕。田梅也拿枪对准父亲张书记长。父女剑拔弩张。张夫人和马占贵从中挡驾，调和父女矛盾。张书记长决然道：“如果你不脱离共产党，我就真不认你这个女儿！”

田梅毅然决然地说：“我已经把自己交给了共产党，生是共产党的人，死是共产党的鬼，不可能改变，但愿下次父女相见时，你的枪口不再对准我，而是对准日本侵略者，对准汉奸卖国贼！”

张书记长的枪口矛盾地垂了下去。

林子华在临出发时，怀抱鲜花来到蓝蝶的墓前，将花束敬献在碑前，而后默然肃立告别。这时，旁边的树丛中有个黑洞洞的枪口瞄准他，他是“秃鹫”王副官，然而林子华却全然不觉。就在王副官准备击发时，忽然身后有人伸出手将他拦住。王副官欲惊慌叫喊，来人忙捂住他的嘴，将他悄悄拉到树林深处，到了安全之地，王副官惊问对方：“怎么是你？你到底是什么人？”

那人回答说：“什么都不要问了，我是你的上司，你是‘秃鹫’。”

“——太阳花！”王副官惊诧道，“将军阁下！”

太阳花责备他：“不可贸然行事啊！知道吗？只要枪一响，你就无法逃脱了，还有更重大的任务等着你去完成。现在我命令你马上撤出黑河镇，去金泉城，有人会跟你取得联系的，暗号照旧！”

王副官点头，悄悄退缩离去……